岩 波 文 庫

32-794-2

アルテミオ・クルスの死

フエンテス作
木村榮一訳

岩 波 書 店

Carlos Fuentes

LA MUERTE DE ARTEMIO CRUZ

1962

目次

あらかじめ死を考えておくことは自由を考えることである。

モンテーニュ『エッセイ』

氷の揺り籠から地上に出て
墓石を通って地下に戻ってゆく人間たちよ
自分がどのような姿をしているか
とくと見るがよい……

カルデロン『世界大劇場』

このおれときては、自分にできたでもあろうことは、この自分が知っているだけで……他人にとってはせいぜい、「あるいは……かもしれぬ」といったくらいの値打ちしかない男なのだ。

スタンダール『赤と黒』

……ぼくと神とぼくたちの三者
つねにこの三者！……

ゴロスティサ『無限の死』

人生なんて安っぽくて下らない、なんの値打ちもないものさ。

メキシコ民謡

アルテミオ・クルスの死

ラテンアメリカの闘争における同志であり、
北アメリカの真実の声である、
C・ライト・ミルズに捧げる

目が覚めた……。ペニスにその冷たいものが触れて目が覚めた。今はじめて知ったのだが、人間というやつは自分の意思と関わりなく小便をすることがあるらしい。わしは目を閉じている。耳もとで話し声がするが、よく聞きとれん。目を開けば、聞きとれるだろうか？……。それにしても瞼が重い、まるで鉛のようだ。口の中は銅貨の味がし、ハンマーで叩いてでもいるような耳鳴りがする……それに息をすると錆びた銀のような味が……。すべて金属だ。すると、ふたたび鉱物に戻って行くのだろうか？　いつの間にか小便をしていた。たぶん、その数時間の間に気づかないうちに食事をしたのだ――意識を失っていたことを思い出してショックを受けた。明るくなりはじめた時に、わしは手を伸ばした――そのつもりはなかったが――受話機がガチャンと床に落ち、そのままベッドにうつぶせに倒れて腕をだらりと下げた。あの時は手首の血管を蟻が這いまわっているように感じた。今は意識が戻っているが、目を開けようという気持ちにはなれん。目を閉じているのに、顔のそばで光のようなものがチカチカしてうるさくて仕方がない。閉じた目の奥では、黒い光と青い輪がフーガのように追っかけっこしておる。何とか右目を開けると、女物のバッグに縫いつけてある装飾のガラスに自分の顔が映っている。これがわしだ。これがわしなのだ。不揃いな四角形のガラスに顔の一部が映っている老人、これがわしだ。この目がわしだ。この目がわしなのだ。積年の憤怒、遠い昔に忘れたはずなのに、つねに蘇ってくる怒りが根を張り、皺となって囲んでいる目、これがわしだ。瞼の間で腫れ上がっている緑色の目がわしだ。瞼。瞼。油のような瞼。この鼻がわしだ。この鼻。この鼻。潰れた鼻。小鼻の張った。この頬骨がわしだ。頬骨。そこに白い髯が生えている。生えている。歪んだ顔。歪んだ顔。歪んだ顔。年齢や苦痛に関わりなく歪んでいる顔、これがわしだ。歪んだ顔。犬歯はタバコの脂《やに》で黒ずんでいる。タバコ。タバコ。わしの吐く息でガラスがくもる。と、手が伸びてナイトテーブルの上からハンドバッグを取り上げる。

「医師《せんせい》、見てください、何かしようとして……」

「クルスさん……」

「死ぬ間際になっても、まだこの人は私たちを騙《だま》そうとしているんです」

言い返す気にもなれん。口の中は古い貨幣がいっぱい詰まったようないやな味がする。薄目を開けると、まつげの間から二人の女と消毒薬の匂いのする医師の姿が見える。医者はわしの下着の下に手を入れて胸を触診しているが、その汗ばんだ手から気化したアルコールの匂いが立ちのぼってくる。わしは手を払いのけようとする。

「さあ、さあ、おとなしくして、クルスさん……」

わしは口をきかんぞ。いや、あれは口ではない、ガラスに映っているのは唇などでなく一本の皺だ。腕はシーツの上に伸ばしておこう。毛布は腹のあたりまでかかっている。胃が……うう っ……。股のところに冷たい器具がはさんであるので、脚を閉じることもできん。胸のあたりはまだ感覚がもどっていないが、蟻が這いまわっているような感じがする……以前、長時間映画館に坐っていた時にも同じようなことがあった。そうだ、きっと血行が悪いのだ。それだけだ。それだけのことだ。心配しなくていい。少しは身体のことも考えてやらなくてはいかんのだが、面倒くさくて……。自分の身体、ひとつに結びついた身体。身体のことを考えるとくたびれる。考えないことだ。身体はここにあり、わしはその証人として身体のことを考えているわけだ。この身体、これがわしだ。肉体は残る。いや、消えてゆく……消えてゆく……やがて分解して、神経繊維やかさかさに乾いた皮膚、細胞や血球となって溶解してゆくのだ。わしの肉体、それを医者が指で触診している。不安になる、身体のことを考えるとやはり不安になる。顔は？　わしの顔が映っていたハンドバッグはテレーサがテーブルから取り上げたので、それを思い出そうとしてみる。不揃いなガラスに映っていた自分の顔の一部を。一方の目は耳のすぐそばにあって、もう一方の目はひどくかけ離れたところにある。回転する三枚のガラスに映った歪んだ顔の一部。額に汗が流れる。もう一度目を閉じる。頼む、頼むから、わしの顔とわしの身体を返してくれ！　頼む！　またしてもあの手がわしの身体を撫でまわす。払いのけようとするが、力が入らん。

「気分はよくなって？」

わしは彼女のほうを見ない。わしはカタリーナのほうを見ない。遠くに視線をやると、肘掛け椅子に坐っているテレーサが見える。新聞を広げている。あれはわしの新聞だ。新聞の陰になって顔は見えないが、テレーサに間違いない。

「窓を開けてくれ」

「いいえ、いけません、風邪でもひいたらどうするんです」

「ママ、放っておけば。どうせ仮病なんだから」

おや、香の匂いがするぞ。ドアのところから話し声が聞こえてくる。そうか、あの黒いカソックを着けた男が、聖水を額にいただき、香の匂いをぷんぷんさせてやってきたんだな。厳しい説教をしてわしをあの世へ送りこもうという寸法か。どいつもこいつもワナにかかりおったわい。

「パディーリャはまだか？」

「部屋の外で待っています」

「通してくれ」

「でも……」

「先にパディーリャを通すんだ」

ああ、パディーリャか、こちらへ来てくれ。テープレコーダーは持ってきただろうな。万事ぬかりないお前のことだ、まさか忘れたりはせんだろう。毎晩それを下げてココアカンの屋敷へやってくることになっておるんだからな。今日みたいな日こそ、いつもと何ひとつ変わってはいないという確かな手ごたえを得たいのだ。手順どおりに儀式を執り行わなくてはいかんのだ、パディーリャ。そう、わしのそばに来てくれ。女どもはさぞかしいやがっておるだろうがな。

「そばに行って、顔をよく見てもらいなさい。ちゃんと名前を言うのよ」

「私……私、グローリアです……」

彼女の顔がもっとはっきり見えるといいんだがな、ひきつったようなその顔を……。ぼろぼろになってはがれ落ちる皮膚はいやな臭いがするが、彼女はたぶんその臭いを嗅いだだろう。落ちくぼんだ胸、ごま塩の無精髭、鼻汁の出ている鼻を彼女は見たにちがいない。こうしたものは……。

彼女が向こうへ連れてゆかれる。

医師が脈をとる。

「ほかの医師とも相談する必要があるでしょうね」

カタリーナがわしの手を撫でているが、むだなことだ。彼女の目を見つめようとするが、よく見えん。彼女を引きとめ、氷のように冷たいその手を握る。

「あの朝、わしはわくわくしながらあれが来るのを待っていた。二人して馬で川を渡ったんだ」

「えっ、なんておっしゃったの？　口をきくと疲れますよ」

「向こうに帰りたいんだよ、カタリーナ。今さらどうにもならないがね」

司祭がそばにひざまずいて、何やらぶつぶつつぶやいている。パディーリャがテープレコーダーのコンセントを差し込んだな。わしの声、わしの言葉が聞こえる。おや、大声でわめいているな。そうか、わしは生き延びたのか。医者が二人、ドアのところから中をのぞき込んでいる。わしは生き延びたのだ。レヒーナ、傷口が痛む、痛むんだ、ようやくそのことに気づいたんだ。兵隊、レヒーナ。ひどくやられた、抱いてくれ。刃渡りの長い氷のような剣で胃のあたりをグサリとやられたんだ。誰か別の男に腹をやられた。おや、香の匂いだ。ああ、もうくたびれた。どうとでも好きにするがいい。わしが呻《うめ》いているというのに、連中は重そうにわしの身体を起こしている。勝手にしろ。わしが命を取りとめたのはあんたたちのおかげじゃない。だめだ、もう我慢できん。これはわしが選び取ったことじゃない。痛みで身体が二つ折れになる。氷のように冷たい自分の足に触ってみる。爪が青く変色しているが、見ているだけでぞっとする。ああ、わしは生き延びたのだ。昨日は何をしたのかな？　いま現在自分の身に起こっていることを忘れるには、昨日したことを考えるのがいちばんだ。それだとはっきりしておる、はっきりとな。昨日のことを考えるんだ。まだそれほどぼけてはおらん。そんなに心配することはない。まだ昨日のことを考えるだけの力が残っておるんだからな。昨日昨日昨日。アルテミオ・クルスは昨日、エルモシーリョから飛行機でメキシコ市に飛んだ。昨日アルテミオ・クルスは……。病気で倒れる前の昨日、アルテミオ・クルスは……。いや、病気になんぞかかってはおらん。昨日、アルテミオ・クルスは執務室にいたが、その時急に身体の具合が悪くなった。いや、あれは昨日ではない、今朝だ。アルテミオ・クルス。彼は病気になんぞかかってはおらん。ちがう、アルテミオ・クルスではない。別の人間だ。ベッドの前の鏡に映っているもうひとりの男だ。別のアルテミオ・クルス。彼の双児の兄弟だ。アルテミオ・クルスは病気にかかっている。もうひとりのアルテミオ・クルスが。その男が病気なのだ。生きてはおらん。いや、まだ生きておる。アルテミオ・クルスは生きた。何年かを生きた……。その年月を懐かしく思い出しはしなかった。長い年月ではない。ほんの数日生きただけだ。双児の兄弟。アルテミオ・クルス。自らの分身。死の直前の数日間を生きたアルテミオ・クルスは昨日、昨日、アルテミオ・クルスは……わしは……もうひとりのわしは……昨日……。

お前は昨日、いつもと同じことをした。しかし、そんなことを思い出したところで何の役にも立たないことがわかっていないのだ。できることなら寝室の薄闇の中に横たわって、すでに起こったことを記憶として思い出したいと思っている。というのも、すでに起こったことを予見したくないからだ。薄闇の中で、過去を振り返って見ることのできないお前の目は未来を見つめる。そうだ、昨日、つまり一九五九年四月九日、午前九時五十五分発のメヒカーナ航空の定期便に乗って、お前は地獄のように暑いソノーラ州の首都エルモシーリョを発つだろう。そして、十六時三十分ちょうどにメキシコ市に着くだろう。四発機の飛行機のシートに腰をおろして、お前は日干しレンガとトタン屋根がベルト状に延びている灰色の平べったい町を眺めるだろう。キャビンアテンダントがセロファンに包んだチューインガムを差し出すだろう——そのことをはっきり覚えているのは、キャビンアテンダントがすばらしい美人だからだろう(ここはだろうではなく、だからにちがいないとすべきだ。これからは未来形でものを考えないことにしよう)。年のせいで、実際に女性を相手にするよりもむしろ空想を楽しむようになってはいるが(この言い方はまずい。お前は空想を楽しむことしかできないにしても、自分ではけっしてそのことを認めないだろう)、女性を見る目だけは相変わらず確かだろう。〈禁煙《ノースモーキング》。シートベルトをお締めください《ファスン・シート・ベルト》〉という掲示がついたとたんに、メキシコ盆地の上にさしかかった飛行機は、その薄い大気の中で機体を支えきれなくなったように突然ガクンと高度を落とし、続いて右に大きく傾くだろう。上から、包みや袋、バッグがばらばら落ちてきて、乗客は悲鳴を上げ、中には小さな声ですすり泣いている者もいるだろう。右翼の第四エンジンが火を噴いて停止するだろう。恐慌をきたした乗客が大騒ぎしているのを何とか静めようと、キャビンアテンダントは通路を走りまわっているが、シートに腰かけたお前だけは平然とチューインガムを嚙みながら、キャビンアテンダントの脚を眺めるだろう。エンジンに内蔵された消火装置が作動して、飛行機はトラブルもなく無事着陸するだろう。その間、お前だけが、七十一歳になるお前だけがあの騒ぎの中で超然としているが、そのことに気づいた者はいないだろう。むろん顔には出さないが、そういう自分を誇らしく思うだろう。これまでさんざん卑劣なことをしてきたからこそ、こういう時に大胆になれると考えて、お前はひとりほくそ笑むだろう。そして、これはけっして逆説ではない、真理だ、おそらくごくありふれた真理なのだと考えるだろう。お前はソノーラ州まで車——一九五九年型のボルボ、プレートナンバー、DF712——で行っただろう。それというのも、州政府の数人の要人が、掌《てのひら》を返したように急に態度を変えて、お前の手がけている事業に難癖をつけはじめたので、その役人たちに鼻薬を嗅がせるために長い旅をしなくてはならなくなったのだろう——お前はすでに連中を買収していた。私が向こうに行って彼らを説き伏せ、納得させてきましょうと公式の場できれいごとを並べたが、あれは表面《うわべ》を取りつくろっただけのことで、いずれ連中を抱き込むことになるだろう。お前は役人たちに、ソノーラ州とシナロア州から連邦州に鮮魚を運ぶ運送業者から賄賂——またしても汚らわしい言葉が出てきた——を取るように勧めるが、検査官に支払う十パーセントの税金はすべてお前の懐から出ることになるだろう。大勢の手を通すので、メキシコ市に着く頃は魚の値が何倍にもはね上がっているが、それでもお前は原価の二十倍もの利益を手にするだろう。お前の新聞でこのからくりをスッパ抜いてやれば、おそらく社説にもってこいの話になるだろう。こんなことを思い出してみても時間のむだだということはわかっている。それでもお前は懸命に思い出そうとするだろう。記憶の糸をたぐって、懸命に思い出そうとするだろう。何としても思い出そうとするだろう。もっとちがったことも思い出して、今の自分の状態を忘れたいと思うだろう。お前はそんな自分を大目に見てやろうとするだろう。お前は自分の今の状態を理解できない。しかし、いずれ気がつくだろう、オフィスで倒れたお前は、意識を失くしたまま家に運ばれるだろう。やってきた医者が、二、三時間様子を見ないことには何とも申し上げられませんと言うだろう。さらに何人かの医者がやってくるだろう。けれども、彼らも診断を下すことはできないだろう。連中はわけのわからない単語を並べ立てるだろう。お前は自分の姿を思い浮かべようとするだろう。皺だらけになった空の酒袋のような自分を。顎がぶるぶる震え、口と腋の下が臭い、下腹部から悪臭がたちのぼってくるだろう。ベッドに横たわったお前は、シャワーを浴びてもいなければ髭もあたっていないだろう。生理機能が麻痺し、神経だけがぴりぴりしているお前の身体は、汗にまみれているだろう。それでも、昨日起こるはずのことを思い出そうとするだろう。お前は空港からオフィスに向かうが、警官隊がカバジート広場のデモを鎮圧したばかりなので、市内にはからし色のガスが立ちこめているだろう。新聞の編集長を呼びつけて、第一面の見出しや社説、諷刺漫画について話し合い、満足感を味わうだろう。アメリカ人の共同経営者がやってきたので、お前は彼に、組合の浄化と呼ばれている運動がいかに危険なものかを説明するだろう。そのあと、執行役員のパディーリャが事務所に顔を出して、インディオが騒いでいるのですが、どうしたものでしょうと相談をもちかけるだろう。報告を聞いたお前はパディーリャに、そのために金を払ってあるんだ、インディオを押さえられなくて仕事がつとまるか、村の共同地《エヒードス》の代表者にそう伝えるんだと命令するだろう。お前は昨日の朝、よく働くだろう。ラテンアメリカ基金の代表者が面会に来たので、お前はその人物に自分の経営している新聞社に対する助成金の増額を依頼するだろう。そのあと、ゴシップ欄を担当している記者を呼びつけて、ソノーラ州で行っている取引にコウトとかいう男が難癖をつけているので、あの男に対する中傷記事をコラムに載せるように指示するだろう。お前は次々に仕事をこなすだろう。それが終わると、パディーリャの横に腰をおろして自分の財産の計算をはじめるが、それがお前にとっていちばん楽しい時間になるだろう。手がけている事業のおよんでいる地域と事業間の関連を図示した地図が部屋の壁いっぱいに貼ってあるだろう。新聞社、――メキシコ市、プエブラ、グアダラハラ、モンテレイ、クリアカン、エルモシーリョ、グアイマス、アカプルコなど――への不動産投資、ハルティパンの硫黄鉱床、イダルゴの鉱山、タラウマーラの森林伐採権、チェーン・ホテルへの参加、パイプ工場、水産事業、金融機関への融資、株式市場の操作網、北米企業の法的代表権、鉄道借款の管理運営、金融機関への重役派遣、外国企業――染料、鋼材、クレンザー――への株式投資、さらに一覧表に出ていない項目、すなわちチューリッヒ、ロンドン、ニューヨークの銀行に預けてある千五百万ドル。医者から止められているのに、お前はタバコに火をつけるだろう。そして、これが何度目かはわからないが、パディーリャに自分がどうやって巨万の富を築き上げたかを説明してやるだろう。革命が終わると、プエブラの農民に短期高利で金を貸し、将来性を見込んでプエブラ市近郊の土地を買い占めた。また、歴代大統領に近づき、彼らの口利きでメキシコ市内の国有地を取得し、さらに首都の新聞を買収、鉱山株を買い占めた。また、メキシコとアメリカの合弁会社を設立し、法の網をくぐるために自分がその社長におさまった。北アメリカの投資家の信用をうまく勝ち取って、シカゴおよびニューヨークとメキシコ政府の仲介役をつとめる一方、株価をたくみに操作して好きな時に売り買いして暴利をむさぼった。アレマン大統領〔ミゲル、一九〇〇～八三。四六～五二年までメキシコ大統領〕とは結託して甘い汁を存分に吸った。政府が内陸部の都市で新たに土地の分譲を計画し、農民から共同地《エヒードス》を接収したという情報を入手すると、さっそくその土地を買収したし、森林伐採権も手に入れた――そんなふうに説明したあと、お前は溜息をつくと、パディーリャに火を貸してくれと言うだろう。この二十年間は、何の心配もなく事業経営ができたし、世の中は平和で階級間の争いもなくいい思いをさせてもらった。ラサロ・カルデナス〔一八九五～一九七〇。一九三四～四〇年までメキシコ大統領〕が民衆扇動政策をとったあとのこの二十年間は、進歩と企業利益優先の時代で、労組の指導者も出る幕がなく、ストもすべて失敗している。そこまでしゃべって、お前は急に腹を押さえるだろう。縮れた白髪の頭とオリーブ色の顔がテーブルのガラスにゴツンとぶつかり、お前はまたしてもそこに映っている病気にかかった双児の兄弟の顔を見るだろう。あらゆる物音が頭の中から笑いさざめきながら逃げ去ってゆく。あの連中の汗が身体にまとわりつき、彼らの肉体の重みで息が詰まってお前は気を失うだろう。ガラスに映ったもうひとりのお前が七十一歳の老人のお前と合体し、気を失って回転椅子とスチール製の大きなデスクの間に倒れるだろう。お前はここにいるだろう。伝記の資料は山ほどあるが、そのうちのどれが取り上げられ、どれが葬り去られるかお前は知ることができないだろう。それを知ることはないだろう。お前の伝記にはありふれたことが記載され、誰にもできなかった社会的貢献の経歴は一切書かれないだろう。お前は思う存分楽しんだことだろう。お前はそうしたことを覚えていただろう。しかしお前はもっとちがったこと、別の日々のことを思い出すだろう、いや、思い出す必要があるだろう。出会いと拒絶、束の間の恋、自由、怨恨、挫折、意思といった記憶によって分類された日々が、遠く近くたゆたいながら忘却の彼方に消えようとしている。それらの日々はじつを言うと、お前が分類整理した内容以上の何かであったし、これから先もそうであり続けるだろう。そうした日々の中で、お前の運命は鼻のいい猟犬のようにお前を追いまわし、見つけ出し、捕まえ、お前の言動はそのうち具体化されてゆくだろう。脂肪分をふくんだ不透明で複雑に入りくんだ物質とその中に取り込まれている触知できない魂というもうひとつの無形の物質、この両者が結びついた存在、それがお前なのだ。みずみずしいマルメロのような恋、伸びてゆく爪のような野心、徐々に髪の毛が薄くなってゆく不快感、太陽と砂漠がもたらす憂鬱、汚れた皿を目にした時のうんざりした思い、熱帯の川の気まぐれ、サーベルと弾薬の恐怖、日に干したシーツの紛失、黒い馬がもたらす気晴らし、人《ひと》気《け》のない浜辺で感じた老い、偶然目にした外国切手の貼ってある封筒、香の匂いに対する嫌悪感、ニコチン中毒、赤い大地のもたらす苦しみ、夕暮れ時の中庭の愛情、あらゆる物体に備わる精神、あらゆる魂のうちにひそむ物質。お前は自分の思い出をまっぷたつに断ち切るが、人生というハンダがその記憶をふたたびひとつに結び合わせ、溶解し、追いまわし、見つけ出すだろう。二つに切られた果実。今日それがふたたびひとつになるだろう。お前はあとに残してきた人生の残り半分を思い出すだろう。運命がお前を見つけ出すだろう。お前はあくびをするだろう。思い出す必要はない。お前はあくびをするだろう。さまざまな事物とそれにまつわる感情はばらばらにほどけ落ちていくこともなく、道端に投げ捨てられていった。後ろに庭があった。そこに戻ることはできないだろうか、最後にもう一度それを見つけ出すことはできないだろうか？　お前はあくびをするだろう。お前はそこから一歩も動かなかった。お前はあくびをするだろう。お前は今その庭の土の上にいる。

だが、青ざめた木は実をつけることを拒み、干上がった川底は水を拒んでいる。お前はあくびをするだろう。日々は脈絡がなく、同一でしかも遠くて近いだろう。それらの日々は必要性を、切迫した事態を、その時の驚愕をたちまち忘れ去ってしまうだろう。お前はあくびをするだろう。目を開けると、心配そうな表情を取りつくろって立っている彼女たちの顔が見えるだろう。お前はカタリーナとテレーサの名前をそっと口にするだろう。彼女たちが心の底で感じている思い、自分たちは騙され、欺かれているという思いを隠せずにいるだろう。そうした腹立たしい思いをしていても、今は表向き目の前の人物を愛し、心配し、苦しんでいるふりをしなければならない。お前の病気、病人になっている姿を目にし、こういう時は他人の目もあり、品よく振る舞わなければならないし、受け継がれてきた慣習もあるので、さも心配そうなふりをする必要があるとわかっていて、そういう態度をとっているのだろう。お前はあくびをするだろう。お前、アルテミオ・クルス、彼。お前は目を閉じて、自分のこれまでの日々を信じるだろう。

一九四一年七月六日

彼は車で会社に向かった。ハンドルを握っている運転手の後ろで新聞を読んでいて、何気なく顔を起こすと、彼女たちが店に入ってゆくのが見えた。目を細めて二人を眺めていたが、急に車が走り出したので、ロンメル〔エルヴィン、一八九一～一九四四。第二次世界大戦時の有名なドイツの軍人〕とモントゴメリー〔バーナード、一八八七～一九七六。イギリスの軍人で、ロンメルの指揮下のドイツ軍を撃破した〕の写真に目をやりながら、シディ・バラーニとエル・アラメイン〔シディ・バラーニとともに第二次世界大戦時の激戦地として知られるエジプトの都市〕から届いたニュースを読み続けた。暑い陽射しのせいで汗をかいていた運転手はラジオをかけて気を紛らしたいと思ったが、そうもできなかった。アフリカで戦争がはじまったというニュースを聞いて、すぐにコロンビアのコーヒー農園主と契約を結んだが、あれは賢い取引だったと考えた。彼女たちが店に入ってゆくと、女店員が出てきて、すぐに主人が参りますので、それまで腰をかけてお待ちくださいと言った(店員はその母娘が誰だか知っており、店の女主人から、あのお二人がお見えになったら、すぐ知らせるようにと言われていたのだ)。店員は絨緞を踏んで奥の部屋まで行ったが、そこでは店の主人が緑色の皮を張ったテーブルの上で招待状の宛名書きをしていた。店員が部屋に入って、例の奥様とお嬢様がお見えになっておられますと言うと、銀の鎖のついた眼鏡を下におろして、溜息をつき、「はい、はい、わかりました。そう言えばもう間もなくだものね」と答えた。女主人はよく教えてくれましたと礼を言ったあと、紫色に染めた髪を撫でつけ、口もとを歪めるとメントール・タバコを揉み消した。店のほうでは二人の女性が黙りこくったまま椅子に腰をおろしていた。女主人が現われたのを見て、こんな場合黙っているのは失礼にあたると考えて、母親がさもさきほどからおしゃべりをしていましたと言わんばかりの口調で、突然大きな声でこう言った。「……でも、こちらのほうがずっとすてきよ。あなたはどう思ってか知らないけど、こちらのほうが色合いもいいし、とてもきれいだから、私ならこちらにするわね」母親は人がそばに来ると、べつにしゃべりたくもないのに相手の人を気遣って急に話しかける癖があった。娘はその辺のところをわきまえていたので、黙ってうなずいた。店の主人は娘のほうに手を差し出すと、母親にほほえみかけ、そのあと髪を紫色に染めた頭を深くさげて挨拶した。娘は女主人が坐れるように、ソファーの右端に身体をずらそうとした。それを見て母親は娘を軽く睨みつけると、そんなことをしてはいけませんと言うように胸のところで指を立てて横に振った。娘は場所を空けるのをやめて、髪を染めた店主の顔を親しみのこもった目でじっと見つめた。女主人は立ったまま、いかがです、もうお決まりになりましてと尋ねた。母親は、いいえ、それがまだなんですの、決まらなくって困っているんですよ、ですからもう一度モデルさんを見せていただこうと思ってこうして参ったんです。なにしろ、花の色や御婦人方の衣装などこまごましたものがすべてこの衣装で決まるものですから、と答えた。

「いろいろご面倒をおかけしてほんとうに申し訳ありません。ですけど、私たちは……」

「奥様、どうかそういうお気遣いはなさらないでください。私どもはお客様に喜んでいただけさえしたら、それでよろしいんですから」

「そう言っていただくと助かります。こういうことはよく考えたうえで決めないと……」

「さようでございますとも、奥様」

「あとで後悔しても取り返しがつきませんものね。それに、日が迫っておりますでしょう」

「ほんとうにご心配でしょうね。どうか慌てずにゆっくりお選びになってください。日が迫ってまいりますと、どうしても……」

「そうなんですよ、これならと納得したうえでいただきたいものですから」

「では、ちょっと失礼してモデルの女の子たちに衣装を着けさせてまいります」

二人きりになると、娘が両脚を伸ばした。母親はびっくりしたように娘のほうを見ると、五本の指を広げて手を振り、ガーターが見えたらどうするんですとたしなめた。そのあと、左脚のストッキングが破れているから唾を少しつけなさいと言った。娘は絹のストッキングの破れた個所を見つけると、人差し指に唾をつけて押さえた。「なんだか少し眠いの」と娘が言った。母親はそれを聞いてほほえみを浮かべると、娘の手を撫でてやった。二人はしばらくの間バラ色の錦織の布を張ったソファーに腰をかけたまま黙りこくっていたが、やがて娘が、お腹が空いたわと言った。母親は、だったら、あとでサンボルンへ行きましょう、でも私は太りすぎだから、何も食べませんからねと念を押した。

「あなたはいいのよ、気にしなくて」

「ほんと?」

「ええ、若い時は何も心配しなくていいの。でも、年を取ると気をつけないとね。わが家の女性はみんな若い頃はとてもスタイルがいいんだけど、四十を過ぎると急に身体の線が崩れてくるの」

「でも、ママはとってもすてきよ」

「あなたは昔の母さんを知らないからそんなことを言うのよ。でも、覚えていないでしょうね。それに……」

「今朝、目が覚めた時、とってもお腹が空いていたの。だから、朝はしっかり食べたんだけど……」

「今はいくら食べても大丈夫よ。でも、ある年齢を過ぎると、気をつけないとね」

「お腹が大きくなると、太るの？」

「大丈夫よ。十日間もダイエットすれば、元どおりになるわ。問題は四十を過ぎてからよ」

店の奥では、口に留めピンをくわえた女主人が床に膝をつき、苛々した様子で忙しく手を動かしながら二人のモデルの着付けをしていたが、その間もどうしてあんたたちはこんなに脚が短いの、とこぼしていた。こんなに脚が短いと、テニスでも水泳でもいいから、体型が良くなるようなスポーツをやらなきゃだめよ。女主人がしきりにこぼしているのを聞いて、モデルたちが、今日はいつになく苛々しておられますねと言った。女主人は、そうなのよ、どうしてだか二人がお見えになると苛々してくるの、と答えた。奥様のほうはこちらが手を差し出しても握手してくださらないし、お嬢様は感じがいいんだけど、おっとりしていて、心ここにあらずって感じなの、とモデルに説明した。でも、よく知りもしない人のことをとやかく言うのはよしましょう、アメリカ人の言うとおり、お客様はいつも正しいんですよ、さあ、チーズ、チーズ、チィイイズ、にっこり笑って愛想よくお店のほうに行きましょう。仕事をするために生まれてきたわけじゃないけど、やることだけはきちんとやっておかないとね。今成金の奥様方のお相手をするのはもう慣れっこよ。それに日曜日になれば命の洗濯ができるんだもの。小さい頃からずっと一緒に育った友達がいて、日曜日ごとにブリッジをして楽しむことにしているの。せめて週に一度くらいは人間らしい生活をしないと、とてももたないわ、そう言って女主人はモデルの準備ができたのを見届けると手をポンと叩いた。それにしても、脚が短いわね。口にくわえていた留めピンを抜きとると、慎重な手つきでビロードの針刺しに突き刺した。

「シャワーを浴びに来るかしら?」

「誰のこと? あの人、それともお父様?」

「パパよ」

「さあ、どうかしら」

彼は国立芸術院《パラシオ・デ・ベーリャス・アルテス》のオレンジ色のドームとそこのどっしりした白い列柱を眺めてい

たが、ふと上を見上げた。多くの電線が集まり、分かれ、平行に走り——いや、走っているのは電線じゃなくてわしなんだ、と車のシートのグレーの布地に頭をもたせかけて考えた——、あるいは変圧器の中に吸い込まれていた。中央郵便局のヴェニス風の黄土色の正面玄関、メキシコ銀行の木の葉と豊かな乳房、果実と花で満たされた豊饒の角の彫刻。彼は栗色のフェルト帽の絹のリボンを撫でながら、目の前にある、リムジンの補助席の革紐を靴先で揺らした。サンボルンの青いモザイクとサン・フランシスコ修道院の彫刻を施した黒ずんだ石。車はイサベル・ラ・カトリカ街で止まり、運転手がドアを開けて帽子を取った。彼はフェルト帽をかぶると、帽子の外にはみ出しているこめかみの毛を撫でつけた。宝くじ売りや靴磨き、ショールで顔を包んだ女、洟《はな》を垂らした子供たちがわっとまわりを取り囲んだが、彼は素知らぬ顔で回転ドアを通って建物の中に入り、玄関ホールにある鏡の前でネクタイを直した。マデーロ街に向かって取り付けられた二枚目の鏡にも自分にそっくりの男が映っていたが、それは遠くに小さく見えていた。ぼやけているが同じチェックの、けれども色のない服を着たその男もやはり、ニコチンで黄ばんだ指でネクタイを直しており、物乞いに囲まれていた。彼が手を下におろすのと同時にその男も手をおろし、背中を向けて通りのほうに歩き出したが、それを見て一瞬方向がわからなくなってエレベーターを探した。

物乞いが手を伸ばしてくるのを見てふたたび不快感をおぼえた彼女は、娘の腕をとると、現実の世界とはまた別の、温室を思わせる熱気のこもった空間へ、石けんとラヴェンダーと印刷したばかりのアート紙の匂いのする世界へ入って行った。ショーケースの前で一瞬足を止め、赤いタフタの布の上に並んでいる化粧品をよく見ようと目を細めた。そこのガラスに自分の顔が映っていた。彼女は《シアトリカル》のコールドクリームをひとつとタフタの布と同色の口紅を二本頼み、ワニ皮のハンドバッグに入っている紙幣を探したが、見つからなかった――「悪いけど、この中から二十ペソ紙幣を取ってくださらないかしら」彼女は包みとお釣りを受け取ると、娘と一緒にレストランに入って二人掛けのテーブルを探した。娘は民族衣装を着けたウエイトレスにオレンジジュースとクルミ入りのワッフルを注文したが、母親も我慢できなくなって、溶かしバターを塗ったレーズンパンを頼んだ。二人は知り合いが来てはいないかと思ってまわりを見まわした。娘は採光窓から入る光が強すぎるからといって、仕立ておろしの黄色い上着を脱いだ。

「ジョアン・クラウフォルド、ジョアン・クラウフォルド」と娘が繰り返した。

「それじゃだめよ、いいことクローフォル、クローフォル、向こうの人はそんなふうに発音するのよ」

「クラウフォル」

「そうじゃないわ。クロ、クロ、クロよ。aとuが並ぶと、オのような発音になるの。たしかそのはずよ」

「でも、映画はちっとも面白くなかった」

「そうね、あまり感心しなかったわね、でも彼女はすてきだったでしょう」

「退屈しちゃった」

「でも、行きたいと言い出したのはあなたよ……」

「だって、みんながすてきだって言ったんだもの。でも、つまんなかったわ」

「暇つぶしにはなったでしょう」

「クローフォルド」

「そう、そうよ。最後のドは発音しないで、クローフォルといった感じで発音すればいいのよ」

「クローフォル」

「そう、そんな感じね」

娘はワッフルに蜜をかけると、切り込みを入れたところに蜜が浸み込むのを待って小さく切りはじめた。狐色に焼けた甘いワッフルを一口ほおばるたびに母親にほほえみかけたが、母親は彼女のほうを見ていなかった。手がもうひとつの手をもてあそび、親指で相手の指の腹を撫でたり、爪を起こそうとしているのを見ているようだった。顔を見る気になれなかったが、そばにあるその二つの手に気を取られていた。手がふたたびもう一方の手を取ると、毛穴のひとつひとつを確かめてでもいるようにゆっくり這いのぼっていった。

指輪はしていないけど、きっと二人は婚約しているか何かね。その手から目を逸らして、娘の皿に溜まった蜜を見つめようとしたが、自然に目が隣の席の二つの手のほうに引き寄せられた。我慢して顔を見ないようにしていたが、愛撫し合っている手につい目が行ってしまった。娘は歯茎のまわりに残っていたワッフルとクルミを舌で上手に舐めとると、口をナプキンで拭った。口紅を塗り直す前にもう一度舌で口の中に残っていたワッフルを舐めとると、レーズンパンの残りを食べてもいいかしらと母親に尋ねた。コーヒーを飲むと苛々するから飲みたくないの、ほんとうは大好きなんだけど、今日はなんだか苛々しているからやめておくわと言った。母親は娘の手をやさしく撫でながら、今日はまだほかに沢山することがあるから、そろそろここを出ましょうと言った。彼女は勘定を払い、チップをテーブルに置くと、娘と一緒に立ち上がった。

鉱床に熱湯を注入すると、熱湯が鉱床を溶かします。そこに圧縮空気を送り込んでやると硫黄が表層に浮かび上がってきます、とアメリカ人が説明した。そのアメリカ人がもう一度同じ説明を繰り返すと、もうひとりの日焼けした赤ら顔のアメリカ人が、今回の調査は大いに満足のゆくものだった、そう言って顔のそばの空気を切るような仕草で手を振りまわしながらこう続けた。「硫黄鉄鉱は素晴らしい、だけど黄鉄鉱はだめ、硫黄鉄鉱は素晴らしい、だけど黄鉄鉱はだめ……」彼らがスペイン語を使う時はいつもそうだが、自分のスペイン語がまずいのではなく、相手が自分のスペイン語を理解していないのだと思い込んでいるのか、何度も同じ言葉を繰り返した。そういうしゃべり方には慣れていたので、彼は指でテーブルの上のガラス板をコツコツ叩きながらうなずいた。「黄鉄鉱はだめ」技師がテーブルの上に古文書を広げると、彼は邪魔にならないように肘を後ろに引いた。二人目の男がこのあたりは鉱物資源が豊富なので、最大限に見積もった場合、二十一世紀の半ば近くまで採掘が可能でしょうと説明した。同じことを七回繰り返したあと、さらに蜿《えん》蜒《えん》と長広舌をふるった。地質学者が鉱山を発見した個所には緑色の三角印が打ってあったが、彼はそこに置いていた手を引っ込めた。アメリカ人はウインクすると、あのあたりは杉とマホガニーの広大な森林がありますが、それは百パーセント、メキシコ人の共同経営者であるあなたのものです、アメリカ人の共同経営者である私どもはそれに関して一切タッチしません。ただ、いたるところで進んでいる森林破壊の現状を目にしてきた経験から言わせていただきますと、伐採したあとはぜひ植林されるべきでしょうね、と言った。あそこの森林は金山と同じくらいの価値がありますが、鉱床とは関わりがありませんので、すべてあなたのものになります。彼はにこやかな笑みを浮かべて立ち上がった。ベルトとズボンの間に両手の親指を突っこみ、口にくわえた葉巻をゆらゆら揺らしたが、火が消えているのを見て、アメリカ人のひとりが慌ててマッチに火をつけ、両手で火が消えないよう囲って立ち上がった。アメリカ人が葉巻に火を近づけると、彼はじゅうぶん火がつくまでくわえた葉巻をくるくる回した。彼は即金で二百万ドルを要求した。それを聞いて彼らはいったいどういう名目ですか、三十万ドルならいつでもお出ししますが、投資した資金が利潤を生むまではそれ以上一文も出せません、と言った。地質学者はシャツのポケットから小さく切った鹿皮を取り出して眼鏡を拭き、もうひとりのほうはテーブルと窓の間を往復しはじめたが、やがて彼は前金だの、信用貸しといった形なら一切お断わりする、これが当方の条件だと繰り返した。採掘権を手に入れたければ、先に言った金額を支払ってもらいたい、前もって払っていただけないのなら採掘権は諦めていただくしかありませんな。それくらいの金なら取り戻せるでしょう。品のない言い方だが、私という名義人がいて、表向きの代表者がいなかったら、あなた方は採掘権を取得して鉱山を掘るわけにはいかないんですぞ。彼はベルを押して秘書を呼んだ。秘書は簡単な数字を急いで読み上げたが、それを聞いてアメリカ人たちは何度もオーケー、オーケーと繰り返した。オーケー、オーケー、オーケー。彼はにっこり笑い、ウイスキーの入ったグラスを二人に差し出すと、これで二十一世紀前半まで好きなだけ硫黄を採掘していただいてけっこうです、ただし、二十世紀の間はこの私から搾取しようなどという妙な考えを起こされないことですな、と付け加えた。三人で乾杯したが、二人のアメリカ人はにこやかにほほえみながら口の中で、こん畜生！　とつぶやいた。

二人の女性が腕を組み、うつむいてゆっくり歩きながら、ショーウィンドーの一つひとつで足を止めて、まあ、すてき！　でも値が張りすぎるわ、きっと向こうにもっといいのがあるはずよ、ほら、見て、あれ、いいじゃない、と話し合っていた。そのうちくたびれてきたので、あるカフェに入ると、店の奥のほうに席をとった。そこなら宝くじ売りや大粒の乾いた砂埃、あるいはトイレの悪臭に悩まされることはなかった。彼女たちは席につくと、カナダ・ドライを注文した。母親はコンパクトを取り出して、おしろいをはたきながら小さな鏡に映る自分の琥珀色の目を見つめたが、目の下の肉のたるみが以前よりも大きくなっているのに気づいて慌てて蓋を閉めた。炭酸ガスが抜けてからゆっくり飲もうと思い、彼女たちは合成着色料の入ったソーダ水の泡がぱちぱちはじけるのを見つめていた。娘はこっそり靴を脱ぐと、それまで締めつけられていた足の指を撫でた。母親はオレンジの清涼飲料水のグラスを前において、独立してはいるが一枚のドアでつながっている、自分の家の隣り合った部屋のことを思い浮かべていた。ドアは締めきってあるが、そこから毎朝毎晩いろいろな物音が聞こえてきた。時々咳き込んだり、靴を床に落としたり、棚の上にキーホルダーを投げ出したり、整理ダンスの油のきれた蝶番《ちょうつがい》の軋《きし》り音がしたり、かと思うと時には安らかな寝息が聞こえてくることもあった。彼女は背筋に冷たいものが走るのを感じた。その日の朝、足音を立てないようそっと爪《つま》立《だ》って締まっているドアの前まで行ったが、その時に背筋に悪寒《おかん》が走るのを感じた。小さな音や大きな音が聞こえてくるが、あれはひょっとして秘めごとをしている音ではないだろうか、そう考えて彼女は急に不安をおぼえた。ベッドに引き返すと、ベッドカバーにくるまり、平天井をじっと見つめたが、そこには栗の木から射し込む木洩れ陽だろうか、絶え間なく動いている扇状の丸い光が天井いっぱいに広がっていた。彼女は冷えた紅茶の残りを飲むと、娘が、起きて、今日はすることがいっぱいあるのよと言って部屋に入ってくるまで眠った。彼女は冷たいグラスを手にもって、そんな朝方の出来事を思い返していた。

彼はスプリングを軋ませて回転椅子にもたれかかると、秘書に、『危ない橋を渡ってもいいという銀行はなかったか？　メキシコ人で、このわしを信頼しきっている人間はいなかったか?』と尋ねた。そして黄色い鉛筆を手にもつと、それを秘書の顔に向かって突き出した。今回のことをメモしておいてくれ、パディーリャ。お前が証人だ。危険をおかしてもいいと言う奴などおらんだろうな、ただわしとしては、南部のジャングルに眠っている宝の山をそのままにしておきたくないんだ。アメリカ人どもが鉱山の採掘に大金をつぎ込もうとしているのに、それをただ指をくわえて見ているわけにはいかんだろう。秘書が時計を指さしたので、彼は溜息をつくと、よし、わかったと答えた。今日はわしが食事をおごるよ。一緒に食事のできる新しい店を知らんかね。心当たりがあります。まだご一緒したことはありませんが、メキシコ料理を出す感じのいい店があります。カボチャの花にケサディージャ、それにウィトラコチェ（黒穂病にかかったトウモロコシで、メキシコでは珍味として知られる）を詰めた揚げ物はなかなかのものです、店はそこの角を曲がったところにあります、と答えた。それじゃあ、一緒に行こう。どうも疲れていかん、午後はもうオフィスのほうに戻らんつもりだ。ともあれ、お祝いをしなくてはな、そうだろう？　きみとはまだ一度も一緒に食事をしたことがなかったな。彼らは黙って階段を下りると、五月五日《シンコ・デ・マーヨ》並木道に向かって歩き出した。

「まだ若いようだが、年はいくつだね？」

「二十七歳です」

「卒業して何年になる？」

「三年です。ですが……」

「ですが、どうした？」

「この三年で、理論と実践の違いをいやというほど見せつけられました」

「笑いたくなったろう？　で、学校では何を学んだんだね？」

「マルキシズムをたっぷり教えられました。論文では剰余価値を取り上げました」

「いい勉強になったろう、パディーリャ？」

「ですが、やはり現実とはちがいますね」

「きみはマルキストかね？」

「友人はひとり残らずそうでした。あれはやはり、そういう年頃の人間がかかる流行り病のようなものでしょうね」

「レストランはどこだ？」

「あそこの角を曲がったところです」

「歩くのが苦手でな」

「すぐそこですから」

彼女たちは二人で分け合って荷物を持ち、運転手を待たせてある国立芸術院のほうへ歩き出した。二人とも下を向いていたが、ショーウィンドーの前を通るたびに敏感に反応して顔を上げた。と、その時だしぬけに母親が娘の腕を摑み、手にもった荷物のひとつを落とした。二人の目の前で、二頭の犬が唸り声を上げ、いったん離れたあと、もう一度唸り声を上げ、互いに相手の首筋に血が出るほど強く嚙みついた。二頭はアスファルトのほうへ走り去ってゆき、ふたたび唸り声を上げてもつれ合い、鋭い歯で嚙み合った。疥癬《かいせん》にかかり涎《よだれ》を繰っている二頭の犬は、雄と雌の野犬だった。娘は下に落ちた荷物を拾い上げると、母親を駐車場のほうへ連れて行った。二人が車のシートに腰をおろすと、運転手がラス・ローマス区のほうへお戻りになりますか、と尋ねた。ええ、そうしてちょうだい、いま道で野犬に出くわして、ママはびっくりしているの、と娘が答えた。母親はそれを聞いて、いいえ、何でもありません、もう大丈夫ですよ、と言った。すぐそばでだしぬけにあんなことがあったものだから少し驚いただけです、まだ買い残したものや見てまわりたい店が沢山残っていますから、午後にもう一度中心街のほうへ行きましょう、と言うと、娘が、式までにまだひと月以上あるのよ、慌てなくても大丈夫だわと答え返した。そりゃそうだけど、あっという間に時間が過ぎてしまって、あとで慌てることになりますよ、と母親が言った。お父さんは厄介ごとをみんな私たちに押しつけて、ご自分は知らんふりですからね。それに、あなたのことだけど、もう少し良家のお嬢さんらしく振る舞わなくてはいけませんよ、誰かれなしに軽々しく握手などしてはいけません。早く結婚式が終わってくれるといいんだけど。そうすれば、お父さんも自分が責任ある年代にさしかかっていることに気づいてくださると思うの。五十二歳といえばもう若くないんですからね。お前も、早く赤ちゃんができるといいのにね。結婚式は教会で正式に挙げることになっているから、その時はお父さんも私のそばにいてくれるでしょう。みなさんから祝福されたら、きっとお父さんも、ああ、自分はもうみんなから敬意を払ってもらえる、責任ある年代の人間になったんだなとお考えになると思うの。今回のことであの人も目を覚ましてくれるでしょう。

あの手がわしの身体を撫でまわしている。払いのけようとするが、手に力が入らん。身体を撫でまわしてもむだだ。カタリーナ。むだだというのに。お前は何を言いたいのだ？　これまでどうしても口にできなかった言葉を、今になってようやく見つけたというのか？　それも今日になって？　むだだ。その口は動かさんほうがいい。余計なことは言わんことだ。これまで一生懸命うわべを取りつくろってきたんだろう、それなら最後までそれで押し通すのだ。少しは娘を見習うがいい。あのテレーサ。わしたちの娘、テレーサをな。わ、し、た、ち、のという形容詞はうまくない、どうもなじまん。あの娘は表面《うわべ》を取りつくろったりはせん。あの娘には言いたいことなど何ひとつないのだ。あの娘を見るがいい、黒い服を着、腕を組んで椅子にかけたままじっと待っている。あの娘は表面を取りつくろったりはせん。さきほど、わしに聞かすまいとして少し離れたところでお前にこう言ったはずだ。『早く何もかも終わってほしいわ。私たちを苦しめるためなら、あの人は仮病だって使いかねないんだから』たしかそんなふうに言ったはずだ。今朝、気持ちよくぐっすり眠って目を覚ました時に、そう言っているのが聞こえたのだ。昨夜はたしか、催眠薬か鎮痛剤を注射されたような気がする。お前はあの時、『ああ、神様、主人の苦しみが一刻も早く終わりますように』と祈ったはずだが、あれは要するに自分の娘の言葉を言いかえたにすぎん。だが、いくらお前でも、わしがこうつぶやいた言葉の微妙なニュアンスを言いかえることはできんだろう。

「あの朝、わしはわくわくしながら待っていた。二人して馬で川を渡ったんだ」

ああ、パディーリャか、こちらへ来てくれ。テープレコーダーは持ってきただろうな。万事ぬかりないお前のことだ、まさか忘れたりはせんだろう。毎晩それを下げてコヨアカンの屋敷へやってくることになっておるんだからな。今日みたいな日こそ、いつもと何ひとつ変わってはいないという確証を得たいのだ。毎日の決まりごとを変えてはいかん。女どもはいやがっておるだろう。

「いいえ、それはいけません、やめてください！」

「ですが、奥様、これは長年続けている習慣ですから」

「主人のあの顔をごらんになっても、ですか」

「とにかくやらせていただきます。準備はできていますから、あとはコンセントを差し込むだけです」

「この責任はとっていただきますからね」

「ドン・アルテミオ……ドン・アルテミオ……今朝録音したテープをもってまいりました……」

わしはうなずく。ほほえみを浮かべようとする。いつものように。パディーリャは頼りになる男だ。こいつは信頼に足る男だ。遺産をたっぷり分けてやり、今後ともわしの資産の管理をまかせてもいいだろう。すべてを知っているこの男をおいてほかに信用できる人間はおらん。パディーリャ、たのむぞ。会社でしゃべったわしの言葉はすべてテープに収めてあるだろうな？　パディーリャ、お前は何もかも知っている。お前にはじゅうぶん礼をさせてもらうぞ。わしの名声を受け継ぐのはお前だ。

テレーサは椅子にかけて新聞を広げているが、そのせいで顔が見えない。黒のカソックを着けた坊主が、厳しい訓戒を垂れてわしをあの世に送りこもうと、香の匂いをぷんぷんさせながら聖水を額にいただいてやってきおったようだ。へっ、どいつもこいつもワナにかかりおって。テレーサがあそこですすり泣いている、おや、バッグからコンパクトを取り出したな、鼻におしろいをはたいてもう一度すすり泣こうというわけか。最後の時が目に浮かぶようだ、柩《ひつぎ》が墓穴に下ろされると、大勢の女どもが墓穴の上ですすり泣き、そのあとおしろいをはたくことじゃろうて。うむ、だいぶ気分が良くなってきたぞ。この臭い、シーツの間から立ちのぼってくるこの臭いと、さきほど粗相したあのいまいましい染みさえなければ気分は上々なんだが……。ひどいいびきをかいているが、まさかわしではあるまいな？　黒い僧服をまとったうすのろ坊主の相手をし、こいつの聖務に付き合わされるのか？　うーっ、うーむ。呼吸が乱れているな……。拳をにぎりしめ、うーむ、顔の筋肉を引き締めよう。粉をふいたような坊主の顔がそばに見えるが、こいつは明日か明後日――いや、そうはならん、ぜったいにそうはならんぞ――、あらゆる新聞の見出しに出るはずの決まり文句『聖母教会のお力を得て……』という一節をわしの耳に吹き込もうとやってきおったのだ。坊主め、髭をあたったその顔をわしの乱れた白髪頭に近づけてきおる。十字を切っているな。『罪人なるわれは』とつぶやいているが、わしにできるのはそちらを向いて唸り声を上げることだけだ。わしの脳裏に渦巻いている考えを、何とかあいつに伝えられないだろうか。あの夜、薄汚い身なりの貧しい大工〔イエスの父ヨセフのこと〕は、おびえている処女に覆いかぶさるという楽しみを味わったが、家族から聞かされたお話や迷信を信じていたその娘は股の間に白い小鳩をはさんでいた。スカートの下の処女の庭とも言える太腿の間に小鳩をはさんでおけば、鳩が生まれると信じていたのだ。大工は、この娘《こ》はなかなかの美人だからたっぷり楽しませてもらおうと欲望に燃えてのしかかっていった。彼女に覆いかぶさると、すすり泣く声が、おや、テレーサがすすり泣いているが、こらえきれなくなったのだろうか。青白い顔をしたあの女はひそかにわしが最後の反逆を試みるのを期待し、それを楽しみにしているのだ。そうすれば最後の土壇場で腹を立てる格好の口実ができるのだからな。あの二人は誰に嚙みつくわけでもなく、おとなしく坐っているが、どうした理由《わけ》だろう？　はてさて、いつまで続くことやら。今はさほど気分が悪くない。おそらく良くなってきたのだろう。それにしても、ひどい目に遭ったものだ。お前たちはわしがこのような状態にあるのをいいことに、さきほどまで見せていた表面《うわべ》だけの愛情すらどこかへ置き忘れてきたな。そして、これが最後とばかり、可愛げのない醜い二つの生きものと化したお前たちは、目に憎しみの色を浮かべ、喉もとまでこみ上げてきている非難、罵りの言葉をぶちまけようとしているが、ここでわしが元気そうな顔を見せればどんな態度に出るか見てやりたいものだ。血行が悪いだけだ、何も心配することはない。ばかばかしい話だ。それにしても、あそこにいる二人の女を見ているだけで気がくさくさする。いまわの際の人間がこうして薄目を開けてまわりを見まわしているんだから、もう少し面白いものがあってもよさそうなものだ。そうだ、わしは別宅でなく本宅のほうに運ばれたんだ。なんてことだ。慎重に構えるにもほどがある。これはひとつ、最後にパディーリャの奴をとっちめてやらなくてはいかん。あいつはわしの本当の家がどこか心得ているはずなのに。あそこなら、自分の好きなものを眺めてのんびりくつろぐこともできるはずだ。目を開ければ、温もりを感じさせる古い梁のある天井が見え、ベッドの枕板に飾ってある金糸を使った織物やナイトテーブルの上の燭台、ビロードの背もたれ、愛用しているボヘミア・ガラスのグラスなどが手の届くところに置いてある。向こうなら、セラフィンがそばでタバコを吸っており、その匂いを嗅ぐこともできるのだ。あの女はわしがふだんから言いつけてあるので、いつも身ぎれいにしている。あの女なら黒いボロ服を着て涙を浮かべたりはせんだろう。あそこにいると、自分の老いも疲れも感じることはない。何もかもきちんと整頓されているあの家にいると、自分は生きている、人を愛することもできるし、昔と何ひとつ変わっていないのだという実感も得られる。二心を秘めた二人の醜い女どもがどうしてあそこに坐っているのだろう？　だらしない格好をしているあの二人を見ていると、自分が急に老け込んだような気がする。向こうでは何もかもちゃんと用意されている。すべて申し分なく整えられている。こういう場合にどうすればいいのかをちゃんとわきまえている。だが、あの二人がいるとどうもいかん。昔の自分ではなく、いま現在の自分をよく見なさいと説教されているような気分になる。手遅れになるまでは、誰も何ひとつ教えてくれようとはせん。ばかな話だ。ここには気を紛らすものなど何ひとつない。そうなのだ、ここにいると、まるで自分が毎晩この寝室にもどってきて眠っているような錯覚にとらえられるが、それがあの女どもの狙いなんだ。半開きになった衣装戸棚を見ると、一列に並んでいるまだ袖を通したことのない上着や皺ひとつないネクタイ、まっさらの靴が見える。デスクに目を移すと、そこには一度も開かれたことのない本やサインのしてない書類が積み上げてある。ごくありふれた趣味のいい家具が並んでいるが、埃よけのカバーはいつ取り払ったのだろう？　ああ……窓がある。外の世界がある。高い台地を吹き抜ける風が痩せて黒ずんだ木々をそよがせている。大きく息を吸わなければ……。


「窓を開けてくれ……」

「だめ、だめよ。風邪をひいたらどうするの」

「テレーサ、お父さんにはお前の言っていることが聞こえていないのよ……」

「聞こえているわ。目を閉じて聞こえないふりをしているだけよ」

「しーっ、静かに」

「ママこそ静かにしてよ」


二人は黙り込む。そして枕もとから離れるだろう。わしは目を閉じたままでいる。あの日の夕方、パディーリャと二人で食事を取りに行った時のことを思い出す。あれはもう思い出したな。そうだ、あの二人をうまく出しぬいてやったんだ。何もかもいやな臭いがするが、暖かいな。この温もりはわしの身体から出るものだ。シーツの温もり。わしは大勢の人間を負かしてきた。一度も負けたことはなかった。うむ、血行が良くなりはじめたぞ、間もなく良くなるだろう。暖かい血が流れている。まだ身体を温めてくれているんだ。みんなを許してやろう。わしは傷つけられたわけではない。よし、いいぞ、みんな、しゃべれ、しゃべるんだ。もうどうでもいい。みんなを許してやる。暖かくなってきた、間もなく元気になるぞ。ああ。

あの連中を思いどおりに捻じ伏せてさぞかしいい気分だろう。正直に言うんだ、お前は自分が対等の人間だと相手に認めさせたのだから、めったにないほど気分がよかったはずだ。当時のような人間になりはじめてから、つまり、高級な布地の手ざわりや極上の酒の口当たり、高価な香水の匂いなどを愛するようになり、それが自分だけの唯一の喜びになってからというもの、お前は北方の大国に目を奪われるようになった。それ以来、そうしたものをあの連中とともに味わえないのは地理的な誤差のせいだと恨めしく思うようになった。彼らの効率の良さ、快適さ、清潔さ、支配力、意思に感心しつつまわりを見渡し、持たざる国である貧しいメキシコに見られる無能さ、惨めさ、不潔さ、無気力さ、露骨さ、それらすべてに我慢できなくなる。しかし、いくら力んでもあの連中のようにはなれず、せいぜい彼らの猿真似、模倣でしかないと知っていっそうやりきれない思いにとらえられる。しかし、結局のところ、いついかなる時でもお前のものの見方は連中のそれほど単純なものではなかったはずだ。そうだろう。いまだかつて、白と黒、善と悪、神と悪魔という単純な図式化を行ったことはなかった。一見逆だと思える時でも、お前はつねに、黒なら黒のうちにその反対物の萌芽、反映を見出してきたはずだ。お前が残酷な行動をとる時も、そこにはいつもやさしさが秘められていたのではなかったか？　極端なものはすべてその反対物を、つまり残酷さはやさしさを、臆病さは勇気を、生命は死を内にはらんでいることをお前は知っている。何らかの形で——おそらくはお前の性格、生国、これまでの経験から無意識のうちに知ったのだろう——、お前はそのことを知っている。だから、そうしたことを知らない向こうの連中と同じ行動がとれないのだ。気を悪くしたかね？　お前が気を悪くし、腹を立てるのは当然だ。善はここにあり、悪はここにあると言えば、お前は機嫌を直すだろう。悪か。お前はこれが悪だとはっきり指摘できないはずだ。わしたちのように寄る辺ない人間は、光と闇の交錯する曖昧な薄明の領域が失くなるのが恐ろしいのだ、そこにわしたちは許しを見出すのだからな。お前もやはりそこで許しを見出すはずだ。長い人生において、一瞬でもお前のように善と悪を同時に具現し、色のちがう二本の神秘の糸に導かれうるような人間がほかにいるだろうか？　その二本の糸は同じ糸巻から出て、白い糸は上に、黒い糸は下に下降しながら、やがてふたたびお前の指の間で出会うことになる。お前はそうしたことを考えたくないだろう。このようなことを思い出させたわしをうとましく思っているだろう。お前は何とかしてあの連中のようになりたいと願ってきたが、老いた今になってようやくその望みをほぼかなえた。だが、ほぼ、あくまでもほぼなのだ。お前には忘れられないものがある。お前の勇気はお前の臆病さと双児の兄弟であり、お前の憎しみは愛から生まれたものであり、お前の生命は内に死をはらみ、やがて訪れてくる死を約束してきたということを、つまり、お前は善人でもなければ悪人でもなく、寛大でもなければ利己主義者でもなく、信義にあつくもなければ裏切り者でもなかったのだろう。人がお前の長所欠点をあげつらっても気にかけたりはしないだろう。なぜなら、お前は自分が肯定する言葉のひとつひとつをやがて否定し、否定する言葉のひとつひとつをやがて肯定するだろうということを否定できないはずだからだ。お前をのぞいてほかの誰もそのことを知ることはないだろう。お前の人生は、すべての人間のそれと同じように機《はた》の糸で織り上げられている。自分の人生を望みどおりのものにするチャンスは一度以上でも以下でもないだろう。人生を望みどおりのものにするチャンスは少なすぎることも、多すぎることもないだろう。お前をのぞいてほかの誰もそのことを知らないだろう。お前が別のものでなく、あるものになるとすれば、お前がそれを選び取らざるを得なかったということだ。お前の選択は、可能なほかの人生を、選ぶたびに後方に残してゆくことになるすべてを否定することではないだろう。ただ、お前の選択と運命がひとつに結びつけば、それだけお前の人生が薄っぺらになるということだろう。メダルにはもはや裏も表もなくなるだろう。つまりお前の願望と運命が同一のものになるのだ。お前はやがて死ぬのだろうか？　なにもこれがはじめてではないだろう。お前はこれまで死せる生を、単なるジェスチャーにすぎない瞬間をいやというほど経験してきたはずだ。カタリーナが寝室を分かっているドアに耳を押しつけ、お前の動きに耳を澄ましているというのに、こちら側にいるお前は、自分の立てる物音と沈黙にすがりついて生きている人間がいることなど気にもかけていない。これほどかけ離れていれば、もはや生活とは言えないだろう。二人はともに声を掛け合いさえすればいいとわかっているのに、そうしようとはしない。このような沈黙を生活と言えるだろうか？　お前はそうしたことを思い出したくないのだろう。できれば別のことを、歳月が消し去るあの名前、あの顔を思い出したいと思っている。それを思い出しさえすれば、自分は救われる、あまりにも簡単に救われるということを、お前は知っているだろう。最初にお前は思い出してはならないことを思い出すだろう。それでいったんは救われるが、もうひとつのもの、つまり自分を救済してくれると思ったものがじつは、真の意味で自分を罰するものだということに思い当たるだろう。自分が望むとおりのものを思い出すがいい。お前は知り合ったばかりの、若い頃のカタリーナを思い出し、その彼女と現在の生気を失った彼女とを比べるだろう。お前は思い出すだろう、その理由《わけ》を思い出すだろう。そして、彼女が、すべての人が当時考えたことを具現化するだろう。

お前はそのことを知らない。だが、それを具現化しなければならないだろう。お前は人の言葉にけっして耳を貸さないだろう。けれども、その言葉を生きることになるだろう。お前は目を閉じるだろう、閉じるだろう。お前はあの香の匂いを嗅がないだろう。お前はあの泣き声を聞かないだろう。別のこと、別の日々を思い出すだろう。目を閉じると、夜の闇とともにあまたの日々が蘇ってくるだろう。お前はそれらの日々をその目で見ることなく、声を通して識別するだろう。それ、つまり夜がすべての日々の神々であるかのように、見ずしてそれを受け入れ、識別せずして夜だと信じなければならないだろう。お前は今、夜を自分のものにするには目を閉じるだけでいいのだと考えるだろう。またしても痛みが襲ってくるが、お前はほほえみを浮かべ、両脚を少し伸ばそうとするだろう。誰かが手を撫でるが、お前はそれに応え返さないだろう。あれは愛情だろうか？　それとも、わしのことを気遣っているのか、苦しんでいるのか、腹黒い打算のうえに立ってそうしているのだろうか？　お前が目を閉じて創り出した夜の闇、その闇に包まれた真っ暗な大洋の彼方から一艘の石船が、お前の目に向かって進んでくるだろう。眠気を誘う真昼時の強い陽射しが空しくその船＝教会に活気を与えているだろう。インディオの攻撃から教会を守り、宗教的征服と軍事的征服をひとつに結び合わせようとそのまわりには黒ずんだ厚い壁が巡らせてある。イサベル女王の命を受けた粗暴なスペイン人の軍隊が笛と太鼓の音を高らかに響かせながらお前の閉じた目に向かって行進してくるだろう。お前は陽射しを浴びながら広い広場を突っ切ってゆくだろう。中央には石造りの十字架が立ち、四隅にはインディオの信仰の延長ともいえる舞台装置のような扉を開け放った礼拝堂が野外に建てられているだろう。広場の奥には、コンキスタドールたちの血の上に重ねて塗られた血の象徴《しるし》ともいえる火山岩のドームがあり、そのドームを忘れ去られたイスラム教徒の剣が支えているだろう。その建造物の正面は、いまだにスペインの名残りをとどめた初期のバロック様式になっているが、生い茂るブドウの葉を刻んだ円柱や鷲の嘴《くちばし》をかたどった要石《かなめいし》には豪華な装飾が施されているだろう。お前はそちらに向かって進んでいくだろう。厳めしくしかも陽気な征服時代の建物の正面、その片方の足は死せる旧世界に、もう一方の足は新世界に載せられているが、新世界はここから始まるのではなく、やはり海の向こうからはじまっていた。新世界は彼らとともに到着し、その彼らは自らの好色さ、幸福感、貪欲さを守ろうと重厚な壁を正面に押し立てた。お前はさらに歩を進めて、船＝教会の身廊に入ってゆくだろう。そこでは、インディオたちの聖人、天使、神々の住まう天上世界の、不気味で、しかも明るさをたたえた豊饒さがカスティーリャ的なものを圧倒しているだろう。たったひとつの巨大な身廊は金の枯葉の祭壇に通じているだろう。薄暗い物陰には仮面をつけた顔がひしめき合い、何かに急《せ》かされているような陰気でしかも賑々しいお祈りを唱えている。その神殿では、声なき驚愕と諦念を石に刻み、空虚と死せる時間への恐怖で空間を埋め尽くすことだけが許されている。人々は鞭と足枷《あしかせ》と痘瘡《とうそう》の支配する外の世界からかけ離れたところで、好きな色彩と形象を用いてよいという特別な許可をうけてのびのびと仕事をしながら、その死せる時間を意図的に引き延ばしていた。お前は新しい自分の世界を征服すべくどこもかしこも汚れている身廊の中を歩いてゆくだろう。その身廊は天使の頭部や繁茂するブドウ蔓、色とりどりの花、金の蔓に搦《から》めとられた赤くて丸い果実、壁にはめこまれた白い聖人やびっくりしたように目を見開いている聖人、インディオたちが自分のイメージと好みに合わせて創造した聖人たちで埋め尽くされている。太陽と月の顔をした天使と聖人は手で収穫物を守り、人差し指にはなぜか盲導犬が刻まれ、意味もなく彫られた目は偶像特有のよそよそしい残忍さをたたえているだろう。ピンク色のやさしく邪気のない仮面の奥に隠された顔は、無表情な死の仮面になっている。石の顔は夜を創造し、黒い帆を風でふくらまし、アルテミオ・クルスは目を閉じる……。

一九一九年五月二十日

彼が、ペラーレスの牢でゴンサーロ・ベルナルが亡くなった時のことを話すと、その屋敷のドアが開かれた。

「あの子はつねに純粋でした」と父親のドン・ガマリエル・ベルナルが言った。「行動は明快な思想に導かれなければ、純粋さが損なわれ、われわれを裏切ることになると考えていたのです。あの子がこの家を離れたのは、そのせいだと私は考えています。しかし、革命の嵐は自分たちの土地から離れなかった私どもも含めてすべての人間を巻き込んだわけですから、そう断定することはできないでしょう。いや、そうではなくて、私が言おうとしているのは、あの子は人々のもとに行って一貫性のある考えを説明し、それを示すこと、それが自分の義務だと考えていたのです。大義というのはすべからくそうですが、息子の大義も行動に移されて現実の中に持ち込まれると、その試練には耐えられないのです。息子はそうなることを阻止しようとしたのでしょうね。難しい問題です。息子の考えは複雑で込み入ったものでした。彼は一方で寛容さを説いていましたからね。男らしい死を遂げたとうかがって喜んでいます。わざわざこうしてお越しいただいてありがたく思っております」

彼は何の下調べもせずにあの老人の家を訪れたわけではない。その前にプエブラ市内をあちこち駆けまわり、いろいろな人と会って必要と思われることはすべて調べ上げていた。だからこそ、閉めきった埃っぽい書斎に射し込む黄色い光の中で横を向き、手入れの行き届いた皮張りの椅子の背もたれに白髪頭をもたせかけている老人の気弱な繰り言を聞いても、眉ひとつ動かなかったのだ。その書斎は天井まで本で埋め尽くされ、棚の高いところにある革装丁の大きな分厚い本やフランス語と英語で書かれた地理、美術、自然科学関係の本を取ろうとすれば、下にコマのついている梯子《はしご》を使わなければならなかったが、黄土色の床をみるとたしかに何本もの線が走っていた。ドン・ガマリエルはそうした本を読むのに必要な拡大鏡を、血管の浮き出した絹のような肌の手にもって身動きひとつせず坐っていた。斜めに射し込む光がレンズを通して縦縞のズボンの折り返しのところで焦点を結び、煙が出ていたが、老人は気づいていなかった。彼はそれに気がついていた。気まずい沈黙が二人の間に流れた。

「いや、うっかりしておりました。今夜は私どもと一緒に夕食はいかがですかな？ それがいい」

老人は夕食をご一緒しましょうというように嬉しそうに両手を広げたが、とたんにルーペが膝の上に落ちた。肉が削げ痩せ細った老人の皮膚は固い骨に貼りつき、頭や顎、それに口のまわりに生えている白い毛が陽光を浴びて花のように輝いていた。

「時は移ろいゆくもので、べつに驚くようなことではありません」と老人は言った。声には高低差があったが、発音は正確で、話しぶりも丁重で落ち着いていた。「時の移ろいとともにすべては避けようもなく変化してゆく、本を読んで」そう言いながら老人は、書棚にびっしり並んでいる本のほうをルーペで指し示した。「それだけは悟りましたよ。われわれの思いと関わりなく、すべてはその外見を変えてゆきますのでな、それに目をつむって過去にこだわって、嘆いていてもはじまりますまい。予期せざること、たしかさきほどそう申しましたな、それが訪れてきた時は、従順に受け入れることです、そうすれば苦しみも多少はやわらぐでしょう。ところで、あなた……失礼、階級は何でしたかな……そう、そう、中佐、中佐じゃった……私はあなたの生いたちも職業も存じてはおりません……じゃが、あなたは息子の最期を見とどけてくださった、その点で……ところで、あなたは革命に参加されたわけじゃが、あの時点で先が読めましたかな？　おそらく、何もせず手を拱《こまね》いておった私と同様何もわからなんだでしょう……。行動した者も行動しなかった者も、ともに先が読めず無力であった、とすればこの両者はその点で一致しておるわけですな。何らかの相違はあるにしても……そうは思われませんか？　結局のところ……」

彼は老人の琥珀色の目をじっと見つめていた。その目にはできるだけ親密に語り合いたいという気持ちが表われていて、表面《うわべ》は父親らしくやさしい態度をとってはいたが、その仮面の背後にゆるがしがたい自信がはっきりと読み取れた。貴族を思わせる手の動き、顎《あご》鬚《ひげ》を生やした横顔にうかがえる見るからに上流階級の人間らしい風貌、頭を下げる時の丁重な仕草などは自然に身についたものにちがいなかった。しかし、と彼は考えた、あれは見せかけかもしれん。仮面というやつは素顔をうまく隠してしまうものだからな。それにしても、ドン・ガマリエルの仮面はその素顔とあまりにもよく似かよっていたので、その両者を分かっているのは細い線、それとわからないほどかすかな影ではあるまいかと考えて、彼は不安に襲われた。いずれこの老人に面と向かってそのことを言える日が来るだろう、と彼は考えた。

屋敷内のすべての時計がだしぬけに鳴りはじめた。老人は立ち上がると、ロールトップ・デスクの上のアセチレン・ランプに火を入れた。ゆっくりとロールを起こして書類を探し出し、その中の一枚を手にとると、来客の坐っている椅子のほうを振り返った。ほほえみを浮かべたあと眉をしかめ、書類をもとの場所のいちばん上に置き、ふたたびほほえみを浮かべた。老人は優雅な仕草で人差し指を耳のところにもっていった。と、犬の吠える声がして、前脚でドアをガリガリ引っ掻く音が聞こえた。

彼は老人が背を向けた隙にあれこれ臆測してみた。ベルナル氏は貴族然とした態度を保ち、一分の隙も見せないが、あれはどういうことだろう？　ドアのほうに向かってゆく老人の少し乱れた白髪頭が見えるが、その後ろ姿は背筋がしゃんと伸び、足取りもじつに優雅だ。あまりにも隙がなくてこちらが不安になる——そう考えてまたしても心が騒いだ。あの礼儀正しさはおそらく育ちのよさからくるものだろうと考えたが、とたんにひどく不愉快な気持ちになった。老人は犬が吠えているドアのほうへゆっくり進んでゆく。これでは相手があまりにもくみしやすくて、かえって面白味がない。いや、案外このじいさんはしたたか者で、いかにも人の好さそうな好々爺《こうこうや》の仮面をかぶっているだけかもしれん。

左右に揺れていたフロックコートの動きがとまり、ドアに取り付けられた銅製のノブに白い手がかかった。その時、ドン・ガマリエルは肩越しに後ろを振り返り、その琥珀色の目で客のほうをちらっと見ると、空いたほうの手で顎を撫でた。客人、あんたの腹の内は読めてますぞと言わんばかりの目つきで彼を見たあと、口もとを少し歪めて笑ったが、その笑顔は、さあ、これから面白いものをお見せしましょうと言って身構えている奇術師の笑顔にそっくりだった。老人のそうした態度を見て、なるほど、向こうは暗黙のうちに共犯者になれと勧めているんだな、よし、それなら受けて立とうと考えた。相手の視線を受けとめて黙契を結ぼうとしたが、老人のほうは素知らぬ顔で横を向いた。

日が暮れていて、ランプの頼りなげな光を受けて、書物の金の背表紙と壁紙の銀色の雷《らい》文《もん》がぼんやり浮かび上がっていた。ドアが開いたのを見て、彼はこの田舎風の古いお屋敷の正面玄関から書斎までは、七宝焼と青磁のタイルを張った中庭の上に蜿蜒《えんえん》と部屋が続いていたのを思い出した。ドアを開くと、マスティフ種の犬が主人にじゃれつき、その手を舐めた。犬の後ろから、だしぬけに若い女性が現われたが、その白い衣装は背後に広がる夜の黒い光とあざやかなコントラストを見せていた。

彼女は戸口のところでつと足を止めたが、犬は見慣れぬ客のそばへ行って、足や手の匂いを嗅いでいた。ベルナル氏はにこやかに笑いながら犬の赤い革の首輪を摑むと、何やら言い訳めいたことを言ったが、よく聞きとれなかった。彼は立ち上がって、軍隊生活を経験した人間らしくきびきびした動作で上着のボタンを留めると、まるで軍服でも着ているように皺を伸ばした。そして戸口のところに立っている若くて美しい女性の前で不動の姿勢をとった。

「娘のカタリーナです」

彼女は身じろぎひとつしなかった。まっすぐな栗色の髪の毛は熱っぽくて長い首筋にかかり――つややかなうなじは遠くからでも見て取れた――、その目には厳しさの中に濡れたような輝きがあり、二つのガラスの泡のように震えていた。父親と同じ黄色がかった目をしていたが、より率直で、さりげなく自分を包み隠すことに慣れていなかった。その点はすらりとしているのに成熟した肉体に備わる別の特徴、濡れて半ば開かれた唇や高く盛り上がっているのに引き締まった胸にも共通していた。目、唇、固くて滑らかな乳房といったもののうちに無力さと激しい怒りの感情が交互に現われていた。腰の細い彼女が太ものところで両手を組み合わせて歩くと、背中にボタンがつき、ほっそりした足首のところまである服の白い綿モスリンが引き締まったお尻のあたりを漂うように揺れた。淡い金色の肉体が彼のほうに近づいてきたが、その額と頬のあたりでは身体全体から放たれる金色が多少薄まっていた。彼女が手を差し出したので、もし動揺していれば手が汗で濡れているはずだと思って握ったが、汗をかいてはいなかった。

「さきほども話したように、この方がお前の兄の最期を見届けてくださったのだ」

「あなたは運のいい方ですわ」

「あなた方のことが話題にのぼった時に、お兄様からぜひ一度会ってやってくれと頼まれたのです。あの方は最後まで男らしく勇敢に振る舞われました」

「兄は勇敢な人間ではありません。すべてを深く愛しすぎていたのです……この……」

そう言って自分の胸を押さえたが、すぐに手を離してごまかすように大きく弧を描いた。

「あれは理想主義者じゃった。そう、あれはな」そうつぶやくと老人はほっと溜息を洩らした。「今夜は私どもと夕食をご一緒してくださるそうだ」

娘が父親の腕をとって歩き出したので、彼はマスティフ犬と一緒にそのあとを追った。じめじめした狭い部屋がどこまでも続いていたが、そこには陶器の大きな壺や床几《しょうぎ》、時計、ショーケース、年代ものの家具、価値のない大きな宗教画などが所狭しと並んでいた。絨緞を敷いていないペンキを塗っただけの木の床には、椅子とサイドテーブルの金色の脚が並び、ランプには灯が入っていなかった。食堂にはカットガラスの大きなシャンデリアが下がり、その明るい光がマホガニー製の見るからに重そうな家具とひび割れの入った古い静物画を照らし出していた。その絵には陶磁器の食器とまぶしく輝く熱帯の果実が描かれていた。本物の果物皿のまわりを蠅が飛びまわっていたので、ドン・ガマリエルはナプキンで追い払った。その果物皿に盛られた果実は、絵に描かれているものほど数は多くなかった。老人は目顔で椅子に坐るように勧めた。

若い女性の前に坐って、ようやく彼は一点をじっと見つめている彼女の目を見ることができた。自分がなぜこの家にやってきたのか、その理由を彼女は知っているのだろうか？生身の彼女を目の前にして勝ったと思ったが、こちらの目を見てそのことに勘づいただろうか？　思わぬ幸運に出会い、うっかり自信ありげな笑みを浮かべてしまったが、気取られただろうか？　運良く彼女を所有できるという確信を抱いたが、気づかれただろうか？　彼女の目には、自分の苛酷な運命を受け入れた人間に見られる、奇妙な表情が浮かんでいた。何も言わずにこやかな笑みを浮かべてはいたが、その顔には、自分を所有する男性が現われれば、いつか必ずその相手を倒してみせるとでも言いたげな表情が読み取れた。

彼女は相手に屈しているというのに、精神的な強さが、自分の弱さが力なのだというこ とに気づいて自分でも驚いた。彼女は顔を上げると、臆することなく見知らぬ男の意思の強そうな顔を観察した。相手の緑色の目と目があった。ハンサムでも優男《やさおとこ》でもなかった。おそらく身体も顔と同じオリーブ色の肌に覆われていて、厚い唇、こめかみのあたりに浮き出している筋と同じように逞しくて力強いはずで、そんな未知の男の身体に触れてみたいと思った。彼はテーブルの下で脚を伸ばすと、女物の上履きの先にそっと触れてみた。若い娘は目を下に落とすと、父親のほうをちらっと横目で見て、足を引いた。老人は手にもったグラスをもてあそびながら、一家の主人らしくにこやかな笑みを絶やさなかった。年取ったインディオの女中が米料理の皿をもって入ってきたので、ようやく沈黙が破られた。ドン・ガマリエルは彼に、今年は乾季の終わるのが例年に比べて少し遅れていますが、さいわい山に雨雲が出てきたので、かなりの収穫が期待できます、昨年ほどでないにしてもそこそこの収穫が得られそうですと説明した。妙なことにこの古い屋敷はいつも湿気ておりましてな――と言葉を続けた――おかげで陽の射さない隅には黒ずんだ染みができ、中庭にはシダや苔が生えております。しかし考えてみれば、大地の実りのおかげで一家もその数がふえ、繁栄するわけですから、ああしたものも吉兆というわけですよ。この国は片時も休みなく、衝動に駆られては予測もつかない愚かな騒ぎを引き起こしておりますが、私どもは十九世紀のはじめに――そう言いながら老人は正確な手つきで米料理をフォークですくいとった――プエブラの盆地に根をおろして以来、しっかり生き抜いてきました。

「この国はおびただしく血が流され、大勢の人間が死んでゆかないことには収まりがつかないのではないか、時々ふとそんな気がすることがありましてね。破壊と銃殺、この二つに囲まれていないと生きている気がしないとでもいうんでしょうか」と、老人は親しみのこもった口調で話し続けた。「ですが、私どもは生き続けてゆきます、どこまでもね、その秘訣を心得ておりますのでな……」

老人は客のグラスをとると、そこにこくのあるワインを注いだ。

「しかし、生き延びてゆくためには、それなりの代償が必要なのではないですか?」と客が冷やかに言った。

「それはそうですが、もっとも適切な代償については交渉の余地が残されております……」

ドン・ガマリエルは娘のグラスにワインを注ぎながら、その手をやさしく撫でた。「問題はいかに角を立てずに丸くおさめるかということです。相手をおびえさせたり、感情を損ねたりする必要はありませんからな……。つまり、相手の面子《メンツ》を傷つけないようにすればいいわけです」

彼はもう一度彼女の足の近くに自分の足を近づけた。足先が触れたが、彼女は足を引かなかった。グラスを手にもつと、顔を赤らめもせず客の顔をじっと見つめた。

「ただ、ものごとを混同するのはよくありません」と、ナプキンで口のまわりを拭いながら老人がつぶやくように言った。「たとえば、商売と宗教を混同するのがそれです。この両者はもともと別ものですからな」

「あの男が、娘を連れて毎日聖体拝領に行くほど信心深い人間に見えますか？　資産はすべて僧侶から奪い取ったものです。以前ファレス〔ベニート、一八〇六〜七二。先住民から選出された初の大統領で、自由主義者として知られる〕が教会の財産を没収し、競売にかけたことがあるのですが、あの時は商人たちがわずかばかりの端金《はしたがね》でとてつもなく広い土地を手に入れたのです……」

ドン・ガマリエルの家を訪れる前に、一週間ほどプエブラに滞在した。彼が所属していた隊はカランサ大統領〔ベヌスティアーノ、一八五九〜一九二〇。メキシコ革命の指導者のひとりで、一九一七〜二〇年まで大統領職に就くが、二〇年に暗殺された〕の命令で解散されたが、その時にペラーレスでゴンサーロ・ベルナルと話をした時のことを思い出して、プエブラに向かうことに決めたのだ。革命のせいで世界が崩壊し、混乱している時は、こうしたこと——つまり、誰かの姓、住所、その町——を知っていることは大きな意味を持つはずだと直感的に感じたのだ。それにしても、故郷に戻るのが銃殺されたベルナルでなく、自分だというのは皮肉な話だ、そう考えて吹き出しそうになった。ある意味でこれは仮面劇、代役、大真面目でやる悪ふざけなのだ。また、自分が今はもちろん、この先も生き延びていって、他人のそれを踏み台にして自らの運命を切り開いていく証拠でもあったのだ。プエブラに入り、チョルーラ街道から盆地のあちこちに赤や黄色いキノコを思わせる円屋根が点在しているのを見て、彼はゴンサーロ・ベルナルが自分にのり移り、銃殺された彼の人生と運命を自らが引き受けることになったように感じた。若くして亡くなったベルナルが、さまざまな可能性をはらんだ自分の人生を彼に託したように思われた。他人の死がわれわれの人生をより長いものにするのだろう。しかし、プエブラに来たのはそんなことを考えるためではなかった。

「今年、あの方は畑に蒔く種も買えなかったんですよ。昨年、小作人たちがあの人の言うことに耳をかさずに、休耕地に種を蒔いたんですが、それが目算ちがいで借金が雪だるま式にふえましてね。小作人たちは苦しまぎれに、遊んでいる土地があるんだから、譲ってもらいたい、さもなければ耕地に種を蒔かないと騒ぎ出したんです。もともと誇り高い方ですから、あの人はそれを拒否したんですが、それがたたって昨年は収穫がゼロでしたよ。以前ならこんな場合、地元の警察が乗り出して、言うことをきかない農民をしょっぴいたものですが……時代が変わったんでしょうね」

「ところが、まだそのあとがありましてね。今度は負債をかかえた連中が騒ぎ出したんです。これまでに元金以上の利息を払っているんだから、借金は棒引きだと言い出したんですよ。どうやら間もなく世の中が変わりそうだと感じているんでしょうね、大佐」

「しかし老人のほうは相変わらずでしてね、みんなの言うことにいっこう耳をかそうとしないんです。あの人にしてみれば、自分の財産を人にくれてやるくらいなら、死んだほうがましだということなんでしょう」

彼は最後にもう一度ダイスを振ったが、負けたとわかって肩をすくめた。そのあと酒場の主人に、みんなに酒を振る舞ってくれと合図した。それに気づいて酒場の客が、すまないなというようなジェスチャーをした。

「ドン・ガマリエルに金を借りているのは誰と誰なんだ?」

「町中の人間はひとり残らず借りています」

「老人には親しい友人というか、何でも打ち明けられる相手がいるんだろう?」

「そりゃあ、もちろんいます。この角を曲がったところにいるパエス神父がそうですよ」

「坊さんにはあこぎなまねをしないというわけか」

「そりゃそうですよ……。なにしろドン・ガマリエルが神父様の地上での生活を救う代わりに、神父様のほうは老人に永遠の救済を与えるわけですからね」

通りに出たとたんに二人は強い陽射しに目を射られた。

「おや、お嬢様のお出ましだ。育ちのよさがひと目でわかりましょう」

「誰だね、あの女は?」

「おわかりになりませんか、大佐……。さきほど話に出た老人の娘ですよ」

彼女は靴先を見つめたまま、碁盤の目のように規則正しく並んでいる通りを進んだ。敷石の上を歩く彼女の靴の音が聞こえなくなったが、とたんに彼の足もとから灰色の乾きった埃が舞い上がった。彼は顔を上げて、かつて要塞として使われた古い教会の、銃眼の穴があいている壁に目をやった。広々とした広場を通り抜けると、蜿蜒と続く静かな金色の身廊に入ったが、そこでふたたびコツコツという自分の足音が聞こえてきた。彼は祭壇に向かって進んだ。

死人のような肌をした神父の丸々太った身体の中で唯一輝いているように見えるのは、真っ赤な頰の奥にある二つの黒い目だけだった。見知らぬ男が身廊を通ってやってくるのを見て、背の高い仕切り壁の奥に隠れて様子をうかがった。その場所は昔聖歌隊のいたところで、共和派の時代にメキシコ市から逃れてきた尼僧たちの聖歌隊が隠れていたこともあった。神父は男の身のこなしを見て、おそらく軍隊経験があり、警戒態勢に入ったり、命令を下したり、敵を攻撃したことがあるにちがいないと考えた。脚が少し曲がっているのは、つねに馬に乗っていたせいだろうし、筋張った逞しい手首は拳銃や手綱を握ったことのある人間のものだった。今みたいに男が手を握って歩いているだけで、なんとなく人を不安にさせるところがあった。かつて尼僧たちが身を隠したことのある秘密の場所によじ登っていた神父は、この手の男はお祈りなどするはずがないと考えた。神父は僧衣の裾をもち上げると、荒れ果てた古い修道院に通じる螺旋階段をゆっくり下りはじめた。黒い僧服をまとった血の気が失せて白い顔をした神父は、肩を高く上げて裾をもち上げ、用心してそろそろ階段を下りはじめた。踏み段が痛んでいるようだから、早急に修理させよう。一九一〇年に彼の前任者はここで足を滑らせて命を落としたのだ。しかし、巨大なコウモリを思わせるレミヒオ・パエスは、じっとり湿気を含んだあのぞっとするような暗闇の中でも目が見えるかのように、しっかりした足取りで下りていった。危険な暗闇の中で五感が鋭くなっていた神父は、次のように考えた。軍人が仲間や護衛兵も連れず、平服でこの教会にやってきたのはどういうわけだろう？　これは棄ててはおけん。早く気がついてよかった。また戦争がはじまり、血が流され、瀆聖行為が行われるのだろうか？——神父は、ほんの二年ばかり前に、悪党どもが押しかけてきて、上祭服や聖物をひとつ残らず持ち去った時のことを思い出した——そうなれば、何世紀も生き続けてきた永遠の教会はまたしても地上の都市の権力と手を結ばなければならなくなるだろう。市民と同じ服装をした軍人が……護衛も連れずに……。

神父は水が一筋の黒い線になって流れている濡れた壁を手でさぐりながら下りて行った。

その時ふと、間もなく雨季がはじまることを思い出した。神父はこれまで説教壇から、あるいは告解室の中で懸命になってこう説いてきた。天上からの贈り物を拒むのは罪です、それも聖霊に対する重大な罪です。誰も神慮によって定められたことに逆らうことはできません。そしてまた、世界が現在のようなものになったのも神慮によるものなのです。したがって、それをあるがままに受け入れなくてはなりません。あなた方は野良に出て大地を耕し、収穫物を取り入れ、それを正当な主人、すなわちキリスト教徒の主人に渡さなくてはなりません。主人であるキリスト教徒はあなた方に対して正当な報酬を支払うと同時に、日限をたがえず聖母教会に十分の一税を納めるのです。神は反抗する者に罰を与え、悪魔はつねに大天使によって打ち負かされます——ラファエル、ガブリエル、ミゲル、ガマリエル……ガマリエル。

「神父様、審判はどうなるのですか？」

「息子よ、最後の審判は天上において下されるのです。この涙の谷でそれを求めてはなりません」

言葉が——ようやくしっかりした床に下り立った神父は、僧衣についた埃を払いながらそうつぶやいた——、言葉というのは音節によって作られた呪わしいロザリオだ。人はこの短い人生を慌ただしく通り過ぎてゆき、死の試練と引換えに永生を得る、それで満足すればいいものを、なまじ言葉があるために、血が騒ぎ心に迷いが生じるのだ。神父は回廊を横切り、アーチ形の天井のある廊下を歩いて行った。正義だと！　誰のための正義だ？　正義は永遠ではない。誰もが自分の運命を避けがたいものとして受け入れ、人からものをだまし取ったり、不安に駆られたり、妙な野心を抱いたりしなければ、すべての人が楽しく生きてゆけるのだ……。

「そうです、私は信じております、信じております……」神父はそうつぶやきながら細工の施された聖具室の扉を開けた。

「みごとなものでございましょう」神父は祭壇の前に立っている背の高い男に向かって声をかけた。「昔、ここの修道僧たちがインディオの職人たちに木版画や銅版画を見せたのですが、彼らはそれをもとに自分たちの好みの図柄をキリスト教的なものに変えたのです……。どこの教会の祭壇にも後ろに偶像がひとつ隠してあると言われていますが、異端の神々のように血を要求しないところをみますと、きっと心正しい偶像なのでしょう……」

「あなたがパエスかね？」

「レミヒオ・パエスです」と神父は引きつったような笑みを浮かべながら答えた。「ところであなたは、将軍ですか、それとも大佐、少佐……？」

「ただのアルテミオ・クルスだ」

「さようですか」

中佐と司祭は教会の玄関で別れた。パエスはお腹の上で手を組み、遠ざかってゆく男の後ろ姿を見送った。かっらりと晴れた朝方の光の中で、眠っている女とそれを見守っている孤独な男になぞらえられる二つの火山がくっきりと浮かび上がり、いつになく近く見えた。透き通った光がまぶしくて神父は目を細めた。そして、黒い雲が出てきたのを見て、神に感謝した。このぶんだと近々雨が降るだろう、毎日午後の決まった時間に灰色の雲が出て太陽を隠し、激しいスコールになるはずだ。

神父は渓谷に背を向けると、陰になった修道院のほうに引き返した。神父は両手をこすり合わせた。あの非礼な男が傲慢無礼な態度で自分を侮辱したこともあまり気にならなかった。これで現在の窮状が救われ、ドン・ガマリエルが残された歳月を無事つつがなく送られればそれでいいのだ。自分は神に遣わされた身だから、なにもここで腹を立てたり、十字軍の騎士のようにいきり立つことはないと考えた。自分が謙虚な態度に出たのは賢明だったと考えて、神父はひとりほくそ笑んだ。あの武骨な男が名誉を重んじるなら、今日か明日にでもやってきて教会をなじるだろう。それをこちらはうなだれて、時々ごもっともですというようにうなずきながら聞いてやればいい。神父は帽子掛けから黒い帽子をとると、栗色の髪の頭に無造作にそれをかぶり、ドン・ガマリエルの家に急いだ。

「あの男ならやりかねん！」夕方、司祭から話を聞いたあと、ドン・ガマリエルは大声でそう言った。「しかし、どうやってこの屋敷に乗り込んでくるつもりじゃろう？　神父は、今日にも伺うつもりだと言っていたそうだが、どうもよくわからん……あの男の腹の内が読めんのだよ、カタリーナ」

それまで布地の上に丁寧に花の絵柄を描いていた彼女は、父親がそう言うのを聞いて片方の手を布の上におくと、顔を起こした。三年前にゴンサーロが亡くなったという知らせを受け取ったが、それ以来父と娘はいっそう親密になり、中庭の絹柳の椅子にかけて長い午後を過ごすようになった。あれは慰め以上のもの、つまり、老人の言うところによれば、彼が死ぬまで続くはずの習慣となった。今度の革命で、それまでの力と富が失われたが、ドン・ガマリエルはそれを移ろいゆく時と老年に対して支払わなければならない代償とみなして、少しも動じなかった。彼は持久戦の構えをとることにした。自ら出向いて小作人たちを押さえつけようとはしなかったが、自分の土地が不法に占拠されることを頑として認めなかった。金を貸した相手に対して元金と利息の返済を求めなかったが、しかし相手がいくら頼んできても、ビタ一文貸すまいと固く心に決めていた。

どうしようもなくなれば、いずれ連中は恥も外聞も棄てて戻ってくるはずだと思い、辛抱強く待つことにした。ところが、せっかく持久戦に持ち込んで連中を苦しめてやろうとしているのに、あのよそ者がやってきて、ドン・ガマリエルよりもはるかに安い金利で金を貸してやるとすべての農民たちに約束したのだ。その上図々しくも、回収した金の四分の一をお渡しするので、老人の手もとにある借用書を無償で譲っていただきたいと申し出たのだ。この条件を呑んでいただかないかぎり、貸した金は戻ってこないでしょうな。

「おおかたそんなことだろうと踏んでいたのだが、おそらくそれだけでは済むまい。これからもいろいろと注文をつけてくるはずだ」

「狙いは土地ですの？」

「うむ、どうやらわしの土地を奪い取ろうと画策しているらしい」

彼女はいつものように夕方になると、赤い鳥かごを見てまわった。餌をついばんだり、暮れゆく午後を惜しむかのようにさえずっているモッキングバードやコマドリがいそがしく飛びまわっているのを眺めたあと、籠に帆布のカバーをかぶせた。

老人は、相手がここまで仕掛けてくるとは予測していなかった。ゴンサーロの獄中仲間で、その最期を見届けた男が、父や妹、それに妻と息子によろしく伝えてくれという最後の言葉を伝えに来たはずだった。

「あの男の話では、死ぬ前にルイサや息子のことをひどく気にかけておったそうだ」

「お父様、その話はもうしない約束だったでしょう……」

「わしから言い出したわけではない。あの男は息子の嫁が再婚して、孫の姓が変わったことも知らんのだ」

「この三年間、その話を一度もなさらなかったのに、どうして今になってまた蒸し返されるんです？」

「なるほど、お前の言うとおりだ。わしたちはあれを許してやったんだったな。あれが敵方についたことを許し、あれの気持ちを理解してやらなくてはならん、そう言いきかせてきたんだった……」

「毎日夕方になるとここでこうしてお父様と過ごして、言わずもがなのうちにお兄様を許しておられたんじゃありませんの」

「そう、そのとおりだ。何も言わなくともわかってくれているんだな。わしの考えていることをよくぞわかってくれた。いや、こんな嬉しいことはない……」

いずれ見ず知らずの人間がやってきて『息子さんとお会いしたのですが、みなさん方のことを懐かしそうに話しておられましたよ』と言うだろうと思っていたが、やはり予期し、恐れていたとおりになった。しかもやってきた男というのがあろうことか、完璧で一分の隙もない策略を立てていたのだ。男は農民が反抗心をいだき、借金の返済を拒否しているという肝心の問題にはひとことも触れなかった。ドン・ガマリエルはその客を書斎に招き入れると、ちょっと失礼と言って、万事悠長であることが優雅さの証しであると考えている人に似ず、慌ただしくカタリーナの部屋に駆けつけた。

「急いでその喪服を脱ぎ、もっと華やかな衣装に着がえるのだ。そして七時の鐘が鳴ったら、すぐ書斎のほうへ来なさい。わかったね」

老人はそう言い残して部屋から出て行った。これまで毎日憂鬱な午後を過ごしてきたけれど、とうとう総決算の日が来たのね、と彼女は考えた。あの娘《こ》ならわかってくれるだろう。わしの最後の切り札、それがあの娘だ。目の前にいる男が一歩もあとに引くまいと腹をくってきているのを見て、ドン・ガマリエルは考えた、というか、ひとりつぶやいた。この男に逆らってはまずい、無理難題をふっかけたり、法外な要求をしているわけではないのだから、ここで妙に引き延ばしたりしないほうがいい。へたをすればこちらの命取りになるかもしれん。パエス神父の言ったとおり、人を催眠術にかけてしまいそうな緑色の目をした、見るからに頑健そうな背の高い男で、名前はアルテミオ・クルスといった。

アルテミオ・クルス。それが内戦から生まれてきた新世界の名前だった。老人に取って代わるべくやってきた新しい世界の人間たちの名がそれだった。なんと不幸な国だろう――ふたたび歩調を緩め、好ましい人物とは言えないが、なかなか魅力的なあの人物が待つ書斎に引き返しながら老人はそうつぶやいた――、世代が変わると、そのたびに古い所有者が追い出されて、新しい主人に取って代わられるが、その主人も以前の主人と同様貪欲で野心に燃えている。老人は新大陸生まれの白人が生み出した文明、つまり著名な独裁者たちの文明の最後の産物なのだろうと考えた。つまり、厳格ではあるが、結局は良風美俗や礼儀作法、文化の伝統を保持している父親のような人間なのだと思えて、思わず笑みを浮かべた。

彼が客を書斎に招き入れた理由もじつはそこにあった。つまり、あの部屋なら尊敬に値する——神々しいと言ってもいい——人間とみなされるはずだった。しかし、あの男には通じなかった。老人が皮張りの椅子の背もたれに頭をもたせかけ、どういう人間かとくと観察してやろうと目を細めているのに、男はまったく動じる気配を見せなかった。これまで数々の修羅場をかいくぐってきた無一物のあの男は、自分のすべてを賭けて大博打をうったのだが、老人にしてみればこのような相手を敵にまわすのはこれがはじめてだった。男は自分が訪れた本当の理由を明かさなかった。そのほうがいい、この男は野心——老人は、自分にとっては単なる言葉でしかない野心という単語が思い浮かんだので、思わずにやりとした——という物騒なものを抱いて乗り込んできたが、おそらくこちらが顔負けするほど巧妙な計算を立ててのことだろう。サーベルで受けた額の傷からもわかるように、命がけで戦場を駆けめぐり、無数の手傷を負ったこの男が、どんなことをしても権利書を手に入れてやると固く心に決めていることは間違いない。これはけっしてドン・ガマリエルの勝手な思い込みではなかった。無口な客の口もとや何よりも雄弁なその目を見ただけで、拡大鏡をもてあそんでいた老人は相手の腹がはっきりと読み取れた。

ドン・ガマリエルがデスクに近づき、例の書類、つまり負債者名簿を取り出した時も、あのよそ者は指一本動かさなかった。それでいい、そのほうがお互いにいっそうよく理解し合える。なにも不愉快な話を持ち出すことはない。このほうがかえって何もかもうまく行くのだ。軍人のこの男は年こそ若いが、権力というものの本質を摑んでいるようだ、とドン・ガマリエルは考えた。今後いろいろとうるさい問題が生じてくるだろうが、わしの後継者になれるとわかれば、この男は喜んでその解決に力を尽くすだろう。

「あのいやらしい目つきをごらんになって?」客が帰ったあと、娘は大きな声でそう言った。「欲望に燃えたあのいやらしい目をごらんになったでしょう、お父様?」

「ああ、気がついていたよ」老人は両手で娘をなだめるようなジェスチャーをしながら言った。「しかし、それもお前が美人なのだから、仕方あるまい。世間知らずだから、お前が怒るのも無理はないが、男というのはああいうものなんじゃよ」

「だったら世間に出たくなんかありませんわ」

ドン・ガマリエルは葉巻にゆっくり火をつけた。長年吸い続けてきたせいで、濃い口髭と顎鬚が黄ばんでいた。「お前ならわかってくれると思っていたんだがね」

ドン・ガマリエルは絹柳の揺り椅子をゆっくり動かしながら空を見上げた。乾季は間もなく終わろうとしていたが、空がよく晴れていたので星の色を見分けようとでもするように目を細めた。彼女は火照《ほて》った頬を両手で包んでいた。

「神父様はあの男のことを異端者っておっしゃったのよ。神を信じてもいなければ、うやまってもいない男だと……。お父様はあの男の話をお信じになるの?」

「少し落ち着きなさい。いいかね、信仰したからといって財産ができるとは限らんのだよ」

「お父様はあの話を信じておられるの？　だったらどうしてゴンサーロ兄さんだけが死んで、あの男は生き延びたの？　同じ牢にいたのなら、二人とも死んでいたはずでしょう？　きっとあれはいいかげんな出まかせだわ。あんな作り話をしたのは、お父様を辱めたうえに、私を……」

ドン・ガマリエルは椅子を揺らすのをやめた。あの男にまかせておけば、何もかもうまく片づくだろう、そう考えていると、娘が突然女の直感で今のようなことを言い出したのだ。じつを言うと、老人もうすうす勘づいてはいたのだが、そういうことをいくら考えても仕方がないと思い直したのだ。

「二十歳の娘だから、そう考えるのも無理はない」そう言って老人は上体を起こすとタバコの火を揉み消した。「もってまわった言い方はお前もいやだろうから、はっきり言うが、あの男はわしたちを救ってくれるかもしれんのだ。今はそのことだけを考えればいい……」

老人は娘の手に触れようとして両腕を伸ばした。

「ここ数年のお父さんのことを考えてくれたことがあるかね。こんな有様で……」

「わかっていますわ。私はなにも……」

「それに、自分のことも考えなくてはいかん」

そう言われて彼女はうなだれた。「ええ、わかっています。お兄様が家を出て行かれた時から、いずれこうなるだろうと思っていたのです。お兄様が生きておられたら……」

「あれはもうこの世にいないんだよ」

「お兄様は私のことなんか少しも考えてくださらなかった。いったい何を考えていたのかしら？」

ドン・ガマリエルは燭台を高く掲げていた。その丸いオレンジ色の光の輪を追いかけるようにして歩きながら、彼女はおぼろげな昔の記憶の糸をたぐり寄せていた。ゴンサーロと学校友達は奥の部屋に集まって、延々と議論を戦わせていた。彼らの汗ばんで思い詰めたような顔や、また兄の強い決意を秘めてはいるが、不安そうな目も思い出された。身体つきからしていかにも神経質そうな兄を見ていると、地上ではなく、天上から降ってきたように思えることもあった。彼はまた美食家で、高級なワインと書物に囲まれた安楽な暮らしを何よりも愛していたが、時々そうしたものをすべて投げ捨てたいという衝動に駆られることがあった。彼女はまた、氷のように冷たい兄嫁のルイサを思い出した。兄夫婦はしょっちゅう口喧嘩をしていたが、当時まだ幼かった彼女が部屋に入っていくと、口論はぴたりと収まった。ゴンサーロの訃報が届いた時、ルイサは笑いを噛み殺すようにして泣いていた。明け方、誰もがまだ眠っている時刻に、山高帽をかぶり、ステッキを持った男が子供と一緒に黒い馬車に乗り込もうとしているルイサにそのごつごつした手を差し延べていたが、カタリーナはその様子を居間のブラインドの陰からそっと見ていた。荷物はひとつ残らず馬車に積み込んであった。

夫が死んでしまった今、ルイサが復讐しようとすれば他の男のもとに走るしかなかった――ドン・ガマリエルは娘の額に口づけすると、寝室のドアを開けて中に入った――、だから彼女はあの男に抱かれたのだ。しかし男が彼女に求めていたもの、つまりやさしさをけっして与えようとはしなかった。ルイサは男の心の中に少量の毒を少しずつ注ぎ込んで生きながら死ぬように仕向けたのだ。人生の大きな転機を迎えた自分の顔がいつもと違って見えないかと思って、カタリーナは鏡をのぞいてみたが、そこに映っているのはいつもと同じ顔だった。彼女と父親もやはり、ゴンサーロが愚かしい理想主義にとり憑かれて家族を見棄てたことに対して同じように復讐を試みていた。つまり、父は二十歳の若い娘を――まだうら若い自分の身を思うと、悲しくなって自然に涙がこぼれたが、自分ではその理由がよく理解できなかった――、ゴンサーロの最期を見とったという男に売り渡そうとしていた。彼女は亡くなった兄のことを思うと、腹立たしさのあまり涙がこぼれ、顔が硬ばり、しみじみ自分があわれになった。誰も真実を教えてくれないのなら、自分が真実だと思い込んでいるものにしがみつくしかなかった。黒のストッキングを脱ごうとして腿に手が触れた時、彼女は思わず目をつむった。食事をとっている時にあの男はごつごつした逞しい足を押しつけてきたが、あの時はどうしてあんなに激しく心が騒いだのかしら？きっとこの肉体は神様がお造りになったものではなくて――彼女はひざまずいて額のところで手を組み合わせた——、別の人間の肉体から生まれてきたにちがいない。でもこの心は神様がお造りになったものだわ。心さえしっかりしていれば、この身体をやさしく愛撫してもらい、喜びを味わいたいという衝動に駆られても、それを押しとどめることができるはずだわ。彼女はシーツを持ち上げると、目をつむったままベッドにもぐりこんだ。手を伸ばして明かりを消すと、枕で顔を覆った。こんなことを考えてはいけない。だめ、だめだわ、考えてはいけないわ。ひとこと言えばいいのよ。お父様の前であの人の名を言って、すべてを打ち明けてしまえばいい。いいえ、だめよ、お父様をこれ以上苦しめるわけにはゆかないわ。来月、いやもっと早い時期に、あの男は金と土地とカタリーナ・ベルナルの肉体を自分のものにしてしまう……ああ、もう沢山……ラモン、だめ、その名前を口にしてはだめ。彼女はいつの間にか眠りについた。

「あなたがそうおっしゃったんですよ」翌朝ふたたび屋敷を訪れた客がそう言った。「こうなればもう手の施しようがありません。あの土地は百姓どもにくれてやりましょう。痩せた土地ですから、収穫といっても知れたものです、土地を小さく細分すればいいのです、そうすれば大したものは植えられませんからね。まあ見ていてください、いまに百姓たちがお礼を言いに来ますが、その時はあの痩せ地を女どもにまかせて、自分たちはわれわれの所有している肥沃な土地を耕やすことになるはずです。あなたは黙って見ておられればいいのです、自分の懐を少しも痛めないで、いまに農業改革を推進させた功労者として英雄扱いされますよ」

老人は濃い顎鬚の下でひそかに笑みを浮かべ、楽しそうに男の顔を見つめて言った。

「娘とはもう話し合ったかね?」

「ええ、話しました……」

彼女はもう耐えきれなかった。あの男がそばに来たかと思うと、いきなり顎の下に手を差し入れ、目を閉じている彼女の顔をグイと起こしたのだ。その時、顎がぶるぶる震えた。あの男が、クリームをかけた果実のように艶やかですべすべした肌に触れたのは、それが最初だった。中庭に植わっている木々のつんと鼻を刺すような香りや湿気をふくんだ草いきれ、腐った土の匂いが二人を包んでいた。男は彼女を求めていた。その肌に触れた時、はっきりそう感じた。心の底からほんとうに愛しているのだと彼女に伝えたかった。初めて恋をしたあの時と同じように、彼女を心から愛せるはずだ。すでに経験のあることなので、相手を心底愛する自信があった。彼はもう一度彼女の火照っている頬に触れてみた。男の手が肌に触れたとわかって、彼女は身体を硬ばらせたが、固く閉じたその目からは涙がぽろぽろこぼれた。

「きみを泣かせたりはしない、必ず幸せにするよ」そうつぶやきながら男は彼女の唇に顔を近づけたが、彼女は顔をそむけた。「やさしい愛情できみを包んでやる……」

「私どもに目をかけてくださっているんですから、あなたに感謝しなくてはなりませんわね……」と、彼女は蚊の鳴くような声で答えた。

　彼はカタリーナの髪をやさしく撫でた。「これからはぼくと暮らすんだ、いいね。いろいろな思い出があるだろうが、それを忘れてほしい……。きみが大切に思っているものをけっして踏みにじったりはしない、それは約束する……。だから、きみも約束してくれ、もう二度と……」

　彼女は顔を上げると、それまで感じたことのないほど激しい憎しみをこめて男の顔を睨みつけた。口の中はからからに乾いていた。すべてを知り、望むものをすべて手に入れ、すべてを破壊してゆく化け物のようなこの男は、いったい何者なの……?

「何も言わないで……」そう言って彼女は髪を撫でていた男の手から逃れた。

「あの男と話し合ったんだが、どうやら心からきみを愛してはいなかったようだよ。ちょっと脅しをかけただけで逃げ出すような腰抜けだ」

　彼女は男に撫でられた顔を手で拭うと、こう言った。「たしかにあの人は弱い人です……でも、あなたみたいなけだものじゃありません……」

　男が腕を摑み、その手に力をこめてにやりと笑うのを見て、彼女は思わず大声を上げそうになった。「ラモンとかいう男はプエブラを出てゆくそうだ。二度とあいつの顔を見ることはないだろう……」

　彼は摑んでいた腕を放した。彼女は小鳥のさえずっている赤いペンキを塗った鳥かごのそばに歩み寄った。そこに突っ立ったまま じっと様子を見ている男の目の前で、彼女は鳥かごの戸を次々に開けていった。コマドリは戸口から顔をのぞかせたかと思うと、さっと飛び去っていった。水と餌のある籠の中の生活に慣れきっていたモッキングバードが戸惑ったように飛びまわっているのを見て、彼女は小指に止まらせると、翼に口づけしたあと空に放った。最後の一羽が飛び去るのを見とどけて、彼女は目をつむった。あの男に腕をとられ、ドン・ガマリエルが待っている書斎のほうへふたたびゆっくり引っ張って行かれたが、彼女は抵抗しなかった。

誰かがわしの腋の下に手を入れて身体を起こし、柔らかなクッションの上で楽な姿勢をとれるようにしてくれているのだろう。真新しいリンネルが、熱っぽくなるかと思うと急に悪寒に襲われる身体に心地よく感じられる。気分がいいので目を開けると、顔は見えないが誰かが新聞を広げて読んでいる。《メキシコ生活》紙だ。この新聞はこれからも毎日そこにある、つまり毎日発行されるはずだ。人間の力ではもはやその発行を止めることはできまい。テレーサが驚いた拍子に新聞を下に落とす。

「どうかして?　気分でも悪いの?」

わしが手で大丈夫だと合図すると、彼女は新聞を拾い上げる。気分は上々だ。何かとんでもない悪戯でもしてやりたい気分だ。この辺で、特別寄稿として遺言を書いて、表向きは報道の自由を標榜している会社の実態を暴露してやったら大騒ぎになるだろうな……。うむ、はしゃぎすぎたせいか腹が痛くなってきおった。手を伸ばしてテレーサに助けを求めるが、あの娘は新聞に気を取られている。さきほど大きなあの窓の向こうで日が暮れていくのが見えたが、そのあとカーテンを閉める音が聞こえてきた。高い天井とオーク材のクローゼットのあるこのベッドルームは薄暗くて、いちばん向こうのグループまでは見分けられん。ベッドルームは広いが、彼女はそこにいる。化粧の取れた顔で両手でハンカチを握りしめ、身体を硬ばらせて坐っているのだろうが、わしがこうつぶやいても耳には入らんだろう。

「あの朝、わしはわくわくしながらあれが来るのを待っていた。二人して馬で川を渡ったんだ」

わしがそうつぶやくのを聞くのは、きれいに髭をあたった眉毛の黒い、見慣れない男で、こちらが大工と処女〔イエスの父ヨセフとマリアを指す〕のことを考えているというのに、悔悟を迫り、天国に通じる門の鍵を渡そうとしておる。

「こんな時にいったい……何を言うつもりだ……?」

あの男は不意打ちを食らったような顔をした。テレーサが追い打ちをかけるように、大声でこうわめくのですべてが台無しになる。「神父様、そっとしておいてください。もう私たちの手ではどうしようもないのです。これまで氷のように冷たい心ですべてを嘲笑してきたこの人は、死を前にしても悔い改めようとしないのですから……」

僧侶は手で彼女を押しのけると、まるで口づけでもするようにわしの耳のそばに唇を近づける。「二人だけでお話ししたいのですが」

わしはやっとのことでこう唸る。「できることなら、あの女どもを追い払ってくれんか」

彼は立ち上がると、ぶつぶつ言っている女たちの腕を摑む。パディーリャが近寄ってくるのを見て、彼女たちは押しとどめようとする。

「いいえ、いけません、やめてください!」

「ですが、奥様、これは長年の習慣ですから」

「責任はとっていただけるんですね?」

「ドン・アルテミオ……ドン・アルテミオ……今朝収録したテープをもってまいりました……」

わしはうなずく。ほほえみを浮かべようとする。いつものように。パディーリャは頼りになる男だ。

「コンセントの差し込みはドレッサーのそばにある」

「かしこまりました」

うむ、たしかにわしの声、昨日のわしの声だ――昨日、いやそれとも今朝だったかな?

どうもはっきりせん――編集長のポンスに質問しているところだが――おや、テープが金切り声を上げているぞ、何とかしろ、パディーリャ。テープを逆回しにするとおかしな金切り声になる、まるでオウムだが、あれがわしの声だ。あの中にいるのがわしだ。

『ポンス、事態はどうなっている?』

『ひどいものですが、今の情勢だと何とか収まりがつくでしょう』

『よし、それなら、容赦なくやれ! 何もかも明るみに出して、新聞で徹底的に連中を叩くんだ』

『おっしゃるとおりにします』

『読者にもおおよその事情がわかっているはずだから、やりやすいはずだ』

『長年言い続けてきたことですからね』

『すべての新聞の社説と第一面の見出しを見たいんだ……時間は何時になってもかまわんから、屋敷のほうに届けてくれ』

『どれもこれも似たようなものですよ、赤の陰謀発覚。メキシコ革命の基本綱領に害をなす外国の侵入……』

『そこはメキシコ革命の成果としたほうがいい』

『……外国人スパイに操られる労組幹部。タンブローニは容赦なく敵を叩いていますし、ブランコのコラムも労組の幹部を反キリストと決めつけたうえで、徹底的にやっつけています。諷刺漫画もなかなかのものですよ……。どうされました、ご気分が悪いんですか?』

『うむ、どうもすぐれんのだ。女の月のものみたいなもので、すぐによくなるだろう。昔に戻りたいものだな』

『まったくです……』

『コークリイ氏にこちらに来るように言ってくれ』

テープから咳き込んでいる自分の声が聞こえる。つづいて、ドアの蝶番《ちょうつがい》の軋る音が。腹の具合がおかしい、どうもいかん。いくらいきんでもガスが出ん……。彼らの姿が見える。部屋に入ってきたんだな。黒檀《こくたん》のドアが開いて、また閉じられる。厚い絨緞が敷いてあるので足音は聞こえん。窓を閉めたのか。

「窓を開けてくれ」

「いいえ、いけません、風邪でもひいたら大変ですよ……」

「開けるんだ……」

『ミスター・クルス、どうされました?』

『うむ、どうもすぐれんのだ。これから説明するから、そこに掛けてくれ。何か飲むかね? 酒をもってきてくれ。どうも気分がすぐれんのだ』

カートのコマの回る音と酒瓶のぶつかる音が聞こえる。

『オ元気ソウニ見エマスガ』

グラスに氷を入れ、ソーダ水をサイフォンから注ぐ音が聞こえる。

『そちらのほうで問題点を理解していないかもしれないので、一応説明しておこう。例の組合浄化運動だが、あれがもし成功を収めるようなら、わしたちはおさげ髪を切る覚悟でいると、中央官庁のほうに伝えておいてもらいたい……』

『おさげ髪？』

『そうだ、要するにその時は強姦《チンガール》でも何でもやってやるということだ、メキ……』

「やめて！」そう叫んでテレーサがテープレコーダーのそばに近寄る。「なんて下品なの……」

わしはやっとのことで片方の手を動かし、顔をしかめる。テープに吹き込んである言葉を少し聞き洩らしてしまう。

『……鉄道組合の指導者たちが提案している件だが』

誰かが神経質そうにくしゃみをする。どこでしているんだろう？

『……あれが腐敗したダラ幹を追放するための民主的な運動だというのは大ボラだ、会社のほうにそのことをよく説明してもらいたい』

『ワカリマシタ、ミスター・クルス』

くしゃみをしているのはアメリカ人らしいな。ハ、ハ、ハ、ハ！

「いいえ、いけません、風邪でもひいたらどうなさるんです」

「窓を開けるんだ」

わしは、いや、わしだけでなくほかの男たちも、これで風に運ばれてくるほかの土地の芳香を、真昼のかぐわしい香りを嗅げるかもしれん。匂う、匂う。今の自分やこの冷たい汗、腹に溜まったガスから遠く離れた場所の匂いが嗅げるのだ。あの二人の女に言って窓を開けさせたが、おかげで思う存分息をし、風に運ばれてくるさまざまな匂いを嗅げる。うむ、これは秋の森の匂いだ、落葉を焼く匂いだ、熟れたプラムの匂いもする。腐敗した熱帯の匂いだ。固くかたまった塩の大地の匂い、山刀で断ち割ったパイナップル、陰干ししているタバコの葉、機関車の煤煙、広々とした海と波、雪が積もった松、これは金属と堆肥だ、永遠の風がさまざまな匂いを運んできては、運び去っていく。おい、よせ、だめだ、わしを殺そうというのか。あの二人がまた腰をおろす。立ち上がって歩きまわったあと、ふたたび同時に腰をおろす。まるでひとつにつながった影のようだ。離ればなれになると何もできなくなり、ものを考えることさえできんとでもいうようだ。おかげで風の流れが遮られ、息が苦しくなる。仕方なくわしは目をつむる。目で見たり、手で触れたり、匂いを嗅いだりすることができんのだから、あとは思い出しか残ってはおらん。いまいましい母娘だ。そのうちわしの死期を早めようと、坊主を引っ張ってきて告解させるつもりでおるんじゃろう。青白い顔をした坊主があそこにひざまずいている。背中を向けようとするが、脇腹が痛くてどうにもならん。うううむ！　坊主め、もう終わったかな。これで犯した罪も許してもらえるだろう。眠りたい。痛みがまた襲っておった。いつものところだな。うううっ。女たちか。いや、お前はここにはおらん。女たち、愛する女たち。どんな女だったかな？　うん、そうだ。いや、わからん。どんな顔をしておったか思い出せん。忘れてしまったのかな、いや、そんなはずはない。あの顔はどこだ？　あんなに美しい顔だったのに忘れるはずがあるものか。あれはわしのものだった、だから忘れるはずがない。うううっ。あんなに愛していた顔を忘れるはずがないではないか。お前はわしのものだった、だから忘れるはずがない。お前はどんな顔をしていたんだ、頼む、教えてくれ。お前はわしの横で眠っている、お前なら信じることができる。どんな顔をしていたのだ？　どうすれば思い出せるんだ？　ええ、なに、なんだと？　どうしてだ？　また注射をするだと？　どうしてだ？　やめろ、よせ、よすんだ！　ほかのものにしろ、急げ、わしは別のことを思い出す。痛い、うううっ、痛い！　眠くなる……そのせいで……。

たとえ目を閉じても、瞼は不透明なので、光が網膜に届くとわかっている。だからお前は目を閉じるだろう。開いた窓の形をした太陽の光がお前の閉じた目の高さでとどまるだろう。目を閉じているのであたりの光景の細部は見えず、明るさと色彩は変化しているものの、同じ光景、つまり西の方角に融け去っていくあの銅貨のような光は変わらないだろう。目を閉じ、このほうがよく見えると思うだろう。自分の頭脳が見たいと思っているものだけを見るだろう。それは世界が差しだす以上のものだろう。目を閉じると、外部世界はもはやお前の空想が作り出す映像と競い合うことはないだろう。瞼を閉じると、何度も繰り返される不変不動の光がお前の瞼の奥に運動する別の世界を創造するだろう。運動する光、疲労をもたらし、人をぎょっとさせ、混乱させ、喜ばせ、悲しませる光。閉じた瞼の奥でお前は知るだろう。小さくて不完全な感光板の奥まで射し込んでくる光の強さによって、お前の意思や状態と関わりのないさまざまな感情が生まれてくるということを。それでも目を閉じると、一時的ではあるが何も見えなくなるだろう。しかし耳を閉じて聾者のふりをすることはできないだろう。それが空気であっても、指で触れまいとするだろう。完全な無感覚状態を思い浮かべる。舌と口蓋で絶え間なく流れる唾液を止め、自分自身の味を感じまいとするだろう。お前の肺に血液を送り込みつづけている苦しい呼吸を止めて、部分的な死を選び取る。お前はつねに何かを見、つねに何かに触れ、つねに味わい、つねに何かを嗅ぎ、つねに何かを聞くだろう。注射針で鎮静効果のある液体を皮膚から注入される前に叫び声を上げただろう。苦痛を感じる前に叫ぶだろう。苦痛の予知が、皮膚で感じる前にそれを脳に伝達するだろう。それはお前が感じるはずの苦痛を前もって伝え、痛みが来るぞと警戒させ、いっそう強く痛みを感じさせるだろう。というのも、なまじそれがわかればわれわれは無力になり、自分の意思と関わりなくその犠牲になってしまうからだ。その時、われわれはわれわれのことを顧慮することも、相談しかけてくることもない力が存在すると思い知らされる。

残念だが、より緩やかな形ではあるが苦痛をもたらす器官が、反射的に苦痛を抑える器官を凌駕していくだろう、

そして、お前は自分が二つに分割されたように感じるだろう。受けとめる人間と行動する人間、感覚的人間と行動的人間に。五感を備えた人間はその五感で感じとった感覚を感覚皮層、つまり大脳上部の皮質に広がっている何百万という微細な繊維に伝えるだろう。七十一年間にわたってお前の脳は、世界のさまざまな色彩、肉体のさまざまな感触、生活の中で感じる味覚、大地の匂い、風のもたらすさまざまな音を受けとめ、蓄積し、浪費し、剝出しに、伝達してゆくだろう。つまり、お前自身だけでなくお前がそこに住むめぐり合わせになった外の世界をも変容させる前頭葉、神経、筋肉、リンパ腺にそうした感覚を伝えるだろう

けれども、夢うつつの状態で光の刺激を伝える神経繊維が、その刺激を視覚の領域に伝えないだろう。そのせいでお前は色を聞き、触覚を味わい、音に触れ、匂いを見、味覚を嗅ぐだろう。お前は混沌の深淵に落ちまいとして手を伸ばすだろう。生命全体の秩序、つまりある事実を受けとめ、それを神経に伝え、脳のしかるべき領域に投影させ、ついでそ

れを刺激に、そしてそれをふたたび事実に変えて神経に伝えるという秩序を回復しようとするだろう。お前は腕を伸ばす。すると閉じた目の奥で頭脳の作り出すさまざまな色が見えるだろう。そしてついに、耳に聞こえてくる触覚の起源を目を閉じたままで感知するだろう。シーツだ、痙攣《けいれん》している指で握りしめたシーツの音。手を開くと、掌が汗ばんでいるのを感じるだろう。生まれた時は、おそらく掌に生命線も運命線もなかったはずだ。命と愛を表わす線が一本もなかったことを思い出すだろう。そんな掌で生まれ、次にまた生まれてくる時も同じだろう。しかし、生まれて何時間か経つと、そののっぺりした掌にさまざまな記号や線、予兆が現われてくるだろう。死ぬ時の掌には明確な線が無数に走っているが、死後数時間経つと運命を語る痕跡はひとつ残らず消えているだろう。

混沌《カオス》、この単語には複数形がない

秩序、秩序、お前はシーツを摑み、自分の脳がため込んで、明確なものにした感覚を言葉にしないで、心の中でもう一度繰り返すだろう。お前は何とかして心の中に、喉の渇き、空腹、発汗、悪寒、平衡感覚、転倒を感じる位置を定めるだろう。生活上の機能をつかさどる脳の従属的な部分、つまり下層部にそれらの感覚を位置づけ、そのうえで上部にある大脳皮質を思考、想像力、願望に対して開放するだろう。術策、必要性、チャンスからなるこの世界はそれほど単純なものではないだろう。すべてを成り行きまかせにして、受動的な立場をとっていたのでは、世界を知ることなどできないだろう。さまざまな危険に打ち負かされないよう知恵を働かせ、単なる当て推量で自分を否定したりしないよう想像力を鍛え、まわりを網目のように覆い尽くしている不確実性に搦めとられないよう欲望を目覚めさせておく必要がある。そうすれば、生き延びられるだろう。

お前はお前自身を認識するだろう、

お前は他人を認識し、彼ら――彼女ら――がお前を認識するがままにさせておくだろう。そしてお前は知るだろう。一人ひとりの人間は、お前が欲望の対象となるものを手に入れようとする時に障害になる、とすれば自分はどこまでも彼らに敵対してゆかざるを得ないのだということを、

お前は欲望を抱くだろう。しかし、どうすれば欲望とその対象になるものが完全に同一のものになるのだろう。欲望と欲望の対象となるものとが分離することなく一体化し、ただちに現実のものとなるようにするにはどうすればいいのだろう?

お前は目を閉じてひと息つくだろう。しかし、見ること、願望することはやめないだろう。なぜなら、思い出すことによってお前は望むものを自分のものにするからだ。過去にさかのぼって追憶の世界に戻ることで、自分が望むものを手に入れるだろう。未来ではなく、過去に向かうことで、

追憶とは満たされた欲望である、

手遅れにならないうちに追憶とともに生き延びるのだ、

混沌にお前の記憶がはばまれないうちに。

一九一三年十二月四日

汗ばんだ女のひかがみが自分の腰を締めつけているのが感じられた。彼女はいつもそんなふうにひんやりした汗を少しかいた。彼がレヒーナの腰にまわしていた腕を離した時も、透明な液体で腕が濡れているのを感じた。彼は手を伸ばして彼女の背中をやさしく愛撫していたが、いつの間にか眠り込んだようだった。続けようと思えば何時間でも撫で続けることができただろう。目を閉じた彼には、自分に絡みついている若い肉体がこの上もなく愛おしいものに思えた。彼女の身体は黒とピンク色の起伏のある、柔らかく波打つ地勢図を思わせたが、それを調べ尽くし、すべてを知るのは一生かかっても無理なように思われた。レヒーナの肉体は待っていた。彼は目をつむり何も言わず両手両脚を思いきり伸ばしたが、その時手足の先がベッドの鉄棒に触れた。端から端まで身体が届いたのだ。夜明けにはまだ間があった。二人は黒水晶を思わせる暁闇の中にいた。蚊帳《かや》は重さがなく、二人の肉体以外のすべてのものから孤立していた。彼は目を開けた。顔を近づけてきたレヒーナの頬を伸びた彼の髭がくすぐった。暗闇だけでは足りなかった。半ば開いたレヒーナの切れ長の目が黒く輝く傷跡のように煌めいた。彼は大きく息をついた。レヒーナの手が彼の首の後ろで組み合わされ、二人の顔がふたたび近づいた。下腹部が火のように熱くなった。彼は溜息を洩らした。寝室には糊づけしたブラウスやスカートが干してあり、クルミ材のテーブルの上には二つに割ったマルメロの実が並んでいた。ロウソクの火は消えていた。濡れた柔らかな女の身体からたちのぼる海の香りが鼻をくすぐった。足の爪が中にもぐり込んだ猫のようにシーツを引っ掻く音を立てたかと思うと、彼女は軽やかに両脚を高くあげて彼の腰を締めつけた。唇が彼女の喉のあたりを這いまわった。彼女の乱れた長い髪の毛を押さえ、笑いながら唇を這わせると、乳首がうれしそうに震えた。彼女の吐息が耳をくすぐった。彼はしゃべらすまいとして口を押さえた。舌も目もいらない、言葉をもたない肉体で思う存分快楽を味わいつくせばいいのだ。彼女もそのことに気づいて、相手の身体をきつく締めつけた。彼女が手を下にさげて彼のペニスを握りしめると、彼も手を下にまわして若い女のまだ毛の生えそろっていない固いヴィーナスの丘を愛撫した。じっと立っていると固く引き締まっているが、歩くと柔らかに波うつ彼女の若々しい裸体を思い描いた。さきほど、彼女はそっと身体を洗い、カーテンを引き、コンロの火をあおいでいたが、その時のことを思い返していたのだ。二人は身体の中心でひとつに結ばれたまま眠りこんだ。ただ手だけが、一本の手だけが楽しい夢でも見ているのか、かすかに動いていた。

『どこまでもついて行くわ』

『どこで暮らすつもりだ？』

『占領される前に、町にもぐり込むの、そこであなたが来るのを待つわ』

『何もかも棄てて？』

『服を何枚か持ってゆくから、果物と食べ物を買うお金さえくれたら、向こうで待っているわ。あなたがその町に入ってゆくと、そこに私がいるの、手持ちの服を着て』

借りた部屋の椅子にかかっているスカートも手持ちの衣服の一枚にちがいなかった。そのスカートをはじめ、櫛や黒い小さな靴、テーブルの上に投げ出してある小型のイヤリングなど彼女はいろいろな小物を持っていたが、彼は起きている間、そうしたものをいじりまわして楽しんだものだった。ふだんはなかなか会えなかったので、こうして二人きりでいる時は何とかして彼女を喜ばせてやりたいと思った。上から急な命令が出たり、敵を追跡しなければならなかったり、時には敗れて北へ逃れなければならないこともあった。そんな時は何週間も会うことができなかった。けれども彼女は運に左右される戦闘の日々の中で、揺れ動く革命の波の動きをまるでカモメのように敏感に察知しているように思われた。約束していた町で会えなくても、彼女はしばらくすると別の町にひょっこり姿を現すのだ。おそらくあちこちの町を巡り歩いて、家に残っている老人や女たちから彼の大隊の動きや、その他いろいろな情報を聞き込んでいたにちがいない。

『その部隊なら二週間ほど前にここを通って行ったよ』

『生存者はひとりもいないって話だけどね』

『さあてね、じゃが大砲を忘れていっておるから、しばらくするとまた戻ってくるかもしれんよ』

『連邦軍の連中には気をつけるんだ。なにしろ反乱軍に加担しているとみたら、誰かれなしに銃をぶっ放すからね』

そんなふうにあちこち探しまわってくれたおかげで、再会できたのだ。彼女は椅子にスカートをかけると、部屋を片づけ、果物と食事の用意をして彼が来るのを待っていた。余計なことで時間をむだにしたくなかったのだろうが、彼にしてみれば彼女が何をしても余計なことに思えなかった。部屋の中を歩きまわり、ベッドを整え、髪を解くのを見ているだけでよかった。下着を脱がし、立ったままの彼女の全身をくまなく口づけで覆ってやった。身体をゆっくりかがめながらその肌を、飾り毛を、濡れた貝を舐め、味わいつつ唇を這わせてゆく。少女の身体の震えが唇に伝わってくる。彼女は立ったままの姿勢で彼の動きを止め、ある個所だけを攻めてもらおうと彼の頭を手で押さえる。やがて男の頭を押さえた姿勢で激しくあえぎながら頂点に達して倒れかかってくる。すると、彼はその身体を抱き上げてベッドまで運んでやった。

『また会えるかしら、アルテミオ？』

『その話はするんじゃない。出会いは一度きりなんだよ』

彼女は二度とその話をしなかった。この恋もいずれ終わりの時がくるほかのことと同じなのだ、そう考えて自分が恥ずかしくなった。二十四歳になる若い男とどこで、どうして知り合ったのか、そんなことはどうでもいい。今はこの恋を、戦いの合間の数日間を思う存分楽しめばいいのだ。彼の隊はある広場を占領してしばらく滞在することになった。その間休息をとりつつ、それまで独裁者の支配下にあった町を占領し、糧食を補給したうえで次の攻撃にそなえることになっていた。二人は口に出して言わなかったが、逢瀬を精いっぱい楽しもうと心に決めていた。危険な戦闘や離れて暮らさなければならない日々については考えないことにした。二人は次に会う場所を決めていた。もしどちらかが行けない時は、黙って自分の行く予定のところに行くことになっていた。つまり、彼は南下して首都に向かい、彼女は北上して、彼と知り合い、愛し合ったシナロアの海岸に戻ることになっていた。

『レビーナ……レビーナ……』

『船のように海に突き出していたあの岩を覚えてる？　今もきっとあのままだと思うの』

『あそこで知り合ったんだな。あそこへはよく行ったのかい？』

『毎日、午後になると行ったわ。岩の間に波のこないところがあるの、そこだと水の上に自分の顔が映るのよ。そこで毎日水に映る自分の顔を見ていたんだけど、ある日その横にあなたの顔が映ったの。夜になると星が水面に煌めき、昼間は太陽の光がまぶしく照り返していたわ』

『あの日はどうしていいかわからなかったんだ。それまで戦闘が続いていたんだが、敵軍が突然崩れて白旗を掲げたんだ。とたんに戦うことがばかばかしくなってね。急に平和だった昔のことを思い出してぶらぶらしていると、岩の上に坐って海に足をつけているお前の姿が目に入ったんだ』

『私もそうなの、戦争なんて大嫌い。あの時ふと見ると、すぐそばにあなたの顔が映っていたの。私を見て、この子も自分を愛しているって思わなかった?』

夜明けまでにはまだ時間があったが、灰色のヴェールが手をつないで眠っている二人の身体を包んでいた。彼のほうが先に目をさまして、眠っているレヒーナの顔をじっと見つめた。その眠りはクモが何世紀もかけて織り上げたこの上もなく細い糸を思わせた。彼女の眠りは死と見分けがつかなかった。脚を曲げ、片方の腕を男の胸の上に載せていた。その唇は濡れていた。二人はとりわけ夜明け時に愛し合うのが好きだった。というのも新しい一日のはじまりを祝っているような気持ちになれるのだ。淡い光がレヒーナの横顔をかすかに照らしていた。あと一時間もすれば、町の物音が聞こえてくるだろう。世界は今静かに休んでいるが、その中で彼女は安らかな寝息を立てていた。シーツの上で喪に服している月のように幸せに心地よく眠っている彼女を目覚めさせても許されるのはたったひとつ、もうひとつの幸せをもたらしてやることだけだろう。そんなことをしてもいいのだろうか？　若い男の想像力は愛を超えた先まで行っていた。つまり、彼は眠っている彼女を見つめながら、数秒後に彼女を起こして愛の営みをするつもりでいたが、今の彼女はその営みのあとの安らかな眠りについているように思えたのだ。どちらの至福感がより大きいのだろう？　彼はレヒーナの胸を愛撫した。新しい結合、結合そのものはどうなるだろうかと想像をたくましくする。記憶にあるくたびれた喜びと、ふたたび愛し合うことによって新たな愛の営みによって目覚めさせられた完全な欲望。至福感。レヒーナの耳にキスをし、彼女の最初のほほえみを間近に見た。喜びの最初の身振りを逃すまいとして顔を近づけた。彼女の手がふたたび彼をもてあそぶのが感じられた。重いしずくに濡れて、欲望が内部で目覚めた。レヒーナのすべすべした脚が、アルテミオの腰にふたたび巻きついてきた。彼女のふっくらした手はすべてを心得ていた。勃起したペニスが彼女の指からいったん逃れるが、指で触られて目覚めた。彼女の太腿が震えながら大きく開かれ、勃起した肉棒が割れ目を探り当て、中に入っていく。上に卵巣のついた器官がそれを待ち受けていたようにやさしく受け入れ、柔らかくて愛に満ちた宇宙の皮膜の中で締めつけた。二人は今、世界との邂逅《かいこう》に、理性の種子に、言葉を発しはしないが内部ですべてのものに洗礼を施し、名前を与える二つの声に変わっていた。頭の中であらゆるものを思い浮かべ、数え上げるが、どこまで行ってもきりがないので、何も考えられなかった。頭の中を海と砂、果実と風、家と家畜、魚と作物といったもので満たそうとするが、きりがない。そんな中、彼は目を閉じて顔を上げ、血管の浮き上がっている首筋を力一杯伸ばす。レヒーナはわれを忘れ、屈服し、深い息をつき、眉間に皺を寄せて相手に応え、口もとに笑みを浮かべて、そう、そうよ、好きよ、そうよ、やめないで続けて、そうよ、終わっちゃだめ、そうよ。彼女が急に果てるまでその状態が続く。二人が相手を見つめることはない。というのも、二人は一体化していて、同時に同じ言葉を口にしたからだ。

『しあわせだよ』

『しあわせだわ』

『愛しているよ、レヒーナ』

『私もよ、旦那様』

『よかったかい?』

『ええ、だけど、終わってしまったわ。それにしても、よくもつわね。よかった!』

埃っぽい道にバケツで水をまいたり、川のそばで野鴨が鳴き騒ぐ声が聞こえていたが、やがて一日のはじまりを告げる非情な笛の音が鳴り響いた。とたんに軍靴につけられた拍車や馬の蹄《ひづめ》の音で騒々しくなり、オリーブ油やバターの匂いが戸口や家の中から漂ってきた。彼は手を伸ばして、シャツのポケットに入っているタバコを探した。彼女は窓に近づくと、爪立って両腕を広げて深呼吸した。町を取り巻いている褐色の山並みが、陽射しを受けて愛し合っている若い二人のほうへ迫ってくるように感じられた。町のパン屋からはかぐわしい香りが漂ってきたが、その向こうの悪臭を放つ峡谷の茂みからキンバイカの香りが漂ってきた。彼は、素っ裸で立っている彼女の後ろ姿を眺めていた。一方彼女は、まるで明るい陽射しの背中を摑んでベッドに引きずりこもうとするように腕を大きく広げていた。

「朝食にする？」

「まだ早いから、その前にタバコを一服やるよ」

レヒーナが若い男の肩に頭をもたせかけると、男の長く逞しい手がその腰をやさしく愛撫した。二人はほほえみを浮かべた。

「子供の頃は、毎日がとてもすてきだったわ。長い休暇やお休み、それに夏の日々、いろいろな遊びがあって、楽しくて仕方なかったのに、大きくなると何かを待つようになったの、どうしてかしら？　子供の頃はそうじゃなかったわ。あの海岸に足を向けるようになったのも、そのせいなの。待つほうがいいと自分に言い聞かせたの。あの夏に自分でもびっくりするくらい変わってしまったけど、きっとあそこで少女時代が終わったのね」

「いいかい、お前はまだ少女だよ」

「あなたと一緒だから？　二人でこうしているから？」

彼は笑って彼女に口づけをした。彼女は膝を抱きかかえると、翼をたたんだ小鳥のように彼の胸にもたれかかった。そのあと彼の首を抱きしめると、泣き笑いしながらこう尋ねた。

「で、あなたはどうだったの？」

「覚えてないな。お前と会って好きになった、それだけだ」

「ねえ、教えて。あなたと出会った時、この人がいさえしたら何もいらないって考えたの、あれはどうして？　いま決断しなければいけない、この人を逃したら取り返しのつかないことになるって考えたわ。あなたはどうだった？」

「おれも同じだよ。あの時のおれを見て、ほかの兵隊さんと同じで、何か面白いことはないかと考えてうろついていると思ったんじゃないのかい？」

「ちがうわ、軍服なんて目に入らなかった。水に映ったあなたの目しか見えなかった。自分の横にいる水に映ったあなたしか見えなかったの」

「好きだよ。コーヒーを飲もう」

知り合って七カ月になるが、その日もいつもの朝と少しも変わらなかった。別れ際に彼女が、近々また町を出て行くの？　と尋ねた。彼は、将軍がどう考えておられるかわからないが、この付近にはまだ連邦軍の敗残兵が残っているので、あいつらをまず掃討する必要があるだろうな、と答えた。この辺は水がふんだんにあるし、家畜も多いから、司令部はここに残ることになるだろう。なにしろソノーラ州からやってきたんで、くたびれきっているんだよ。ここならゆっくり休息できるからな。そう、そう、十一時に全員広場にある司令部へ行って、報告しなければならないんだ。将軍は行く先々の町で労働条件を調べさせ、一日の労働時間は八時間、土地はすべて農民に分かち与えるという法令を発布しているんだ。農場があれば、それとつるんでいる商店に火をつけるように命じ、連邦派の連中と一緒に逃走していないかぎり、どこの町にもいる金貸しを見つけたら、その連中に貸した金をすべて棒引きするように命じている。ただ困ったことに、大多数の住民が武器をもって戦っていて、しかもそのほとんどが農民なんだ。だから、せっかく将軍の下した命令を実行に移そうにも、肝心の農民がいないってわけさ。で、仕方なく、町に残っている裕福な連中から金を没収し、土地の問題と労働時間の件は革命が勝利した時点で法令化しようということになったんだ。これからの仕事はメキシコ市へ進撃して、ドン・パンチート・マデーロ〔フランシスコ、一八七三～一九一三。革命家で、一九一一～一三年メキシコ大統領〕を暗殺したアル中のウエルタ〔ビクトリアーノ、一八五四～一九一六。メキシコの軍人、大統領（一九一三～一四年）〕を大統領の座から引きずりおろすことだ。まさに東奔西走さ――そうつぶやきながら彼は白いズボンにカーキ色のシャツの裾を押し込んだ――席の暖まる間もないんだからな。生まれ故郷のベラクルスをあとにしてメキシコ市へ行き、そこからさらにソノーラへ進撃した。セバスティアン先生から、今こそ北へ行って武器をとり、祖国を解放せねばならん、わしたち老人に代わってお前がそれをするんだと言われたが、あの頃はまだ若かったな。二十一だったが、まだ一度も女を抱いたことはなかった。これは誓って本当だよ。セバスティアン先生はおれに、読み方と書き方、それに坊主を憎むことの三つを教えてくれたが、今のおれを見たらさぞかしがっかりするだろうな。

レビーナがコーヒーカップをテーブルに並べたのを見て、彼はようやく話をやめた。

「火傷しそうに熱いな」

まだ時間が早かったので、二人は相手の腰に手をまわして外に出た。彼女は糊のきいたスカートをはき、白のチュニックを着た彼のほうは頭にフェルトの帽子をかぶっていた。二人の寝起きしているバラックは崖のそばに建っていた。釣鐘のような形をした花が崖のところで風に揺れ、草むらにはコヨーテに食い荒らされた兎の死骸がころがっていた。小川が崖の下を流れていた。彼女はその水面に自分たちの顔が映りはしないかと思って下をのぞき込んだ。二人は手をつないで、崖に沿って作られた道を登って町に向かった。山のほうからツグミの声が聞こえてきた。いや、土埃のせいでよく見えないが、あれは軽やかな馬の蹄の音だ。

「クルス中尉、クルス中尉!」

将軍の副官ロレートが鮮やかな手綱さばきでさっと馬を止めた。にこやかな笑みを絶やしたことのないその顔は汗と土埃にまみれていた。

「すぐにお越しください」荒い息づかいでそう言うとハンカチで顔を拭った。「情勢が変わって至急出撃することになりました。朝食は済まされましたか? まだでしたら兵営のほうにタマゴが用意してあります」

「タマゴなら金のやつを二つ持ってるよ」そう言って彼はにやっと笑った。

レビーナは立ちのぼる土埃の中で彼を抱きしめた。ロレートの馬が遠くへ去り、土埃がおさまると若い恋人の首に抱きついている彼女の全身像が浮かび上がった。

「ここで待っているんだ」

「何かあったの?」

「おそらく近くに、敗残兵がいるんだろう。心配しなくていい」

「ここで待てばいいのね?」

「そうだ。今夜か遅くとも明日の朝早くに戻ってくる」

「アルテミオ……いつか向こうに戻れる?」

「さあ、どうかな。戦争がいつまで続くかわからんからな。そんなことは考えないほうがいい。愛しているよ」

「私も愛しているわ。いつまでも」

新たに出撃命令を受けた兵隊たちは、司令部の中央中庭や馬小屋で儀式を執り行うように黙々と支度をしていた。目のまわりが黒ずんだ白い毛のロバに引かせた大砲が一列に並んで進み、つづいて中庭と駅を結んでいる軌道の上を弾薬を満載した車輌が運ばれていった。騎兵隊員は馬から飼葉袋をはずして手綱をつけ、鞍を点検したあと、騎手の前でおとなしくて動作も緩慢な馬のごわごわしたたてがみを撫でていた。二百頭の馬は硝煙でうす汚れ、腹に寄生虫を湧かしていた。栗毛、葦毛、あるいは黒毛の馬が司令部の前をゆっくり歩きまわっていた。歩兵隊員は銃に油を差したり、にこにこ笑いながら弾薬包を配っている小柄な男の前で列を作っていた。北の人間がかぶる縁を折り曲げた灰色のフェルト帽。首に巻いたネッカチーフ。腰の弾薬ベルト。軍靴をはいている者は数えるほどしかおらず、大半はデニムのズボンに黄色い靴かサンダルをひっかけていた。カラーのない縞模様のシャツ。通りや中庭、あるいは駅には木の枝を飾ったヤキ族のインディオの帽子が目についた。軍楽隊員たちは手にスティックをもち、金属製の楽器を肩にかついでいた。人々は最後のお湯を飲み干した。インゲン豆のスープの入った鍋とランチェロ風のタマゴの皿が並んでいた。駅のほうから人々の叫びかわす声が聞こえてきた。マヤ族のインディオを満載した無蓋の車輛が町に到着したのだ。耳をつんざくような太鼓の音が鳴り響き、色とりどりの弓と粗削りの矢が波のように揺れていた。

彼が人をかき分けて中に入ると、釘でぞんざいに地図を打ちつけてある壁の前に立った将軍が状況を説明していた。「連邦軍の連中はわれわれの退路を断つべく、革命で解放した地域に入り込み後方から攻撃を仕掛けてきた。今朝、山の見張り台にいた斥候が、ヒメネス大佐が占領している町のほうで煙の上がっているのが見えたと報告してきた。大佐はまさかの時のことを考えて、町を占拠すると、まず板や枕木を山のように積み上げるよう命じたが、あれは万がいち敵の攻撃を受けた場合、それに火をつけてわれわれに知らせるつもりでいたのだ。今朝方の煙はそれにちがいない。われわれはひとまず二手に分かれて、一軍は山越えをしてヒメネス大佐の救援に駆けつけ、あとの半分は昨日敗走させた連邦軍をもう一度叩くことにするが、この攻撃によって南から敵が大攻勢を仕掛けてくるかどうかも判明するはずだ。敵もおそらくこの町までは攻め寄せてこないだろうから、ここの守備は歩兵中隊にまかせることにする。ガビラン少佐……アパリシオ中尉……クルス中尉、きみは北のほうに戻ってもらうことにする」

正午頃に山の切通しのところに作られた見張り台の前を通過したが、その頃にはもうヒメネス大佐の救援を求める狼火《のろし》も消えかけていた。山の下のほうに目をやると、臼砲《きゅうほう》や大砲、それに弾薬箱、機関銃を積み込み、大勢の兵隊を満載した列車が汽笛を鳴らさずに走っているのが見えた。騎兵隊は悪戦苦闘しながら急な斜面を下っていった。ふたたび連邦軍の手に落ちたと思われる町々に向かって線路から砲撃が開始された。

「急げ！　急ぐんだ！」と彼は隊員に命令した。「砲撃は二時間ほど続くはずだが、そのあと町に入って中の様子を調べることにする」

馬が平地に降りたとたんに、与えられた具体的な命令が急に無意味なものに思えて、がっくりうなだれた。どんなことをしても命令を遂行するのだという固い決意はまわりにいる部下の姿とともに消え失せ、代わりにやさしい愛情が、失われたあるものへの内面的な悲しみが、レヒーナの腕の中ですべてを忘れたいという気持ちが生まれてきた。ギラギラ照りつける球体がまわりにいる騎兵隊員と遠くの砲撃の音を消し去ったように思えた。目の前の現実世界が消滅し、彼と彼の愛だけが、生きる権利を持ち、生き続ける理由がある夢の世界が現われてきたように思えたのだ。

『石船みたいな格好で海に突き出していた岩を覚えてる？』

目を覚ますのではないかと不安だったが、キスしたいと思ってもう一度彼女の顔を見つめた。じっと見つめていると、彼女は自分のものになった。レヒーナの秘められたイメージをすべて所有しているのは、たったひとりの男だけだ――と彼は考え――、その男が彼女を所有し、けっして捨てることはないのだ。彼女を見つめる時、彼は自分自身を見つめていた。手が手綱から離れた。彼のすべて、彼の愛のすべてはこの女性の肉体の中に埋め込まれていて、その中に彼ら二人が含まれているのだ。できればあそこに戻って……どれほど深く愛しているかを伝え……自分の心の中の思いを事細かに話し……レヒーナに知ってもらおう……。

馬がいなないて棒立ちになった。乗っていた男は、イバラが茂り、鉱山の残土が捨てられた固い地面に振り落とされた。連邦軍の榴弾《りゅうだん》が騎兵隊の上に雨のようにふりそそいだ。立ちのぼる土煙の中で馬の胸のあたりが燃え、その火を胸当てが防いでいるのが目に入った。まわりでは五十頭以上の馬がうろたえて右往左往していた。上を見上げても光が見えなかった。火薬に包まれて空が低くなり、人の背丈ほどのところにとどまっていたのだ。

低い灌木のほうに逃げたが、葉がなく身の隠しようがなかった。しかし、硝煙と土埃が姿を隠してくれた。三十メートルほど先に低木の密生した茂みが見えた。わけのわからない叫び声が聞こえてきた。誰も乗っていない馬が目に入ったので、それに飛びつくと、手綱を摑んで鞍に片方の脚をかけた。馬の背後に身体を隠して拍車をくれると、勢いよく走り出した。彼は頭を低く下げ、乱れた髪の毛が目に入るのもかまわず必死になって鞍と手綱にしがみついた。強い陽射しがようやくかげりはじめたので、彼は目を開けると馬から飛び降り、木の幹にぶつかるまで地面をごろごろ転がった。

さきほどの情景がふたたび蘇ってきた。まわりですさまじい戦闘の音が響き渡っているというのに、その世界や轟音がはるか遠くから聞こえてくるように思えた。ここでは木の枝がかすかにそよぎ、トカゲがカサコソ駆けまわっている音が聞こえていた。彼は木の枝にもたれて今も血管の中を物憂げに流れているあの甘くて心地よい日々のことを思い返していた。気持ちを集中させて考えようとするのだが、心地よい疲労感に勝てなかった。部下はどうなっただろう? 心臓は鼓動が激しくもならずに規則正しく動いていた。おれを探しているだろうか? 手足はけだるく感じられたが、汚れてもおらず心地よかった。命令が下されないので、おそらく混乱しているだろう。小鳥がおびえたように飛び立ったので、慌てて頭上の木の葉を眺めた。指揮されないので、この茂みを見つけた部下がいい隠れ場所があったと飛び込んでくるかもしれないぞ。それにしても、徒歩でもう一度あの山を越えて町に戻るのは無理だ。ここで待つしかない。しかしもし捕虜になると、ことだ。ものを考えられなかった。その時、呻き声が聞こえたかと思うと、中尉の目の前にひとりの男が木の枝をかき分けるようにして突然姿を現わした。男は彼の腕の中に倒れ込んだ。一瞬突きとばそうかと思ったが、すぐに考え直してその男の身体を受けとめてやった。男の肩から片方の腕が、血まみれになったボロ切れのようにだらりと垂れ下がっていた。負傷した男は、仲間である彼の肩に頭をもたせかけた。

「はげしく……攻め立て……ている……」

負傷した腕から流れ出る血が背中を濡らしているのが感じられた。苦痛に歪んだその顔から目を逸らしそうになった。口を開け、目を閉じ、自分と同じように無精髭を生やした頰骨の突き出したその顔を見て、これで目が緑色だったら、おれと瓜二つだなと考えた。

「逃げ出せそうか？　味方の旗色は悪いのか？　騎兵隊はどうなった？　退却したのか？」

「い……いや……敵陣に……突っ込んでいきました」

男は傷ついていない手で機関銃にやられた腕を指し示そうとした。そうすれば痛みをこらえ、生き延びられるとでもいうように。

「敵陣に突っ込んでいったのか？　どうやって？」

「水、水がほしい……あれはまずかった……」

負傷した男は何も言わず驚くほど強い力で助けてくれというようにしがみつき、そのまま気を失った。中尉は、自分の身体に埋め込まれた鉛のように重いその男の体重を受けとめた。大砲の音がふたたび大気を震わせた。気まぐれな風が樹冠を揺らした。あたりの穏やかな静けさが機関銃の音でふたたび破られた。彼は負傷兵のいいほうの腕を摑むと、しがみついているその身体をひき離した。頭を手で支えてやり、ごつごつした木の根が浮き出している地面に横たえた。水筒の蓋をとり、中の水を喉を鳴らして飲んだあと、男の口に水筒を近づけたが、水は黒ずんだ頰をつたって空しく流れおちた。しかし、心臓はまだ動いていた。男のそばにひざまずいた彼は、いったいいつまで心臓が動き続けることやらと考えた。男の腰のベルトについている銀製の重いバックルを弛めてやったあと、彼は背を向けた。あっちはいったいどうなっているんだろう？　どちらが優勢なんだろう？　彼は立ち上がると、傷ついた男をそこに残したまま茂みの奥へ進んだ。

低い木の枝を時々払いのけながら、手さぐりで先へ進んだ。彼は負傷していなかったので、人の助けを借りるまでもなかった。泉があったので、そこで足を止め、水筒に水を入れた。泉から流れ出している頼りなげな細流は、森の切れるあたりの陽射しの下で消えていた。彼はチュニックを脱ぐと、両手で水をすくい、胸や腋、乾いて肌がかさかさになった焼けつくように熱い肩、逞しい腕、陽に焼けて皮のむけているすべすべした緑がかった肌を洗った。泉に顔を映そうとしたが、湧き水の泡のせいでうまく映らなかった。この身体はおれひとりのものではない。レヒーナが自分のものにしていったものでもあるのだ。愛撫することで、彼女はこの身体を自分のものにしていったのだ。これはおれのものというよりも、むしろ彼女の身体なのだ。彼女のためにも何とかして生き延びなくては。今では自分たちはべつべつに別れて暮らしているのではない。二人を分かっていた壁はもうなくなった。二人はもはや二人ではなく、永遠にひとりなのだ。いずれこの革命も終わるだろう。あちこちの町を通り過ぎ、さまざまな人生を経験するだろうが、二人の結びつきは永遠に変わらないだろう。おれの人生は二人の人生なのだ。彼は顔を拭った。そして、平原に向かって歩き出した。

革命軍の騎馬が平原から林と山のほうに向かってきた。騎兵隊があっという間にそばを駆け抜けたが、彼は方向を見失い、山を下って炎に包まれている町に向かった。馬にくれる鞭の音と乾いた銃声が散発的に聞こえた。気がつくと平原にひとり取り残されていた。彼らは逃げたのだろうか？　両手で頭を抱えてあたりを見まわしたが、状況が呑み込めなかった。とにかく明確な指令をもらってその場を離れ、その金の糸をしっかり握りしめていなければならない。さもないと、事態が呑み込めなくなってしまうだろう。ここで少しでも気を抜けば、戦争というチェスが一貫性を欠いた、唐突で無意味な運動からなる不合理で理解不能なゲームになってしまう。もうもうと立ちのぼる土煙……ギャロップで進む猛り狂った馬……わめきたてながらサーベルをふるっている騎兵……遠くに停車している列車……徐々に近づいてくる土埃……惑乱した頭の上の太陽……彼の額を傷つけたサーベル……通り際に彼をなぎ倒した騎兵隊……。

彼は額の傷を撫でながら立ち上がった。陽射しが強くて目がくらみ、地平線や乾いた平原、山の稜線がぼやけて見えなくなった。唯一安全な隠れ場所であるあの森に逃げ込もう。彼はよろめいた。木の生えているところまで来ると、木の幹にしがみついた。戦闘服のボタンをはずすと、シャツの袖を引き裂いた。そこに唾を吐きかけると、そこを額の傷口に押し当て、頭のまわりに布を巻きつけた。頭が割れるように痛んだ。その時だしぬけに枯枝を踏みしめて近づいてくる足音が聞こえてきた。驚いて見上げると、そこに革命軍の兵隊が立っていた。その兵隊は血まみれになったずだ袋のような男を背負っていたが、その男の腕の血はすでに止まっていた。

「森の入口で死にかけているところを見つけたのです。どうやら片方の腕を吹き飛ばされたようです……中尉」

その兵隊は彼の階級章を見ようと目を細めた。

「こう重いところをみると、もう死んでしまったかもしれません」

兵隊は背負っていた男を下に降ろすと、木にもたせかけた。彼もやはり三十分か十五分前に同じことをした。兵隊は負傷兵の口に顔を近づけた。彼はあの男の開いた口、突き出した頬骨、閉じた目を思い出した。

「やはり死んでいます。もう少し早ければ、助けてやれたかもしれないんですが」

その兵隊は逞しい手で亡くなった男の目を閉じてやった。兵隊は銀製のバックルを留めてやると、うなだれ、白い歯の奥でつぶやくように言った。

「この男のように勇敢な兵隊がいなければ、われわれはどうなっていたかわかりません」

彼はその兵隊と死体に背を向けると、だしぬけに平原のほうに駆け出した。このほうがいい。何も見ず、何も聞かないことだ。まわりの世界が影のようにちりぢりになって消え失せてしまえばいい。戦いのすさまじい轟音や今も聞こえているモッキングバードのさえずり、風の音、遠くの怒声など平和な物音すべてが鈍いただひとつの太鼓の音に変わればいい。その太鼓の音がすべての物音を呑み込み、言いようのないもの悲しい音になって響くがいい。彼は死体につまずいた。自分でもなぜだかわからなかったが、死体のそばにひざまずいた。しばらくすると、鈍い太鼓の音のように響いている騒音を破ってあの声が聞こえてきた。

「中尉……クルス中尉……」

誰かが肩に手を置いたので、彼は顔を上げた。

「かなりの深手を負っているな。一緒に行こう。ヒメネス大佐が広場を死守したので、連邦軍は潰走したよ。リオ・オンドの司令部に戻ろう。獅子奮迅の働きというのはああいうのを言うんだろう、騎兵隊はじつによくやってくれたよ。さあ、行こうか。大丈夫かね？」

彼はその士官の肩につかまると、つぶやくように言った。

「司令部ですか。ええ、行きましょう」

あの糸は失われた。それがあったおかげで、戦闘という迷路の中にあっても迷うことなく駆けまわることができた。迷うことなくというのは、逃亡せずにということだ。彼にはもう手綱を摑む力も残っていなかった。彼の馬の手綱はガビラン少佐の鞍にゆわえられていた。馬に乗った彼はガビラン少佐のあとについて、戦場となったあの平原とレヒーナの待っている谷を隔てている山の斜面をゆっくり登っていった。糸はあとに残された。下を見ると、リオ・オンドの町は以前と同じたたずまいを見せていた。ピンク色、赤土色、白色の日干しレンガの壁の上に、崩れかかった屋根ののっている家の建ち並ぶ集落は、朝方出撃した時と少しも変わっていなかった。崖っぷちの緑色の帯の近くにレヒーナの待つ家の窓が見えたような気がした。

ガビランの馬が目の前をだく足で駆けていた。疲れきった二人の兵隊の上に黄昏時の山が影を落としていた。少佐の馬がつと足を止めて、中尉の馬が横に並ぶのを待った。ガビランが彼にタバコを差し出した。マッチで火をつけると、馬がふたたびだく足で駆け出した。タバコに火をつける時にちらっと少佐の顔をうかがうと、沈痛な表情を浮かべていたので、彼はうなだれた。当然の報いだ。みんなは自分が戦闘の最中に逃亡したことを知っているにちがいない。おそらく階級章を剝奪されるだろう。だが、本当のことは誰も知らない。自分は愛するレヒーナのもとに帰りたくて逃亡しようとしたのだ。愛するレヒーナのもとに帰りたくて逃げ出したのだが、説明しても理解してもらえないだろう。しかし、助けてやれたかもしれないあの負傷兵を見殺しにしたことは誰も知らないだろう。その罪はレヒーナを愛することで償えるはずだ。そうだ、そうすればいいのだ。彼はがっくり肩を落とした。生まれてはじめて自分を恥ずべき人間だと思った。しかしガビラン少佐の明るく澄んだ、いかにも正直そうな目を見ると、そんなふうに考えているようには見えなかった。少佐は空いたほうの手で、汗と埃にまみれた赤毛の顎鬚を撫でながら言った。

「中尉の率いている騎兵隊のおかげで、危ういところを命拾いしたよ。きみときみの率いる騎兵隊が敵の進攻を食い止めてくれなかったら、危ないところだったよ。おそらく将軍からきみを英雄として迎えるようにとの言葉がいただけるだろう……きみのことをアルテミオ……アルテミオと親しく呼ばせてもらってもいいだろう……」

少佐は笑みを浮かべようとした。空いたほうの手を中尉の肩に置くと、乾いた笑い声を立ててこう言った。

「長年一緒に戦火をくぐってきたというのに、これまで親しく口をきく機会に恵まれなかったからね」

ガビラン少佐は目顔で、返事をしてくれないかと訴えた。実体のないガラスのような夜があたりを包み、すでに闇の中にひっそり身を沈めている遠くの山の向こうに黄昏時の最後の光がかすかに見えていた。司令部ではかがり火が赤々と燃えていた。

「じつに汚い連中だ！」と少佐が突然言った。「午後の一時頃だったか、突然奇襲攻撃を仕掛けてきたんだ。むろん司令部まで攻め込んではこなかったが、昨日の仕返しだと言って、町外れの家を荒らしまわったんだ。敵方についた町がどんな目に遭うか思い知らせてやると言ってね。十人の人質をとり、広場を明け渡せ、さもないと人質は全員縛り首にするぞと脅しをかけてきたんだが、将軍はその要求を撥ねつけて迫撃砲を打ち込んだんだ」

通りという通りには大勢の軍人や民間人がひしめき合っており、そこを野良犬が走りまわっていた。また、家の戸口では子供たちが野良犬のように泣き叫んでいた。まだ燃えている家もあり、女たちは通りに持ち出したマットレスや家財道具の上に坐り込んでいた。

「アルテミオ・クルス中尉だ」ガビランは上体をかがめてそばにいる兵隊の耳もとでそう囁いた。

「クルス中尉だ」そう囁き交す声が、兵隊たちから女たちにまで伝わっていった。

人々は二頭の馬が通れるように道をあけた。人ごみのせいで少佐の乗った馬が苛立っていたが、中尉の黒い馬は首を下げ、おとなしくあとに従っていた。何本かの手が中尉のほうに伸びてきたが、部下の騎兵隊員の手だった。中には挨拶の代わりに中尉の足を抱きしめる者もいた。人々は彼の額の血まみれの布を指さしたり、小声で勝利を祝う言葉を口にしたりした。町を抜けると、突き当たりに崖があり、そこの木々が風に揺れていた。彼は顔を上げて、白い家並みを見まわした。窓を探したが、どの窓も閉まっていた。戸口にロウソクを立てている家も何軒かあった。あちこちの家の戸口に、ショールをかぶってうずくまっている女たちの黒い影が見えた。

「そのままにしておくんだ」若いアパリシオ中尉は馬をぐるぐる旋回させ、哀願するように伸びてくる手を鞭で払いのけながら大声でわめいていた。「いいか、みんな、心によく刻み込んでおくんだぞ。われわれが戦っている相手は血も涙もない人間だ！　お前たちに向かって自分の兄弟を殺せと命令するような連中だ。あいつらは土地を渡さないといってヤキ族の人間を虐殺し、このまま餓死するのはいやだといったリオ・ブランコやカナネアの労働者を殺害したんだ。あいつらを倒さないかぎり、ひとり残らずやられてしまうぞ。みんなよく見るんだ！」

そう言うと若いアパリシオ中尉は崖のそばに立っている木々のほうを指さした。縛り首になった人々の首に巻きついているごつごつしたサイザル麻の太いロープからはまだ血がしたたっていた。ロープにぶら下がっている人たちは目をかっと見開き、紫色になった舌を出してだらんと垂れ下がっており、山から吹きおろす風にゆらゆら揺れていた。うつろな目、あるいは怒り狂った目で見つめている者もいたが、大半の人はどうしてこんなばかなことをしたのだろうと問いかけるように、静かな悲しみをこめたやさしい目でじっと見つめていた。その目の高さに、泥まみれになったサンダルや裸足の子供の足、女物の黒い部屋履きが揺れていた。彼は馬から降りると、そばに行ってレヒーナの糊のきいたスカートを抱きしめ、痰がからんでいるような嗚咽《おえつ》をもらした。彼が一人前の大人になってから泣いたのはそれがはじめてだった。

アパリシオとガビランは彼を少女の部屋まで連れて行った。ベッドに横になるよう言うと、血で汚れた布をはがして傷口を洗浄し、包帯を巻いてやった。二人が部屋を出てゆくと、彼は枕を抱きしめ、そこに顔を埋めた。ただただ眠りたかった。眠れば、夢の中で彼女と結ばれるかもしれないと考えたが、無理な願いであることは自分でもよくわかっていた。黄色い蚊帳の吊ってあるベッドに横になっていると、彼女の濡れた髪の毛やすべすべした肌、温かい太腿の匂いが以前にも増して強く感じとれた。彼女はすぐそばにいた。熱に浮かされた若い男の頭の中では、彼女がかつてないほど生々しく存在していた。彼女のことを思い返すほどに生き生きと蘇ってきた。愛し合ったのはほんの数カ月だが、今になってみると彼女の美しい目がいっそう愛おしく思い返された。煌めく二つの黒い目は、黒い宝石、陽射しの下の深く穏やかな海、時の中で揺れ動く砂地の海底、熱い肉体と内臓を備えた木の枝に成る黒いサクランボを思わせた。一度もそんなことを言ってやれなかった。時間がなかった。あふれんばかりの愛情のこもった言葉をかけてやる時間がなかった。最後の言葉をかけてやる時間もなかった。目を閉じれば、彼女が蘇ってくるかもしれない。

指先に残っている感触からあの肉体がふたたび生き返ってくるかもしれない。そばにいてほしいと思ったら、いつでも彼女のことを考えればいいのだ。きっと思い出の中でいろいろなものが生き続けてゆくのだろう。彼女は両脚をからませ、明け方に窓を開け、髪を梳《くしけず》る、そんな彼女の姿とともにさまざまな匂い、物音、感触が蘇ってくる。彼はベッドの上で起き上がった。部屋の中が真っ暗だったので、手さぐりでメスカル酒〔テキーラによく似た、リュウゼツランから作られる強い酒〕の瓶を探した。酒を飲めば何もかも忘れるというが、あれは嘘だ。かえっていろいろなことが思い出される。

透明なアルコールが内臓にしみわたった。そうだ、あの海岸の岩場に帰ろう。帰るだと？　いったいどこへ帰るのだ？　海岸などありはしない、あれは作り話だ。愛する少女が思いついたお話だ。海のそばで出会ったというのも美しいお話でしかなく、その中に登場するお前も、汚《けが》れない無邪気な人間として彼女を愛するという役どころを与えられていただけなのだ。彼はメスカル酒の入ったグラスを床に叩きつけた。けっきょく酒はさまざまな嘘をぶちこわすのに役立っただけだった。美しい嘘を。

『どこで知り合ったんだった？』

『もう忘れたの？』

『教えてくれよ』

『あの海岸を覚えてないの？　毎日午後になるとあそこへ出かけていったでしょう』

『そう、そうだった。お前の顔のそばにおれの顔が映っていたんだな』

『そうよ。あれからは自分の顔のそばにあなたの顔が映っていないと、不安に襲われるようになったの』

『うん、思い出したよ』

彼は、彼女が考え出した美しい嘘をどこまでも信じることにした。あれは作り話だったのだ。他の町を攻め落とした時と同じように、シナロア州のあの町に入城した時も、ぼんやり街を歩いている女はいないかとあたりを物色していた。十八歳の少女を無理やり馬にのせ、海から遠く離れた、乾燥してごつごつした山に面した士官用の共同寝室でものも言わずに手籠めにしたのだ。レヒーナは気高く真摯な態度で、そんな振舞いにおよんだ彼を許した。はじめのうちこそ抵抗していたが、やがて快楽に身をゆだね、一度も男の首にまわしたことのないその腕で嬉しげに彼を抱きしめるようになった。濡れた口を開き、昨日の夜と同じように、ええ、いいわ、好きよ、あなたが大好き、もっと、もっとして、幸せすぎて怖いくらいと繰り返し言った。レヒーナの目は燃えつつも夢見るように潤んでいた。彼女はセックスを心から楽しみ、彼を愛していると素直に認めた。この人が自分を愛するようになれば、きっとあんなふうに知り合ったことを恥ずかしく思うようになるだろう、そう考えて彼女は、海辺の静かな水面に映る二人の顔の話を思いついたのだ。愛しいレヒーナ、若駒のように潑剌としていたレヒーナ、弁解や言い訳めいた言葉をけっして口にしなかった、いたずら好きな仙女のようなレヒーナ。彼女は退屈するということを知らなかったし、泣きごとを並べて彼をうんざりさせることもなかった。きっと彼女はいつものように先回りして別の町へ行ったのだ。ロープに吊るされているあの死体は幻影だ。それが消えて、彼女は……彼女は別の町にいるのだ。一足先に行っただけだ。いつもそうじゃないか。人に迷惑をかけないよう町を抜け出し、南へ向かったのだ。連邦軍の兵隊がいるところを突っ切って、次に行く町で部屋を見つけたのだ。彼女は自分がいなければ生きて行けないし、自分も彼女がいなければ生きて行けない。よし、部屋を出よう。馬に乗り、拳銃を手にもって敵を蹴散らし、次に占領する町で彼女を見つけ出すんだ。

暗闇の中で野戦用の上着を探し、弾薬帯を肩から斜めにかけた。外では杭につながれたおとなしい黒馬が待っていた。吊るし首にされた人々のまわりにはまだ野次馬が群がっていたが、彼はそちらを見ようともしなかった。馬にまたがると、司令部に向かって走らせた。

「あの腰抜けどもはどこだ?」と歩哨に大声で尋ねた。

「対岸にいます。橋を渡ったところに塹壕を作っていますが、そこで援軍が来るのを待ってこの町を奪還しようとしているのでしょう。中に入って、食事をされますか?」

彼は馬から降りると、ゆっくりした足取りで中庭のかがり火のほうに向かった。そこではさし渡した太い木の棒に吊るされた素焼きの鍋が揺れ、女たちが小麦粉をこねている音が聞こえていた。彼はぐつぐつ煮えている臓物スープの中に木製の大きなしゃもじを突っ込み、スープの上にタマネギとトウガラシとオレガノをつまんで振りかけた。固くて歯ざわりのいい北部地方のトルティーリャと豚の足を口にした。生きているという実感が湧いてきた。

彼は司令部の入口にある鉄製の台の上で赤々と燃えている松明《たいまつ》を引き抜いた。黒い馬の腹に拍車をくれた。道行く人が慌てて片側に身を寄せた。驚いた馬が棒立ちになりかけたが、彼は素早く手綱を引いてもう一度拍車をくれた。馬にも事情が呑み込めたようだった。いま背中に乗っているのは、今日の午後山越えをした時の決断力のない優柔不断な負傷兵ではなかった。馬は激しく首を振った。乗り手の思いが通じて軍馬は猛り狂ったように走り出した。高々と掲げた松明の明かりが、町のまわりに広がる野原とそこで馬から降りるはずの橋を照らし出した。

橋の向こうで焚かれているかがり火が連邦軍の兵隊の赤い軍帽を浮かび上がらせていた。黒馬の蹄がすさまじい勢いで大地を蹴り、土埃や草、イバラを蹴散らし、男が手にもった焚き火の火の粉が帯状に流れていた。男は監視所を襲い、かがり火の上を馬でひらりと飛び越えた。彼は周章狼狽した目、黒い首筋、わけがわからず突っ立っている兵隊たちの身体めがけて銃の引金を引いた。慌てて大砲を後方に引っ張ろうとする者もいたが、彼らはまさか夜陰に乗じてたったひとり奇襲をかけてきたとは夢にも思っていなかった。馬上の男は女の待っている町へ、南にある町へ、女が待っている町へ行こうとしていたのだろう……。

「道をあけろ、クソッタレ!」男の声があたりに響き渡った。

苦悩と欲望にせめがれた声が、銃声が響き、手にもった松明で火薬箱に火をつけて大砲を爆破すると、誰も乗っていない馬の手綱を解き放って逃がす。馬のいななきや人々の叫び交す声、爆発音であたりが大混乱に陥るが、それに呼応するかのように対岸の町でもわけのわからない叫び声が上がり、教会の赤い塔の鐘が鳴らされる。やがて革命軍の騎兵隊の馬の蹄の音が大地を揺るがし、橋を渡って攻めてくるが、彼らがそこに見出したのは破壊の跡と逃げ去って行く馬と火の消えたかがり火だけで、連邦軍の兵隊と中尉の姿はどこにもなかった。らんらんと目を光らせている馬にまたがった男は、馬首を南に向け、松明を高々と掲げてひた走る。南へ、あの糸を握りしめて南に向かう。

わしは生き延びた。レヒーナ。お前は何という名前だった? そうじゃない。お前はレヒーナだ。名もない兵隊よ、お前は何という名だった? わしは生き延びた。あんたたちは死んだのだ。わしは生き延びた。やっと静かになったようだ、眠っていると思っているんじゃろう。お前のことを、お前の名前を思い出したぞ。だがお前には名前がない。眼窩《がんか》にぽっかり穴のあいた二人が手をつないでやってくる。わしを説得し、同情を買おうとしておるんじゃろう。いや、ちがう、お前たちのおかげで生き延びたわけではない。誇りのおかげで生き延びたのだ、おい、聞いているのか？　誇りのおかげで生き延びたのだよ。わしは挑み、危険をおかした。謙虚さ？　慈悲の心？　笑わせるんじゃない。そんなものがなくとも生きていける。じゃがな、誇りがなくては生きていけん。慈悲心？　そんなものがいったい誰の役に立つというのだ。謙虚であれ？　カタリーナ、わしがもし貧しく謙虚な人間だったら、お前はどうなっている？　おそらくこのわしを軽蔑し、見限ったことじゃろう。お前は婚姻の秘蹟を神聖なものと考えている、だからこそ我慢しているのではないのか？　へっ、このわしに巨万の富がなければ、喜んで離婚しただろう。テレーサ、お前を養っているのはわしだというのに、わしを憎み、悪態をつきおる。もし貧しく悲惨な境遇にあれば、お前はきっとわしを憎み、罵るだけではおさまるまい。猫かぶりの女どもめ、わしが誇りを失えば、自分たちがどうなるか考えてみるがいい。足を腫らして、いつ来るとも知れないバスを待っているあの大勢の人間たちと一緒に街角で並ばなければならんのだぞ。どこかの商店か会社に勤めてタイプを叩いたり、品物を包装している自分の姿を思い浮かべてみるがいい。ローンで車を買うために頭金を貯めながら、夢がかないますようにと聖母様にロウソクを捧げ、買った土地の月賦を払い、冷蔵庫を見ては溜息を洩らす、そんな生活をしているところを思い浮かべてみるがいい。土曜日になると場末の映画館でピーナッツをかじりながら映画を見、帰る時は血眼になってタクシーを探す、外で食事をするのは月一回だけで、そんな自分を正当化しようと頭を悩ませ、メキシコほどいい国はないと大声でわめくことで自分を慰め、サラーペ〔メキシコ独特の色鮮やかな織物で、ポンチョなどに用いる〕や喜劇俳優カンティンフラス、マリアッチ、メキシコ独特のソースなどがあることを自慢するしかない、そんな自分たちを思い浮かべてみるがいい。ハ、ハ、ハ、教会に供物を捧げ、聖所にお参りし、お祈りの効験を信じてどうにか生き長らえている自分たちの姿を思い浮かべてみるがいい。

「主ヨワタシハイタラヌモノデス《ドミネ・ノン・スム・ディグヌス》……」

『乾杯！　連中はまず第一番目に、アメリカの銀行から借りている太平洋鉄道の負債をすべて帳消しにしようとしておる。鉄道会社が利子だけで毎年いくら払っているかご存じかな？　三千九百万ペソですぞ。第二に、連中は会社の再建をすすめているわれわれ顧問を全員追い出そうとしておる。その職に就いている人間の年間所得をご存じかな？　一千万ペソですぞ。第三に、鉄道会社は北米の会社から融資を受けているが、その斡旋をしているわれわれをひとり残らず追い払おうとしている。昨年その仕事をしてあんたとわしがそれぞれいくら貰ったかご存じかな……』

『ヒトリ三百万ペソ……』

『さよう。じゃが、それだけではない。ナショナル・フルーツ・エキスプレス社のほうに電報を入れてもらいたいのだが、あそこの共産党系の指導者どもは、年に二千万ペソの利益を会社にもたらし、われわれの懐にも相当な額にのぼる手数料がころがりこんでくる冷凍車の使用を中止させようとたくらんでおるのだ』

ハ、ハ、ハ。あれだけ言えば、あのうすのろども納得しただろう。わしが利益を守ってやらなかったら……。みんな、とっとと出て行け、テープを聞く邪魔になる。わしの言っていることがわからんのだろうか？ 手をこんなふうに曲げれば、何を言いたいかわかるはずだが……。

『よく来た、ここにかけるがいい。そばにいてくれるだけで、ほっとするんだ。ところでディアス、騒ぎを引き起こした連中を警官隊が鎮圧した件については紙面で一切触れないよう気をつけてくれ』

『ですが、あの騒ぎで死者がひとり出ていますし、場所も市の中心部ですから、それはむずかしい……』

『かまわん、これは上からの命令だ』

『しかし、労働者がビラを配って、近々そのニュースを流すと聞いていますが』

『その頭は何のためについているんだ？ わしは酔狂で情報源に金を払っておるわけではない。知恵を絞ってもらおうと思っているからだ。さっそく向こうの司法局と連絡をとって、印刷所を閉鎖させるんだ……』

頭を悩ますほどの問題でもあるまい。火花のようにちょっとした閃《ひらめ》きがあればいいのだ。火花だ。火花があれば、複雑に入り組んだ網状組織のこの肉体も蘇るかもしれん。ほかの人間なら電気ショックを与えるのもいいが、いまのわしには無理じゃろう。濁った水の中を漂い、遠隔地と連絡をとり、敵を追い払う必要があるな。ああ、目がまわる。そこを飛ばせ、面白くない。

『マリーア・ルイサ。このファン・フェリペ・コウトというのは昔からそうじゃったが、人から目端《めはし》の利く男と思われたいのだ……。それだけのことだよ、ディアス……。マリーア、水をいっぱいくれんか。要するに、人から目端の利く人間だと思われたいんじゃ。フェデリコ・ロブレスのことを覚えているかね、マリーア？　あの男と同じだ。しかし、わしにはその手は通じん……』

『いつのことですか？』

『わしの助けがあったから、あいつはソノーラ州のあのハイウェイ建設の認可を取りつけることができたのだ。わしは現地の農民の共有地である荒地にハイウェイが通ると知って、そのあたりの土地を買い取り、あの男のために道路建設にかかる実質的な経費の三倍にあたる予算を組むよう手助けまでしてやった。ところが、最近入手した情報によると、あの悪党めは自分でも近くの土地を少しばかり買い取り、無理やりそこをハイウェイが通るように画策しているという話だ……』

『汚いことをする男ですね。見かけはとてもそんなふうに見えないんですけどね』

『そこでじゃ、いいかね、われわれの敵であるあの男が近々離婚する予定だということを、お前さんのコラムで冗談めかして書いてもらいたいのだ。さもびっくりしたように、ソフトな書き方でな』

『コウトが金髪の女性とキャバレーにいるところを写真に撮ってあるんですが、あれはどうみても奥さんじゃありませんね』

『ひょっとすると使えるかもしれんから、それまで大切にとっておいてくれ……』

海綿の細胞は互いに結びついていないにもかかわらず、それらが集まってひとつの海綿体を作り上げているらしい。話によると、たしか海綿は乱暴に引き裂いてもそれまでひとつに結びついていたことを覚えていて、何とかしてもう一度散らばった細胞を集めて元の形になろうとする。つまり、死なないわけだ。そうなのだ、永遠に死なないのだ。

「あの朝、わしはわくわくしながらあれが来るのを待っていた。二人して馬で川を渡ったんだ」

「あの子を支配し、私から奪い取ったのはあなたなのよ」

男は立ち上がると、腹立たしげにぶつぶつ言っている女たちの腕をとる。わしは例の大工について、そしてその息子について考え、息子を十二人の広報宣伝係〔十二使徒のこと〕と一緒に山羊のように解き放っていたとすれば、避けられたかもしれない事態について考える。あの男は奇跡譚を人に語って聞かせることで生計を立て、神聖な治療師と同じ扱いを受けてあちこちで無料の食事とベッドにありつくだろう。そして結局は年老いて人から忘れ去られてしまうのだ。カタリーナとテレーサ、それにヘラルドが部屋の奥にある肘掛け椅子に腰をおろしている。おっつけどこかの司祭を引っ張ってきて、わしの死を早め、告解させるだろう。へっ、あいつらは何としてもそれが知りたいのだ。まったくもって笑わせおる。とんだお笑い草だ。カタリーナ、お前はわしのご機嫌をとろうとこれまで口にできなかったことを言うつもりじゃろう。娘のあのとげとげしい顔を見れば、それくらいのことはわかる。間もなくあのあわれな男がそばにやってきて、あれこれ尋ね、涙ぐみながら自分も分け前にあずかれるかどうか聞き出そうとするにちがいない。こいつらはいまだにわしという人間がわかってはおらんのだ。このわしが、目の前にいる偽善者どもに、満足に飛ぶこともできん三匹のコウモリどもに財産を譲り渡すとでも思っているのか？　こいつらはわしを軽蔑しておる。まるで乞食のように物乞いしながら、一方でこのわしを憎んでいるのだ。それにわしからもらったというだけで、身に着けている毛皮も、住んでいる屋敷も、美しく輝いている宝石類もすべてうとましく思えるのだ。おい、何をする、わしの身体に触れるんじゃない……。

「そっとしておいてくれ……」

「だけど、ヘラルドが……娘婿のヘラルドが……お見舞いに来てくれているんですよ……ほら、あそこに……」

「ああ、あのうすのろか……」

「ドン・アルテミオ……」

「お母さん、もう、いや！　我慢できないわ、沢山よ！」

「病気なのよ……」

「何を言うか、すぐにも立って歩いてやる、今に……」

「病気のふりをしているだけだって言ったでしょう、ママ」

「お願いだから、そっとしておいてあげて」

「パパは病気のふりをしているだけよ。病人みたいな顔をして、私たちをからかっているのよ。いつだってそうじゃない」

「いいえ、お医者様は……」

「医者は何もわかってないのよ。パパのことなら、私のほうがよく知ってるわ。また新しい悪ふざけを考え出したのよ」

「そんなことを言うもんじゃありません！」

そんなことを言うもんじゃありません、か。終油だな。唇に塗って、次は瞼か。そのあとは小鼻だ。これをしてもらうのにどれだけ金がかかったことか、こいつらにはわかっておらんのだ。女たちには関わりのないことだからな。手、次は感覚のない冷えきった足。

女たちは知るまい。女は危険に身をさらすことなどないのだ。目か。脚を開かせて、太腿に塗っているな。

「我ハ汝ヲユルス《エゴ・テ・アブソルヴォ》」

この連中は知らないのだ。彼女はしゃべらなかった。何も言わなかった。

お前は何も知らずに七十一年間生きるだろう。お前の血液が体内を循環し、心臓が鼓動し、胆囊から漿液《しょうえき》が流れ、肝臓から胆汁が分泌され、腎臓が尿を作り、膵臓が血糖値を調節しているが、今になってお前はそうしたことを考え続けるだろう。お前はこれまでそうしたことを考えることで、自分の内臓を機能させたことは一度もない。お前は自分が呼吸していることを知っているが、それはお前の思念と何の関わりもないので、それについて考えることはないだろう。お前はそうしたことに背を向けて生き続けるだろう。その気になれば、お前は自分の身体機能をコントロールして、死んだふりをしたり、火の上を通り抜けたり、ガラスの破片のベッドの上で横になることもできるだろう。ひとことで言えば、お前は生き、身体の機能が自動的に働くようにしておくこともできるだろう。それも今日までだ。今日、自分の無意識の機能がお前に仕返しするだろう。お前をコントロールし、最終的にお前という人間を破壊するだろう。息をするたびに、肺に空気を送るのが苦しくなり、血液が腹部の血管の中を通る時に痛みが走ると考える。そうしたことを通して、お前は単に生きているのでなく、命が存在するのだと思い知らされて打ちのめされるだろう。勝利。お前はそれを想像するだろう――意識がはっきりしているので、お前はいやおうなくかすかな脈搏、引力と分離の運動、そしてもっとも恐ろしいもはや動くことのないものの運動を感じとる――そしてお前の内部、お前の内臓では、その漿液膜が腹腔を覆い、内臓のまわりで折りたたまれるだろう。そうして生まれた襞《ひだ》のひとつ、胃と腸を腹壁につなぎとめている血液とリンパ液を入れた容器のような繊維状のその襞、脂肪細胞でできたその襞が、お前の胃と腹腔内の内臓に養分をもたらしている血液が流れる太い腹腔内動脈を塞いでしまうだろう。襞の根元で膵臓の背後を通り、腸のはじまるあたりで腹腔の中を斜めに下降し、十二指腸の真ん中より少し上にある膵臓の入口で新しい別の動脈が顔をのぞかせる。その動脈は十二指腸、大動脈、下方の大静脈、右側の尿管、生殖器と大腿部の神経組織、睾丸の血管と交差するだろう。この動脈は七十一年間にわたってどす黒く濁った血を運び続けるが、お前はそうしたことを何ひとつ知らないだろう。だが、今日お前はそのことを知るだろう。動脈が詰まり、血の川が干上がるだろう。七十一年間その動脈は懸命に働き続けるだろう。動脈が下降してゆく途中で、ある個所が脊椎の一節によって圧迫されるが、それでもなお下方、前方、そして突然後方へと血を送り続けるだろう。お前の腸間膜動脈は圧迫されながらも必死になってその危険な個所に血を送り続けるだろう。だが、今日はそれができなくなるだろう。今日、動脈は脊椎の圧迫に耐えきれなくなるだろう。迅速なピストン運動によって下方、前方、後方へと血を送っていたのが、今日は突然血が流れなくなり、鬱血し、大量の血が紫色の塊となって血行を妨げ、腸の活動を停止させるだろう。お前はその圧迫感がだんだん強くなるのを感じるだろう。お前の血は生まれて初めて流れなくなる。ついに血液はお前の生命の岸まで流れてゆかなくなる。血は沸騰する腸の中で凝固し、生命の岸にたどり着くことなくそこに溜まって腐敗するだろう。

その時カタリーナがそばにきて、何かしてほしいことはないかと尋ねるだろう。しかし激しくなる痛みに気を取られているお前は、眠るなり休憩するなりして苦痛を追い払えないだろうかと考えるだろう。カタリーナはおずおずと手を伸ばすが、すぐにその手を引っ込め、中年の女性らしいその胸に置いたもう一方の手の上に重ねるだろう。そのあともう一度手を伸ばすと、震えながらお前の額に近づけるだろう。彼女はお前の額をやさしく愛撫するが、お前は突き差すような痛みに気を取られていて気づかないだろう。何十年も一緒に暮らしてきたというのに、カタリーナはこれまで一度もお前の額を撫でたことがなかった。お前は彼女が初めて額に触れたというのに、そのことに気づかないだろう。彼女はお前の額をやさしく愛撫し、額にかかっている汗に濡れた白髪を掻き上げると、ふたたびおどおどした手つきで額を撫でるだろう。愛情の力で恐怖に打ち勝ったことを内心喜びつつも、どこか恥ずかしそうにしている。が、その恥じらいもお前が額を撫でられていることとに気づいていないと知って少しずつ薄らいでゆく。彼女はおそらく指で額を愛撫しながら何か囁きかけているのだろうが、その言葉はとめどなく生起してくるお前の記憶と溶け合おうとする。苦痛にさいなまれている今のお前にとって、記憶は自分の意思と関わりなく無意識の世界から蘇ってくる。激しい苦痛の間隙を縫って蘇ってくる記憶が、あの時お前が聞かなかった言葉を繰り返し囁きかける。彼女もまた自分の誇りについて考えるだろう。そこに火花が生じるだろう。お前たち二人の共通の鏡、お前たちの顔を映し出している水たまりの中で、お前は彼女の言葉に耳を傾けるだろう。二人の顔を映し出している水の中で口づけを交そうとすれば、そこで溺れ死ぬことになるだろう。生身のカタリーナがそばにいるというのに、どうしてお前はそちらを見ないのだ？　どうして冷たい水に映る彼女に口づけしようとするのだ？　どうして彼女は自分の顔をお前に近づけようとしないのだろう？　どうしてお前と同じように、淀んだ水に顔をひたし、聞いてもいないお前に向かって「衝動に身をまかせてしまったの」と繰り返すだろう。おそらく彼女の手はお前の額をやさしく撫でながら、過度の自由は結局本当の自由を失くしてしまうのね、と語りかけるだろう。塔をとめどなく高く築き上げる自由は天に届くことなく、深い穴を穿《うが》ち、大地を引き裂く。お前はそれを分離と名づけるだろう。お前はそのような自分を拒むだろう。誇りだ。アルテミオ・クルス、お前は生き延びるだろう。危険に身をさらすことで、お前は生き延びるだろう。お前は自由という危険に身をさらすだろう。危険に打ち勝ち、敵がいなくなるだろう。そこでお前は矜持の戦いを続けるために自分自身を敵にするだろう。敵のいなくなったお前は、自分自身を倒さざるを得ないだろう。お前の敵は最後の戦いをするために鏡から飛び出してくるだろう。ニンフの敵、深い溜息のニンフ、神々の娘、誘惑する山羊の母、人間の時間の中で死んだ唯一の神の母。鏡から大いなるパンの神の母親が出てくるだろう。矜持のニンフはお前の分身、またしてもお前の分身だ〔ここまでは、シュリンクスというニンフに恋をした山羊の姿の牧神パンにまつわるギリシャ神話をもとにして、作者は空想をたくましくしている〕。お前の矜持によって敗れ去った人間たちが姿を消した大地における最後の敵。お前は生き延びるだろう。徳は望ましいものでしかないが、必要なのは傲慢さだけなのだということをお前は発見するだろう。今この瞬間にやっとたどり着いた手が小さな声で、挑戦的な絶叫を沈黙させ、たとえ最後の局面にあっても、結局のところ傲慢さは軽薄なものでしかなく、人間性こそ必要なのだと、お前に思い起こさせるだろう。彼女の青白い手が熱っぽいお前の額に触れ、お前の痛みをやわらげ、四十三年前に言えなかったことを、今日お前に語りかけるだろう。

一九二四年六月三日

浅い眠りから目覚めた彼女が何か言ったが、彼は聞いていなかった。『衝動に身をまかせてしまったの』彼女は彼のそばで横になっていた。栗色の髪の毛が顔にかかり、息苦しい湿気と夏の疲れが身体全体を包んでいた。彼女は口を手で押さえると、今日も真上から強い陽射しが照りつけ、夕方になるとスコールが降り、むし暑さが通り過ぎてやがてまた涼しくなるのだと考えた。夜の間に起こったことを思い出す気になれなかった。枕に顔をうずめると、繰り返した。『衝動に身をまかせてしまったの』

夜明けが思い上がった夜の闇を追い払い、寝室の半開きの窓から冷たく心地よい風が吹き込んできた。夜の闇に包まれていたまわりの世界がくっきり浮かび上がった。

『私は若いんだから、当然だわ……』

彼女はネグリジェを着ると、山の稜線の向こうに太陽が顔をのぞかせる前に男のそばから離れた。

『当然のことをしただけよ……。教会の祝福を受けてもいるんだもの』

窓から眺めると、はるか彼方のシトラルテペトル山の向こうに太陽がのぞいていた。彼女は腕に抱いた男の子をあやしながら、窓のそばに立っていた。

『弱気になってはいけないわ。目が覚めると、いつも気が弱くなり、憎しみと軽蔑をおぼえて、それがどうしても消せない……』

果樹園の門を通ってにこやかに笑いながらやってくるインディオと目が合った。インディオは麦わら帽を脱いで、彼女に会釈した……。

『……目が覚めて、横で眠っているあの人の身体を見ると……』

彼女のほうに近づいてくるインディオの口もとに白い歯がこぼれるのが見えた。

『あの人は本当に私を愛しているのかしら？』

夫は細身のズボンにシャツの裾を押し込んでいた。インディオは彼女のいる窓に背を向けた。

『あれからもう五年……』

彼女は窓の外に広がる畑に背を向けた。

「えらく早いな、ベントゥーラ、何かあったのか？」

「この早耳で面白い話を聞き込んだんです。ヒョウタンで水を飲ませてもらっていいですか？」

「町のほうは準備が整ったのか？」

ベントゥーラはうなずいた。貯水槽のほうへ歩いてゆくと、ヒョウタンで水をすくって一気に飲み干すと、もう一杯すくった。

『私たちが結婚した理由《わけ》を、あの人はきっと忘れてしまったのね……』

「で、何を聞き込んできた？」

「ドン・ピサーロ老人はあなたの顔を見るのもいやだと言っているそうです」

「そんなことは言われなくてもわかっている」

「日曜日の今日はお祭りですが、そのどさくさにまぎれて仕返しをしようとしているという話です……」

『……今は私を本当に愛してくれている……』

「大した耳だな、ベントゥーラ」

「褒めるんなら、おふくろを褒めてやってください。耳だけはいつも手入れを怠らずにきれいにしておくんだよって、口が酸っぱくなるくらい言ってましたからね」

「これから何をすればいいかわかっているな」

『……私を愛し、私の美貌と熱情を……』

インディオはにやっと笑うと、擦り切れた帽子の縁を撫でながら、ひさしの下のテラスのほうに目をやった。テラスの揺り椅子には、いつも美しい女性が腰をかけていた。

『……私の情熱……』

丸く大きなお腹をしている時もあれば、すらりとした身体でもの静かにしておられることもあるが、ここ数年はいつもあそこに坐っておいでだな、とベントゥーラは考えた。穀物を満載した荷車が前を通ったり、焼印を押した牡牛が唸り声を上げたり、新しく農場主になられたあの方が家のまわりに作らせた果樹園で、夏にサンザシの実が乾いた音を立てて地面に落ちたりしても、奥様は身動きひとつせず椅子にかけておられた。『……私は……』

彼女は二頭の狼を前にして距離を測っているウサギのような目で、二人の男を見つめていた。結婚して数カ月間は高慢な態度を崩さなかったが、ドン・ガマリエルが急逝してからは自分を守ってくれる者がなくなってしまった。秩序と身分差が保たれていたのは、父親が生きている間だけで、その死とともにすべてが崩壊してしまった。結婚後すぐにお腹が大きくなったので、身体をいたわるために世間に顔を出さず、引き籠もって暮らすようになったのがせめてもの救いだった。

『神様、どうして私は夜と昼とではこうも人が変わったようになるのでしょう？』

インディオの視線を追ってゆくと、無表情な妻の顔が目に入った。そう言えば、結婚して数年になるが、これまで妻の冷やかな態度は気にならなかったな、と考えた。実のところ妻の属しているもうひとつの世界にかかずらっている余裕がなかったのだ。こちらから何も言わなくてもメンバーの一員に加えてもらえていたら問題はなかったのだが、そううまく事は運ばなかった。

『……夜と昼とでは……』

別のインディオが差し迫った状況にあると訴えてきた。

（『知事さんがわれわれの言うことに耳を貸してくれないので、助けていただこうとお願いに上がったんです、クルスさん』

『その件は心配しなくていい、近々片づくはずだ。それは私が約束するが、ひとつ条件がある。つまり、今後ドン・カストゥーロ・ピサーロの製粉所に穀物を持ってゆかないようにしてもらいたいのだ。諸君も知ってのとおり、あの老人はわずかばかりの土地すら分かち与えようとしないのだから、諸君もあの老人の利益になるようなことはやめたほうがいい。畑で出来た穀物はうちの製粉所のほうへ持ってきてくれ、そうしたらそこで粉にして市場へまわすようにするから』

『たしかにあなたの言うとおりだ。このままではいずれわれわれはドン・ピサーロに殺されてしまう』

『ベントゥーラ、自分の身を守れるように、みんなにライフル銃を渡してやってくれ』)

彼女は揺り椅子をゆっくり揺らしながら、何日も、いや時には何カ月も口を開かないことがあったのを思い出した。『昼間どれほど冷たい態度をとっても、私を咎めたことはなかったわ』

すべてが彼女と関わりなく動いていた。彼は手にまめを作り、汗と埃にまみれた顔で馬から降りると、彼女の前を素通りして鞭を手にしたままベッドに倒れ込んで死んだように眠った。朝は暗いうちから起き出し、くたびれきった身体に鞭打って耕作地に足を運び、作物の出来具合を見てまわった。そこが自分にとってかけがえのない足場だとわかっていたのだ。

『夜になると私はあの人の情熱を受け入れるけれども、きっとあの人はそれで満足しているのね』

ベルナル、ラバスティーダ、ピサーロの農場の近くに川の流れる狭い渓谷があり、そのあたりにトウモロコシ畑が広がっていた。プルケ酒の原料になるリュウゼツランも植わっているが、そこからふたたび乾ききった土地が広がっていた。

(『不平不満の声が耳に入ってくるか、ベントゥーラ?』

『問題はいろいろありますが、暮らしが以前よりも楽になったので、口に出して言う者はおりません。ですが灌漑地はあなたがお取りになり、雨季しか耕作できない農地を自分たちに回したというので、不満はあるようです』

『ほかにまだ何かあるか?』

『つまり、その、あなたもやはり金を貸して利息を取っておられるから、ドン・ガマリエルと同じじゃないかと……』

『いいか、ベントゥーラ、おれが高利で金を貸しているのはあのピサーロみたいな大地主や商人たちだけだ。そのことをみんなに説明してやってくれ。おれから金を借りて損をしたと思っているんなら、いつでも中止してやる。みんなのためを思って貸してやっているんだ……』

『いや、そうじゃないんです……』

『わかった。近々ピサーロから抵当を買い戻してやろう。そして、あのじいさんから取り上げた灌漑地をみんなに分けてやる。もう少しの辛抱だから、おれの言うことを信じて待つように言ってくれ』)

やることがじつに男らしかった。

『けれども、あの人はくたびれているうえにいろいろと気苦労があるから、私に近づこうとしなかったのね。夜は時々、用を済ませるみたいにそそくさと抱いてはくれるけど、あれは私のほうから頼んだわけじゃなかった』

プエブラ市の社交界や散策、そこでの快適な暮らしが気に入っていたドン・ガマリエルは、農場にある家屋敷をすべて娘婿にまかせて、自分は田舎を引き払った。

『私は彼の望むとおりにした。疑念を抱いたり、理屈をこねたりするなと言われたわ、お父様。だけど、結局のところ私はあの人に買われて、こんな田舎で暮らすことになったの……』

父親が生きている間は、二週間に一度プエブラまで足を伸ばし、そこで父親と一緒に過ごすことができた。甘いお菓子や大好きなチーズを買い込んで戸棚にしまい、サン・フランシスコ寺院で父親と一緒にお祈りをあげ、ベアト・セバスティアン・デ・アパリシオのミイラの前でひざまずき、パリアン市場の中を歩きまわり、兵器広場のまわりを一周し、大聖堂のエレーラ風の石造りの洗水盤の前で十字を切り、中庭にある書斎の中を歩きまわっている父の姿を眺めたりすることができた……。

『そうだわ、お父様は私を庇護し、私を支えてくださっていたのね』

……もっと楽しく暮らせる理由がなくなってしまったわけではないし、慣れ親しんだ大好きな世界、それに幼い頃のことも記憶に残っているので、べつに悲しむことなく田舎に、夫のもとに戻ってもいいんだわ。

『あの人に買い取られた私は、あの人の沈黙の証人になり、声を立てずに暮らしているのよ……』

夫が泥の中から作り上げた馴染みのない世界を訪れた訪問客、彼女は自分をそんなふうに考えていたのかもしれない。

プエブラ市内の日陰になった中庭、黒檀のテーブルの上に広げられた真新しいリンネルの喜び、手描きの絵が入った陶器類や銀の食器の手ざわり、それらが放つ香り、そうしたものの中に彼女の本当の世界があったのだ。

『……小さく切った西洋梨、マルメロ、シロップ煮の桃……』

(『ドン・レオン・ラバスティーダを破産させたのはあんただな。プエブラにある三軒の屋敷だけでもひと財産になるはずだ』

『ひと聞きの悪いことを言わんでください、ピサーロさん。利息はいくら高くてもかまわん、とにかく金を貸してくれと言ったのはラバスティーダなんですよ。あの人は自分で自分の首をしめたようなものです』

『誇り高い年寄り連中が次々に破産してゆくのを見るのはさぞかしいい気持ちじゃろう。

だが、わしはちがう。わしをラバスティーダのような目端の利かん田舎の御大尽だと思ったら、大間違いだぞ』

『ともかく、貸したお金をきちんと返済していただけさえすればいいんで、余計な心配はなさらなくていいですよ』

『いいか、クルス、神に誓って言うが、わしはむざむざ人にしてやられるような人間じゃないからな』)

死期が近いと感じたドン・ガマリエルは、華やかな葬儀の手順を自分で事細かに決めた。費用がかさんで千ペソ必要になったと老人に言われたが、娘婿の彼としては断わるわけにいかなかった。咳の出る持病が日ごとに悪化し、そのうち沸騰するガラスの泡のようになって満足に息ができなくなった。炎症を起こし、血の混じった痰が喉に詰まって冷たい空気がほとんど肺に届かなくなった。

『男の人の快楽の道具ってわけね』

老人は車体に銀の薄板を張り、黒いビロードの天蓋をつけた馬車を発注し、それを引かせる八頭の馬には銀造りの馬具と黒の羽根飾りをつけるように命じた。老人は車椅子でバルコニーに出ると、熱に浮かされたような目でじっと通りを眺めたが、その老人の目の前を例の馬車と美々しく飾り立てた馬が何度も往復した。

『母親？　喜びも痛みも感じずに出産しただけよ！』

彼は若い妻に、ガラス戸のついた飾り棚から大きな金の燭台を四台取り出して、磨くように言いつけた。通夜と教会でミサを行う時に、その燭台をまわりに置くつもりでいた。死後も数時間は髭がのびるので、喉と頬だけでいいから髯をあたるように、山羊鬚《やぎひげ》と口髭にも少し鋏を入れ、柩《ひつぎ》に収める時は硬い胸当てとフロックコートを着せて、飼い犬のマスティフ犬は毒殺してくれ、と彼女にこまごました指示を与えた。

『赤ちゃんを生む時は、声を立てずに我慢したけど、あれは誇りがそうさせたのよ』

老人は遺言状に、遺産はすべて娘に譲り渡す、ただし使用権と管理運用権は娘婿に委ねると書いた。死の直前まで自分のそばにいてくれた娘をこの上もなくかわいがったが、息子の死とあの男がはじめて訪れてきた時のことはついに口にしなかった。死にのぞんで、老人はそうしたことすべてを敬虔な態度で忘れ去り、最終的に失われた世界を取り戻そうとしたのだ。

『あの人の愛が偽りのないものなら、それを破壊する権利が私にあるかしら?』

死の二日前に老人は車椅子から降りて、ベッドに横になった。その時も枕を高く積み上げてもたれかかり、背筋をしゃんと伸ばした優雅な姿勢を崩さなかった。絹のような肌の、わし鼻の横顔を見せたまま、手を伸ばして娘がそばにいるかどうかを確かめた。マスティフ犬はベッドの下で悲しげに鳴いていた。ついに激しい痙攣に襲われたかと思うと、薄い唇がかすかに開き、それきり手が動かなくなった。そばに付き添っていた彼女はその手をじっと見つめていた。母親は彼女が物心つく前に亡くなっていたし、兄のゴンサーロも遠く離れた土地で死んだので、人の死を間近に見るのはそれがはじめてだった。

『そばで静かになり、手が動かなくなる、あれが死なのね』

大きな馬車はいったんサン・フランシスコ寺院へ行き、そのあと丘の上の墓地に向かったが、あの男と顔を合わせるのが怖かったのか、参列者はほとんどいなかった。夫がだしぬけにプエブラの屋敷を人に貸そうと言い出した。

『あの時は心細かったわ。子供が生まれたけど、ロレンソひとりではとても不安だった。この人と暮らしていると自分はどうなるのかしら、まるで牢に閉じこめられているようなもので、とても生きているとは言えないと考えたわ』

(『ピサーロ老はライフル銃を抱えて、一日中農場の前に坐っています。所有地といえばあの荒地だけですからね』

『そう言えば、あれがじいさんに残された最後の土地だな、ベントゥーラ』

『それに若い男も何人か残っていますよ。連中は向こう意気が強くて、命がけでピサーロを守ると言っています』

『そうらしいな。連中の顔をよく覚えておくんだぞ、ベントゥーラ』)

自分でも気づかないうちに、彼女はいつしか夫の様子をそっとうかがうようになった。最初の数年間こそ夫は冷淡でよそよそしい態度をとっていたが、いつの間にか黄昏時の淡い光の中で夫と目を合わそうとしたり、畑で働いて冷えきった身体を暖めようと中腰になって暖炉に火を入れたり、皮張りの床几の上に脚を伸ばしたりしている夫のくつろいだ姿を目で追うようになった。

『あの頃は自分が惨めに思えて仕方がなかったので、きっと縋《すが》りつくような目であの人の目を見つめようとしていたんだわ。父が亡くなったために、守ってくれる人もなく悲しい思いに胸をふさがれて、不安で不安で仕方がなかった。そんな不安にとらえられているのは自分だけだと思い込んで……』

同じ頃、夫である彼もまた生まれ変わったようになっていた。安らぎと信頼のこもった眼差しで彼女を見つめ、苦難の時代はもう終わったのだと語りかけていたのだが、彼女は気づいていなかった。

(『いったい、いつになったらドン・ピサーロの土地を自分たちに分けてくれるんだろう、とみんなは言ってますが』

『もう少し待つように言ってくれ。みんなも知ってのとおり、ピサーロはまだ音をあげたわけじゃない。ひょっとすると追い詰められたあのじいさんが仕掛けてくるかもしれんから、銃を持って待機するように言うんだ。片がついたら、みんなに土地を分配してやる、そう伝えてくれ』

『知ってますよ、旦那。ドン・ピサーロから巻き上げたいちばんいい土地を、プエブラ市内の土地と引換えに地主連中に売り渡したんでしょう』

『地主がふえれば、みんなも仕事にありつけるはずだ。さあ、ベントゥーラ、これを取っておけ。みんなには黙っているんだぞ……』

『ありがとうございます。ドン・アルテミオ。御承知のように……』）

いまでは生活もずいぶん楽になっていた。彼は人が変わったようになり、できるかぎり彼女を幸せにしてやろうと考えていた。ある夜、二人は目を合わせ、そのまましばらく黙って顔を見合わせた。結婚して以来ついぞなかったことだが、彼女は髪が乱れているのが気になり、手で栗色の髪の毛を撫でつけた。

『……あの人は暖炉のそばに立ち、子供のようにあどけない顔でほほえみかけてきた……ひょっとして幸せになれるかもしれないというのに、それを棄てることなんてできない……』

（『もうライフルは必要ないだろう、みんなに返すように言ってくれ、ベントゥーラ。これでみんなも小さいながら一国一城の主、地主になれたんだし、広い土地はおれのものかおれの息のかかった連中のものになったのだから、心配することはない』

『まったくです、旦那。みんなもあなたのおかげだと言って喜んでいますよ。中にはもっと広い土地がもらえるんじゃないかと虫のいいことを考えていた連中もいましたが、今ではひとり残らず喜んでいます。あなたがいなければ、どうなっていたかわかりませんからね』

『すまんが、向こう意気の強いのを十人ばかり選んでライフルを渡しておいてくれ。敵味方の双方にまだ不満をもっている人間がいるはずだ、そいつらが騒ぎ立てるとまずいからな』)

『そのあと私はあの人を憎んだ。でも、衝動に勝てなかった……あれをするのがよかったなんて、なんて恥ずかしい！』

彼は、妻がそれまでの経緯や仕方なく自分を夫として迎え入れた時の事情にこだわることなく、自分を愛してくれたらどんなにいいだろうと考えた。妻のそばで横になって指を絡ませた時に、口に出して言わなかったがその行為によって直接言葉に出して言う以上にお互いの心が通じ合えばいいのにと思った――彼女もそのことはわかっていた。

『別の人と結婚していたら、もっと大きな何かが得られたかもしれない。でも、私は今ここにいる夫しか知らない。この人は激しく私を求めてくる、私が応えてあげなければ一秒も生きてはいけないとでもいうように……』

どうして妻があんなによそよそしい態度をとるのか彼は不思議でならなかったが、すぐにその考えを振り払った。以前彼は、プエブラ市の通りを歩いている彼女を見かけ、どこの誰ともわからないのに恋をした。そのことを話してもよかったのだが、どう切り出していいかわからなかった。

『だけど、私たちが別れわかれになったり、眠り込んだり、新しい一日を迎えたりすると、夜の激しい愛がどこかに消えて、やさしく接してあげられないけど、あれはどうしてかしら』

その気になれば話せなくはなかっただろう。しかし、話は数珠玉のようにつながっていて、説明しはじめると、結局ある日、ある場所、ある牢獄、十月のある夜にたどり着くことになる。彼としてはできればそこに戻りたくなかった。そのためには一切説明せずに彼女を所有するしかなかった。肉体のつながりと愛さえあれば、言葉はなくとも思いが通じるはずだと考えたが、その時ふとある疑念に襲われた。彼女を抱きしめた時に、自分が思っていることをすべて伝えようとしたが、彼女はすでにすべてを知っているのではないかと思えたのだ。愛し合う時、彼女は過剰なまでに激しく燃えるが、あれはすべてを知っているからではないのかという気がしたのだ。彼があんなにもやさしく接してくれるのは、じつは何か下心があるからだと勘づいているのではないだろうか？　彼女が自分でも気づかずに芝居がかって見えるほど燃えるのは、すでに男を知っている証しではないのだろうか？

『きっと恥ずかしかったんだわ。暗いところで愛し合うのは、例外的なことだとわかってもらいたかったからだわ』

しかし、彼は自分から問い糺《ただ》し、話を切り出そうとしなかった。こちらが誠実な態度で接していれば、いつか事実が勝利を収めるはずだった。習慣、宿命、必要性にしても同じことだ。自分の行く末がこのおれにかかっているというのに、彼女はいったいどこを向いているのだろう。何もかもおれ次第だと気づいたら、彼女はきっとあのこと、つまり最初のきっかけが何だったかを忘れるだろう。彼はそうした思いを抱いて彼女の横で眠り、夢を見た。

『私は喜びのあまり、あの人を恨む心を忘れてしまいました。どうかお許しください……神様、あの人の逞しい力、緑色に輝く目を見ると、抵抗できないのです。あの人は許しを乞うこともなければ謝りもせず、その逞しい腕で私をやさしく抱きしめてしまいます、それにどう対処すればいいのでしょうか？……ああ、あれをどう呼べばいいのでしょう……次々にいろいろなことが起こってどう名づけていいのかわからなくて……』

（『今夜は静かだな、カタリーナ……この静けさを乱すのが怖いのかい？　それともそこから何か聞こえてくるのかい？』

『黙って！……静かにして』

『まだ一度もものをねだったことがないが、たまには……』

『いいわ、好きにしゃべって。あなたもご存じでしょうけど……』

『わかった。何も言わなくていい。好きだ、愛しているよ……考えたことはなかったが……』）

彼女は衝動に身をゆだねるだろう。しかし、朝日が覚めると、すべてを思い出して、あの男の力に対して冷やかな態度をとり、ひとことも口をきかないだろう。

『口に出して言わないけど、夜はどうしてもあの人に勝てない。だけど昼は負けないわ。あの時、あなたはまことしやかな話をしたけど、私は信じなかった。父は内心で屈辱をおぼえながらも、礼儀正しくそれをひた隠しにして最後まで威厳ある態度を崩さなかった。そうしたことは一切あなたに打ち明けないわ。私は一生かけて、こっそりあなたに復讐することができるのよ』

彼女は乱れたベッドから降りると、そちらを振り向きもせずに解いていた髪をまとめた。燭台に火をつけると、日のある間はけっしてあの人に負けないと暗黙のうちに誓ってでもいるように、黙々とお祈りをあげた。しかし、二人目の子供ができたために大きくなったお腹が、夜は夫に負けていることを何よりもよく物語っていた。ひとりきりになり、過ぎたことを恨めしい気持ちで思い出し、喜びに身をゆだねたことを恥じたが、そうでない時は彼こそが自分の命であり力であることを素直に認めた。

『……経験したことのない冒険をしてみないかと言われたけど、不安だわ……』

彼は、未来に待ち受けているまだ経験したことのない未知の世界に、新しい冒険に乗り出してゆこうと彼女を誘っていたのだ。底辺からすべてを作り上げ、無から有を生み出した彼は、父なきアダム、契約の板をもたぬモーセにほかならなかった。けれども、人生とはそのようなものではないはずだ、父ドン・ガマリエルの作り出した秩序整然たる世界はけっしてそのようなものではなかった。

『あの人はいったい何者なの？　どうやってここまでのし上がってきたのかしら？　できないわ、あの人についていく勇気なんてないわ。自分を抑えなければ。少女時代のことを思い出して、泣いたりしてはいけない。だけどどうしても忘れられないの！』

険悪な表情、野心、無に帰した財産、無から生み出された財産、期限の切れた担保物件、わずかばかりの利益、踏みにじられた誇り、そうしたものが目まぐるしく通り過ぎてゆく毎日と、幸せだった少女時代の日々とを知らぬ間に比べていた。

（『わしたちがこんな惨めなざまになったのも、もとはと言えばあんたの旦那のせいだ。その責任の一端はあんたにもあるんだから、今後はいっさい付き合いをやめさせてもらう』）

たしかにそのとおりだった。何もかもあの男のせいだった。

『私はあの人をどうしようもなく愛している。あの人もきっと私を心から愛してくれているはずだわ。あの人の前に出ると、どうして何も言えなくなるのかしら？　私は喜びを味わったかと思うとたちまちそんな自分が恥ずかしくなる。身の置き場もないほど恥ずかしい思いをしながら、またしてもこの上ない喜びに身をゆだねてしまう、何もかもあの人のせいなのよ……』

この人は町の人たちを破滅させるためにここにやってきた。そして、ひとり残らず破滅させてしまった。助かったのは私ひとりだけど、その私も肉体が救われただけで、魂はあの人に売り渡してしまった。彼女は広い野原に向かって開かれた窓のところに立って、時々思い出したように揺り籠を揺らしながら何時間も野生の梨の木の生えている峡谷をぼんやり眺めていた。二人目の子供が生まれるのを待ちながら、野心家の夫はいったいどのような未来を準備しているのかしらと考えていた。彼は礼儀作法など気にかけず、持ち前の明るく陽気な態度でずかずか土足で社会に踏み込んでいったが、それは彼女の身体を扱う時も同じだった。彼は農場で働く人夫頭や目つきの悪い農夫など礼儀をまったくわきまえない連中を家に招き、ドン・ガマリエルが作り上げた階級差をぶち壊した。おかげで、あの屋敷にはむさ苦しい人間がしょっちゅう出入りして、わけのわからない言葉をつかって面白くも何ともない話をするようになった。そのうち、近所の人たちから利子をとったり、そのお世辞に耳を傾けるようになった。メキシコ市から次の選挙に打って出られたらどうです、私たちが指名させていただきますから。あなたをおいてほかにこの地区を代表する人間はおりませんよ。奥様とご一緒に、日曜日に一度近くの町を回ってみられたらいかがです？　みんなはあなた方を慕っていますから、選挙に打って出られたらきっと当選なさいますよ。

帽子をかぶる前にベントゥーラはもう一度お辞儀をした。農夫が馬車を鉄製の門のところまで引っ張ってゆくのを見て、彼はベントゥーラに背を向けると、揺り籠のそばにいるお腹の大きい妻のところへ行った。

『それとも、死ぬまでこの人を恨み続けなければならないのかしら？』

彼が手を差し出すと、彼女はその手を取った。彼の足の下で腐ったサンザシの実が潰れ、犬がうるさく吠えながら馬車のまわりを走りまわっていた。スモモの木の枝にはまだ朝露が残っていた。馬車に乗ろうとする妻に手を貸してやったが、腕を摑んだ手に思わず力が入った。彼はほほえみかけながらこう言った。

「お前の気に障るようなことをしたのなら、許してくれ」

そう言って、彼は妻の顔色をうかがった。その言葉を聞いて、ほんの少しでも妻が動揺してくれたら、それだけで十分だっただろう。やさしく愛情にあふれた態度でなくていい、せめて誰かに守ってもらいたいというような弱々しく頼りなげな素振りを見せてくれたら、と思った。

『自分で心を決めることができたら。それさえできたら……』

はじめて出会った時と同じように、彼は腕をとった手を滑らせて妻の手を握りしめたが、反応はなかった。彼が手綱をとると、彼女はその横に腰をおろし、夫のほうを見ずに青いパラソルを広げた。

「子供の世話を頼むぞ」

『自分が二人いるみたいに、夜と昼は別々の生活を送ってきたけど、どうしてどちらかひとつを選べないのかしら？　神様、どうしてなのでしょう？』

彼は東の方角をじっと見つめた。道路の両側に種を蒔いたばかりのトウモロコシ畑が広がり、そこを農夫たちがつくった灌漑用の細流が流れていた。そのあたりの小山は種を隠しておくために築かれたものだった。上空ではタカが旋回していた。少し行くと畑が終わって、王笏《おうしゃく》のような花をつけたリュウゼツランの植わった土地が広がっていた。農夫たちは山刀でリュウゼツランに傷をつけて、その液汁をとっていた。かつてベルナルやラバスティーダ、ピサーロのものだった土地がすべて彼の所有地になっていたが、この新しい地主の灌漑された肥沃で広大な土地を鳥瞰《ちょうかん》できるのはタカくらいのものだった。

『ええ、そうよ、この人は私を愛してくれている。ええ、そうにちがいないわ』

銀色の細流はやがて大地に飲み込まれ、またしてもリュウゼツランの植わっている石灰質の広い平原がはじまった。彼らの乗った馬車が通ると、農夫たちは山刀や大ぐわをもつ手を休めて挨拶し、ロバ追いがロバに鞭をくれた。果てしなく続く乾燥しきった大地に土埃が舞い上がっていた。馬車の前方に黒い人の群れが見えたが、信者たちが行列を作ってお参りにゆくところだった。馬車はたちまち彼らに追いついた。

『この人に愛してもらえるよう、言葉を尽くさなくてはいけなかったの。この人のやさしい愛の言葉、大胆な振舞い、あるいはこの人が喜びを感じている姿、そうしたものを見て私はきっとうれしかったんだわ。こんなにお腹が大きくなっても、まだ私を求めてくる。ええ、そうだわ、そうしたものが私にとって大きな喜びなのよ』

巡礼の一行がのろのろ歩いていたので、馬車は先へ進めなかった。子供たちは金の縁取りをした白いチュニックを着ていたが、中には銀紙と針金で作った光輪をつけている者もおり、それが黒い頭の上で揺れていた。子供の手を引いている女たちはショールで顔を隠していたが、そこから赤い頰とガラスのような目がのぞいていた。十字を切ったり古くから伝わる連禱を唱えている女たちは一様に裸足で、膝を使って歩き、手にロザリオを握りしめていた。中には誓約を果たそうと巡礼に加わっている、足に潰瘍のできた者や、罪人《つみびと》を縄で鞭打っている者もいた。棘《とげ》のついた木の枝を腰にまきつけているその罪人は剝出しの背中を叩かれながら、歓喜の表情を浮かべていた。茨の冠をいただいたものは棘で額が切れて血が流れていたし、スカプラリオの代わりにサボテンをつけたものは毛の生えていない胸に切り傷ができていた。そんな彼らを誰も立ちどまらせることはできなかった。インディオの言葉で唱えるお祈りの文句が地上を這い、地面には血の滴が落ちた。しかし、のろのろ歩いている一行の足がその赤い染みを踏みつけて、たちまち消し去ってしまった。泥にまみれた剝出しの足は干からびた大地を歩き慣れていたせいか、皮が厚くなってまめができていた。馬車は前に進めなかった。

『わだかまり、こだわりを棄ててどうしてすべてを受け入れることができないのかしら？　あの人は私の肉体の魅力に勝てないからだ、そんなふうに考えているんだわ。私はこの人を征服した、と考えてしまうけど、これはよくないわ。毎晩でもこの人を愛の営みに誘うことができるのに、朝になって目が覚めると、さも軽蔑したようによそよそしく冷淡な態度をとってしまう、あれはどうしてかしら？　ああ、どうして心が決まらないのかしら？　でも、どうして心を決めなければならないの？』

病人たちはこめかみにタマネギの膏薬を貼りつけたり、女たちが手にもっている祝福を受けた神聖な木の枝で身体を撫でてもらったりしていた。何百人という人間がひしめいていた。彼らが小声でつぶやいている静けさを切り裂くように、犬が絶え間なく吠えていた。大勢の人間が遠くにピンク色の石膏の塔やタイル貼りの正面玄関、黄色いモザイクの小塔が見えないかと目をこらしてのろのろ足を運んでいたが、その中を疥癬にかかり、涎《よだれ》を垂らした犬が走りまわっていた。ヒョウタンの容器が悔悟する人たちの薄い唇のそばに近づけられ、時々プルケ酒のどろりとした液が顎から流れ落ちた。ウジの湧いている白眼をむいた目、白癬《しらくも》のできた顔、病気にかかった子供たちの刈り上げた頭、天然痘の跡のある鼻、梅毒で抜け落ちた眉、征服された人々の身体に押された征服者の烙印。彼らは征服者たちの神をたたえるために建てられた聖所に向かっていざって、四つん這いになってあるいは徒歩で進んだ。何百人という人々。足、手、十字の印、汗、悲嘆、みみずばれ、ノミ、泥、唇、歯。何百人という人たち。

『心を決めなければ。私は死ぬまでこの人の妻だというのに、どうして素直に受け入れられないのかしら？　理屈ではわかっていても、この人を恨むようになった理由を忘れることはできない。神様。神様、私は自分で自分の幸せを台無しにしているのでしょうか？　どうか教えてください。兄や父のことを忘れてあの人を大切にしなければならないのでしょうか？……』

大勢の人間が聖所に向かって膝を使って、徒歩で、あるいは四つん這いになって埃っぽい道をのろのろ進んでいたので、思うように馬車が進まなかった。おまけに道の両側にはリュウゼツランが植わっていたので、迂回もできなかった。手にもったパラソルで強い陽射しから身を守っている白い肌の女性が、巡礼たちの肩の高さあたりでゆらゆら揺れていた。カモシカのような大きな目、バラ色の耳たぶ、真っ白な肌、鼻と口を覆っているハンカチ、青い絹の服の下で盛り上がっている豊かな胸、大きなお腹、組んでいる小さな足、繻子《しゅす》の部屋履き。

『私たちに子供ができるのね。でも、お父様もお兄様ももうこの世にいない。自分の将来に目を向けなければいけないというのに、どうして過去のことが忘れられないのかしら？　どうしても心が決まらない。いっそのこと、いろいろな出来事や運命といった自分以外の何かが私に代わって決断を下してくれないかしら。でも、そうなるかもしれない。神様。もうすぐ子供ができるんだわ……』

手が彼女のほうに伸びてきた。まず最初に、白髪頭のインディオの老人がまめだらけの手を伸ばしたが、つづいて女たちがショールの下から剝出しの腕を伸ばしてきた。感嘆と愛情のこもったつぶやき声が聞こえ、そのあとかん高い声で口々に『小さな聖母様、小さな聖母様』と叫びながら、彼女に触ろうとした。馬車が動かなくなったので、彼は飛び降りると、道をあけろと大声でわめきながら目の前に並んでいる黒い頭の上で鞭を振りまわした。帽子を目深にかぶり、黒い服を着た彼は背が高かった……。

『……神様、どうして私をこのような目に遭わされるのです？……』

彼女が手綱を摑んで右に強く引いたので、馬がいなないて棒立ちになり、大勢の人が地面になぎ倒された。馬は近くの素焼きの壺や鶏が鳴きさわぎ飛びはねている鳥かごを踏みつぶし、地面に倒れたインディオの頭を蹴りつけたあと、首の筋を立てて目をむき、汗まみれになって馬車の向きを変えた。彼女は人いきれや人々の汗、潰瘍、声にならない叫び、虫、プルケ酒の強い香りなどが身体にまとわりついてくるように思えて耐えられなくなったのだ。大きなお腹でバランスをとりながら御者台で立ち上がると、手綱で馬の背中をぴしりと叩いた。仰天したまわりの人たちはうろたえて叫び声を上げたり、両手を上にあげたり、道の両側のリュウゼツランのほうへ身を投げ出したり慌てて道をあけた。彼女は馬車を走らせて、もと来たほうへ引き返した。

『神様、どうしてこの私に、何かを選び取らなければならないような人生をもたらされたのですか？　私はそのために生まれてきたのではないのです……』

巡礼者たちから離れ、息を切らせながらまぶしい光の中に溶け込んでいる住宅の建ち並ぶ地区に向かったが、彼がまわりに植えた果樹があっという間に大きくなって家々を隠していた。

『私は弱い女なの。自分に代わってほかの人がすべてを選んでくれる平穏な生活を望んでいたの。だめ、できない……どうしても決断できない……できない……』

至聖所のそばの炎天下に長いテーブルが並べてあった。インゲン豆のスープの入った大鍋や新聞紙の上に山のように積み上げてあるタコスの上を無数の蠅が飛びまわっていた。チェリーで香りをつけたプルケ酒のかめや干しトウモロコシ、アーモンドの入った三色のお菓子などがくすんだ色の料理に彩りを添えていた。市長が壇上にのぼって彼を紹介したあと、推薦の言葉を並べた。つづいて彼が壇上から、数カ月前に政府によって決定された、プエブラ市とメキシコ市で選出される連邦議員に自分が指名推薦されたのはまことに名誉なことと考えておりますと述べ、そのあと政府は革命時における私の功績と、退役後私が農業改革に微力を尽くしたこと、ならびに出費をいとわず、危険を覚悟のうえで官憲不在のこの地方に秩序をもたらしたことは、もって範とすべきことであると評価してくれております、と弁じ立てた。その間も巡礼たちがひきもきらず寺院に出入りし、聖母や神に向かって泣きながらお祈りをあげたり、嘆き悲しんだり、かと思うと演説に耳を傾けたり、水差しのプルケ酒を飲んだりしていたが、そうした群衆のざわめきが耳に入ってきた。と、だしぬけに叫び声が聞こえ、銃声が響いた。候補者の彼は平然と落ち着きはらっていたし、インディオはタコスを食べていた。演説を終えたあと、彼はその地区の多少教育のある男に演壇をゆずり、インディオの叩く太鼓の音に送られて下に降りた。山の向こうに陽が沈みかけていた。

「やはり言ったとおりでしょう」とベントゥーラが小さな声で言った。午後になるときまって降り出す大粒の雨が彼の帽子を叩いていた。「壇上のあなたを狙ったのは、ドン・ピサーロが雇った殺し屋ですよ」

帽子のなかった彼は、トウモロコシの葉を雨具の代わりに頭にかぶった。

「で、連中はどうなった?」

「もう遠いところに旅立ちました」にやりと笑いながらベントゥーラが答えた。「催しがはじまる前に、取り囲んでおいたんです」

彼は馬の鐙《あぶみ》に足をかけながら言った。「連中の死体をピサーロの家の前に転がしておけ」

家に帰ると、石灰を塗っただけの壁が剝出しになった部屋に入っていったが、妻に対してひどく腹を立てていた。彼女はひとり椅子に腰をおろして身体を揺らしながら、やってきた男が手で触れられそうな冷気をもたらし、その吐く息、身体の乾いた汗、ぞっとするほど恐ろしい声が冷たい風をもたらしでもするように腕をこすっていた。まっすぐに通った薄い鼻が細かく震えた。彼はテーブルの上に帽子を放り投げ、靴につけられた拍車でレンガ造りの床を傷つけながら進み出た。

「私……あの人たちが怖かったの……」

彼は返事をしなかった。雨具を脱ぐと、暖炉のそばに広げた。雨水が音を立てて屋根の上を流れていた。妻が自分から弁解したのはそれがはじめてだった。

「みんなから、奥様はどうなさったんですかと訊かれたぞ。今日はおれにとって大切な一日だったんだ」

「よくわかっています……」

「どう言えばいいか……われわれ全員が……全員にわれわれの人生の目撃証人になってもらう必要があり、それでこのさき生きてゆけるんだ」

「ええ、わかってます……」

「だったらお前は……」

「こんなのは私の選んだ人生じゃないわ！」彼女は揺り椅子の肘を摑むと、そう叫んだ。

「あなたは自分の考えを無理やり人に押しつけているじゃない、そんな人に感謝しろなんて言われたくないわ……」

「自分の考えを無理やり押しつけているだと？　じゃあ、どうしておれを受け入れるんだ？　ベッドではよがり声を上げるくせに、そのあと暗い顔でふさぎこむが、あれはどうしてだ？　お前の考えていることだって誰にもわかりはしないよ」

「なんて下司《げす》な人なの！」

「猫っかぶりな女め。どうしてなんだ、答えてみろ！」

「相手が誰でも同じよ」

彼女は顔を起こすと、夫の顔を睨みつけた。心にわだかまっていたことを思いきって口に出し、さらにこう付け加えた。「あなたに何がわかるの？　その気になればちがった顔もできるし、ほかの人の名前だって口に……」

「カタリーナ……。おれはお前を愛してきた……それはおれのせいじゃない」

「私にかまわないで。私は未来永劫あなたの所有物なのよ。あなたは欲しいと思っていたものを手に入れた、それで満足でしょう。それ以上無理なことを言わないで！」

「どうしておれを拒むんだ？　あれをしている時は、おれを愛しているはずだ……」

「そっとしておいて。触らないで。人の弱味に付け込むなんて卑怯よ。あれをしても、二度と感じたりしないわ……。ええ、誓って本当よ」

「お前はおれの妻だぞ」

「そばに寄らないで。私はあなたのものよ、だからあなたを裏切ったりはしないわ……。あなたが手に入れたもののひとつ、それが私なんでしょう」

「そのとおりだ。だが、これから先もずっと喜びを感じることはない、それでもいいのか？」

「私にはほかに自分を慰めるものがあるわ。神様はいつもそばにいてくださるし、子供たちもいます。それ以上何も欲しくないの」

「神様だと、ばかも休み休みに言え」

「いくらでも罵ればいいでしょう。私には自分を慰めるものがあるの……」

「何が慰めになるんだ？」

「話を逸らさないで。私とひとつ屋根の下で暮らしている人は、父を辱め、兄を裏切った人なのよ」

「どうしていつまでもそのことにこだわるんだ、カタリーナ・ベルナル？　脚を開いておれを迎え入れるたびに、いつもそのことを口にするが、いったいどういうつもりなんだ？……」

「私を怒らせようとしてもむだよ」

「えらく自信があるんだな」

「あなたは自分の思ったとおりにすればいいのよ。真実を知るのが怖いんでしょう？兄を殺したのは、あなたなのよ」

「裏切ったと言うが、そんな余裕などなかったよ。なにしろ、お前の兄貴は革命に殉じたい一心で死に急いでいたからな」

「兄はもうこの世にいないというのに、あなたはのうのうと生きていて、しかも兄の遺産までかすめ取った、私にわかっているのはそれだけよ」

「せいぜいカッカするがいい。だが、いいか、おれはどんなことがあっても、たとえ死んでもお前を離さんからな。おれを敵にまわすとどんな恥辱を受けるかわからんぞ、それだけは心に刻み込んでおくがいい。先で気がついても、その時はもう後の祭りだ……」

「自分じゃわからないでしょうけど、私を愛しているって言う時のあなたの顔は、まるでけだものよ」

「このおれと無関係な女としてお前を愛しているんじゃない、おれの人生に搦めとられているそんなお前を愛しているんだ……」

「触らないで。いくらあなたでも金で買えないものがあるのよ」

「今日のことは忘れてくれ。これから二人して長い人生を生きて行くんだからな」

「そばに寄らないで。私もそのことは考えたわ。この先、長い人生が待ち受けているって」

「それならおれを許してくれ。もう一度頼む、許してくれ」

「あなたは私を許してくれるの？」

「お前を許す必要なんかない」

「私には本当に好きな人がいたけど、あなたのせいで忘れてしまった。それがどうしても許せないの。それでもあなたは私を許してくれる？　せめてあの人の顔だけでも思い出せたら……あなたのせいであの人の顔も忘れてしまったのよ。だからあなたを許せないの。もしあの初恋がうまく行っていたら、私も自分が生きたという証しを手に入れることができたと思うの……私の気持ちをわかってほしいのよ。私はあなたよりもあの男を憎んでいるわ。少し脅されただけで、どこかに姿をくらましてしまった……あなたにこんなことを言うのも、あの男に言えないからなの……、そうなの、ねえ、そんなふうに考えるのは臆病なせいなの、教えて……私にはわからない……私は弱い女なのね……あなたはその気になれば、多くの女性を愛していいのよ、だけど私はあなたに縛られているの。あの時彼が私を無理にでも奪い去ってくれたら、今になって思い出そうとして、どんな顔をしていたかもわからないと言って憎む必要もなかった。私は永遠に満たされなかった、わかるでしょう？……ねえ、聞いて、向こうへ行かないで……私は自分のせいでこんなことになったと認める勇気もなければ、憎み続けるために彼をそばにとどめておくこともできなかった。だからあなたに罪をなすりつけ、憎んでいるの。だって、あなたは強い人だし、どんな重荷でも背負えるでしょう……あなたが私を許し、姿をくらました……あの腰抜け男……を許してくれないかぎり、私はあなたを許すことができない、だから私を許すと言ってほしいの。だけどもう何も考えたくないし、話したくないわ。私をそっとしておいて、私はあなたでなく、神様に許しを乞います……」

「落ち着くんだ。心の中で考えていることを口に出さずにいるお前のほうがおれは好きだ」

「もうすべてを話してしまったわ。傷つけたければ好きなだけ私を傷つければいいわ。武器を渡したのだから、そちらはいくらでも攻めることができるでしょう。急にこんなことを言い出したのも、じつを言うとあなたに憎まれたかったからなの。もう二人で夢を織るのはよしましょう……」

「何もかも忘れて、一からやり直すほうがいい」

「無理だわ、そんなこと」

彼女は身体を固くして椅子に坐っていた。その時ふと、ドン・ガマリエルが生前自分たちの置かれた立場について話してくれたのを思い出したが、彼女はそれを聞いた時生まれてはじめて自分で心を決めた。つまり、一度は力に屈服するが、けっして負けるのではなく、先で復讐するために負けるのだと考えた。

「もう私を止められないわ。そんなものが何かあって？」

「そのほうが簡単だからだろう」

「もう沢山。触らないで、身体に触れないでって言ってるでしょう」

「人を愛するには、努力しなければならないが、憎むほうはただ憎むだけでいいからより簡単なんだ……」

「それが私の自然な感情なの。憎しみは自分の中からひとりでに湧いてくるわ」

「そりゃそうだろう。憎悪は大切に育ててやらなくても、勝手に生まれてくるものだ」

「触らないで！」

彼女はそれ以上夫を見ようとしなかった。背が高く、濃い口髭をたくわえた色の浅黒い男がそばにいるのに、彼を無視してひとことも口をきかなかった。彼は眉間と首筋のあたりに石で殴られたような痛みを感じた。涙にくもった妻の美しい目には激しい感情が渦巻いていた。軽蔑を押し隠そうとして顔を引きつらせた彼女は、けっして口にすることのない悪罵を口を閉じたまま彼にぶつけていた。

『自分がこれまでしてきたことを考えて、それでもまだ人を愛する資格があると思って？　ご褒美を手に入れるためなら、人生の決まりごとを好き勝手に変えてもいいと考えているの？　外の世界であなたは無垢な心を失ってしまった。感情の支配するこの世界でそれを取り戻そうとしても無理だわ。きっとあなたにも花園があったんでしょうね。私にもあったわ。小さな楽園が。でも、今では二人ともそれを失ってしまったの。思い返してみるといいわ、あなたが犠牲にしたもの、自分の行いを通して永遠に失ってしまったものを私の中に求めても、見つけ出せるはずがない。私はあなたがどこの生まれで、これまで何をしてきたのか知らない。あなたは人生で大切にしていたもの、夢や無垢な心を失ってしまった。そしてそのあと、私が大切にしてきたものまで失くしてしまったのよ。私にわかっているのはそれだけよ。私たちはこの先二度と同じ思いを抱くことはないでしょうね』

彼は妻の無表情な顔からそうした思いを読み取ろうとした。彼女が口に出さなかった理由が、そのあたりにあるように感じられたのだ。その言葉が秘められた恐怖を目覚めさせた。カイン。その恐ろしい言葉はけっして女の口から出るはずがなかった。たとえ愛の希望が失われるとしても、この先何年にもわたって——疑り深く沈黙する——彼の目撃証人になり続けるだろう。彼は奥歯を嚙みしめた。距離感と怨恨の結節を解きほぐせるのは、おそらくたったひとつの行為だろう。いま口にするわずかばかりの言葉なのだ。今を逃せば、二度とそのチャンスはないだろう。彼女がその言葉を受け入れてくれたら、二人はすべてを忘れて新たな人生を生きることができるはずだった。もし彼女がその言葉を受け入れてくれなかったら……。

『そのとおりだ。おれは自分の代わりにほかの人間が死んでゆくのを、手を拱《こまね》いて見ていた。お前に死んでいった人間のことを話せるのも、あの時に手を洗い、肩をすくめるだけで済ませたからだ。たしかにおれは罪深い人間だが、そんなおれを受け入れて、ひとりの弱い男と見てほしい……。おれを憎んだりしないでくれ、愛するカタリーナ。憐れだと思ってくれ。お前を愛しているんだ。はかりの天秤の一方におれの罪を、もう一方におれの愛を載せてその重さを計ってくれ、そうしたら、おれの愛のほうが重いということがわかるはずだ……』

彼女にはそれができなかった。どうしてその勇気が持てないのか自問した。なぜ彼女のほうから——自分の臆病さが二人の溝をいっそう深くし、愛を破綻させた責任は自分にもあると考えている——彼に対して真実を明かすように求めなかったのだろう？　そうすれば、二人して救済を願って罪を共有したいと願っているこの男を救えたはずだし、二人とも罪の意識にさいなまれずに済んだはずだった——もっともそう言われても、彼はおそらく本当のことを言わなかっただろう。そうした臆病さが災いして、二人の間の溝がいっそう深くなり、ついには二人の関係が破綻をきたすだろうとわかっていた。しかし、彼らにはそれができなかった。

『だめだ、おれひとりでは、ひとりではとてもできない』

あの短い一分間、言葉は交さなかったが二人の心は通じ合っていた……

『今のおれは強い人間だ。戦わずして自分の運命を受け入れる、それがおれの強みだ』

……もはや後戻りして、過去に立ち返ることはできないと考えた……。赤ン坊を寝室でひとり寝かしてあるから見てこなくては、そうつぶやきながら彼女は立ち上がった。ひとり取り残された彼は、妻が象牙に刻まれたキリスト像の前にひざまずき、最後のお祈りをあげているところを思い浮かべた。彼女は逃れようとしていた……

「お前はおれの運命と罪から逃れようとしているのだ。この罪、本来ならおれたち二人が担うべきこの罪を拒否し、自分ひとりが救われたいと願っているのだ。おれが言葉にせずにそうしようと伝えたのに。お前はもうおれのところに戻っては来ない……」

彼は腕を組んで夜の平原に出ると、あっという間に輝く星々で満たされる夜空の一番星である煌めく宵の明星を見上げた。無数の星が煌めきはじめた。以前にも一度星空を眺めたことがあったが、思い返してみても、記憶に残るようなものはなかった。彼は昔の彼ではなかったし、星々も以前のそれとは違っていた。

雨はやんでいた。果樹園からはグアバやサンザシ、スモモ、リンゴの噎《む》せかえるような香りが漂ってきたが、それらの果樹は彼が植えたものだった。耕作地から憩いの場所である家と果樹園を垣根で区切ったのも彼だった。

長靴が湿った大地を踏みしめた。彼はポケットに両手を突っ込み、鉄門のほうへゆっくり歩きはじめた。門を開くと、そのまま近くの集落に足を向けた。妻が最初の子供を身籠もった時から、その家に住む若いインディオの女のところへ時々足を向けるようになった。女はうるさく尋ねたり、先のことを心配する様子もなく、黙っておとなしく彼を受け入れた。

その時も、ドアを乱暴に押し開け、日干しレンガを積んだだけのあばら家にものも言わずに踏み込んだ。女の腕をとると、無理やり揺り起こしたが、まだ寝呆けている色の黒い女の温もりが摑んでいる手に伝わってきた。若い女はおびえたように主人の歪んだ顔を見つめていた。乱れた縮れ毛が緑色のガラスを思わせる目の上にかかり、厚い唇のまわりにごわごわした無精髭の生えているその顔は、たしかにすさまじい形相をしていた。

「怖がらなくていい。一緒に来るんだ」

女は白いブラウスを着ると、手を伸ばしてショールを摑んだ。部屋を出る時も、彼女はまだワナにかかった子牛のような低い唸り声を上げていた。外に出て空を見上げると、夜空に無数の星が煌いていた。

「あそこに大きな星が見えるだろう？　手を伸ばせば届きそうに思えるが、お前でもわかるようにそうはいかんのだ。この世の中には、おれたちがいくら頑張っても手の届かないものがあって、それは諦めるより仕方がないんだ。さあ、来るんだ、今日からお前はお屋敷でおれと一緒に暮らすんだ」

若い女はうなだれたまま果樹園の中に入っていった。

スコールに洗われた木々が、夜の闇の中で輝いていた。地味の肥えた大地からむっとするような匂いが立ちのぼってきたが、彼はそれを胸いっぱい吸い込んだ。

彼女は二階の寝室のドアを半開きにしたまま寝そべっていた。ロウソクに火をつけた。壁のほうを向くと、両腕を肩の上で交差させ、脚を縮めた。そのあとすぐに脚を伸ばし、床の上の部屋履きを足でさぐった。立ち上がると、頭を前後に揺らしながら部屋の中を歩きまわった。小さなベッドで男の子が眠っていたので子守唄をうたってやり、自分の大きなお腹を撫でた。ふたたび寝そべると、そのままの姿勢で廊下に男の足音がするのを待った。

わしは人のなすがままで、ものを考えることも、何かをしたいと思うこともできん。この痛みにも慣れてきた。何事も永遠に続きはせん、そのうち慣れてしまう。肋骨の下やへそのまわり、それに腹が痛むが、これがわしの痛み、わしを蝕む痛みだ。もどしたせいで口の中にいやな味が残っているが、これとてやはり同じことだ。腹がこんなにふくれておるのは妊娠しているからだ、ふふ、鼓腸を妊婦になぞらえるとはわれながら愉快な思いつきだ。腹に触ってみるか。へそから下腹部にかけて丸くふくれ上がっているが、こんなことははじめてだ。意外に柔らかいな。冷や汗のほうはおさまってきたな。テレーサがベッドのそばを通るが、あれのハンドバッグについている不揃いなガラスに血の気の失せたわしの顔が映っている。どうしてあれはハンドバッグを手から離さんのだ？　この部屋に手癖の悪い人間がいるとでも思っておるのだろうか？　それにしても身体がすっかり弱った。いったいどうなっておるんだ？　あの医者め、ほかの先生方を呼んでまいりますと言って慌てて出て行きおったが、責任をとりたくなかったんじゃろう。まったくもってなんということだ！　おや、やってきたな。医師団が入って来おった。黒檀のドアが開いて閉じられる。厚い絨緞が敷いてあるので足音は聞こえん。窓を閉めたな。シャーッと音がするが、さては灰色のカーテンを閉めておるのか。やはり、医師団だ。ああ、あそこに窓がある。その向こうには世界が。高原の土地を吹き抜ける風が、痩せて黒ずんだ木々を揺らしている。深呼吸をしなくては……。

「窓を開けてくれ……」

「いいえ、いけません、風邪でもひいたら大ごとですから」

「開けるんだ……」

「主ヨワタシハイタラヌモノ《ドミネ・ノン・スム・ディグヌス》デス……」

「神なんぞクソックラエ……」

「……神様に悪態をつかれるということは、その存在を信じておられるということですね……」

うむ、気のきいたことを言いおる。なかなかいい科白《せりふ》だ。おかげで苛立ちもおさまった。そんなふうに考えたことはないが、たしかにあの坊主の言うとおりだ、神が存在しないのであれば、侮辱するにもしようがない。これからは何を言われても反論するまい。反論するというのは、相手の言い分を認めるということだからな。よし、これからは何を言われても反論はせんぞ。ところで、わしは何を考えていたのかな？　悪いことをした。坊主め、わしの考えがわかったらしいな。すまんことをした。これからは妙に絡んだりして、人につけ入る隙を与えないことにする。そのほうがいい。うむ、そうだ、仏頂面をすればいい。それがいい。そんなに騒ぎ立てることでもない。もっとも関わりのある人間、つまりわしにとってもうどうでもよくなった時に、このようなことになるとは、な。そうだ、それでいいんだ。そういうものなのだ。何もかもがもうどうでもいいと思えた時に、ほかの連中が何よりも重大なことにしようとするのだ。わしの鼻の穴からは息が力なく洩れている。連中のなすがままになりながら、わしは胃の上で腕を組む。みんな、ここから出て行け、テープレコーダーを聞かせてくれ、わしがこんなふうに腕を曲げていれば、何を言いたいかわかるだろう……。

『……向こうの会社では、メキシコでも同じ車を製造できるはずだと言っているらしいが、こちらとしてはぜったい受け入れるわけにはゆかん。二千万ペソをドルに換算すると百五十万ドルになる……』

『ソコニワレワレノこみっしょんガ……』

『風邪をひいているのなら、氷を入れないほうがいいじゃろう』

『ネツハホトンドアリマセン。ツマリ、ワタシトシテハ……』

『まだ話が終わってはおらん。おまけに、メキシコの中央部から国境まで鉱石を運ぶ輸送費が助成金と同額では低すぎると言っておるんだ。それくらいなら、わが社の鉱石を運ぶ代わりに野菜でも運ぶほうが利益があがる、とこうだ……』

『ソレハヒドイデス……』

『そうじゃろう。あんたならわかってくれると思うが、輸送費が高くなれば、鉱山を閉鎖せざるを得なくなる……』

『ソレニ利益ガ少ナクナリマス、モチロン。利益スクナク、スクナクスクナク……』

どうした、パディーリャ？　何が起こったんだ？　器械がおかしくなったのか、パディーリャ？

「テープが終了しました。裏返しますので、少しお待ちください」

「あの人は聞いていませんわ」

パディーリャはおそらくいつものほほえみを浮かべているだろう。あいつにはわかっているのだ、このわしがどんな人間だか。わしは聞いておる、聞いておるぞ。何だ、あの音は？　まるで頭の中を電流が流れてでもいるような耳障りな音だ。たしかにわしの声にちがいないが、まるでリスの鳴き声のような妙な金切り声になっておる。テープを逆回ししたな。わしの名前は十一の文字から成っているが、その組み合わせを変えるといろいろと書き変えられる。Amuc Reoztrir Zurtec Marzi Itzau Erimor. じゃが、その中心にあるのはアルテミオ・クルスだ。ああ、わしの名前、金切り声を上げているわしの名前、テープが止まった。ふむ、また回り出したな。

『ミスター・コークリイ、いま言ったことをどうかアメリカの当事者に伝えてもらいたい。そうすれば、おそらく向こうの新聞を動かして、メキシコの鉄道組合を牛耳っているのは赤の連中だと書かせるじゃろう。その点を忘れんようにな』

『ワカリマシタ。アナタガ連中ヲ赤ダトオッシャルノナラ、ワタシハ自分ノ義務トシテドンナコトヲシテモアナタヲ支持シ……』

『連中は赤と決まっておる。それにしても、お互いの理想がそのまま利益と結びついておるというのはいいものじゃな。話は変わるが、一度お国の大使に会われて、メキシコ政府に圧力をかけるように言ってもらえんかな。なにしろ発足して間もない政府なもので、万事に弱腰でいかんのだ』

『オー、ワタシタチ、ゼッタイニ干渉シナイコトニシテイマス』

『何の前置きもせずこんな話を切り出して申し訳ない。要するにだ、メキシコにおけるアメリカ人の利益をまずもって守らなければならんが、それを前提にして事態を冷静に見つめ、私心のない意見をのべてもらいたいのだ。裕福なアメリカ人が安心して投資できるような土壌を保つことが何よりも肝要なのだが、それがこの騒ぎで……』

『オーケー、オーケー』

疲れた耳に記号や単語、目をむくような言葉が飛び込んできて、爆弾のように響きおる。それにしてもくたびれた。あれは言葉とは言えないが、言葉であることは間違いない。しかし、自分が口にした言葉だから、聞かんわけにもゆかんだろう、これがわしの人生なのだ。合図したいが、指を動かすのもままならんので、自分の意思を伝えることもできん。テープを止めろ、もう沢山だ。聞きたくない、もう沢山だ……あいつらに何か言っておくことがあったはずだが。

「あの子を支配し、私から奪い取ったのはあなたなのよ」

「あの朝、わしはわくわくしながらあれが来るのを待っていた。二人して馬で川を渡ったんだ」

「あなたのせいよ。何もかもあなたが悪いのよ」

テレーサが新聞を下に落とす。カタリーナがベッドのそばにやってくると、まるでわしの耳が聞こえないような口ぶりでこう言う。

「ひどく加減が悪いようだわ」

「どこにあるか聞いたの？」声をひそめてテレーサが尋ねる。

カタリーナは首を横に振る。

「手書きのがあるはずなんだけど、弁護士の手もとにはないんですって。わざと私たちを困らせようとして、遺言を残さずに死ぬかもしれないわ」

わしは目をつむり、聞いていないふりをして、二人のやりとりに耳を傾ける。

「神父様はけっきょく何も聞き出せなかったんでしょう？」

カタリーナは首を横に振ったはずだ。彼女がわしのベッドの枕もとにひざまずいて、かすれた声でゆっくり話しかけるのが感じられる。「ご気分はどう？……。少しお話ししたいことがあるんです……。アルテミオ……。とても大切な話なの……。アルテミオ……。遺言書をお書きになったのなら、どこにあるか教えていただけないかしら……」痛みがおさまってゆく。わしの額から冷や汗が流れ、身体が硬ばっているが、あの二人は気づいていない。話し声は聞こえるが、今のわしの目には二人の影しか見えん。ようやく焦点が合って、二人の全身、顔、動作が見分けられるようになる。しかし、こんなことならいっそ腹が痛んで呻っているほうがましだ。意識がはっきりしているから言えるのだが、わしはこの二人を愛してはいない。これまでも一度として愛したことはなかった。

「……どこにあるか教えていただきたいの……」

牝犬どもめ！　ツケのきかない店で買物をしたり、住んでいる家から追い立てをくったり、三百代言の弁護士や藪医者の口車に乗せられて、ひどい目に遭ったらどういうことになるか考えてみたことがあるか。貧しい中産階級の人間なら、何をするにも人の後ろに並んで順番を待たなければならんのだ。まぜものをした牛乳を買うにしても、土地家屋税を払うにしても、地位の高い人に謁見するにしても、金を借りるにしても、人の後ろに並んで順番を待たなければならんのだ。そして、アルテミオ・クルス夫人とその令嬢が車でさっそうと通り過ぎるのを横目で見ながら、ローマス・デ・チャプルテペックにある一家のお屋敷やミンクのコート、エメラルドの首飾り、あるいは時々出かける海外旅行を羨まなければならんのだ。誇り高く、しかも決断力のあるこのわしがいなければどうなっていたかよく考えてみるがいい。わしがもし徳こそ高いが文無しの男だったら、自分たちがどうなっていたか考えてみたことがあるか？　わしの生まれ育った社会の最底辺まで落ちるか、それともいちばん上まで這いのぼるか、二つのうちひとつしかないのだ。人間の尊厳がどうのこうのと言えるのは、最上層の人間だけだ。中間層の人間は、何をするにも列を作って順番を待ち、何の変哲もない単調な生活にあきあきして人を羨んでばかりいるが、彼らは人間の尊厳といったものとは無縁なのだ。すべてか無か、これがわしのモットーだ。わかるか？　すべてか無だぞ。人生は要するに丁半《ちょうはん》博打だ。思いきってどちらかに賭けるのだ。腹を据えてな。ひとつ間違えば、上の人間か下の人間に射ち殺されるかもしれん、それを覚悟のうえで大博打を打つ。それが男だ。お前たちが望んでいるような人間、あれは男じゃない。つまらんことで腹を立てたり、金切り声でわめき立てたり、売春宿や酒場に出入りしたり、ポスターに載っているような奴は、どいつもこいつも中途半端な男だ。わしは断じてあのような人間ではない。これまでただの一度でも大声を上げたり、酔っ払ってお前たちを脅したり、言うことを聞かんといって手を振り上げたことがあるか？　ましてや、へり下った態度でわしを愛してくれと頼んだことなどなかったはずだ。好きなだけ金を使わせてやる、その代わりにこのわしを愛してくれ、わしの気持ちをわかってくれと言って頼んだことがあるか。わしのほうから何ひとつ求めなかったからこそ、このわしを見棄てることができなかったのだろう。これまでわしにしがみついて贅沢三昧をしてきたはずだ。そのくせ、まるでわしが薄っぺらなマニラ紙の給料袋を持ち帰ってでもいるように不平をこぼしおって。じゃが、そこいらに転がっている平々凡々たる人間とはちとわけがちがうので、このわしをばかにはできなんだのじゃろう。性悪で能なしの意地悪女どもめ、金にあかして贅沢な暮らしをしながら、性根だけはいつまでたっても貧乏臭さが抜けおらん。せめてわしが与えてやったものだけでも活用できんのか？　高価な品が何の役に立ち、どんなふうに使うものかもわかってはおらんのだ。わしはすべてを所有した。おい、聞いているのか？　金で買えるものはもちろん、買えないものまでわしは自分のものにした。わしはレヒーナを自分のものにした、聞いているのか？　わしはレヒーナを愛した。あれはレヒーナという名前だった。彼女は文無しのわしを愛し、どこまでもついてきおった。そして、わしのせいであそこで死んでしまったのだ。おい、聞いているのか？　わしはお前の言った言葉を聞いたぞ、カタリーナ。お前はある日、こう言った。

『ロレンソ、お前のお父さんはね……。まさか……。あんなことを認められると思う？……。私にはわからない……聖人様……、真の殉教者のことを……』

『主ヨワタシハイタラヌモノデス《ドミネ・ノン・スム・ディグヌス》……』

お前は苦しみに耐えながら、いっこうに消えそうもない香の匂いを嗅ぎ、目を閉じたまま、ああ、窓も閉められてしまったな、これで午後の爽やかな空気を吸うことはできんのかと考えるだろう。お前は免罪を授けようとやってくる司祭の不快な香の匂いを嗅ぐだろう。死の間際になって反抗したりすれば、かえって連中を喜ばせることになるとわかっているので、自分から頼んだおぼえはないが、おとなしく赦禱式《しゃとうしき》を受け入れるだろう。お前は誰の世話にもならず事が運んでくれればいいと考えるだろう。誰にも借りをつくりたくないと心に誓ったことを、せめて生きている間だけでも忘れたくないと考えるだろう。けれども、彼女がそうはさせてくれないだろう。お前がレヒーナと名づけるだろう彼女、ラウラと名づけるだろう彼女、カタリーナと名づけるだろう彼女、リリアと名づけるだろう彼女が。彼女の思い出がお前のすべての思い出をひとつに集め、彼女とは誰のことなのだと問いかけてくるだろう。お前は彼女に感謝するが、その気持ちはたちまち死を目前にした自分に対する憐愍《れんびん》に変わるだろう——激しい痛みに耐えきれず悲鳴を上げながらも、お前はそのことを知るだろう。お前が愛した女性は四つの違った名で呼ばれているが、その女性が誰よりも多くのものをお前にもたらし、そして奪い取ってゆくだろう。その女性とはいったい誰なのだ?

お前はそこでしっかり足を踏ん張るだろう。人に借りをつくるまいと心ひそかに誓っていただろう。テレーサとエラルドを同じ忘却の淵に沈めただろう。娘はお前から離れて、母親のそばで育っているので、自分は息子のために生きることになるだろうから、忘れて当然だと考えるだろう。それにテレーサは、どうしてもその顔が記憶に残らないあの若者、お前の記憶に与えられた猶予期間を使い果たす、もしくは占めることのない、ぼやけて影の薄いあの若者と結婚するだろう。それにセバスティアン。セバスティアン先生のことは思い出したくないだろう。お前の耳を引っ張り、定規でお前を叩くあの四角い手を思い出したくないだろう。痛む指の関節、チョークで白くなった指、字を書き、足し算をし、家や円といった基本的な図形を描くことを学んだ黒板の前で過ごした長い時間を思い出したくないだろう。思い出したくないだろう、それらはお前にとって借りなのだ、お前は叫び声を上げるだろう、そして何本もの腕がそんなお前を押さえつけるだろう。痛みを抑えるために起き上がって歩こうとするだろう。

香の匂いがするだろう、

閉ざされた庭園の匂いがするだろう、

人は選び取ることはできない、選び取るべきではない、あの日自分は選び取ったのではない、とお前は考えるだろう。お前は成り行きにまかせた、お前に責任はなかった、あの日自分に求められた二つのモラルのうち、いずれもが自分の作り出したものではなかった、自分が作ったのでない選択肢について責任をとることなどできなかった。叫び声を上げて身をよじっている肉体から遊離し、山刀を胃に突き刺されて叫び声を上げ、涙をこぼしている肉体から離れ、自分が創造した人生の配列の中で世界がその機会を与えてくれないだろう、世界はお前が夢想することも、考えることも、経験することもないだろう既成の一覧表を、対立する法規をお前に提示するだろう、

香は時間を伴う匂いで、さまざまなことを語りかける、

パエス神父はカタリーナに助けられてお前の家の地下室に身を隠し、そこで暮らすだろう、お前に罪はないだろう、お前に罪はないだろう、

お前と彼があの夜地下室で話したことを思い出すことはないだろう。そう言うのがお前なのか彼なのかを思い出すことはないだろう。自ら進んで女装し、自ら進んで去勢し、自ら進んである神の架空の血で酔ったあの怪物は何という名前なのだろう？　誰がそんなことを言ったのだろう？　しかし、彼が愛していることは誓って本当だ。なぜなら、神の愛は広大無辺で、すべての肉体に宿り、それを正しいものとしておられるからです。私たちは神の恩寵によって自分の肉体を持ち、人生がわれわれから奪い取ろうとする数分間の愛の時間を祝福によってもたらさなければならないのです。恥じることはありません、何も感じなくていいのです、代わりにあなたは自分の悩みを忘れるでしょう。明日でなく今日これから行う、束の間の慌ただしい私たちの愛の営みと言葉は、あなたと私が互いに与え合う慰めでしかありません。それを罪とお考えになってはいけません、生きているかぎり人は必ず罪を犯します、だからこそ後で悔悟できるのではありませんか？　私たちのうち

に真の悪が内在していると認めるのでなければ、真の悔悟もあり得ません、人が自分の行為を罪深いものと考え、ひざまずいて許しを乞うのはなぜでしょう？　それは以前に同じ罪を犯したことがあるからにほかなりません、ご自分の生活を忘れるのです、この明かりを消させてください、一切を忘れるのです、そして、あとで二人して許しを乞い、数分間の愛の時を消し去ってくれるお祈りをあげましょう、神のお造りになったこの肉体を神聖なものにしようではありませんか、満たされた、あるいは満たされなかった欲望のひとつひとつの中で、秘めやかな愛撫のひとつひとつの中で、あなたの太腿の間に神が蒔かれた精液という贈り物の中で、神はそう語りかけておられるのです、

生きるということは神に背くことにほかなりません、人間の行う行為のひとつひとつ、生きているという実感を味わわせてくれる行為のひとつひとつは、あなたに神の戒律を犯すようにと求めているのです、

その夜、お前は娼家でガビラン少佐や古くからの戦友たちといろいろなことを話し合うが、あの夜話し合ったことを思い出さないだろう、人間のそれではない冷たい声でそう言ったのが彼らなのか、自分なのか思い出せないだろう、権力と私利私欲の冷やかな声で、われわれは祖国ができるかぎり幸せな国になってほしいと願っているが、一方で自分の幸せも望んでいる、ここが考えどころだ、下手をすると虻蜂《あぶはち》とらずになる、できないことまでやろうとせず、必要なことだけをすればいい、場合によっては残忍非道、暴虐無惨なこ

とでもためらわずにやる決意でのぞむことだ、そうすれば二度と同じ過ちを繰り返さなくても済むだろう、民衆に甘い汁を吸わせるのはいいが、その時は段階的にやることだ。革命を一気に成し遂げることは可能だが、明日になれば人々はもっと、もっと、もっとと止めどなく要求してくるだろう。すべてを成し遂げ、すべてを与えたら、次に差し出してやれるものがなくなってしまうだろう。そうなれば、われわれ一人ひとりが犠牲になるしかないだろう。英雄的な行為の結果を見届けられないのであれば、何のために命を賭けてきたのかわからなくなる。つねに自分たちの取り分も残しておかなければ。われわれは人間であって、殉教者ではないんだ。権力を手にしているかぎりは、何をしても許されるが、権力を失えば、相手に好き放題にされる。自分たちは運がいいということを心にとどめておくことだ。われわれは若いが、武装革命で勝利を収めたという輝かしい名声がある。戦ったのは何のためだ？　餓死するためか？　必要な時、力を使っても正当化される。権力は共有できないのだ。

明日？　それまでにわれわれは死んでいますよ、クルス議員、後に続く人たちがやっていけるようにどうか力を貸してください、

主ヨワタシハイタラヌモノ《ドミネ・ノン・スム・ディグヌス》デス、主ヨワタシハイタラヌモノ《ドミネ・ノン・スム・ディグヌス》デス、主ヨワタシハイタラ《ドミネ・ノン・スム・》ヌモノ《ディグヌス》デス、そうだ、この世には悲しみに暮れて神と話すことのできる人間がいる、自らが犯した罪ゆえに人の罪を許すことのできる人間がいる、ある神父は僧侶になる資格があ

る、なぜならその神父がほかの人たちの罪を贖《あがな》えるのは、自らが人間的に恥ずべき行いをしたがゆえに贖罪を実行できるからである。主ヨワタシハイタラヌモノデス《ドミネ・ノン・スム・ディグヌス》、お前は自分の罪を認めないだろう、あのモラルはお前の考え出したものではなく、すでにあったものだから、その責任をとる必要はないだろう、できればそうしたいと思った

できれば

できれば

できれば

セバスティアン先生と過ごしたあの日々は幸せだったが、お前は先生のことを思い出そうとしないだろう。先生の膝の上に坐って基本的なことを教わったあの日々は、断わりもなく勝手に作成されたあの戒律の奴隷として生きるのではなく、自由な人間になるためにそこから旅立つように示唆している。それにしても、ゆくゆく生計を立てていけるようにと仕事の手ほどきを受けたあれらの日々は幸せとしか言いようがなかった。あの頃は鍛冶場でハンマーをふるっていた、セバスティアン先生は疲れてもどってくると、たったひとりの生徒であるお前のために、お前がこれからの人生をうまく生き抜き、自分自身の行動規範を作り出すことができるようにすぐ授業をはじめたものだった、お前は反逆児、自由人、たったひとりの新しい人間になった、そのことをお前は思い出そうとしないだろう、先生に言われてお前は革命に身を投じた、その思い出は今もわしの心の中に残っているが、

お前にまでは届かないだろう、
お前は押しつけられた対立する二つの規範を前にして態度を決めかねているだろう、
お前に罪はない、
自分に罪はないと思うだろう、
お前はあの夜、選び取らなかった。

一九二七年十一月二十三日

彼は緑色の目で窓のほうを眺めた。もうひとりの男が何か欲しいものはないかと尋ねると、目をしばたたいたが、緑色の目は窓を見つめていた。それまで落ち着きはらっていた男が急にガンベルトから拳銃を抜き出して、テーブルの上に乱暴に投げ出したので、グラスや瓶のぶつかる音が聞こえた。彼は手を伸ばした。男が荒っぽい動作で銃を抜き出し、テーブルの上に投げ出したので青いグラスや白い瓶が音を立てたが、その音を聞いたとたんに胃の上のほうがキュッと痛くなった。こういう感じを何と言ったかなと考えていると、もうひとりの男がにやっと笑い、同時に車が狭い路地を矢のように走り抜けた。その車からあざけりと罵声が飛んできた。車のヘッドライトが男の丸い頭部を照らし出した。男はレボルバーの弾倉を回転させて、中には弾が二発しか入っていないと言った。もう一度弾倉を回転させると、銃口をこめかみに押し当てた。彼はそちらを見ないようにしたが、狭い部屋には目を引くようなものが何もなかった。藍色に塗った壁は剝出しで、床には同じ大きさの火山岩が敷きつめてあるだけで、あとはテーブルと椅子が二脚、それに男が二人いるだけだった。もうひとりの男は、彼が緑色の目で部屋を見まわしたあと、自分の手、レボルバー、こめかみに視線を向けるのを待っていた。笑みを浮かべている男の額には玉のような汗が浮かんでいたが、それは彼も同じだった。部屋の中は静まり返っていた。彼はベストの右ポケットに入っている時計の音を聞こうと耳を澄ましたが、その音よりも心臓の鼓動のほうが大きく、耳の中ではすでに銃声が響き渡っていたので気にならなかった。けれども、部屋の静寂がそのほかの物音やひょっとすると響き渡るかもしれない銃声——まだ鳴り響いていなかったが——を包み込んでいた。もうひとりの男は待っていた。彼がそちらを見た。男が引金を引くと、カチリという乾いた金属音が部屋の静寂の中に響いた。窓の外には月のない夜が広がっていた。男はこめかみに銃口を押し当てたまま笑みを浮かべ、やがて大きな声で笑いはじめたが、太ったその身体はまるでプリンのように内側から震えていた。外側でなく、内側からこみ上げてくる笑いの波がその身体を震わせていた。二人は数秒間じっと動かなかった。あの朝からしつこくつきまとっていた香煙の中に相手の男がいるように思われた。男はこみ上げてくる笑いに身体を震わせながら銃をテーブルの上に置くと、太くて短い黄ばんだ指を伸ばして彼のほうにゆっくり拳銃を押しやった。

その顔には戸惑ったような、それでいてほっとしたような表情が浮かんでいたが、おそらく涙をこらえていたのだろう。しかし、相手の心の中まで読み取る気にはなれなかった。まだ遠い記憶というほどではなかったが、こめかみに銃口を押し当てた脂肪太りした男のことを思い返すと、胃が痛くなった。相手の男の恐怖、とりわけどうにかこらえていた恐怖を思うと、腸がよじれるようで口を開くことができなかった。この部屋で太った男の死体が発見されて、裁判沙汰になれば万事休すだ。拳銃はいつも整理ダンスの引出しにしまってある。それは確認したはずだが、太った男がおそらくもうひとりの男の手から落ちたにちがいないハンカチでその銃の台尻を包み、短い指で自分のほうに押しやっていることにそれまで気がつかなかった。もし……ハンカチがなかったとしても、これで自殺だということは一目瞭然だった。いったい誰にとってだ？　警察署長が敵に当たる人物を前にして、ほかに誰もいない部屋で死ぬ、するといったい誰が誰を始末したことになるのだろう。もう一方の男がベルトを弛め、グラスの酒を一気に飲み干した。汗が腋の下を濡らし、首筋を伝って流れ落ちていた。先を切り落としたように短い指がしつこく銃を彼のほうに押しやっていた。何を言い出すんだろう？　自分たちのほうですべて調べ上げていたのだ。この男は弱音を吐かないというが、本当だろうか？　彼が自分について何を調べたのか尋ねると、もうひとりのほうが、言うことはありませんよ、あなたは見事合格です、命がけでやらなければならないことがあっても、あんたはけっしてひるまない、厄介ごとに直面しても迷いに迷って堂々巡りすることはない、そういうことがわかったんですよ。ここまで言って理解していただけなければ、仕方ありませんな。つまり――ともうひとりの男が言った――、われわれの側につくのが身のためだということです、それともそちら側の誰かが命を張ってでもあなたをこちらにつかせまいとするんですか。彼は自分のタバコに火をつけると、もうひとりの男のコーヒー色の顔に火のついたマッチを近づけたが、男はそれをフッと吹き消した。それを見て、どうやら逃げられそうもないなと覚悟した。彼は拳銃を取り上げると、グラスの縁にタバコを載せたが、今にも中に落ちそうだった。灰がテキーラのグラスの中に落ちて底に沈んだが、気づかなかった。彼はこめかみに銃口を押し当てた。冷たい感触が伝わってくるだろうと思っていたのだが、何も感じなかった。その時にふと、ああ、おれは三十八歳になったんだなと思ったが、目の前にいる太った男はもちろん、彼自身にもほかの誰にも関わりのないことだった。

その朝、彼は寝室に取り付けてある長円形の大きな鏡の前で服を着た時に、香の匂いがしたが、無視した。栗の木が植わっている中庭から、十一月の乾ききったさわやかな大地の匂いが漂ってきた。鏡には逞しい腕の、がっしりした身体つきの男が映っていた。腹には脂肪がついておらず、黒い毛の生えているへそのまわりには腹筋が盛り上がって見えた。手で頬と潰れた鼻を撫でた時に、またしても香の匂いがした。タンスから清潔なシャツを取り出したが、拳銃がなくなっていることに気がつかなかった。服を着終えると、寝室のドアを開いた。『おい、時間がない、もう時間がないんだ。聞こえんのか、おい、時間がないんだ！』

庭には馬蹄形に並んだ低木やアヤメ、バラ、灌木が植わり、垣根がまわりを囲んでいた。家は細い柱と石膏の帯状装飾を施したポーチのある、フローレンス風の平屋造りで、まわりをグリーンベルトが取り囲み、外壁はピンク色のペンキが塗られていた。今朝方歩きまわった部屋には淡い光が射し込み、金色の燭台や大理石の彫像、ビロードのカーテン、錦織の布を張った背の高い肘掛け椅子、飾り棚、二人掛けの椅子の金の縁取りなどをぼんやり照らしていた。彼はサロンの奥にあるサイド・ドアの前で足を止め、ブロンズのノブに手をかけたが、ドアを開いて下におりる気がしなかった。

『以前ここに住んでおられた方がフランスへ引っ越されることになったものですから、その方に安く譲っていただいたんですの。ですけど、手直しするのに思いのほか費用がかかりましてね。その時に、どこをどう直せばいいかわかっていますから、万事私にまかせてくださいって、主人に申しましたの……』

太った男は身体の中に空気が詰まってでもいるように身軽に椅子から飛び上がると、拳銃を握っている彼の手を払った。時間は遅かったし、近くに誰もいなかったので銃声を聞いた者はいなかった。おそらく銃声は聞こえなかったはずだ。銃弾が青い壁にめり込んでいた。署長は笑みを浮かべながら、物騒なお遊びはもうこれくらいにしておきましょうと言った。これですべてが片づくかもしれないというのに、どうして止めるんだ？　何もかも一瞬のうちに片づいたかもしれんのに、と彼は考えた。そろそろすべてにけりをつけてもいい頃だ、それにしてもどうしておれは平穏無事な生活が送れないんだろうな？

「どうしてやらせてくれなかった？」

「そのあっさり片をつけられては困るんです。すべてはあなたにかかっているんですよ」

「ここはどこなんだ？」

彼は自分で来たのではなく、連れて来られたのだ。市の中心にいることは間違いないが、車を運転していた男が何度も左右にハンドルを切ったので、スペイン人が作った整然とした町が一度迷い込んだら出られない迷路に変わってしまったのだ。不可解といえば、何もかもが太った男の短くて脆《もろ》い指のように不可解に思われた。男は笑いながら彼の手から銃を取り上げると、ふたたび椅子に腰をおろした。ぶくぶく太り、汗ばんでいるその身体の中で目だけがきらきら光っていた。

「こうなるともうやくざ者と変わりませんな。もし友人を選ばれることがあったら、肝の据わったやくざ者になさることです。あの手の人間はぜったいに人を裏切ったりしませんからね。さあ、一杯やりましょう」

二人は乾杯したが、その時に太った男が、世の中には二種類の人間しかおりません、肝の据わったやくざ者か腰抜けの卑怯者のどちらかです、そしてわれわれはそのどちらかを選んで友人にしなければならんわけです、と説明した。男はさらに続けてこう言った。国会議員のあなたがいい友人を選べなかったというのは何としてもお気の毒ですな。われわれはやくざ者ですが、真正直で人を裏切ったりはしません、友人を選ぶ時はよく気をつけられることです。それにしても、あなたのように肝の据わった方も珍しいですな。たいていの人間はここで寝返っておけばあとは枕を高くして寝られるとわかると、とたんに強気になって何のかのとうるさく難癖をつけるんですがね。ひょっとすると、寝返るのは今回がはじめてではないですか？　この十五年間いったいどこで暮らしてこられたんです？　蛇のようにシュウシュウ不気味な息を出してしゃべる太った男の野太い声を聞いているうちに眠くなってきた。男がしゃべると、アルコールとハバナ葉巻のせいでてかてか光っているたるんだ喉の肉が収縮した。「いかがです？」

男は彼の顔を穴のあくほどじっと見つめた。彼は無意識のうちにベルトのバックルをいじりまわしていたが、その銀の薄板を撫でまわしているうちに拳銃の冷たい、もしくは熱い感触を思い出して慌てて手を離した。

「友情の証しとしてお教えするんですが、明日聖職者たちが銃殺刑に処されることになっています、あなたは口の固い方だから、まさか人に洩らしたりはなさらんでしょうが……」

二人は椅子を後ろに押しやった。太った男は窓のほうに歩み寄ると、窓ガラスを拳で強く叩いた。男はドアのところまで行くと、彼が悪臭の立ちこめる真っ黒な煙突のような階段を下りてゆくのを見送った。彼はごみ箱をひっくり返したが、とたんに腐ったオレンジや濡れた新聞紙の臭いがあたりに広がった。戸口に立っていた男は指を白い帽子のところまで上げると、九月十六日大通り《アベニーダ・デ・ディエスィセイス・デ・セプティエンブレ》はあちらだというように指し示した。

「お前はどう思う？」

「この際向こうについたほうがいいんじゃないのかな」

「おれは断わる」

「お前は？」

「みんなの意見を聞いてからだ」

「われわれの話をほかに誰も聞いてないだろうな？」

「ラ・サトゥルノは口の固い女だから、この店から洩れる気遣いはない……」

「ほかから洩れなくても、おれが洩らすよ……」

「おれたちがここまで来られたのも、もとはと言えば統領のおかげだから、最後までついて行こうじゃないか」

「しかし、あの統領はもう頼りにならないぞ。新しい統領はしたたかで、みんなの動きを封じ込んでいるからな」

「で、お前はどうするつもりだ？」

「おれはご機嫌うかがいにゆくよ」

「それくらいならいっそ耳を切り落とされたほうがましだな。みんな、いったいどういうつもりなんだ？」

「何だって？」

「いくらでも手はあるさ」

「しかし、さし当たってこれという決め手はないだろう？」

「そう言えばそうだな……」

「いや、おれはまだ何も言っちゃいないぞ」

「イエスともノーともとれるいいかげんなことを言ってるじゃないか……」

「おれははっきり態度を決めるさ。相手が前の統領だろうが今度の統領だろうが、自分の考えをはっきりのべるつもりだ……」

「将軍、もう起きてください、そろそろ夜が明けますよ」

「で、意見はまとまったのか？」

「それがその……まあ一応は。めいめい自分の進むべき道はわかっていますから」

「ふむ……そうか？」

「私なら包み隠さず言っちまいますよ」

「われわれの統領は進退窮して動きがとれなくなっている、お前はそう考えているのか？」

「そんな気がします……」

「何だと？」

「いえ、ただそんな気がするだけなんです」

「最後にお前だが、どう考えている？」

「私もやはりそんな気がしますね……」

「いよいよという時が来ても、今日こうして会合を持ったことだけは口が裂けても言うんじゃないぞ、いいな」

「何も覚えていませんよ」

「妙に勘ぐられてはいかんと思って言ったんだ」

「勘ぐりだなんて、ほんとにいやね」

「うるさい！　酒でも持ってこい」

「勘ぐりなんて、豚にでも食わせてやればいいんですよ」

「すると、みんなの意見はひとつにまとまっていないわけだな」

「いや、まとまっています。ただ、臆病風に吹かれた小心者もいます……」

「……要するに今までどおりいい思いをしたいと考えている者もいるわけだ……」

「おっしゃるとおりです」

「ヒメネス将軍、何かお召し上がりになりますか?」

「人それぞれに思うところがあるからな」

「たしかにそうです、うっかり口をすべらせて……」

「兄弟、お前は何を考えているんだ? ここにいるのはみんな兄弟じゃないのか?」

「自分も訊かれたら、はい、そうしますって答えますよ。でも、やはり人の子ですからね、自分を生んでくれた母親のことも考えますよ。すると、どうしても勘ぐりが出てくるんです……」

「ラ・サトゥルノの言うように、汚らわしい勘ぐりというやつが……」

「ほんとに勘ぐりっていやなものね、ガビラン大佐」

「そしてまたあれこれ考えはじめるわけだ」

「だから、向こうに行ってそれぞれ自分の考えをのべればいいんですよ」

「それはそうだが、やはり命が惜しいからな」

「節操、節操というものがあることを忘れてはいかんよ、国会議員」

「節操ね、しかし今はそんなもの、こだわっている場合じゃありませんよ、将軍」

「すると、何かね……」

「ここでは話し合いも何もなかったんだな」

「ええ、そうです、何もありませんよ」

「われわれの統領が失脚させられたというのは本当か？」

「統領といっても、以前の統領と現在の統領の二人いますが」

「もちろん以前のに決まっておる……」

シカゴ、シカゴ、ザット・トドリン・タウン。ラ・サトゥルノは蓄音機の針を上にあげると、手を叩いてこう言った。『さあ、さあ、みんな、こちらへいらっしゃい……』彼は平たい麦わら帽をかぶると、笑いながらカーテンを開いた。部屋の薄汚れた鏡に店の女の子たちが映っていたので、そちらをちらっと見た。ミニスカートをはき、アイシャドウをつけた女たちは浅黒い肌にこってり厚化粧をし、頰や胸、口の横につけぼくろを描き、足には繻子とエナメルの靴を履いていた。彼女たちと同じようにおしろいをはたいて厚化粧したセルベーロが手を伸ばして言った。

「私も何かいただけないかしら？」

彼は娼家の前の小さな庭で足を止め、右手で腹をさすり、ビロードのような泥の溜まっている泉水から飛んでくる冷たく快い飛沫《しぶき》を浴びながら、どうやらうまく行きそうだなと考えた。今頃、ヒメネス将軍は青い眼鏡をはずして、結膜炎にかかってかさかさに乾いた瞼をこすり、髭についた皮膚の薄片を払い落としていることだろう。疲れているうえにふだんから自分で軍靴を脱いだことがないから、おそらく人に頼んで脱がせてもらっているにちがいない。女の子が軍靴を脱がそうとして身体をかがめると、将軍はすかさずスカートをまくり上げる。薄紫色の絹のパンティをはいた色の浅黒い丸々したお尻がまる見えになり、みんなはどっと笑い転げるだろう。中には女の子の尻よりも、いつも眼鏡の陰に隠れて見えない将軍の目が、ふやけたカキのように大きく見開かれているのを珍しそうに眺めている者もいるだろう。友人であり兄弟でもある戦友たちはひとり残らず腕を伸ばして、ラ・サトゥルノの店に住み込みで働いている女の子たちに上着を脱がせてもらうだろう。鷲と蛇の紋章の入ったボタンと金の階級章のついたチュニックを着ている軍人は、軍服の下に何か隠しもっていることがある。女の子たちはそれをひと目みたいと思って、チュニックを着た軍人のまわりに蜜蜂のように群がるだろう。彼はようやく繭《まゆ》から抜け出したばかりでまだ身体が濡れているような若い女の子たちが、大声を上げてきゃあきゃあ騒いでいるのを眺めた。女の子たちはおしろいとパフを持った色の浅黒い手を高く上げて、友達の頭におしろいを塗りたくっていた。一方、コニャックの染みのついたシャツを着た兄弟、戦友たちは、手は乾いていたが、こめかみが濡れたままで両足を大きく広げてベッドに寝そべっていた。チャールストンの曲が聞こえてくる部屋の中で、女の子たちは彼らの服をゆっくり脱がせ、肌がのぞくとそこにキスするが、彼らが指を伸ばして悪戯をするとキャッキャ声を上げて逃げた。彼は嘘をつくと出来ると言われる爪の白い斑点と親指の爪の根元の半月形を見つめた。その時、犬がそばで吠えた。上着の襟を立てて家に向かいながらできれば売春宿に戻って、おしろいの匂いのする彼女たちの腕に抱かれて眠りたかった。

このままでは口の中に残った酸味のする味のせいで神経が立って眠れそうになかった。目の前には灰色の低い家並みが続き、陶器やガラス製の植木鉢の並んでいるバルコニーが見えた。大通りには干からび、埃まみれになったシュロの並木道が延々と続き、彼は見るともなくその並木道を見ていた。その時、どういうわけかトウガラシとフレンチ・ドレッシングの匂いがした。

彼は髯の伸びはじめた頰を撫で、使いにくいキーホルダーの中の鍵を探した。今頃の時間だと、彼女は下の階にいるにちがいない。絨緞を敷いた階段を音も立てずに上り下りしている彼女は、彼が帰ってきたのを見ていつもびっくりしたようにこう言うのだった。『ああ、あなたでしたの、びっくりしましたわ。まさかお帰りになるとは思っていなかったものですから。こんなに早くお帰りになるなんて思いもしませんでしたの、本当ですわ』早く帰ると、まるでこちらが悪いみたいに咎め立てするが、ひょっとして何か後ろめたいことでもしているのだろうか? こういうことは言葉にして言えるからまだいい。けれども、顔を合わせた時にお互いふと引き寄せられるものを感じながら、彼のほうから何かしようとするとぴしゃりと撥ねつけられたり、互いに反撥し合っているくせに妙に引き寄せられることがある。この二つの反応はけっきょく同じものなのだが、それがはじまる以前はもちろん終わったあとも言葉ではどうしても言い表わせなかった。いつだったか、暗い階段の手すりで彼女の指に偶然手が触れたことがあるが、あの時は向こうから手を握りしめてきた。自分は上るところだったが、もし妻が下りようとしているのなら、ぶつかっては危ないと思って明かりをつけた。しかしその時の妻の顔には手にこめられていたような感情が表われていなかった。彼女はすぐに明かりを消したが、彼にはそうしたやり方がひどくひねくれたものに思えた。あれはしかしあらかじめ考えていたことでも例外的な行動でもなかった。ふだんと変わりない行動だから、やはりひねくれたというのはおかしいだろう。絹とリンネルのシーツにくるまれた彼女の肉体はよく知っているが、あれをする時はけっして寝室の明かりをつけさせてくれないので、触覚を通してしか妻の肉体を知らなかった。明かりの下でそうした妻の顔を見たのははじめてだったが、べつに顔を隠したり、能面のような表情をつくろったりはしていなかった。その時のことを詳しく思い返してみようとは思わなかったが、それでももう一度あんなふうになればいいのだがと考えると、胃のあたりが自然に熱くなってきた。ふと、今朝方も似たような出来事があったのを思い出した。地下室に通じる階段の手すりで妻の手に触れたのだが、明かりのついていない階段にいた妻がこう言った。『何か探しものでもしているんですか?』そのあと彼女は抑揚のない声でこう続けた。『ああ、あなたでしたの、びっくりしましたわ。まさかお帰りになるとは思っていなかったものですから。こんなに早くお帰りになるなんて思いもしませんでしたの、本当ですわ』抑揚のないその声にはからかうような調子はこもってはいなかった。ほとんど肉化したといってもいい匂いが、言葉、歌うような調子の声をともなった匂いが彼の鼻をくすぐった。

酒倉の扉を開くと、もうもうと香煙が立ちこめていて、中にいる人の姿が見えなかった。酒倉に隠れていた聖職者は、僧衣の襞《ひだ》を膝の間に押し込み、両腕を振りまわして神聖な煙を散らそうとしていたが、彼女はそんな僧侶の腕をとった。僧侶は、奥様にこうしてかくまっていただいたというのに、もう何もかもおしまいです、と言って暗く絶望的な表情を浮かべてがっくりうなだれた。けれども一方で、自分は今、敬虔な態度で課せられた運命を受け入れようとしているのだと考えて心を慰めていた。しかし聖職者の潔《いさぎよ》い決意も、証人となるべき二人の男女が彼には目もくれず睨み合っていたので、自己満足で終わってしまった。司祭は、地下室に下りてきた男がこちらを向き、自分がここにいることをわかってくれるといいのだがと祈るような気持ちでじっと待っていた。上目づかいに様子をうかがうと、二人は彼のいるのも忘れてまだ睨み合っていた。彼女は神に遣わされたその聖職者をかくまい、守ってやろうとしていたが、聖職者のほうは不安のあまり胃がよじれ、舌と目が黄色くなってしまったように感じていた。司祭はいよいよ最後の時が来れば――さいわいまだその時は来ていなかった――、はたして恐怖を隠し通すことができるだろうか、今はまだ大丈夫だから、自分に与えられた運命を受け入れるべく、早く心を決めなければならないと考えた。しかし、目の前にいる二人の男女は僧侶のほうを見向きもしなかった。緑色の目の男は彼女に頼んでいた、彼女に向かってこのおれに頼むんだ、思いきって懇願するんだ、はいでもいいいえでもいい、とにかく何か言ってくれと語りかけていたが、彼女はそれに答えることができなかった。今となってはもう答えることができなかった。そんな二人を見て司祭は、先日彼女は答え返すか懇願するチャンスがあったはずなのに何もしなかった、そのために自分の人生、聖職者である自分の人生が犠牲になったのだろうと想像した。ロウソクの光が彼女の透き通るように白く、煌めく肌を照らしていたが、壁にはその白い肌の顔やうなじ、腕が黒い影となって映し出されていた。彼は彼女のほうから頼んでくるのを待っていた。彼女の喉のあたりが動いたが、何か言いかけたのだろう。それを見て、彼は口づけしてやりたいと思った。司祭はほっと溜息を洩らした。奥様はおそらく懇願なさらないだろう。とすれば、目の前に緑色の目の男がいる以上、諦めるしかない。明日まで待ってはもらえまい、もうだめだ。明日になれば、自分の名は忘れられてしまい、これは臓物だと言われるだろうが、臓物になれば神の言葉は理解できまい。

彼は昼まで眠った。目が覚めると、通りから手回しオルガンの音が聞こえてきた、何という曲か思い出してみようとは思わなかった。昨夜の静けさ——というか夜と静寂の記憶——が蘇ってきて、もう一度うとうとまどろんだ。音のしない記憶の中に沈みこんでしまうまでの間、半開きになった窓から、ゆるやかでもの悲しい調べの手回しオルガンの音楽が聞こえてきた。その時、突然電話のベルが鳴ったので、彼は飛び起きて受話器を取り上げた。受話器の向こうから、あの肥満した男の押し殺したような笑い声が聞こえてきた。

「もしもし」

「あの男の身柄は現在署のほうで預かっております、国会議員」

「ほんとうかね？」

「大統領閣下もそのことはご存じです」

「それで……」

「よろしければ、こちらまでご足労願いたいのですが。顔を出していただくだけでけっこうですので」

「何時頃がいいかね？」

「そうですね、二時頃はいかがです」

「わかった、じゃあ、その頃にうかがうよ」

彼女は隣の寝室のドアにぴったり身体を寄せて耳を澄ましていたが、そのままの姿勢で泣き出した。そのあと話し声が聞こえなくなったので、涙を拭うと鏡の前に坐った。

彼は売り子から新聞を買うと、車を運転しながら目を通そうとしたが、立候補したもうひとりの統領の命を狙った犯人が銃殺刑に処されるという見出ししか目に入らなかった。前の統領は全盛時代にビリャ〔フランシスコ、一八七七～一九二三。貧農出身の革命家。メキシコ革命の指導者のひとりとして知られるが、二三年に暗殺された〕を倒すべく戦い、大統領官邸にいる彼の前では誰もが忠誠を誓ったものだったなと考えた。新聞に目をやると、両腕を広げて銃弾を浴びているプロ神父の写真が出ていた。彼の車のそばを白いルーフの新車が走り抜け、近くをショート・スカートにクローシュ帽子をかぶったり、バルーン・パンツをはいた若者たちが闊歩し、カエルの装飾のある噴水のまわりには靴みがきが地面に腰をおろして客を待っていた。しかし、彼がそのガラスのような目でじっと見つめていたのは、町ではなく、言葉だった。彼はその言葉を味わい、歩道から送ってくる素早い視線のうちにそれを読み取っていた。さまざまなポーズ、ウインク、さりげないジェスチャー、すくめた肩、淫《みだ》りがわしい格好に組み合わせた指のうちにその言葉を読み取っていた。ハンドルを握りながら、自分でも不安をおぼえるほど身体に生気が漲《みなぎ》ってくるのを感じた。道行く人の顔やジェスチャー、卑猥な形の指を見ているだけで、酒に酔ったように頭がくらくらした。今日のうちに一発かましておくことだ、明日になれば今日やられた連中がきっとやり返してくるに決まっている。フロントガラスに陽射しがまぶしく照り返していたので、彼は手で目庇《まびさし》を作った。表舞台に登場してきた新しい統領が落ち目の統領に取って代わろうとしている、そのクソッタレの新統領にうまく取り入ることができた、今回も抜け目なく立ちまわれたと考えて、ひとりほくそ笑んだ。車はアーケードの下に屋台が立ち並んでいる広々としたソカロに入ったが、ちょうどその時大聖堂の青銅の鐘が二時を打った。モネーダ街にある入口で、守衛に国会議員の身分証明書を示した。冬のメキシコ高原特有の澄みきった大気が、宗教的な雰囲気をたたえた古いメキシコ市の町並みをくっきりと浮かび上がらせていた。試験期間にあたっていたので、学生たちのグループがアルゼンチン街とグアテマラ街を通ってぞろぞろ歩いてくるのが見えた。彼は中庭に車を入れると、エレベーターに乗った。シャンデリアに照らされた紫檀《したん》の客間を抜けて、控えの間の椅子に腰をおろした。まわりで聞こえる低い声がだんだん大きくなっていった。

「ダイトウリョウカッカ」

「デートーリョーカッカ」

「ドートーリョーカーカー」

「クルス議員ですか？　こちらへどうぞ」

太った男が腕を広げて彼を迎えた。二人は抱擁し、背と脇のあたりを叩き合い、お尻を撫でた。例によって太った男が身体の内からあふれ出すような笑い方でくすくす笑いはじめたかと思うと、人差し指をこめかみに押し当てて拳銃を射つまねをし、そのあとまた声を立てずに腹をゆするようにして笑った。軍服を着ていたその男はやっとのことでカラーのボタンを留めると、新聞はもう読まれましたかと尋ねた。ああ、だいたいの事情はわかったが、そんなことよりも今日は大統領に拝謁して忠誠を誓い、どこまでも閣下に付き従うつもりですともう一度申し上げたいんだが、と彼は言った。太った男が、何か依頼されたいことはありませんか、と尋ねたので、それならひとつお願いしたいことがある、じつは市の郊外に公有地があるんだが、今のところまったく価値のない空地になっている、いずれそこが分譲されることになると思うが、その時はよろしく、と言った。わかりました、その件は何とかいたしましょう。なにしろわれわれは仲間、いや兄弟ですからね、あなたは一九一三年以来ずっと第一線で戦ってこられたんですから、政権交代のあおりを受けて生活の基盤が揺らぐようなことがあっては大変です。そう言うと、男は友情の証しだとでもいうように彼の腕を撫で、ふたたび背中と脇のあたりをぽんぽん叩いた。その時、金色のノブのついたドアが開いて、奥の部屋からヒメネス将軍とガビラン大佐を先頭に昨夜ラ・サトゥルノの店に集まっていた友人たちがぞろぞろ出てきた。彼らは一様にうなだれ、そばを通る時も彼のほうを見ようともしなかった。太った男はふたたび声を立てて笑うと、結束の時だというので、古くからの友人たちが大勢大統領閣下に忠誠を誓いに来られていますよと言うと、片方の腕を伸ばして部屋に入るよう合図した。

執務室の奥に緑色の明かりがついていて、そのそばに落ちくぼんだ眼窩の底から獲物を狙う虎のようにじっと自分を見つめている目が見えた。彼は頭を下げてこう言った。「私心を棄ててお仕えする所存でおりますので、どうか何なりとお申しつけください、大統領閣下……」

古くなった終油が目、鼻、唇、冷えきった足、青黒くなった手、恥部の近くの太腿に塗りつけられる。その匂いで息がつまりそうになり、わしは窓を開けてくれと頼む。鼻腔からうつろな息を洩らしながら、わしは人のなすがままになっている。胃の上で腕を組むと、リンネルのシーツの快い感触が伝わってくる。ああ、いい気持ちだ。カタリーナ、司祭、テレーサ、ヘラルド、あいつらには何もわかっておらんのだ。

「そっとしておいてくれ……」

「医者は何も知らないのよ。あの人のことなら私のほうがよく知ってるわ。また人をからかおうとしているだけよ」

「静かになさい」

「テレシータ、自分の父親……いや、母親に逆らったりしてはいけません……。わかっているでしょうけど……」

「悪いのはあの人だけじゃない。ママにも責任はあるのよ。ママは気が弱くて臆病すぎるし……あの人は……あの人は……」

「もう沢山」

「こんにちは」

「あら、あなたなの、こちらへどうぞ」

「もう沢山！」

「どうか話をお続けになってください」

わしは何を考えていたんだろう？　何を思い出していたんだったかな？

「……どうしてヘラルドを働かせなきゃいけないの？　あれじゃまるで物乞いじゃない……」

カタリーナ、司祭、テレーサ、ヘラルド、あいつらは何もわかっておらん。わしが死ねば、あいつらは大袈裟に泣き叫び、追悼文が新聞に載るだろうが、そんなことはどうでもいい。わしの唯一の喜びは、ものを所有し、それを五感で愛《め》で楽しむことなのだ。そこまで正直に言いきれる人間がはたして何人いるだろう？　わしはそういうものを求めているのだ。いま撫でているこのシーツのようなものを、目の前を通り過ぎてゆくすべてのものを味わいたいのだ。緑と黒の縞模様が入ったイタリア大理石の床、あのあたりの土地の夏を詰めこんだ酒瓶、ニスの剝げかかった額縁、太陽だかシャンデリアの光が一点に集まっている絵、そうしたものを目と触覚でゆっくり楽しむ。金の飾りがついた白い革のソファーに腰をおろし、コニャックの入ったグラスと葉巻を持ち、軽い絹のスモーキングを着、エナメルの部屋履きをはき、足もとには音を吸収する純毛のふかふかした絨緞が敷きつめてある。そういう場所にいてこそあたりの風景や他の人間の顔を所有できるのだ。そういう場所か、あるいは目の前に太平洋が広がっているテラスに腰をおろし、五感を快く緊張させて濡れた砂浜に寄せては返す銀の波を眺めるのだ。土地。金を生む土地。やがて建築用の鉄パイプが林立することになる市内の方形の土地。ダムに近い、地味のよく肥えた緑と黄の畑地、そこにトラクターの音が響き渡る。鉱道の中を黒っぽい木箱が上下する、垂直に掘られた鉱山。機械、めまぐるしい勢いで新聞紙を吐き出す輪転機のかぐわしい油の匂い。

『やあ、ドン・アルテミオ。お加減でも悪いんですか？』

『いや、暑さのせいだ。なにしろここは照り返しがきついからな。仕事のほうはどうだ？ すまんが窓を開けてくれんかね』

『はい、すぐに……』

ああ、街の騒音が聞こえる。一度にいろいろな物音が聞こえてくるので、何の音か聞き分けられんが、これが街の音なんだ。

『何かご用でしょうか。ドン・アルテミオ？』

『メーナ、きみも知ってのとおり、われわれは最後までバティスタ大統領〔フルヘンシオ、一九〇一～七三。キューバの独裁者。五九年のキューバ革命で亡命〕を支持してきたが、彼が国を追われた今となっては、もう意味のないことだ。トルヒーヨ将軍〔ラファエル、一八九一～一九六一。ドミニカ共和国の独裁者〕はまだ権力の座に就いてはいるが、今の情勢ではあの男を支持し続けるのもむずかしいだろう。そこできみがあの二人の代弁者になって……そんなことをしてもさして効果はないと思うが……』

『わかりました、その件は何とかしますので、ご安心ください、ドン・アルテミオ。おそらくぶうぶう騒ぎ立てるでしょうが……。その話で思い出したのですが、ベネファクトールの事業に触れた記事が出来上がっています……。これです……』

『ちょっと見せてくれ、ディアス。うむ、これはいい。さっそく社説に組み入れて、デッチあげの署名を入れて記事にしてくれ……。それじゃあ、失礼するよ、メーナ、いい知らせが届くのを待っている……』

きみからの知らせ。ニュース。いい知らせが届くのを待っている、か。血の気の失せたわしの唇に関するニュース、ああ、手を、手を一本くれ、もっと生きのいい手だ、そうすればわしの手、血の気のない唇も蘇るはずだ……。

「何もかもあなたが悪いのよ」

「気分はよくなったかい？　思いきってやればいいんだ。二人して馬で川を渡ろう。おれの生まれた土地、故郷に帰ろう」

「……どこなのか教えていただきたいんです……」

機嫌をとろうと、とうとうひざまずいて頼みに来おったか。聖職者がそれとなくほのめかしたんだな。あの二人が細かく震えながらわしの枕もとにやってくるということは、間もなくわしの身に何かが起こるということじゃろう。あの二人はわしの悪ふざけ、これまでさんざん楽しませてもらった悪ふざけの最後のものがどういうものか、自分たちで確かめようとしておるんだろう。わしは最終的な結果として決定的な屈辱を与えてやるつもりでいるが、残念ながらこの目で見届けられんだろう。しかし、今、ここで彼女たちの周章狼狽ぶりを楽しむことはできる。これがわしの勝利の最後のささやかな輝きかもしれんが……

「どこにあるか知りたいのかね？……」わざとやさしい声音でわしはつぶやく。「どこだったかな……少し考えさせてくれ……。テレーサ、あれはたぶん……。マホガニーの箱があるだろう……。葉巻をしまってあるやつだ……。あれは二重底になっていて……」

そう言い終わらないうちに二人はぱっと立ち上がると、馬蹄形の大きなテーブルのほうに駆け寄る。彼女たちは、眠れない夜など時々わしがあそこで何かを読んでいると思っているのだろうが、じつを言えばそうあってほしいと願っているだけのことだ。二人は引出しを無理やりこじ開け、書類を散らかしてとうとうマホガニーの箱を見つけ出す。そこだったかな、いや別の箱かもしれん。誰かがすでに持ち出したかもしれんな。二人は二重底になっている箱の底を慌てて指で引き出そうとしているにちがいない。中には何も入っておらん。最後に食事をしたのはいつだったかな？　小便はだいぶ前にしたが、食事は？　食べたものをもどしたのは覚えているが、食事のほうはいつだったかな？

『次官から電話が入っておりますが、ドン・アルテミオ……』

カーテンを引いたようだ。それとも夜になったのかな？　植物の中には夜の光がないと花の開かないものがある。夜の闇の訪れを待っているのだ。夕顔は黄昏時に花が咲く。夕顔か。あの小屋、川のそばのあの小屋にも夕顔が植わっていて、日が暮れると花が咲いたものだ。

『ありがとう、お嬢さん……。もしもし……ああ、アルテミオ・クルスだが。いや、いや、妥協の余地はない。向こうは政府を転覆させるつもりでいるんだ。あの連中に焚きつけられて組合は一丸になって公認の党から離脱しようとしておる。このままでは政府も危ないですぞ、次官……。さよう……。それしか道はないでしょうな。ストはなかったという声明を出して、連中を軍隊の手に委ねて思う存分痛めつけ、指導者たちを牢にぶち込むことです……。そうすれば、大事にはいたらんじゃろう……』

ミモザもそうだ。ミモザにも感情が備わっているのを今でも覚えている。あの花はきっと貞潔で感じやすく、清らかでぴちぴちした生命にあふれている、ミモザ……。

『……そう、そのとおりだ……はっきり言わせてもらうが、あなた方がそのような弱腰の対応しかできんのなら、仲間と相談して資本をすべて海外に移すが、それでもいいのかね？　このままだと安心できんからね。この二週間のうちに一億ドルもの金が国外に流出したら、どうなると思うね？……。どうなんだ？……。いや、そんなことはわかっておる。言うまでもない……』

とうとうすべてが終わった。これがすべてだ。本当にすべてだったのか？　思い出せん。しばらく前からわしはテープレコーダーの声を聞いていなかった。聞くふりをしていたが、じつを言うと好きな食べ物のことを考えていたのだ。長い間何も口にしておらんのだから、食べ物が頭に浮かぶのも無理はない。パディーリャがコンセントを抜いたな。わしはさきほどから目を閉じておるが、カタリーナ、テレーサ、ヘラルド、孫娘――いや、グローリアはさっきパディーリャの息子と部屋を出ていった。今頃あの二人は部屋に誰もいないのをいいことに仲良くしておるんじゃろう――、いずれにせよ、あの者たちが何を考え、どんなことを言っておるのかわしにはわからん。わしは目を閉じたままポークチョップや焼いたあばら肉、豚の丸焼き、中に詰めものをした七面鳥、大好きなスープ、デザートを思い浮かべる。そう言えばわしは、昔から大の甘党だった。この国の砂糖漬けのアーモンドとパイナップル、ココナッツ、甘みの強いヨーグルト、デザート、カスタードも忘れてはいかん、シロップの入ったサモーラ風のヨーグルト、砂糖漬けの果物、メキシコ鯛《ウワチナンゴ》、バス、シタビラメ、それにカキとカニが目に浮かぶ……

「二人して馬で川を渡り、砂州と海のあるベラクルスまで行ったな」エボシガイ、イカ、タコ、魚のマリネ、海のように苦い味のするビール、ビールが思い浮かぶ、それにユカタン半島の鹿、ある日、わしは老人になってしまったが、鏡に映るわしはまだ老人ではない、ひどい臭いのするチーズ、あれはうまいと考え、食べたくなる、そうしたことを考えていると気持ちが安らぐ、それにしても仕事の関係で暗示的で高圧的な、一分の狂いもない自分の発言を聞いているのは退屈だ、いつもうんざりしている、まるで食事をするためだけに何かを食べているようだ、わしは眠り、まぐわい、それ以外に何をするんだ？　何をする？　何をするんだ？　わしの金で飯を食い、眠り、まぐわおうとするのは誰だ？　パデイーリャ、お前だ、カタリーナ、お前だ、テレーサ、お前だ、そしてヘラルド、お前だ、それにお前、パキート・パディーリャ、確かそういう名前だったな？　お前はわしの部屋、あるいはこの部屋の薄暗い片隅でわしの孫娘の唇を吸っておるんじゃろう、お前はまだ若い、わしはここに住んでおらん、わしは年寄りだ、おかしな癖のあるじじいだ、年寄りなんだからおかしなところがあって当たり前じゃろう、何しろわしは自分を売ったんだからな、ほかの人間を売ることで自分を売ったのだ、あの夜は目端の利いた働きをした、そうだ思い出した、あの夜、あの言葉、あの女だ、どうしてわしに食べるものをくれんのだ？　向こうへ行け、ああ、痛む、向こうへ行け、自分の母親をいたぶる《チンガール》(註)がいい、

お前はその言葉を口にするだろう。それはお前の言葉だ、そしてお前の言葉はわしの言葉でもある。名誉の言葉、男の言葉、車輪の言葉、風車の言葉、呪咀、意図、挨拶、人生の計画、加入、記憶、絶望した人間の声、貧者の解放、権力者の命令、争いと労働に駆り立てる言葉、愛の碑銘、誕生の印、威嚇と嘲罵、誓言、祝祭と泥酔の仲間、勇気の剣、権力の玉座、狡猾さの牙、民族の紋章、境界の防御、歴史の要約、メキシコの合言葉、お前の言葉。

「おふくろを犯すがいい《チンゲ・ア・ス・マードレ》（あれはしようのない奴だ）」

「犯された女の子供《イッホ・デ・ラ・チンガーダ》(クソッ！ 畜生！ うまくいった！)」

「ここにいるのは肝っ玉のすわった奴ばかりだ《アキ・エスタモス・ロス・メーロス・チンゴーネス》(おれたちはみんなやり手だ！ この勝負はもらったぞ)」

「下品なこと《チンガデーラス》はよせ(無茶をするな。ばかなことはよせ。余計な口出しをするな)」

「ようし、おれがやってやる《メ・ロ・チンゴ》」

「よくも瞞《だま》したな、この悪党《チンガケディート》」

「やられてばかりでどうする《ノ・テ・デーヘス・デ・チンガール》」

「おれがあの女をやっちまったんだ《メ・チンゲー・ア・エサ・ビエッハ》」

「お前がやれ《チンガ・トゥ》」

「あんたがやってくれ《チンゲ・ウステ》」

「相手かまわず、やっちまえ《チンガ》」

「さあ、ぐずぐずせずやるんだ《ア・チンガール・セ・ア・ディチョ》」

「あいつから千ペソふんだくってやったよ《レ・チンゲー・ミル・ペソス》」

「死ぬまでとことんやるんだ《チンゲンセ・アウンケ・トゥルエネン》(死んでもいいから突撃だ)」

「おれはロクなことをしてないんだよな《チンガデリータス・ラス・ミーアス》(何をしてもおれはダメだ)」

「ボスにやられたんだ《メ・チンゴー・エル・ヘフェ》(怒られた。雷を落とされた)」

「おれの一日を台無しにしないでくれ《ノ・メ・チンゲス・エル・ディーア》(忙しいから、邪魔をしないでくれ)」

「最悪のところへ行く《バモス・ア・ラ・チンガーダ》(もううんざりだ。いいかげんにしてくれ)」

「凌辱された女があいつをひっさらっていった《セ・ロ・リエボー・ラ・チンガーダ》(ひどい目にあった。大ごとだったんだ)」

「どんなことがあってもおれはへこたれんぞ《メ・チンゴ・ペロ・ノ・メ・ラーホ》」

「寄ってたかってあのインディオをいたぶったんだ《チンガーロン》」

「スペイン人の移民がおれたちを食いものにしやがったんだ《チンガーロン》」

「今じゃアメ公に散々な目にあわされている《チンガン》ってわけだ」

「凌辱された女の子供たち《ヒホス・デ・ス・レチンガーダ》、くたばれ！　メキシコ万歳」


(註)「凌辱する、犯す」という意味のチンガールという動詞は、わずかな抑揚、調子の変化で意味が千変万化する魔術的な言葉であり、家庭の日常的なレヴェルではほとんど用いられず、男同士の酒の席とか、大きな祝祭の時にかぎって口にされる。オクタビオ・パスはこの単語について、「……意味は多様であっても、単なるいやがらせ、つっ突き、中傷から、暴行、ひき裂き、殺しに至るまでさまざまな段階において、攻撃の概念が究極の意味として常に見られることに変わりはない。(中略)このように多様な意味を持つチンガールという言葉は、我々の生活の大部分を定義づけ、それ以外の我々の友人や同胞との関係の質をきめる。メキシコ人にとって、人生はチンガールするか、またはチンガールされるかの可能性しかない。つまり、辱しめ、懲しめ、怒らせるか、それともその反対のいずれかである。社会生活を闘争と見なすこの考え方は、宿命的に強者と弱者からなる社会区分を産み出す」(『孤独の迷宮』高山智博・熊谷明子訳)とのべている。作者はこれに続くところで、チンガールおよびそれから派生した語を用いたさまざまな表現を列挙しているが、それを忠実に訳すことは不可能なので、一応逐語的な訳を入れ、カッコ内に一般的な意味を記しておいた。

ラ・チンガーダ(註)という言葉から生まれてくるのは悲しみ、夜明け、面倒、汚れ、グアバ、不眠、この単語から生まれてきた息子たち。犯された女の息子たち。犯された女から生まれ、犯された女の中で死に、犯すことによって生きている息子たち。犯された女の中に隠された子宮と経帷子《きょうかたびら》、彼女は立ち向かう、彼女はカードを配り、勝負をし、無口さと裏切りを擁護してやり、諍《いさか》いと勇敢さを見つけ出して、酒を飲ませ、叫び、屈し、ひとつひとつのベッドの中で生き、友情、憎しみそして権力の儀式を取り仕切る。われわれの単語。お前とおれ、その秘密の儀礼の、犯された女の組織のメンバー。お前はお前だ。なぜなら人を犯すことができて、しかも犯されないからだ。お前はお前だ。なぜなら人を犯せないうえに、犯されたからだ。われわれ全員を縛りつけている犯された女の鎖の輪。上の輪、下の輪、われわれの先を行く、また後に続く犯された女のすべての子供たちを結び合わせる鎖の輪。お前は上の輪から来る犯された女を継承し、その女をあとに続く世代に受け継がせるだろう。お前は犯された女の子供たちの中の息子であり、犯された女のさらに多くの息子の父親になるだろう、ひとつひとつの顔、ひとつひとつの標識、ひとつひとつの愚かしい行動の背後にあるわれわれの言葉、犯された女のペニス、犯された女の陰茎、犯された女の尻の穴。犯された女はお前に使い走りの仕事をさせる。犯された女はお前の百日咳の痰を切る。お前は犯された女を犯す、犯された女はお前をきれいに洗ってくれる、お前には母親がいないが、やがて犯された女を連れて行くだろう、犯された女とともにすべての母親になる女を手に入れ、彼女はお前の仲間、お前の配偶者、お前の兄弟、お前の妻、欠かすことのできない存在になる。かけがえのない伴侶になる女、お前は犯された女に出会って驚かされる。犯された女とともに頂点に達する。お前は犯された女とともにとんでもなく大きなオナラをする。犯された女とともにお前の身体に皺が寄り、犯された女とともに玉を前に突き出す。お前は犯された女とともに踏ん張る、お前は犯された女の乳房にしがみつく、

犯された女と一緒にお前はどこへ行く？

ああ、神秘よ、欺瞞よ、郷愁よ。お前は彼女と一緒に起源に戻ることになると思っている。どの起源に戻るのだ？　お前はそんなことをしない。嘘で塗り固めた黄金時代に、邪悪な起源に、野獣の唸り声に、クマの肉、洞窟、それに火打ち石を奪い合う戦いに、供犠と狂気に、起源の名もない恐怖に、捧げものになった呪物に、太陽の恐怖に、嵐の恐怖に、日月蝕の恐怖に、火の恐怖に、仮面の恐怖に、偶像の恐怖に、思春期の恐怖に、水の恐怖に、空腹の恐怖に、寄る辺なさの恐怖に、宇宙の恐怖に、そうしたものに戻りたいと考え

（註）現代のメキシコ人にとって、母国メキシコはスペイン人に征服されることによって誕生した。その意味で、メキシコとは〈凌辱された女《ラ・チンガーダ》〉にほかならず、その国民は〈凌辱された女の子供〉ということになる。と同時に、〈ラ・チンガーダ〉は、チンガールすることとチンガールされることも意味しており、以下ではその両方の意味でこの語が用いられている。

る者などひとりもいない。クソッタレ《チンガーダ》の拒否のピラミッド、戦慄の神殿《テオカリ》、ああ、神秘よ、欺瞞よ、蜃気楼よ。お前は彼女と一緒に前に向かって歩き、自らを確認することになると思う。それはどんな未来だ？　お前はそんなことをしない。呪詛、疑惑、挫折、憤り、憎悪、羨望、怨恨、軽蔑、不安、惨めさ、虐待、侮辱、威嚇、男性至上主義《マチスモ》の虚勢、お前のクソッタレの犯された女の腐敗、誰もそんな重荷を背負って歩こうとは思わないだろう。

道端に彼女を棄てるんだ。彼女自身のものでない武器で殺すんだ。われわれが一緒になって彼女を殺そう。われわれを引き離し、石に変え、偶像と十字架という二重の毒でわれわれを腐敗させるその言葉を殺そう。そんなものはわれわれの答えでもなければ、われわれの宿命でもない。

今度はその司祭がお前の唇、鼻、瞼、腕、脚、性器に終油を塗りながら、あの言語がわれわれの最後の返答、あるいは宿命にならないようにと祈る。犯された女《ラ・チンガーダ》、犯された女の子供たち、愛に毒を忍ばせ、友情を消し去り、やさしさを踏みにじる犯された女、ばらばらに分割する犯された女、二つに分ける犯された女、破壊する犯された女、毒を盛る犯された女。つまり蛇と金属に覆われた石の母親の性器、犯された女、ピラミッドにいる聖職者の、玉座にいる領主の、大聖堂にいる酔っぱらった大物聖職者のおくび、煙、スペインとメキシコ中央高原《アナワク》、煙、備蓄されている犯された女、犯された女の糞、犯された女の高原、犯された女の生け贄、犯された女の儀礼、奴隷としての犯された女、犯された女の寺院、犯された女の言語。お前は生き延びるために今日誰を犯すのだ？　明日は誰を犯すのだ？　お前は誰を犯し、誰を利用するのだ？　犯された女の子供たちはそうしたもの、つまりお前が自分の使用のため、快楽、支配、軽蔑、勝利、人生のための道具に変えてしまうのだ。犯された女の子供はお前が利用するだけだ。それでもないよりはましだ。

お前は疲れている

お前は彼女を倒さない

お前自身の祈りを聞いていない別のつぶやくような祈りを耳にする、われわれの答えにも宿命にもなりませんようにと願っている祈りを。犯された女から身を洗い清めるのだ

お前は疲れている

お前は彼女を倒さない

お前は生涯を通じて彼女を引きずってきた。物としての彼女を。

お前は、ほかの男を辱めることで洗い流した非道な行いから、

思い出すためにお前が必要とした忘却から、

果てしなく続く不正の連鎖から生まれた

犯された女の子供なのだ

お前は疲れている

私を疲れさせる、私を打ち負かす、その地獄へとともに降りて行こうと無理強いする、ほかのことも思い出そうとする、お前は今あること、かつてあったことでなく、やがてそうなるだろうことを無理に忘れさせる、そうではない。お前は犯された女と一緒になって

私を打ち負かす

お前は疲れている

休むがいい

自分の無垢を夢見るのだ

次のように言うのだ。自分はかつてやろうとしたし、この先もやろうと思っている。お前の行ったレイプはいつの日か同じ貨幣でお前に償いをつけさせて、お前に別の顔をもたらすだろう。老人になった時に感謝すべきだったことを、若者の時は蹂躙しようとするだろう。何かを悟ったその日に、その何かは終わるだろう。お前が目覚め――私がお前に打ち勝ち――鏡に映る自分を見たその日に、お前は何かをあとに残してきたことに思い当たるだろう。お前はそれを思い出すだろう。つまり、若さを失った最初の日とは、新しい時代の最初の日なのだ。そのことを心に留めるのだ、彫像のように心にしっかり留めるのだ、そうすればあらゆる角度からそれを眺められるだろう。カーテンを開けて、朝早い時間のそよ風を部屋に入れるのだ。その風でお前は満たされて、どこまでも追いかけてくるあの香の匂いを忘れさせてくれ、身を清めてくれるだろう。もう疑惑にさいなまれることはな

いだろう。もはや最初の疑惑の鋭い刃のもとに導かれることはないだろう。

一九四七年九月十一日

彼はカーテンを開いて澄みきった大気を吸い込んだ。朝まだきのそよ風がカーテンを揺らしながら部屋に吹き込んできた。彼は外の景色を眺めた。空気が冴え、毎日春の訪れを思わせるその時刻がいちばん気に入っていた。間もなく強い陽射しが照りつけるだろうが、朝の七時だとバルコニーの前の海岸は、人気《ひとけ》がなく静かな佇まいを見せている。つぶやくように打ち寄せる波、ちらほら見える海水浴客の声もさほど気にならず、ようやく顔をのぞかせた太陽や穏やかな海、ブラシをかけたように筋目の入っている砂浜をひとり心ゆくまで眺めることができた。彼はカーテンを大きく開いて、澄みきった大気を吸い込んだ。子供が三人、バケツを持ってヒトデや巻き貝、磨き上げたような木切れなど夜の海が運んできた宝物を拾い集めていた。海岸の近くで一艘の帆船が大きく揺れ、澄みわたった空からはこの上もなく淡い色のフィルターを通して光が地上に射していた。ホテルと海岸の間には広い並木道が通っていたが、車は一台も走っていなかった。

彼はカーテンを下ろすと、アラビア・タイルを張ったバスルームに向かった。短いものだが奇妙な夢を見たせいで腫れ上がっている顔を鏡に映してみた。ドアをそっと閉めた。

蛇口をひねり、洗面台の栓をしたあと、便器の蓋の上にパジャマの上着を投げた。新しい刃を抜き出すと、薄いロウ紙を剝がし、金色のカミソリにはめこんだ。それを湯にひたし、タオルを濡らして顔に押し当てた。湯気で鏡がくもったので手で拭い、鏡の上についている蛍光灯のスイッチを押した。アメリカの新製品で、そのまま顔につけて髭が剃れるシェービングクリームのチューブを押して、さわやかな純白のクリームを頰から顎、さらに首筋まで塗った。お湯の中からカミソリを取り出したが、ひどく熱かったので顔をしかめた。左手で頰のあたりの皮膚を伸ばすようにして上から下へゆっくりカミソリを使いはじめたが、剃りやすいように時々口もとをゆがめた。湯気のせいで身体が汗ばみ、腋の下を汗が流れるのが感じられた。丁寧に逆剃りしたあと、顎を撫でて剃り残したところがないかどうか確かめ、もう一度水道の蛇口をひねり、タオルを濡らすと顔を拭った。耳のあたりを拭いたあと、刺激性のローションを塗り、フーッと息をついた。刃を取り出して水で洗い、もう一度カミソリにはめこむと、革製のケースにしまった。洗面台の栓を抜き、石けんと剃った鬚のまじった灰色の水があっという間に排水口に吸い込まれてゆくのを眺めた。顔がいつもと変わりないかどうかを確かめるために鏡を見ることにしていた。もう一度湯気でくもった鏡を拭くと、——朝の早い時間にしなければならないこまごまとしたことが山ほどあったし、胃がむかついたり、なんとなく空腹をおぼえたり、眠っている間にいやなにおいが身体にまつわりついていたせいで——、毎日シャワーを浴び、浴室の鏡を見ているのに、うっかりして自分では気づかずにいたところがあると感じた。裏に水銀を塗った方形の鏡には、緑色の目、エネルギッシュな口もと、広い額、突き出した頬骨の、自分の本当の顔が映っていた。彼は口を開けて、白い斑点の見える舌を突き出し、そのあと歯が抜けている口の中をのぞき込んだ。小さな箱を開けて、水の入ったグラスの底に沈んでいる入れ歯を取り出した。それを手早く水ですすぐと、鏡に背を向けて口にはめこみ、緑がかった練り歯みがきを歯ブラシにつけて歯を磨いた。うがいをし、パジャマのズボンを脱ぐとシャワーの口金をひねった。掌《てのひら》で水温を確かめ、首筋からシャワーを浴びたが、湯の強さは一定しなかった。その間に、瘦せて肋骨の浮き出した身体に石けんを塗りつけた。腹筋は見る影もなく衰え、ほかの筋肉もどうにか張りを保ってはいるものの、力をこめていきんでいないとたちまちだらしなく垂れさがってしまう。ホテルの中や海岸を歩く時は、人目があるのでぶざまに見えないよう無理をして力をこめていた。彼はシャワーのほうに向き直ると、口金を締め、タオルで身体を拭いた。胸と腋のあたりにラヴェンダー水をつけるとふたたび満ち足りた気持ちになったので、縮れた髪の毛に櫛を入れた。クローゼットからブルーの水着と白のポロシャツを取り出し、紐のついたイタリア製のズックのビーチサンダルを履き、ゆっくり浴室のドアを開けた。

カーテンはまだ微風になぶられていて、陽射しもさほど強くなかったが、間もなく朝が終わるのかと思うと、気が滅入ってきた。九月の気候は変わりやすい。ダブルベッドに目をやると、背中を剝出しにしたリリアがしどけない格好で枕の上に腕をのせ、シーツの外に出ている膝を曲げて眠っていた。彼は若くてぴちぴちした肉体のそばに近づくと、朝の光を受けて金色に輝いている腕の生ぶ毛や涙の溜まっている目尻、唇の上の汗、唇、わら色の腋の下などを眺めた。そのあと身体をかがめて、暖かい肉体から立ちのぼってくる体臭を嗅いだが、心をそそるような姿で眠っている陽に焼けた彼女は、愛くるしい野獣を思わせた。腕を伸ばして彼女の身体を仰向けにし、真正面から見たいという誘惑に駆られたが、彼女が急に半ば開いた口を閉じ、そのあとフーッと溜息を洩らしたので、彼は何もせず朝食をとるために下におりた。

コーヒーを飲んだあと、ナプキンで口を拭い、まわりを見まわした。その時間はいつもそうだが、女中に連れられて朝食をとりに来ている子供たちでごった返していた。濡れた髪の毛がぺったり貼りついていたところを見ると、朝食の前に海に入ったにちがいない。濡れた海水着をつけた子供たちは、空想の力で時間を長くも短くも自在に変えられる世界、すなわち時間の存在しない海岸へ行きたくてうずうずしていた。そこへ行けば、作りかけのお城や城壁があり、大騒ぎしながら砂に埋めてもらうことができる。水の中で跳ねまわったり、取っ組み合いをしたり、太陽の下で時間を忘れて寝そべったり、あるいは手で摑むことのできない水の中できゃあきゃあ騒ぐこともできるのだ。幼い子供たちが広々と開けた場所で、ありもしない墓場や砂の宮殿といった隠れ家を探しまわっているのかと思うと、彼は妙な気持ちに襲われた。子供たちが出てゆくのと入れちがいに、大人の宿泊客がレストランに入ってきた。

彼はタバコに火をつけた。ここ二、三カ月は、朝起きて最初の一服をつけると決まったように軽い目まいをおぼえるようになった。外に目をやると、ダイニングルームの向こうに開けた外洋に向かって突き出している、泡立つ海岸線が半月形に大きく蛇行しながら湾の奥まで入り込んでいるのが見えた。湾内にはいく艘もの帆船が浮かび、にぎやかな喚声が聞こえてきた。知り合いの夫婦が近くを通りかかって、目顔で挨拶したので彼も頭を下げると、タバコを吸った。

ダイニングルームの中が騒がしくなりはじめた。ナイフやフォークが皿にぶつかる音、スプーンでコーヒーを掻きまぜる音、瓶の栓を抜いて中のミネラルウォーターがシューッと吹きこぼれる音、椅子の軋む音、カップルや旅行客の話し声が耳につきはじめた。一方、海岸に打ち寄せる波の音も、そうしたざわめきに負けまいとだんだん強くなりはじめた。彼のテーブルから、アカプルコの新しい顔とも言える近代的なホテルや遊歩道が見えたが、それらは戦争のせいでワイキキやポルトフィノ、あるいはビアリッツへ行けなくなったアメリカ人の観光客を迎え入れるために大急ぎで建設されたものだった。おかげで、不潔でぬかるんだ土の上を漁師が歩きまわっている樹の茂った裏庭や、お腹がぽこんと突き出た子供たちが暮らしている小屋、疥癬《かいせん》にかかった犬、旋毛虫や細菌がうようよしている汚水の流れている排水溝が目につかなくなった。アカプルコの町はすっかり様変わりしていたが、望ましい町の体裁をとってはいなかった。町はヤヌス神のように二つの顔とまったく異なる二つの時間を持っていた。

彼は椅子に腰をかけてタバコを吸っていた。もう朝の十一時になっていたが、水着だと脚がしびれて我慢できなくなったので、こっそり膝のあたりをさすった。オレンジ色の頭飾りをつけた太陽が照りつけ、その熱が朝の冷気を吹き飛ばしているというのに、こんなふうに脚がしびれるのは身体の芯が冷えきっているせいだろう。その時リリアがレストランに入ってきたが、サングラスをかけていたので、その目は見えなかった。彼は立ち上がると、彼女に椅子を勧め、ボーイを呼んだ。知り合いの夫婦が何やらひそひそ囁き合っている声が聞こえてきた。リリアはパパイヤとコーヒーを頼んだ。

「よく眠れたかね？」

若い娘はうなずくと、ほほえみを浮かべて何も言わずにテーブルクロスの上の浅黒い男の手を撫でた。

「メキシコ市の新聞はまだ届いていないのかしら？」パパイヤを小さく切りながら彼女が尋ねた。「どうして新聞を読まないの？」

「あとで読む。十二時にヨットに乗ることになっているので、急がないと間に合わないよ」

「昼食はどうするの?」
「クラブでとろう」
男はフロントへ向かった。どうせ今日も昨日と同じで、面白くも何ともない退屈なやりとりをして一日が終わるのだろうが、夜になれば話は別だ。余計なおしゃべりなどしなくていい。それでいいのだ。心から相手を愛するわけでもなければ、その人となりに惹かれるわけでもなく暗黙のうちに契約を結んだだけのことだった。休暇を一緒に過ごす女の子が欲しくなったので、それを手に入れた、それだけのことだ。彼は新聞を買うと、部屋にもどってフランネルのズボンをはいた。

車に乗ると、リリアは新聞を夢中になって読み、映画評論を話題にした。彼女はブロンズ色に日焼けした脚を組み、片方のビーチサンダルを揺らしていた。彼は三本目のタバコに火をつけた。彼女が読んでいたのは、自分が編集長をしている新聞だったが、そのことは黙っていた。新しいビルの屋上に取り付けてある看板をぼんやり眺めたり、十五階建てのホテルやハンバーガーのレストランが建ち並ぶ町並みが切れて、ショベルカーで掘り崩されて道路に赤い内臓をさらけ出している山を見たりしていた。

リリアは身軽に甲板に飛び移ったが、彼は危なっかしい足取りでヨットに飛び乗った。さきほどぐらぐら揺れる桟橋で自分たちに手を貸してくれた男は、すでにヨットに乗り込んでいた。

「ハビエル・アダメです」

小さな海水着をつけて真っ黒に日焼けし、眉が濃く、表情豊かなその男は素っ裸に近い格好で、青い目のまわりに日焼け止めクリームを塗っていた。男は無邪気な狼を思わせるしなやかな身のこなしでさっと手を差し延べたが、図々しいのか子供っぽいのか測りかねた。

「ドン・ロドリーゴが、ヨットに同乗してもべつに迷惑にはならないだろうとおっしゃったので、乗せていただいたんです」

彼はうなずくと、陰になっているキャビンのほうへ歩き出した。アダメがリリアに話しかけた。

「……一週間前にドン・ロドリーゴがヨットを貸してやると言ってくれたんだけど、そのあと約束を忘れてしまったんだ……」

リリアはほほえみを浮かべると、後部甲板の上にタオルを広げた。

「何か飲まない？」スチュワードが飲み物とおつまみを載せたカートを押してくるのを見て、若い男は彼女にそう尋ねた。

リリアは寝そべったまま、指でいらないという合図をした。彼はカートを引き寄せてアーモンドをつまんだが、その間にスチュワードはジン・アンド・トニックを作った。ハビエル・アダメの姿がキャビンのシート屋根の向こうに消えた。力強い足音がし、桟橋にいる男と何か早口で話し合っていたかと思うと、やがてキャビンの屋根の上に寝そべった。

小型のヨットはゆっくり湾の外に出ていった。彼は透明な目庇のついた帽子をかぶると、少し反り身になってジン・アンド・トニックを飲んだ。

目の前では、陽射しがリリアの身体を焼いていた。若いリリアは水着のブラジャーのストラップをはずすと、背中を剝出しにしたが、その肉体は喜びに満ちあふれていた。彼女は腕を上げると、銅色に煌めく乱れた髪を首のあたりでくくった。汗がうっすらと首筋をつたって流れ、肉づきのいいふっくらした腕や背骨のところがくぼんでいるすべすべした身体が汗で光っていた。彼はそんな彼女をキャビンの奥から見つめていた。おそらく朝と同じように、首を片方に傾け、膝を曲げて眠っているのだろう。彼女が腋毛を剃り落としていることに気づいた。エンジンの音が大きくなったかと思うと、船は速度を上げながら波を切って進みはじめ、そのせいで海水が雨のようにふりそそいでリリアの身体を濡らした。海水で水着が濡れて身体に貼りつき、お尻の線がくっきりと浮かび上がった。カモメが鋭い鳴き声を上げ、速度を上げて船に近づいてきた。彼はストローでゆっくりジン・アンド・トニックを飲んでいた。彼女の若々しい肉体を見ても心をかき立てられなかった。逆に感情を抑制して、底意地の悪い厳しい目で彼女を観察した。キャビンの奥の帆布を張った椅子に腰をおろしていた彼は、自分の欲望を先に引き延ばし、静かで孤独な夜のためにそれをとっておこうと考えた。その時が来れば、暗闇の中で肉体は消え失せ、若い身体と比較されることもないだろう。夜になれば、女を扱い慣れたこの手で彼女をゆっくり可愛がってやり、まだ経験したことのない喜びを与えてやることもできる。彼は目を落として、青い血管の浮き出している浅黒い自分の手を見つめたが、そこには若い頃の活力もはちきれそうな感情も感じられなかった。

ヨットは外洋を走っていた。木々が生い茂り、城塞を思わせる岩山がそびえる人気《ひとけ》のない海岸がまぶしく輝いていた。波の荒い海の上でヨットが急に向きを変えたために横波を食らい、リリアの身体に波しぶきがかかった。彼女はキャーッと嬌声を上げて上体を起こしたが、その時に固い乳房を止めているネジのようなピンク色の乳首が見えた。彼女は慌ててもとの姿勢にもどった。スチュワードが、甘いプラムや桃、皮をむいたオレンジを載せた盆をもって近づいた。彼は目を閉じると、複雑な思いのこもった笑みを浮かべた。淫蕩な肉体、くびれた腰、はちきれそうな腿。その微細な細胞の中にもすでに時間という癌細胞が秘められているのだ。束の間の驚異。月日が経てば、あの美しい肉体も原型をとどめないほど崩れてしまう。陽射しの下のあの肉体は汗と脂にまみれた死体でしかない。毛細管現象が、あっという間に汗とともにその若さを吸い上げ、流し去る。股を開いて子供を生み、地上で苦しみにみちた生を送り、毎日決まりきった生活をしているうちに若々しい自分が失われてゆくのだ。彼は目を開けて、彼女を見つめた。

ハビエルがキャビンの屋根から降りてきた。まず最初毛むくじゃらの脚が、つづいて海水パンツの下の盛り上がった恥部が、そしてブロンズ色に日焼けした胸が現われた。うむ、たしかにこの若者は狼だ、身をかがめてドアのついていないキャビンの中に入り、氷を張った大皿の上から桃を二つ取ったが、その身のこなしは野獣そのものだった。若い男は彼にほほえみかけると、果物を摑んで外に出た。リリアの顔の前で両脚を広げてかがみ込むと、その肩を突いた。リリアはにっこり笑って、差し出された桃を受け取り、何か話しかけたが、エンジンと風、それに波の大きな音にかき消されて聞きとれなかった。二つの口が桃にかぶりつき、果汁が顎からしたたり落ちていた。少なくとも……そうだ。若い男は膝を合わせると、脚を伸ばして左舷に横たわった。目もとに笑みを浮かべてはいたが、真昼時の陽射しがまぶしいのか、眉間に皺を寄せて空を眺めていた。リリアが男のほうを見て、口を動かした。ハビエルが急に何か言ったかと思うと、腕を動かして海岸を指さした。リリアは両手で胸を隠して、そちらのほうを見ようとした。ハビエルがそばへ行って、彼女の水着のブラジャーを留めてやったが、その間二人は楽しそうに笑っていた。彼女は甲板の上に坐った。水着が海水で濡れていたので胸の線がくっきりと浮かび上がった。彼女は手で目庇をつくって男の指さしたほうを見たが、そこには鬱蒼《うっそう》と生い茂る密林に囲まれた、黄色い貝殻を思わせる小さな砂浜があった。ハビエルが立ち上がって船長に話しかけると、ヨットは急に向きを変えて、その海岸に向かって走り出した。若い女も同じように左舷にもたれると、バッグからタバコを取り出してハビエルに勧めた。二人は何か話し合っていた。

彼は、並んで船べりにもたれている二つの肉体を見つめた。同じように真っ黒に日焼けしているすべすべした二つの身体は、まるで頭のてっぺんからくるぶしまで線が一本通ってでもいるようにピンと張りつめ、少しのたるみも見られなかった。二人は身体を固くしてじっと何かを待ち受けていた。何か面白いことが起こりそうだという期待に胸をときめかせ、自分を試し、冒険してみたいという気持ちを抑えきれないようだった。彼はストローで飲み物を飲み干すと、帽子の目庇についていたサングラスをおろしたが、そのせいで顔がほとんど見えなくなった。

二人は何か話していた。桃の種をしゃぶりながらこんなことをしゃべっていたのだろう。

『おいしいわ』

あるいは、

『桃が好きなの……』

新しい人生を歩み出した肉体を通して、二人の肉体を通して、今まで誰も口にしたことのないことをしゃべっているのだろう……。

「クラブにはしょっちゅう行くんだけど、どうしてこれまできみと顔を合わさなかったんだろうな……」

「私はこれまで来たことがないの……ねえ、二人で桃の種の投げっこしない。行くわよ、

「……」

二人が笑いながら同時に種を投げたが、笑い声は彼のところまで届かなかった。二人の力強い腕の動きが見えた。

「ぼくの勝ちだ！」桃の種がヨットから遠く離れた海面に音もなく落ちたのを見てから、ハビエルが言った。それを聞いて彼女は笑った。二人はふたたび寝そべった。

「水上スキーは好き？」

「まだしたことがないの」

「そうなんだ、じゃあ、教えてあげるよ……」

いったい何の話をしているんだろう？　彼は咳をすると、飲み物を載せたカートを引き寄せてもう一杯飲み物を作った。ハビエルはおそらく、リリアと彼がどういう関係なのか探り出そうとし、彼女は彼女で悲しくもあわれな身の上話をしているのだろう。それを聞いて彼は肩をすくめ、狼のような自分の肉体のほうがずっといいよ、ひと晩、たったひと晩でいいから違った男性と寝てみないかと誘いかけるだろう。だが、愛し合う……愛し合うというのは……。

「要するに腕をこんなふうにピンと伸ばしておけばいいんだ。肘を曲げないようにしてね……」

「先にあなたがお手本をみせて……」

「ああ、いいよ、あの浜に着いたらやってあげるよ」

そうか！　若くて金があるんだな。

ヨットは人気のない浜から数メートル離れたところに碇泊した。船はいかにもくたびれた様子でゆらゆら揺れながらガソリンの排気ガスを出して、白い砂底の見える青い水をたたえた海を汚していた。ハビエルは水上スキーの道具を引っ張り出すと海面に投げ入れた。そのあと海に飛び込み、笑いながら水面から顔を出してスキーを足につけた。

「引き綱を投げてくれ！」

若い娘はロープを探し出すと、若い男のほうへ投げてやった。ヨットが走り出すと、航跡を追いかけるようにハビエルの身体が浮かび上がった。ハビエルは片方の手を高く上げて振っていたが、リリアはそんなハビエルの様子を見つめていた。彼はひとりでジン・アンド・トニックを飲んでいた。若い二人を分かっている海が逆に神秘的な形で彼らを近づけ、交わるよりも強く二人を結びつけていた。彼らは石化したように身体を硬ばらせていた。ヨットはまるで太平洋で静止し、ヨットに引かれているハビエルは永遠の彫像のように凝固し、リリアは実体のない波の上に立ち尽くしているように思われた。波は高くうねっては崩れ、死んではふたたび蘇るという永遠の運動を繰り返していた——どれもこれも同じでありながら、ひとつずつ違う波。それは時間の外に存在するどれも同じ形の無数の波、自身を映す鏡、始源の波、失われた千年王国、来たるべき千年王国を映す鏡にほかならなかった。彼は低くて坐り心地のいい椅子に深く身を沈めた。さて、何を選び取ればいいのだ？　自分の意思ではどうにもならない必然があり、それが集まって偶然が生じる、その偶然からどう身をかわせばいいのだ？

ハビエルはグリップを放すと、海岸に近い海の中に飛び込んだ。リリアは彼のほうを振り返ろうともせず、頭から海に飛び込んでいった。彼女はあとで説明するだろう。どんな説明をするのだろう？　リリアはわしに説明するだろうか？　ハビエルはリリアに説明を求めるだろうか？　リリアはハビエルに説明するだろうか？　太陽と海水のせいで無数の奇妙な筋のできているリリアの頭が若い男のそばに現われた。それを見て彼は、彼女に説明を求められるのは自分だけだと考えた。澄みきった水をたたえた入江では、誰も人に説明を求めたりはしない。運命的な出会いを押しとどめることはできないし、目の前の事実を、またこれから起こるはずのことを打ち壊すこともできないのだと考えた。あの若い男女に何が起こっているのだろう？　椅子に深くかけ、ポロシャツにフランネルのズボンをはき、目庇のついた帽子をかぶっているこのわしの肉体は？　無力なこの目は？　海は甲板よりも下にあったので、彼の坐っているところからだと、舷側が邪魔になって二人の姿が見えなかった。ハビエルが口笛を吹くと、ヨットが急に走り出した。一瞬リリアの身体が水面に浮かび上がったかと思うと、あっという間に水しぶきをあげて転倒し、ヨットが停止した。明るく弾んだ笑い声が聞こえたが、彼女がそんなふうに笑うのを聞いたことがなかった。まるでさきほど生まれたばかりで、過去、つまり彼女と彼が犯してきた恥ずべき行い、罪深い行為の数々を詰め込んだ袋ともいえる墓碑銘などどこにもないかのように笑っていた。

すべての人間。その言葉は容認できなかった。すべての人間が犯した。苦々し気に顔をしかめても、あふれ出してくるその言葉を抑え込むことはできなかった。それは力とそこから生じる責任、他者を、誰かを、彼が買い取って支配下に置いた若い娘を自分だけのものにするためのバネを破壊し、彼らを共通の行為、似かよった運命、個人所有というラベルの貼っていない経験の支配する広々とした世界へと連れ去ったのだ。一時期自分が所有したというラベルをあの女に永遠に貼りつけることはできないのだろうか？　ある時期自分が彼女を所有したという定義づけ、運命は消えてしまうのだろうか？　リリアは彼が存在していなかったかのように、人を愛してもいいのだろうか？

彼は立ち上がると、船尾のほうに歩いてゆき、大声で言った。

「そろそろクラブに戻らないと、食事の時間に間に合わんぞ」

大きな声でそう言ったのに、誰ひとり聞いていなかった。そうとわかった時、自分の顔が、全身が青白い糊で固められたように固く硬ばるのが感じられた。あの二人はオパール色の水の中を、まるで空気の第二層を漂ってでもいるように触れ合うことなく軽やかに並んで泳いでいたが、水の中だったので声がよく聞こえなかったのだ。

ハビエル・アダメは彼らを桟橋に残してヨットに戻ったが、まだ水上スキーを続けるつもりでいた。彼は船首のところから手を振っていた。彼女はブラウスを左右に振ってそれに応えたが、その目には彼が思っていたような表情が浮かんではいなかった。入江の浜にしつらえられたシュロ葺きの屋根の下で昼食をとりながら、彼はリリアの栗色の目の中をのぞき込んでみたが、そこにもやはり予測していたような表情は読み取れなかった。ハビエルは何も訊かなかったし、リリアはリリアで、悲しくも哀れなメロドラマ風の身の上話をしなかったにちがいない。彼はヴィシソワーズの複雑な味を楽しみながら、心の中で彼女の身の上をあれこれ臆測してみた。ごくふつうの中流階級出身のどこにでもいる能なしで甲斐性なしの、暴力的な性悪男と結婚したために、とうとう離婚して身を売る羽目になったのだ。ハビエルにこの話をしてやればよかった——いや、してやるべきだった。朝の間にリリアの人生から過去がきれいさっぱり洗い流されたかのように、この午後の出来事がリリアの目から跡形もなく失われていたので、あの時の話を思い出すことができなかった。

しかし、いま彼らが生きている現在は逃げ出すことはなかった。二人は藁を編んだ肘掛け椅子に腰をおろし、特別注文のヴィシソワーズ、ロブスター、コート・デュ・ローヌ産のワイン、ベイクド・アラスカ〔アイスクリームのまわりにケーキ生地をのせてメレンゲで覆い、焼き目をつけたデザート〕の昼食を機械的に口に運んでいた。彼女は勘定を彼にまかせて椅子に坐っている。彼は魚料理の小さなフォークを口にもってゆこうとして、ふと手を止めた。彼が勘定を払うというのに、まるで彼を避けているようだった。もうこれ以上彼女を所有することはできないだろう。今日の午後か夜には、ハビエルを探しに行くだろう。どこかで会おうと約束しているにちがいない。帆船が浮かんでいる眠っているような海をじっと見つめている彼女の目からは、何も読み取れなかった。その気になれば、彼女からすべてを聞き出して、痴話喧嘩のひとつもできなくはない……。彼は自分が偽善者のように思えて、不愉快になり、イセエビにかぶりついた……。どうしたものだろう……。わしの意思を越えた運命的な出会いとなると……。月曜日になればすべてが終わって、彼女とは二度と会うことはないのだ。暗闇の中で裸になり、彼女の身体をまさぐり、シーツの間に横たわっている彼女の温もりを探し求めることもないだろう。二度と……。

「眠くない？」デザートが出た時に、リリアが小さな声でそう尋ねた。「ワインを飲むと、眠くなるでしょう？」

「うむ、少し眠いな。これは？」

「私、アイスクリームは嫌いなの……お昼寝がしたいの」

ホテルに着くと、リリアは指を振ってさよならの合図をした。彼は並木道を横断すると、ボーイに言ってシュロの木の下に椅子を運ばせた。噎《む》せかえるように暑い午後だったが、風がどこからか吹いてきてマッチの火を消すので、なかなかタバコに火がつけられなかった。まわりでは、何組かの若いカップルが脚をからませたり、タオルで顔を隠して抱き合ったまま昼寝を楽しんでいた。その様子を見て彼はふと、リリアが下りてきて、フランネルのズボンをはいている自分の痩せてごつごつした膝に頭をもたせかけてくれないだろうかと考えた。まわりを見ると、若い男女のカップルが思い思いのポーズで寝そべっていたが、それを見ているうちにいたたまれない気持ちになった。彼はひどく傷つき、自信を失い、苛立っていた。何も語りかけてこない神秘的な愛の姿、目の前で肌と肌を寄せ合い、仲睦まじくしている男女の姿は、彼をやりきれない気持ちにさせた。帆布を張った椅子に腰をかけ、目庇のついた帽子のサングラスをおろして顔を隠している彼としては……寝そべっている若い女のひとりがけだるそうに腕を伸ばすと、細かな砂を摑んで横にいる男の首筋にぱらぱらと振りかけた。若い男が怒ったふりをして身体を起こし、腰に手をまわすと、女はキャッと叫んだ。二人は砂の上を転げまわった。女がパッと立ち上がって逃げ出したのを見て、男はあとを追い、息を弾ませキャーキャー言っている女を抱き上げると、海まで抱きかかえていった。彼はイタリア製のビーチサンダルを脱いだが、とたんに足裏に砂の温もりが伝わってきた。海岸を向こう端までひとりで歩いてみるか。打ち寄せる波が足跡を次々に消していった。踏み出した足跡だけが束の間の唯一の自分の証しだということにも気づかず、自分の足跡を見つめたまま。

太陽はちょうど目の高さにあった。

あの二人が海から上がってきた——混乱していた彼は、あの二人が黄昏時の銀色に輝く海のシーツの中で交わるのにどれくらい時間をかけたのか見当もつかなかった——、海に入る時はあれほどはしゃいでいたというのに、二人はいま頬を寄せ合い黙って海から上がってきた。色の浅黒いすばらしい美人の女性はうつむいていた。若かった……若いのだ。若い二人はふたたび彼のそばに寝そべると、さきほどと同じタオルで顔を覆った。夜の闇が、歩みのおそい熱帯の夜の闇がそんな二人を包み込みはじめた。浜辺の椅子を管理している黒人が片づけはじめたので、彼は立ち上がってホテルに引き返した。

部屋に戻る前にひと泳ぎしようと考えて、彼はプールのそばの脱衣室に入ると、椅子にかけてビーチサンダルを脱いだ。衣服をしまう鉄製のクローゼットが置いてあったが、彼はその後ろに坐った。その時、濡れた足がゴムのマットを踏みつけるペタペタいう音が聞こえた。向こうから押し殺したような笑い声が聞こえてきた。彼らはタオルで身体を拭いていた。彼はポロシャツを脱いだ。ロッカーの向こうから、汗と黒タバコ、それにオーデコロンのつんとするような匂いが漂ってきた。煙が天井に立ちのぼってゆくのが見えた。

「美女と野獣の二人連れがいたろう、あの二人、今日はどうしたんだろうな?」

「そう言えば、見かけなかったな」

「女の子はなかなかイカしたよな」

「だけどさ、あの年じゃ、じいさんのほうは満足におつとめもできないいんじゃないのかな。なんとも気の毒な話さ」

「あんまり頑張ると、腹上死だな」

「まったくだ。さあ、行くか」

彼らが脱衣所を出て行くと、彼はビーチサンダルをはき、ポロシャツをもう一度着て外に出た。

階段を上って部屋にもどった。ドアを開いて中に入ったが、やはり思ったとおりだった。リリアが昼寝をしたので、ベッドが乱れていたが、部屋にはいなかった。彼は部屋の中央で立ちどまった。換気扇がワナにかかったハゲワシのようにバタバタ音を立てていた。テラスの向こうにはコオロギがすだき、蛍の飛びまわっているもうひとつの夜が広がっていた。もうひとつの夜。彼は部屋の中の匂いが逃げないように窓を閉めた。さきほど彼女が身体にふりかけた香水の匂いや汗、濡れたタオル、化粧品の匂いが鼻をくすぐった。いや、この表現はまずい。まだへこんでいる枕、あれは庭園、果実、しっとり濡れた大地、海だ。彼はゆっくり整理ダンスのほうに近づいた。その中に彼女は……。絹のブラジャーを取り出すと、頬をすり寄せたが、伸びはじめた髯がひっかかった。そろそろ支度をしたほうがいいだろう。今夜のためにシャワーを浴び、髯をあたっておこう。彼はブラジャーをもとにもどすと、ふたたび満ち足りた気持ちになって、足取りも軽く浴室に向かって歩き出した。

明かりをつけた。お湯の栓をひねった。便器の蓋の上に服を投げた。薬箱を開いた。その中には二人が使ういろいろな小物が入っていた。歯みがきのチューブ、メントール入りのシェービングクリーム、べっ甲の櫛、コールドクリーム、アスピリンの入った瓶、制酸剤、タンポン、ラヴェンダー水、紺色のカミソリの刃、髪の艶出し油、頬紅、胃の鎮痛剤、黄色いうがい薬、スキン、マグネシウム乳剤、絆創膏、ヨードチンキ、シャンプー、ピンセット、爪切り鋏、口紅、目薬、ユーカリの入った鼻薬、咳止めシロップ、デオドラント。彼はカミソリを取り上げた。見ると刃の間に栗色の毛が詰まっていた。彼はカミソリを持った手をとめた。それを顔に近づけたが、その時思わず目をつむった。目を開けると、頬骨が飛び出し、唇の色が悪く、目が充血した老人の顔が映っていた。鏡の向こうで顔をしかめているのはまぎれもなく自分だった。

連中の姿が見える。ということは入ってきたということだな。マホガニーの扉が開いて、また閉じられる。厚い絨緞が敷いてあるので、足音は聞こえん。窓を閉めたな。するとさきほどシャーッといったのは、灰色のカーテンを閉めた音か。何とかカーテンと窓を開くように伝えられんだろうか。外には別の世界が広がっており、高原を吹き抜ける風が、痩せて黒ずんだ木々を揺らしている。その空気を胸いっぱい吸わなければ……。連中が部屋に入ってきたな。

「そばへ行って、顔をよく見てもらいなさい。ちゃんと自分の名前を言うんですよ」

いい匂いがする。この娘《こ》はなかなかいい匂いがするぞ。うむ、まだ真っ赤な頰やきらきら輝く瞳、早足でベッドに近づいてくる若々しく可愛らしい姿が見分けられる。

「私……私、グローリアです……」

「あの朝、わしはわくわくしながらお前がやってくるのを待っていた、二人して馬で川を渡ったんだ」

「どんなふうにして最後を迎えたか見たでしょう？　見たわね？　お兄様と同じなのよ。こんなふうにして終わりを迎えたの」

「楽になったかい？　さあ、やってしまうんだ」

「我ハ汝ヲユルス《エゴ・テ・アブソルヴォ》……」

真新しい札と銀行債券を数える快い音が聞こえてくるが、わしと同じような男がそれを手にもっているのだ。高級車の軽やかなエンジン音も聞こえてくる。あれはエアコンにバー、電話、クッション、それに足のせ台までついた別誂えの豪華な車のエンジン音だ。聞こえるかね、司祭さん、事情は天上でも変わらんのだろう？　名前も忘れた顔の見えない無数の男たち、数多くの従業員名簿に記載されている鉱山、工場、新聞社で働く男たちの上に君臨する権力、それが天上ではないのかね？　わしの誕生日に、そういう名前もわからない無数の人間がやってきて、お祝いの歌をうたってくれる。採掘場に行くと、目が隠れてしまうような鉄かぶとをかぶせられるし、農地に行くと、礼儀だからといって頭を下げさせおる、そればかりか、対立している雑誌にそんなわしの諷刺漫画まで載せられる始末だ。これが現実であり、わしの姿なんじゃよ。そして、それこそまさに神であるという証拠だ。いいか、神であるとはつまり、畏怖、憎悪、何でもいいそうした感情の対象になるということ、それが神であるということなんだ、そうだろうが。わしがすべてを救済してやっていることはあんたもわかっているはずだ、あんたにあらゆる儀式を執り行えるよう計らい、この胸を叩き、至聖所まで膝で歩いてゆきもする、酢を飲み、茨の冠をいただきもする。そうじゃろうが、わしがどのようにしてすべてを救済しているかはわかっておるだろう、なぜなら聖霊《エスピリトゥ・サント》というのは……。

「……御子と聖霊の名において、アーメン……」

司祭のやつ、髯を剃ったばかりの顔でまだそこにひざまずいているのか。奴に背中を向けたいが、脇腹が痛くてどうにもならん。うううむ、もう終わるだろうが、その時はもう神の許しが得られておるわけだ。眠りたいが、例のところがまた痛み出してきた。きた、きた、うううむ。女たちはどこだ？　ちがう、ここにいる女ではない。女たち、わしを愛してくれる女たちだ。何だと？　そうだ。いや、ちがう。わからん。あの顔を忘れてしまったぞ。なんということだ。あれはわしのものだった、それなのに忘れるとは。

『パディーリャ……パディーリャ……報道部の編集長と社交欄の編集長にこちらへ来るように言ってくれ』

お前の声だ、パディーリャ。インターフォンを通して、お前の空ろな声が聞こえる……。

『はい、ドン・アルテミオ。ドン・アルテミオ、緊急事態が生じました。どうやらインディオたちが騒いでいるようです。自分たちの森林を伐採したので、保障金を支払うよう求めています』

『何だと？ いくら要求してきているんだ？』

『五十万ペソです』

『たったそれだけか？ そのために金を渡してあるのに連中を説得できんでどうする、と原住民共用地《エヒード》の代表者に伝えてくれ。まったくもって……』

『メーナが控え室に来ていますが、どういたしましょう？』

『こちらに通してくれ』

ああ、パディーリャ、わしは目を開けて、お前の顔を見ることができんのだ。じゃが、悲しそうな表情を浮かべたその仮面の背後で何を考えておるかはちゃんとお見通しだ。いま死の床で苦悶しているのはアルテミオ・クルスという名の男、ほかでもないアルテミオ・クルスだ。降って湧いたような幸運とはまさにこのことだが、これでほかの連中の死が引き延ばされるというわけだ。いま死ぬのはアルテミオ・クルスだ。この死は別の死、おそらくはパディーリャ、お前自身の死の代わりになるかもしれん……。いや、わしにはまだ仕残した仕事がある。安心するのはまだ早いぞ、まだ……。

「病気のふりをしているだけだって言ったでしょう」

「そっとしておいてあげなさい」

「病気のふりをしているだけで、たいして悪くないのよ」

あの二人が離れたところにいる。彼女たちの指が、うやうやしく手にもった箱の二重底になった個所を開こうと動いている。中は空だ。わしは手を動かして、樫の板を張った寝室の壁面を半ば占めている大きなクローゼットのほうを指さす。それを見て、彼女たちはそちらに駆け出して行き、扉を開くとアイルランド製の生地で仕立てた、ストライプの入った二つボタンの紺の背広を吊ってあるハンガーを次々に動かしていく。あいつらは気づいておらんが、あれはわしの服ではない。自分の服はちゃんと自分の家に置いてある。思うように手が動かんが、何とか動かして、遺言状は背広のどれかの右の内ポケットに入っているはずだと教えてやる。二人はハンガーというハンガーをひとつ残らず動かしておる。テレーサとカタリーナはなりふり構わず背広のポケットを調べ、中が空だとわかると次々に絨緞の上に投げ出しているが、よほど焦っておるんじゃろう。背広をひとつ残らず調べても遺言状が見当たらなかったので、二人はわしのほうを振り返るが、その顔を見ると、こらえきれなくなって枕に顔をうずめて笑いをこらえる。じゃが、わしの目は二人のどんな小さな動きも見逃しはせん。わしの目は貪欲に獲物を求める獣のように素早く動いている。二人を手招きしてそばに来るように伝える。

「思い出したぞ……靴の中だ……間違いない……」

二人は取り散らかった背広の上に四つん這いになると、わしにその大きな尻を向け、淫りがわしい声を立てながら尻を振って靴の中を探しまわっている。その様子を見ていると、苦い快感がこみ上げてきて目がくもってきたので、心臓に手を置いて目を閉じる。

「レヒーナ……」

女たちは腹を立て必死になって床の上を這いまわっているが、そのつぶやく声が部屋の薄闇の中に吸い込まれてゆく。わしは唇を動かしてあの名を口にしようとする。あの名を、わしを愛してくれたあの女の名を思い出せるのもそう長くはあるまい……レヒーナ……。

『パディーリャ……パディーリャ……軽い食事をとりたいんじゃが……どうも胃の調子が悪くてな。仕事が片づいたら、一緒に行かんか……』

どうした? お前は選別し、組み立て、作り、保存し、継続させる、それが仕事だろう……わしは……。

『はい、すぐに、喜んでおともします』

『おっしゃるとおり、連中を叩き潰すのは簡単ですね』

『いや、パディーリャ、そうは簡単に行かんじゃろう。その皿をくれ……それだ、サンドイッチの載ったやつだ……。以前彼らが行進するのを見たことがあるが、相手が腹をくくっているとなると、押さえるのは生やさしいことではないぞ……』

あれはどんな歌詞だったかな？　政府に追われて南に逃げた、一年ぶりに故郷の土を踏んだが、かわいいお前のいない夜は寂しくつらかった、友達も親戚の者も誰ひとりおれのことを心配してはくれないが、かわいいお前に会いたくて戻って来た……。

『連中を叩くつもりなら、われわれに対する不満が爆発した今がチャンスだ。今のうちに徹底的に叩いておくことだ。向こうの結束はまだ固まっておらんし、一か八かの勝負をかけているんだからな。サンドイッチはどうだね？　二人分あるから、ひとつどうだ……』

『実りなき反乱というわけですか……』

手もとには象牙の握りのついた拳銃が二丁ある、それで鉄道会社の連中と渡り合ったものだ、わしは鉄道員で目の中に入れても痛くないほどかわいいファンがいる、わしは野心に燃えている、長靴をはいているので軍人だと思うかもしれんがじつを言うとわしは中央鉄道のしがない鉄道員なのだ。

『連中の言うことに筋が通っていれば、そうとは言えんが、さいわい今回は向こうに理がない。あんたは学生時代マルキストだったからその辺の事情はわしよりも詳しいと思うが、今度の事態をけっして甘く見てはいかん。わしは……』

『おや、外にカンパネーラがいますよ』

連中は何と言ったんだ？　お前は何を言いたいんだ？　出血《エモラヒア》？　ヘルニア？　閉塞《オクルシオン》？　穿孔《ペルフォラシオン》？　腸閉塞《ボルブロス》？　腸捻転《コリコス》？

ああ、パディーリャ、お前に入ってもらうにはベルを押さなくてはいかんな、パディーリャ、わしはいま目を閉じておるのだ、網膜というちっぽけで不完全な器官がどうも信用ならんので目を閉じておる。もし目を開けて、網膜が外界の刺激を受けとめなかったら、それを脳に伝えなかったら、どうなる？　どうなるんだ？

「窓を開けてくれ」

「何もかもあなたが悪いのよ。お兄様の時と同じよ」

そのとおりだ。

そばに坐っているカタリーナは、お前とあの思い出を分かち合いたい、あの思い出をほかのすべての記憶に重ね合わせたいと思っているが、お前はおそらくその理由を知らないだろうし、理解することもないだろう。お前はこの世にいて、ロレンソはあの世にいるということなのだろうか？　彼女は何を思い出したいと思っているのだろう？　この牢屋にゴンサーロと一緒にいるお前のことだろうか？　お前のいない山にいるロレンソのことだろうか? 彼がお前で、お前が彼なのかどうか、お前は彼がいないまま、あるいは彼とともに、あるいはお前の代わりに彼が、彼の代わりにお前が、あの日を生きたのかどうか知らないだろうし、理解することもないだろう。お前は思い出すだろう。そうなのだ。あの最後の日、お前と彼は一緒にあの場所にいた——その時、彼はお前に代わって、あるいはお前が彼に代わってあれを体験したのではなかった。彼はお前に海まで一緒に行くのかどうか尋ねた。二人は馬で行った。彼はお前に馬で一緒に海まで行くのかどうか尋ねた。どこで食事をするのかお前に尋ね、そしてお前に「パパ」と言った——言うだろう——、ほほえみを浮かべ、散弾銃を持った腕を高く上げ、散弾銃とズック製のリュックを濡れないように上にあげて上半身裸で浅瀬を抜けるだろう。彼女はそこにいないだろう。カタリーナはそのことを覚えていないだろう。だからお前は、彼女がお前に覚えていてほしいと思っていることを忘れるために、あのことを思い出そうとするだろう。彼女は部屋に閉じこもり、彼が別れを告げるために数日間の予定でメキシコ市に戻ってくると、身体を震わせるだろう。万がいち別れを告げるためだけに戻ってきたら……。彼女は彼を信じている。彼はそんなことをしないだろう。彼はベラクルスから船に乗って旅立ってゆくだろう。おそらく旅立つだろう。開け放したバルコニーから春風が吹き込んでいるというのに、まだ夢の残滓《ざんし》が残っているあの寝室を彼女は思い出さなくてはならないだろう。彼女は離ればなれになっているベッドを、別々の部屋を、絹を張ったベッドの枕板を、壁で仕切られた二つの部屋の乱れたシーツを、マットレスの凹みを、ベッドで眠った人間のまだ消えずに残っているシルエットを思い出さなくてはならないだろう。彼女は、泥の川を駆け抜けた二つの黒い宝石を思わせる雌馬の尻を思い出すことはできないだろう。だが、お前にはそれができる。お前と彼は川を渡った時に、朝もやの中から幻のように立ち上がった大地を目にするだろう。黒い森と輝く太陽が、あらゆる事物の上に二重の影を投げかけながら、湿地帯の煌めく幻のような光の中で戦いをくり広げているだろう。バナナの匂いがするだろう。そこがコクーヤにちがいない。カタリーナは、過去の、現在の、未来のコクーヤがどういうところか知らないだろう。彼女はベッドの端に腰をおろし、手に鏡とブラシを持ち、気のない様子で坐っているだろう。気が滅入り、口の中はいやな味がし、いつも自分はこんなふうにひとり取り残されてしまうのだと悲しんでいるだろう。何をする気にもなれず、空ろな目でいつまでも坐っていようと心に決めるだろう。ちがう。お前と彼は、砂地の川岸を駆ける馬の蹄の音を聞くだろう。川を渡った時も、密林の噎せかえるような熱気にまじって吹き寄せる涼風を感じ、後ろを振り返り、対岸に生える地衣類をやさしく洗っているゆるやかな流れの川を眺めるだろう。タバチンの花が咲き乱れている間道《かんどう》の向こうに平地が開け、そこにペンキを塗り替えたばかりのコクーヤ農場の家並みが見えるだろう。カタリーナは『こんな顔ではとてもあの子に会えないわ』と繰り返すだろう。彼女は鏡を高くかかげ、顎と首筋に脂肪がついて醜くなった自分の顔を見ながら、ロレンソがもし戻ってきたらこの顔を見ることになるのねとつぶやくだろう。目尻と瞼のまわりの皺がふえはじめたので、お化粧でごまかしているけど、あの子は気がつくかしら？　鏡を見ている時にまた白髪が見つかったので、彼女はそれを引き抜くだろう。そして、お前はロレンソとともに密林の中に分け入って行くだろう。目の前に、息子の剝出しの背中が見えるだろう。マングローブの木陰の下を進んでゆく息子の背中には、頭上にびっしり生い茂る樹木の間から射し込む木洩れ陽が斑点をつけている。山刀で道を切り開いて進むと、足もとにはねじれて節くれだった木の根が大地を逞しく突き破って顔をのぞかせているだろう。ここもあっという間に蔓科植物に覆われてしまうだろう。ロレンソは雌馬の脇腹に鞭をくれて、うるさくつきまとう蠅を追い払いながら、背筋を伸ばし、正面を見つめて進むだろう。カタリーナは、あの子が昔のように、子供の頃のように自分の顔を見つめてくれなければ、信じることができないと繰り返し言うだろう。彼女は両腕を大きく広げ、目に涙を浮かべて悲しそうな呻き声を上げながらベッドに倒れ込む。絹の部屋履きを脱ぎ棄てると、色の黒い父親にそっくりの痩せた息子のことを考えるだろう。蹄の下で枯枝の折れる音がし、やがて目の前に砂糖きびの白い穂が波うつ平原が開けるだろう。ロレンソは馬に拍車をくれるだろう。彼は後ろを振り返るだろう。彼はほほえみながら楽しそうに歓声を上げるが、その声がお前の耳に届くだろう。高く上げた逞しい腕、オリーブ色の肌、お前の若い頃にそっくりの白い歯がこぼれている笑み。お前は彼を通して、この場所を通して自分の若い頃を思い出すだろう。お前にとってこの土地はかけがえのないものだが、そのことをロレンソに打ち明けはしないだろう。そんなことをして息子に自分の考えを押しつけるのがいやなのだ。回想にひたりつつ、思い出のための思い出を次々にたぐり寄せるだろう。ベッドに横たわったカタリーナは、ガマリエル老人が亡くなった頃の辛く悲しい日々の中で、幼いロレンソだけがたったひとつの慰めだったことを思い出すだろう。息子のロレンソがそばにひざまずいて、母親である自分の膝に頭をもたせかけていたのを思い出すだろう。赤ン坊が生まれるまでは苦しい日々が続いたので、彼女は息子を生きる喜びと呼んだが、そのことをはっきり口に出しては言えなかった。なぜなら、彼女は自分に神聖な義務を課していたからだ。子供はそんな母親の様子を不思議そうにじっと見つめていた。なぜなら、なぜなら、なぜなら。お前は、ロレンソが自然にこの土地になじんでゆくようにと思ってここに連れてくるだろう。お前は愛情をこめて農場の焼け焦げた壁を修復し、平坦な土地を耕地に変えたが、その理由を息子に打ち明けはしないだろう。なぜならではない、なぜならなどありはしない、なぜなら、お前と彼は日の出とともに出発するだろう。お前はつば広のソンブレロをかぶるだろう。よく晴れた煌めく大気の中をギャロップで走ると、風が目と言わず口と言わず顔じゅうに鋭く突き刺さる。ロレンソは耕作地の中に作られた道を白い土埃を舞い上げて駆けてゆくだろう。そのあとをギャロップで追いかけながら、お前は自分たちはいま同じ思いを抱いていると確信するだろう。馬で競争すると、血管が広がって血の巡りがよくなるだろう。お前のよく知っている砂漠を思わせる高原とちがって、そこには生命に満ちあふれた大地が広がっており、お前は大きく見開いた目でその大地を見つめるだろう。そのあたりは赤や緑や黒色の大きな区画に分かたれており、あちこちに背の高いシュロの木が植わっている。黒ずんだ深い大地からは、肥料と果実の外皮の匂いが漂ってくるだろう。そこを突っ走ると、お前の息子とお前の麻痺していた五感が目覚め、高ぶるだろう。お前は血の出るほど激しく馬の腹に拍車をくれるだろう。お前は、ロレンソが馬で競争したがっていることに気がつくだろう。彼の問いかけるような眼差しに出会って、カタリーナは思わず口ごもるだろう。彼女は言いよどみ、このままではどうなるのかしらとつぶやき、この子に分別ができるまで少しずつ理由《わけ》を説いてきかせるより仕方がない、要するに時間の問題だわとひとりごちるだろう。彼女は肘掛け椅子に腰をおろし、彼はそのそばにひざまずいて彼女の膝の上に両手を載せている。馬の蹄が激しく大地を蹴るだろう。お前は馬を叱咤《しった》するようにその耳もとに顔を近づけて前かがみの姿勢をとるだろう。しかし、ヤキ族の男、うつぶせになって馬の背にしがみついているヤキ族の男の体重が重くのしかかってくる。ヤキ族の男はお前のベルトを摑もうと手を伸ばすだろう。苦痛のあまり全身が萎《な》えたようになり、手足に力が入らないだろう。ヤキ族の男は苦痛に顔を歪め唸り声を上げながらも、ベルトを摑んだ手を放さないだろう。墓石を思わせる岩が続いている。お前たちは山間の道を走り、深い峡谷や深くえぐられた水の涸れた川床を、豆科の低木や灌木の生えている道を駆け抜けるだろう。いったい誰がお前とともにそうしたことを思い出すというのだ？　お前のいないあの山を越えているロレンソだろうか？　それともお前と一緒にこの牢に入っているゴンサーロだろうか？

一九一五年十月二十二日

真上から陽射しが照りつける日中とちがって、この時間になると麦の束を揺するような音を立てて吹き抜ける風は肌を刺すように冷たくなるので、彼は青い色の毛布を身体に巻きつけた。平原にいた彼らは空きっ腹をかかえて、一晩中まんじりともしなかった。そこから二キロたらずのところに、乾ききった砂漠にどっしり根をおろしている玄武岩の岩山がそびえていた。偵察隊は三日前から、道標も何もない砂漠のような土地を隊長の嗅覚だけを頼りにあてどなく彷徨《さまよ》っていた。偵察隊の隊長は、フランシスコ・ビリャに率いられた敗残兵たちがどんなふうに追っ手の目をごまかし、どこを通って逃げてゆくかお見通しだと豪語していた。彼らの後方六十キロのところには主力部隊がいて、ビリャに率いられた敗残兵がチワワで新手《あらて》の部隊と合流する前に叩いてしまおうと、偵察隊の伝令が馬を駆ってかけつけるのを今や遅しと待ち受けていた。それにしても、あの首領と彼の部下の敗残兵たちはいったいどこに姿をくらましたのだろう？　連中は山間の難路を通って逃げているにちがいないと彼は睨んでいた。出発して四日目のその日の明け方に、偵察隊は山岳地帯に踏み込んでゆくことになっていた。一方、カランサに忠誠を誓っている主力部隊のほうは、彼らが現在野営している場所まで前進することになっていた。炒りトウモロコシの粉の入った袋は昨日から空になっていた。夕方、軍曹は偵察隊全員の水筒をもって、岩場を流れたあと、砂漠のはじまるあたりで切れている小川に向かって馬を走らせたが、目ざす小川は見つからなかった。いや、あるにはあったのだが、赤っぽい地層が剝出しになっている川床はからからに干上がっていて、苔ひとつ生えていなかった。二年前にそこを通った時は雨季だったが、今は夜が明けてから日が暮れるまで、丸い太陽が隊員たちの頭を容赦なくじりじり焦がしていた。彼らは火を使わずに野営した。火を使えば、山上に見張りでもいればたちまち見つかってしまうだろうし、料理をしようにも肝心の食糧が底をついていた。それに、茫漠と広がる砂漠の中では、少しくらい火をたいても身体が暖まらなかった。彼は毛布にくるまると、げっそり痩せた顔を撫でまわした。ここ数日髭をあたっていないので、無精髭が伸び、口の両隅や眉毛、小鼻の両側に砂粒がびっしりこびりついていた。隊員たちは隊長から二、三メートル離れたところにいたが、彼はいつも部下から少し離れて、ひとりで眠ったり、見張りをした。そばでは馬のたてがみが風に揺れ、黄色い土地を背景に馬の影が黒々と浮かび上がっていた。彼は早く山に登りたいと思っていた。山の中には湧き水があるはずで、岩の間に、水の湧きでる心地よい小さな泉がぽつんとあるはずだ。彼は早く山に登りたいと思っていた。敵はそう遠くまで行っていないだろう。その夜は、身体が硬ばって寝つけなかった。空腹と喉の乾きに責め立てられ、彼は目を、冷たい光をたたえた緑色の目を大きく開けたまま、まんじりともしなかった。

砂埃で仮面でもつけているように顔が硬ばり、一睡もできなかった。与えられた命令に従って、四日目の夜明けに山岳地帯に踏み込むことになっていたので、彼は曙光が射すのを今か今かと待ち受けていた。隊員たちもやはり寝つけなかったようだった。彼らは地面に腰をおろして膝を曲げ、毛布にくるまったまま身動きひとつしない隊長のほうを少し離れたところからじっと見つめていた。目を閉じようとしている者たちは、空腹感、喉の乾き、疲労感と闘っていたのだ。隊長を見ていない者は、一列につながれて首をうなだれている馬のほうをじっと見つめていた。豆科植物の太い茎が切り落とした指のように地面から突き出していたが、馬の手綱はそこに結えてあった。疲れきった馬はおとなしく地面をじっと見つめていた。間もなく太陽が山の向こうに顔をのぞかせるだろう。よし、出発だ。

隊長は立ち上がると、青いサラーペをかなぐり棄てた。豚革の長靴をはき、胸に弾薬帯を巻きつけた彼は士官用のチュニックを着ていたが、腹のあたりでバックルが光っていた。隊員たちも黙って立ち上がると、馬のほうに歩き出した。隊長の勘は適中した。間もなく低い稜線の向こうに扇形の光がのぞいたかと思うと、それがアーチを描いた。見棄てられたような土地の広漠とした沈黙を破って、姿は見えないが遠くで小鳥が騒がしく鳴き交しはじめた。彼はヤキ族の男トビーアスを手招きし、ヤキ族の言葉でこう言った。「お前は後ろからついてこい。おれたちが敵を見つけたら、大急ぎでとって返して後続部隊に伝えるんだ」

ヤキ族の男は黙ってうなずくと、帯に赤い鳥の羽が刺してあるてっぺんの丸いチャパーロ帽をかぶった。隊長が馬にまたがると、隊員たちも一列になって山岳地帯の入口、オークル色の山間の隘路に向かってだく足で進んだ。

峡谷が切れたところに岩棚が三つ、道のように突き出していた。偵察隊は二番目の岩棚を取ることにした。そこがいちばん狭かったのだが、一列になれば何とか馬に乗ったまま進むことができたし、そこをたどってゆけば峡谷の奥深くに入り込めるはずだった。空の水筒が隊員たちの脚にぶつかってカラカラ音を立て、馬の蹄に蹴ちらされた石ころが鈍い空ろな音を立てて谷底に転がり落ちていった。その音はこだまを返さず、谷全体を低い太鼓の音のような反響でみたした。絶壁の上からのぞき込めば、十数人の一隊がうなだれてゆるゆると進んでゆく姿が見えたことだろう。その中で彼だけが、馬の背に身をゆだねて絶壁の頂上のあたりをじっと睨みつけていた。陽射しがまぶしいのか目を細めていた。先頭に立っていたが、恐怖心や誇らしい気持ちは湧いてこなかった。恐怖などとっくの昔にどこかに消え失せていた。最初の頃はそうでもなかったが、何度も戦闘に参加しているうちに毎日が危険の連続であることに気づき、以来先の見えない状況に追い込まれるとかえって落ち着くようになった。峡谷の中が静まり返っていたので、彼は内心不安をおぼえ、手綱をしっかり握りしめると、いつでも拳銃が抜き出せるように身構えた。自分では思い上がって敵を甘く見ているつもりは毛頭なかった。最初は恐怖心だけで戦い、その後は慣れで戦うようになっただけで、思い上がる余裕などなかった。最初の戦闘で銃弾が耳もとをかすめた時も、べつに誇らしい気持ちにはならなかった。弾が身体をかすめてヒュンヒュン飛んでいるのに気がついた時も、自分は運の強い男だという実感を得たにすぎなかった。それよりも、弾が飛んでくると、身体のほうが反射的に動いて、弾を避け、立ち上がったり姿勢を低くしたり、あるいは木の幹の後ろに顔を隠したりする本能的な動きに自分でも驚いたくらいだった。考える前に身体のほうが本能的に自分を守ろうとしているのに気づいて、驚きと同時に一種ばかばかしい気持ちに襲われたものだった。そのあと聞き慣れた口笛が聞こえなくなった時も、怪訝《けげん》に思っただけだった。あたりが予測しなかった静けさに包まれていたので、不安を感じてはいたが、それを押し殺してつとめて冷静になろうとした。どうも様子がおかしいと思って、彼は顎を突き出した。

兵隊のひとりが後ろでしつこく口笛を吹いているのを耳にして、これ以上先へ進むのは危険だと感じた。と、やにわに銃声が鳴り響き、聞き慣れた敵の喚声が上がり、口笛の音がかき消された。絶壁から逆落《さかお》としに馬で駆け降りるのは自殺行為に等しかったが、ビリャ派の兵隊たちはそれを敢行した。また、三番目の大岩の背後に身を潜めていた敵兵が攻撃してきたので、偵察隊員はその銃弾に当たってバタバタ倒れた。弾を受けた馬は棒立ちになり、銃声と硝煙に包まれて槍の穂先のように先の尖った岩が突き出ている谷底へ転落していった。やっとのことで後ろを振り返ると、彼の目にトビーアスの姿が映った。ヤキ族の男は受けた命令を遂行しようとして、ビリャ派の兵隊たちのように切り立った絶壁を馬で駆け降りようとした。が、馬は足を滑らせ、一瞬宙に浮かんだかと思うとそのまま谷底に転落し、馬に乗っていたヤキ族の男はその下敷きになった。敵兵は喚声を上げ、盲滅法に銃を射ってきた。彼は馬の左側から飛び降りると、とんぼ返りをしたり、手で岩を摑んだりして何とか滑り落ちる速度を緩めようと努めながら谷底まで転落した。その時にちらっと上を見ると、棒立ちになった馬の腹が目に入った。あの岩場の狭い道を通っている時に急襲された彼の部下たちは、身を隠すことも、馬を制御することもできず、やみくもに発砲していた。彼は斜面に爪を立てて落下していった。二番目の大岩まで馬で駆け下ったビリャ派の兵隊たちはそこで白兵戦をはじめるつもりでいた。兵隊たちは取っ組み合い、どっと崖下に転落し、馬が狂ったように暴れていた。彼は血みどろの手で谷底の土を撫で、そのあと拳銃を抜き出した。あたりがふたたび静寂に包まれた。全身が萎えたようになって、力が入らなかった。痛む足と手を使って、どうにか大きな岩のところまで這い進んだ。

「クルス大尉、降服して出てくるんだ……」

彼はかすれた声で答え返した。

「出て行って銃殺されるくらいなら、ここにいるほうがましだ」

そうは言ったものの、右手は痛みのあまり痺れて、満足に拳銃を持つこともできなかった。腕を上げたとたんに脇腹に激痛が走った。痛みがひどくて顔を起こすこともできなかったので、顔を伏せたまま盲滅法に発砲したが、やがて引金がカチカチと金属的な音を立てはじめたので、銃を岩の向こうに放り投げた。その時、上のほうからふたたび大声で叫ぶ声が聞こえてきた。

「両手を首の後ろに組んで出てくるんだ！」

岩の向こうには死んだ馬や瀕死の馬が転がっていたが、その数は三十頭を超えていた。首をもたげようとしたり、脚が折れてよろけている馬もいたが、大半は額や首筋、あるいは腹に銃弾を受けて血を流して横たわっていた。双方の兵隊たちが馬の下敷きになったり、その上に覆いかぶさるようにして倒れていた。小川の水が上から落ちてこないだろうかというように仰向けになっている者、うつぶせになって岩を抱きかかえている者と、さまざまな格好をしていたが、彼らはひとり残らず死んでいた。ただひとり、栗毛の雌馬の下敷きになっている男だけが弱々しい呻き声を上げていた。

「この男を助けてやってもいいだろう」と、崖の上にいる兵隊たちに向かって大声で叫んだ。「あんたたちの仲間かもしれんのだ」

腕は利かないし、力も入らないというのにどうやって助けたものだろう？　岩の間にはさまっているトビーアスの腋の下に手を差し入れたとたんに、鋼鉄の弾が耳もとをかすめ、近くの岩に当たってはね返った。彼は顔をあげて上を見た。敵の隊長——陰になっている崖の下からでもその白いサラコフ帽がはっきり見えた——が腕を振りまわして銃を撃った男を押しとどめていた。砂埃を含んだねっとりした汗が彼の手首からしたたり落ちた。片方の腕はほとんど動かなかったので、もう一方の手をトビーアスの腋の下に差し入れると、全身の力をこめてその上半身を引っ張った。

背後で馬の蹄の音が聞こえたが、おそらくビリャ派の兵隊が彼を捕らえようとして崖を駆け降りてきたのだろう。彼は馬の下敷きになっているヤキ族の男を引っ張り出したが、両脚が折れていた。その様子を馬に乗った敵兵が上からのぞき込むようにして見ていた。ビリャ派の兵隊の手が伸びたかと思うと、胸に巻きつけてあった弾薬帯を乱暴にひきちぎった。

朝の七時だった。

ペラーレスの牢に投獄されたのは午後の四時だった。それまでの九時間のあいだに、ビリャ派の大佐サガルの命令で彼の部下、それに二人の捕虜は強行軍を行い、山間の難路を抜けてチワワの村にたどり着いたのだが、その間のことはほとんど記憶になかった。頭がずきずきして、どこを通っているのか注意して見るどころではなかった。どうやらいちばん険しい個所を通ったように思えるのだが、戦争がはじまった当初からパンチョ・ビリャに付き従い、二十年ものあいだあの山岳地帯を駆けめぐり、人目につかない隠れ場所や抜け道、峡谷、近道を知り尽くしているサガルのような男にとっては、それがいちばん楽な道だったのかもしれない。キノコ型のサラコフ帽をかぶっていたせいでサガルの顔は半分隠れていたが、髭もじゃの口もとを弛めてよく笑うので、長い丈夫そうな歯がたえずのぞいていた。彼はやっとのことで馬の背にのせてもらったが、その後ろに両脚を骨折したトビーアスの身体がうつぶせに横たえられた。敵の兵隊たちはその様子を見てにやにや笑っていた。トビーアスが手を伸ばして、自分の隊長のベルトをしっかり摑んだが、それを見た時も敵の兵隊たちはにやにや笑った。一行は前進して暗い洞窟の中に入っていったが、その時も敵の兵隊たちはにやにや笑った。彼はもちろんカランサ派の兵隊たちも知らなかったその洞窟は、前後に出入口のついている自然の隧道で、広い街道を通ればゆうに四時間はかかる行程も、そこを抜ければわずか一時間で踏破することができた。もっともそうしたことがわかったのは後になってからで、あの時は頭がぼんやりしていて気がつかなかった。敵味方とも相手方の将校を捕まえると、その場で銃殺刑に処していたが、そのことを思い出した彼は、自分を連行するのはいいとして、いったいどういうつもりだろうと怪訝に思った。

激しい痛みのせいで意識が薄れた。転落した時に岩に激突し、そのせいで四肢に力が入らず、馬に揺られながら彼はいつしかうとうとまどろんでいた。さきほど崖から転落した時に岩にぶつけたのか、両手足が萎えたようになって力が入らなかった。ヤキ族の男は苦痛に顔を歪め、弱々しい呻き声を上げながら彼のベルトにしがみついていた。彼らはまっすぐに切り立った墓石のような岩の続く陰になったところを進んだが、ところどころに峡谷や水が涸れ深くえぐれた川床、低木や雑草が生い茂っている抜け道があった。こんな土地を通れるのは、パンチョ・ビリャの部下くらいのものだろうと彼は考えた。だから、以前ゲリラ戦術で敵をさんざん苦しめ、ついに独裁政権の屋台骨を揺り動かすことができたのだ。奇襲攻撃、包囲戦、敵を叩いてさっと姿をくらます、そういう戦術にかけては彼らの右に出る者はいなかった。一方、アルバロ・オブレゴン将軍のほうは、陸軍士官学校出だけに、開けた土地で行う正規の戦闘に長けており、そういうところだと兵を狂いもなく配置し、敵情を偵察したうえで作戦を立てた。

「全員揃って一気に駆け降りる。いいかみんな、おれから離れるんじゃないぞ」隊列の先頭に立っていたサガル大佐は、砂埃がもうもうと立ちのぼる中を、馬を前後に走らせながら白い歯をのぞかせてそう命令した。「あと少しで山岳地帯は終わるが、何が待ち受けているかわからんから、油断するな。姿勢を低くしろ。砂埃が上がってないかどうかよく注意して見るんだ、全員で見れば、まず見落とすことはないはずだ……」

岩山が切れて視界が開けはじめた。平らな台地に出た一行の足もとに、豆科植物が生えているチワワの砂漠がゆるやかな起伏を見せて広がっていた。山間を吹き抜ける風が強い陽射しを和らげているが、その風は焼けつくように熱い砂漠にまで吹きおろしてはいなかった。

「鉱山を抜けてゆく、そのほうが早いからな」とサガルが大声で言った。「クルス、相棒にしっかりつかまるように言うんだ。ここからは逆落としの急な下り坂になるぞ」

ヤキ族の男の手がアルテミオのベルトをしっかり摑んだ。だが、その握り方は落ちまいとしているのではなく、何かを語りかけようとしているように思われた。アルテミオは前かがみになって馬の首筋を撫で、そのあと苦しそうに顔を歪めているトビーアスのほうを振り返った。

インディオはヤキ族の言葉でこう囁いた。

「廃坑になった坑道のそばを通るはずですが、入口の近くを通る時に、馬から飛び降りて坑道に逃げ込むんです。あのあたりには縦坑が沢山ありますから、まず見つかりっこありません……」

彼はしばらく馬のたてがみを撫でていたが、やがて顔を起こして下の砂漠まで延びている斜面を見渡しながら、トビーアスの言った坑道の入口を探した。

ヤキ族の男は続けてこう言った。「私は両脚を骨折していますから、捨てておいてください……」

十二時？　一時だろうか？　陽射しがいっそう強くなった。

岩場の上に山羊が二、三頭現われたのを見て、数人の兵隊がライフル銃を撃った。一頭は逃げたが、もう一頭は彼らのいる台地になったところへまっさかさまに転がり落ちてきた。ビリャ派の兵隊が馬から降りると、その山羊をかついだ。

「もう山羊を撃つんじゃないぞ、いいか」と、サガルが笑みを浮かべながらしゃがれた声で言った。「あの時山羊などを撃って弾をむだづかいするんじゃなかった、と後悔する時が必ずくる、わかったか、パヤン伍長」

サガル大佐はあぶみに足をかけて立ち上がると、兵隊たちにこう言った。「みんなよく聞け、カランサ派の連中がすぐそばまで迫ってきている。だから、弾をむだづかいするな。おれたちは勝利を収めて意気揚々と南下しているんじゃない、今は敗残兵としてもと来た北のほうへ引き返すところなんだ、そのことを忘れるな」

「ですが、大佐」と伍長が蚊の鳴くような声で言った。「山羊一頭分の肉があれば、少しは腹の足しになりますよ」

「腹の足しどころか、屁の突っ張りにもならん」

それを聞いて、兵隊たちはどっと笑い転げた。パヤン伍長は射止めた山羊を馬の背にくくりつけた。

「下に着くまでは水はもちろん、炒りトウモロコシの粉にも手をつけるんじゃないぞ」とサガルが命令した。

彼はそうしたやりとりを聞いていなかった。険しい斜面に目をやりながら、坑道の入口を探していたが、道の曲がり角にそれが見つかった。

サガルの乗った馬の蹄が、坑道の入口から五十センチばかり離れたところにつけられている狭い軌道にぶつかった。その瞬間、アルテミオ・クルスは馬から身を躍らせた。兵隊たちが驚いて銃を構える前に、彼はゆるやかな斜面をごろごろ転がった。暗闇の中で膝をついた時、最初の銃声が鳴り響き、ビリャ派の兵隊たちのうろたえたような声が聞こえてきた。冷たい空気に触れたおかげで頭はすっきりしたが、暗闇の中で足もとがふらついた。奥のほうへ逃げよう、そう考えて脚の痛みを忘れて彼は駆け出したが、岩にぶつかった。両腕を広げ、別々の方向につけられている縦坑のほうに伸ばしてみた。一方の穴からは強い風が吹きつけ、もう一方からはむっとするような熱気が伝わってきた。伸ばした両手の指先に冷熱二つの温度が感じられた。おそらくそちらのほうが奥が深いにちがいないと考えて、彼は熱気のこもっている坑道のほうへ駆け出した。ビリャ派の兵隊たちの拍車の音が、カチャカチャとまるで音楽のように鳴り響きながらあとを追ってきた。マッチをつけると、黄色い炎があたりを照らしたが、とたんに足を踏みはずした。垂直に掘られた縦坑に転落し、虫に食われた梁の上にどすんと落ちた。上ではまだ拍車の音がしており、囁き交す声が坑道にこだましていた。彼はやっとのことで身体を起こすと、自分の落ちこんだ穴の広さを調べ、どこかに出口はないかと探した。

『ここで待つほうがいいだろう……』

上のほうから聞こえてくる声が、まるで口論でもしているように大きくなった。そのあと、サガル大佐の大きな笑い声が坑道に響き渡った。兵隊たちの声が遠ざかっていった。誰かが坑道から早く出ろというように下手な口笛を吹いた。縦坑の中に隠れている彼の耳に、何か重いものを引きずるような音が聞こえてきた。その音が二、三分も続いただろうか、やがてあたりが静かになった。ようやく目が暗闇に慣れてきた。

『どうやらいなくなったようだが、ひょっとするとワナかもしれん。もう少し様子を見よう』

廃坑になった縦坑は噎せかえるように暑かった。胸のあたりを撫でまわしてみると、転落した時に打ちつけたのか脇腹が痛んだ。そこは円形の穴で、出口はなかった。おそらく坑道のどん詰まりなのだろう。足もとには腐った梁が二、三本転がっており、何本かの梁がもろい砂土の天井を支えていた。ぐらつかないかどうか確かめたうえで、その梁の一本にもたれかかって待つことにした。太い梁が一本、落ちこんだ穴の入口のほうに向かって伸びていた。それを伝ってゆけば、穴の入口にもう一度たどり着けるだろう。手で触ると、ズボンにはあちこち裂け目ができていたし、チュニックの金モールも一部ちぎれていた。疲労と空腹と眠気が襲ってきた。両脚を伸ばすと、太腿のあたりに若々しく逞しい脈動が感じられた。暗闇の中で目を閉じて休憩していたが、息はまだ少し弾んでいた。自分が抱きたいと思っていた女のことを考えてみた。以前に抱いたことのある女の身体を思い浮かべようとしたが、うまくイメージを結ばなかった。この前フレスニーリョで抱いたのが最後の女だった。それにしてもあの娼婦はえらく着飾っていたな。『どこの生まれだい？』『どうしてこんな仕事をするようになったの？』そんなふうに尋ねると泣き出す女がいるが、彼女もやはりそうだった。押し黙っているのも気まずいのでいつもそんなふうに切り出すのだが、たいていの女はそう訊かれると、さも嬉しそうに作り話をしたものだった。けれどもあの女はちがった。あの時は泣かれて困ったな。戦争はいつ終わるんだろう？今度のが最後の作戦行動になるはずだ。彼は胸の上で腕を組み、呼吸を整えようとした。パンチョ・ビリャの敗残兵を叩けば、平和な世の中になるだろう。平和か。『これが終われば、何をすればいいんだろう？　どうして戦争が終わるなんて考えたんだろうな？　余計なことは考えないことだ』

平和になれば、きっとチャンスが訪れてきて、何か仕事が見つかるだろう。これまでメキシコ中をクロスワード・パズルのようにあちこち駆けめぐってきたが、やったことと言えば破壊だけだ。さんざん畑を荒らしてきたが、また種を蒔いてやればいい。いつだったかバヒーオですばらしい畑を見たことがあった。あのそばにアーケードのある家を建て、中庭を花で埋め尽くし、畑を見て暮らすことができればいいだろうな。種を蒔いて芽を出し、丹精こめて育ててやる、木々の世話をして芽がふくのを待ち、果実がなれば穫り入れる。そんな毎日が送れたらいいだろうな……。

『眠るんじゃない、気をしっかり持つんだ……』

彼は自分の太腿をつねった。しかし、顎が自然に上がり、頭が後方に倒れた。上からは何の物音も聞こえてこなかった。様子を見ようと、上に伸びている梁につかまって穴の入口のごつごつした出っぱりに足をかけようとした。腕力だけを頼みに身体をブランコのように振りながら梁から梁へと移動して、上方の出っぱりに指をかけた。そこから顔をのぞかせた。坑道の中は熱がこもっていた。しかし、入った坑道は以前よりも暗くて息苦しかった。彼は分岐している穴のほうに向かった。通気の悪い坑道の横にもうひとつ、強い風の吹き抜ける坑道があったので、そこに間違いなかった。元の穴のように光が射し込んでおらず、より遠く感じられた。日が暮れたのだろうか？　時間の計算を間違えたのだろうか？

彼は手さぐりで入口を探した。中が真っ暗なのは夜になったせいではなかった。ビリャ派の兵隊たちが、立ち去る前に重い岩を動かして入口をふさいだのだ。彼は墓場のような廃坑の中に閉じこめられてしまった。

万事休すだ、そう考えたとたんに胃が痛くなった。息が苦しくなったように感じられて、鼻腔が自然に開いた。顔に手を押し当てると、指でこめかみのあたりを揉んだ。風の吹いているもう一本の坑道を進んでみよう。砂漠に照りつける太陽に焼かれた風が外から吹き込んでいた。彼はもう一本の坑道を通って走り出した。甘い香りのする風を頼りに壁を手で探り、よろめきながら先に進んだ。水滴がぽたりと手の上に落ちた。水の出所を見つけようと口を大きく開けると壁に顔を近づけた。黒い天井から真珠のような水滴がポタポタしたたっていた。それを舌で受けとめると、二つ目、三つ目の滴が落ちてくるのを待ったが、やがてがっくり首をうなだれた。その坑道もどうやら行き止まりのようだった。空気の匂いを嗅いだ。踵のあたりを風が吹き抜けているのだから、おそらく下から吹き上げてくるのだろう。ひざまずいてあたりを手で探ってみた。足もとの目に見えない隙間から風が吹き込んでいた。そこはさきほどの坑道よりも狭かったが、風の穴が見つかったせいでがぜん元気が出てきた。さいわい足もとの石がぐらついていたので、石を取り除いてゆくと、隙間が大きくなり、ついに土が崩れ落ちた。崩れたところに、銀色の鉱脈が走っている新しい坑道が口を開いていた。彼はその穴にもぐり込んだが、意外に小さくて深さは胃のあたりまでしかなかった。とても立って歩けそうになかったが、ともかくも蛇のように這ってでも行けるところまで行こうと決心した。灰色の鉱脈と士官の金モールの金色の反射、そのおぼつかない光だけを頼りに、白い経帷子を着けた蛇のように這い進んだ。彼の目には片隅の黒々とした闇が映り、顎をつたって唾液が流れ落ちた。口の中はタマリンドの味がした。おそらく無意識のうちにあの果物を思い浮かべ、唾液腺が刺激されたのだろう。砂漠の澱んだ大気に運ばれて、遠くの果樹園の香りが彼のいる狭い坑道まで流れてきたにちがいない。嗅覚だけが目覚めていたが、それが別の匂いも嗅ぎとった。外気の匂いが鼻をついたのだ。彼はそれを胸いっぱい吸い込んだ。外の世界はすぐそこだ、間違いない。何時間ものあいだ坑道の中で埃っぽい空気を吸ってきたので、そのことが痛いほど感じとれた。低い坑道は下り坂になっていたが、突然それが切れて下が砂地の広い部屋のようなところに落ちこんでいた。彼は上の坑道からずるずる滑り落ちて、柔らかい砂地の上に降り立った。木の根がそのあたりまで伸びていたが、いったいどこを通って入り込んできたのだろう？

『この先はまた上りになっている。明るいのは光のせいだろうか、砂地に反射しているようにも思えるが、やはり光だ！』

彼は大きく息を吸い込んで陽光のふりそそいでいる入口に向かって駆け出した。

何も見ず、何も聞かずに走り出した。ゆるやかなギターの調べと、それに合わせて歌う疲れた兵隊のエロティックでどこかもの悲しい歌声も耳に入らなかった。

ドゥランゴの娘は
青と緑の服がお気に入り
八時をまわると
相手をつねらず、キスをする……

小さな焚き火の上ではさきほど山で仕止めた山羊があぶられており、時々手が伸びてその肉をむしっていたが、それすら目に入らなかった。

彼は焚き火で明るく照らされた場所に倒れ込んだが、何も聞こえず、何も目に入らなかった。キノコ型のサラコフ帽をかぶった男が笑いながら彼のほうに手を差し延べたが、その帽子と同じ丸い形をした午後三時の焼けつくような太陽のせいで何も見えなかった。

「大尉、頼むからあまり時間をかけさせんでくれ。あそこにいるヤキ族の男も食べているから、あんたもどうだね？　水筒の水もよかったら飲むがいい」

チワワ娘は初《うぶ》で純情

神に祈って言うことにゃ

どうか私を

やさしく愛してくれる男《ひと》が現われますよう……

彼は顔を起こした。サガル大佐の部下は地面に腰をおろしてくつろいでいたが、そちらを見る前に石ころと棘のある植物しか生えていない、乾ききった砂漠がどこまでも続く時の流れから取り残されたようなあたりの風景をぼんやり眺めた。そのあと、立ち上がって焚き火のそばに近寄った。そんな彼の様子をヤキ族の男がじっと見つめていた。彼は手を伸ばすと、よく焼けた山羊の背肉をむしり取り、腰をおろして食べはじめた。

ペラーレス。

そこは日干しレンガの家が建ち並ぶ、何の変哲もない町だった。町役場のある一画が敷石で舗装してあるだけで、あとは埃っぽい土の道ばかりだった。そこを裸足の子供が駆けまわり、通りの角では鋭い爪のある七面鳥が地面をついばみ、陽射しの下で犬の群れがだらしなく寝そべっていたが、時々急に起き上がったかと思うと、ワンワンうるさく吠えながら意味もなく走りまわった。鉄製のプレートとブリキの雨樋がついている、立派な門構えの屋敷は町に一、二軒しかなかった。金貸しか町の政治を仕切っているボス(たいていは同じ人間がこの二つを兼ねていた)の屋敷だったが、パンチョ・ビリャによって処罰されるのを恐れたのか、その家の住人は姿をくらましていた。軍隊は町にある二軒の邸宅を占拠し、通りに面した城壁を思わせる長大な壁の後ろの中庭に馬匹《ばひつ》や飼葉、それに弾薬や用具備品の入った箱が所狭しと並べてあった。戦いに敗れてもと来た土地に引き返そうとしている北部師団がからくも持ち出したもの、それが並んでいた。そこは灰色の町だったが、町役場の建物の正面だけがピンク色のペンキが塗られていた。けれども、その建物の横の壁や中庭は地面と同じ灰色がかった色になっていた。近くに水源があったので町が誕生したのだ。町の財産といえば、七面鳥と鶏、それに埃っぽい通りに沿って作られたわずかばかりの耕作地に植わっている干からびたトウモロコシだけだった。ほかに鍛冶屋が二軒に大工と雑貨店が一軒ずつ、それに何軒かの家が細々と家内工業を営んでいた。奇跡にすがって生きているとしか言いようのないその町の住民は、ひっそり暮らしていた。メキシコの田舎町はたいていそうだが、住民を見かけることはほとんどなかった。朝方や午後、あるいは夕方に時々トンテンカンという鍛冶屋のハンマーの音や生まれたばかりの赤ン坊の泣き声が聞こえてくることがあるが、焼けつくように熱い街路に人影を見かけることはめったになかった。時々、まだ小さい子供たちが裸足のまま外をのぞいているくらいのものだった。軍隊もやはり没収したお屋敷の壁の向こうに姿を隠すか、あるいは疲れきった兵隊たちが足取りも重く町役場の中庭まで行って、そこに身をひそめていた。彼らが馬から降りると、哨兵が近づいてきた。サガル大佐はヤキ族の男を指さしてこう言った。

「この男を牢に連れて行け。クルス、きみはわしと一緒に来てもらおう」

大佐の顔にはもはや笑みが浮かんでいなかった。石灰を塗った部屋のドアを開けると、軍服の袖で汗を拭い、ベルトを弛めて椅子にかけた。捕虜は立ったまままそんな彼をじっと見つめていた。

「椅子にかけないかね、そのほうが話がしやすい。葉巻はどうだね？」

捕虜は葉巻を受け取ると、ライターに顔を近づけた。

「さてと」そう言ってサガルはにっこり笑った。「訊きたいことがあるんだが、べつにむずかしい話ではない。われわれのあとを追ってきている部隊の作戦計画を知りたいのだ。それを教えてくれれば、きみを釈放しよう。正直言って、この戦いはわれわれの負けだ。しかし抵抗もせずにおめおめと敵の軍門に下るのはやはり潔《いさぎよ》しとしないのだ。その辺のところはきみも同じ軍人だからわかるだろう」

「もちろんわかります。だからこそ話すわけにゆかないんです」

「うむ、それはそうだ。しかし、ほんの少し洩らしてくれるだけでいい。きみをはじめあの峡谷で戦死した仲間の者たちは偵察隊にちがいない、それはこちらもよく理解している。ということは近くに大部隊がいるということだ。おそらくわれわれが北上して行く進路も嗅ぎつけているだろう。ただ、あの山岳地帯を抜ける近道には気づいていないはずだから、平地を通ってゆくだろうが、そうすると二、三日はかかる。そこで訊きたいのだが、そちらの兵の数はどれくらいだ、汽車で先に進んでいる部隊数や糧食のこと、それに砲門の数、そういうことを教えてもらいたい。作戦はどうなっているんだね？　われわれのあとを追ってきている騎兵隊とどこで合流することになっているのかね？　こちらが訊きたいのはそれだけだ。それを教えてくれさえすれば、きみは自由の身になれる、これは誓って本当だ」

「その保証というのはいつまで続くのですか？」

「いいかね、大尉、われわれは間違いなく敗北する。正直に言おう、師団はいまや潰滅状態にある。部隊はばらばらに分裂し、兵隊たちは潰走してゆく途中で次々に脱走して故郷の村や農場にもどっている。山岳地帯を抜ける前に、師団はおそらく消滅してしまうはずだ。考えてみれば、ドン・ポルフィリオを倒すべく蜂起してもう何年になるだろう。その間ずっと戦い続けてきて、疲れきっているのだ。ポルフィリオのあとはマデーロ〔フランシスコ、一八七三～一九一三。メキシコ革命の指導者のひとり〕、次はオロスコ〔パスクアル、一八八二～一九一五。メキシコ革命の指導者のひとり〕の率いる赤ども、その次はウエルタ〔ビクトリアーノ、一八五四～一九一六。メキシコの軍人。一時期大統領職に就くも、反乱があり亡命〕の部下の、髪を短く切った兵隊、そして今度はカランサを信奉しているきみたちが相手だ。長年にわたって戦いに明け暮れてきたせいで、われわれは疲れきっている。部下はトカゲのように身体じゅうに大地の色が染みついてしまっている。間もなくもとの小屋にもぐり込んで、百姓の服を身に着けるだろう。そして、百年先になるかもしれんが、ともかくまた武器をとって立ち上がる日が来るのを待ち続けるだろう。みんなは、南にいるサパタ〔エミリアーノ、一八七九～一九一九。メキシコ革命の農民指導者。一九年に暗殺された〕派の兵隊と同様今回の戦いは自分たちの負けだということをよく知っている。そうなんだ、きみたちが勝ったのだ。しかしだ、きみは味方が勝利を収めたというのに、こんなところでみすみす犬死するのはいやだろう。それでもいいのかね？　われわれは敗北を覚悟している。だが、戦ったうえで敗北したいのだ。それがわしの願いだ。名誉ある敗北を迎えさせてくれんか」

「パンチョ・ビリャはこの町にいないんですね」

「うむ、彼はここにいない。もっと先だ。われわれが残って敵を迎え撃つことになった。手勢が足りんので勝ち目はないだろう」

「保証というのは、どういうことですか？」

「牢には入ってもらうが、それもきみの味方の軍隊が助けに来るまでのことだ」

「わが軍が勝てば、おっしゃるとおりになるでしょうが、もし負けた場合は……」

「その時は馬を与えるから、それに乗って逃げればいい」

「逃げてゆくところを後ろからズドンとやられるのではないですか？」

「きみはまさか……」

「いや、やはりお断わりします」

「牢には友人のヤキ族の男とカランサが派遣してきたベルナル学士という使節がいる。そこで銃殺の命令が出るのを待つがいい」

そう言ってサガルは立ち上がった。

二人とも感傷的な気分にひたってはいなかった。敵味方に分かれてはいたが、毎日のように盲目的な戦いを休みなく続けてきたので、彼らの心に感傷の入り込む余地などなかった。感情を一切まじえず、機械的に話し合ったにすぎなかった。サガルは情報を洩らしてくれれば釈放しよう、さもなければ牢に入ってもらうと言い、捕虜のほうはその申し出を撥ねつけた、それだけのことだった。そこにいたのはサガルとクルスという二人の人間ではなかった。敵味方に分かれて戦う機械の一部だった。だからこそ、銃殺という言葉を聞いても彼は顔色ひとつ変えなかったのだ。彼がその言葉を聞いて平然としていたのは、自分自身の死を従容《しょうよう》として受け入れる覚悟ができていたからにほかならない。彼もつづいて立ち上がると、奥歯をぐっと嚙みしめてこう言った。

「われわれは長年のあいだ上からの命令にひたすら従ってきましたが、おかげで自分の意思、というか自ら進んで何かしようと考えるゆとりがありませんでした、そう思われませんか、サガル大佐？　今度こそ私はアルテミオ・クルスとして行動したいのです。軍人としてではなく、ひとりの人間としてこの命を賭けてみたいのです。私を殺すおつもりなら、殺してもらってけっこうです。ですが、その時はどうかアルテミオ・クルスとして殺してください。さきほどあなたがおっしゃったように、われわれも疲労困憊《こんぱい》していますから、この戦争は間もなく終わるでしょう。だからこそ、私は勝利を収めた大義の最後の犠牲者になりたくないのです。あなたにしても、敗れた大義の犠牲になるのはおいやでしょう？　男と見込んでお願いします、どうか私にそのチャンスを与えてください。拳銃をもってあなたと決闘してみるのもいいでしょう。いや、それよりも中庭に線を一本引いてください。あなたと私がそれぞれ銃をもって反対側の隅から進み出ます。その線を越える前にあなたの射った弾が当たれば、殺していただけてけっこうです。ですが、もし弾に当たらずその線を越えることができたら、私を釈放していただきたいのです」

「パヤン伍長」とサガルは目を輝かせ、大声を張り上げて伍長を呼んだ。「この男を牢に連れてゆけ」

そのあと捕虜のほうに向き直ってこう言った。

「処刑がいつ行われるか、時間は言わずにおく。一時間後か、それとも明日、明後日になるかもしれん。覚悟だけはしておくがいい。わしの言ったことをよく考えておくんだ」

鉄格子を通して牢に西陽が射し込んでいた。囚人のひとりは立ち、もうひとりは横たわっていた。牢内の囚人に西陽が当たり、二人の影が黄色く浮き出していた。彼の顔をみて、トビーアスは口の中で挨拶の言葉をつぶやいた。牢の中を苛々した様子で歩きまわっていたもうひとりの男は、牢番の伍長が扉を軋ませて閉め、鍵をかけると、さっさと彼のそばに近寄った。

「アルテミオ・クルス大尉だね？　私はベヌスティアーノ・カランサ司令官の命でこちらに派遣されたゴンサーロ・ベルナルだ」

その男は軍服でなく、背中に飾りベルトのついたコーヒー色のカシミアの平服を着ていた。汗まみれになって戦っている彼ら兵隊たちのところに、時々文官が姿を見せることがあったが、その連中を見るように彼は冷やかな軽蔑をこめてちらっとその男を見た。ベルナルはハンカチで広い額と赤毛の髭を拭きながらこう言った。

「あの男は片方の脚の骨が折れていて、かなり具合が悪いようだね」

大尉は肩をすくめて言った。

「いつまでもつかだろうな」

「何か情報はないかね?」そう尋ねながらベルナルはハンカチで口を押さえたので、くぐもったような声になった。

「何時だとは言わなかったが、三人とも銃殺刑になるそうだ。風邪で死ぬことはないだろう」

「その前に友軍が助けに来てくれないかな?」

天井や壁、鉄格子の入った窓、埃っぽい床などを眺めまわし、どこかに脱出口はないかと探しまわっていた彼は、それを聞いて急に立ちどまると、この男も敵かもしれん、牢に送り込まれた密告者かもしれんと考えて相手の顔を見つめた。

「水はないかな?」と尋ねた。

「ヤキ族の男が飲んでしまったよ」

その時、インディオが呻き声を上げた。彼は土気色の顔をし、ベッドと椅子を兼ねている剝出しのベンチの、石の枕に頭をのせているインディオのそばに行くと、頰がくっつきそうになるほど顔を近づけた。これまでは大勢の兵隊のひとり、黒い仮面のようにしか思っていなかったが、その顔を間近に見て、彼は思わずたじろいだ。頑健で敏捷な戦闘員とみなしていたトビーアスが自分の目の前で静かに激痛と戦っているのを見て、胸を打たれたのだ。その時はじめて彼は、トビーアスが人間らしい顔をしていることに気がついた。笑ったり、怒ったり、まぶしい陽射しに目を細めたりしているうちに出来た白っぽい皺が目尻から頬にかけて一面に広がっていた。そのインディオは分厚い、突き出した口もとを弛め、やさしい笑みを浮かべた。褐色の切れ長の目を見ていると、ふと魔法にかけられて濁った光がいまにも外にあふれ出しそうになっている魔法の井戸をのぞき込んだような錯覚にとらえられた。

「やはり来ましたね」とトビーアスはヤキ族の言葉で話しかけた。シナロアの山岳地帯である部隊と接触した時に、彼はインディオの言葉を覚えたのだ。

彼はヤキ族の男の逞しい手を握りしめた。

「ああ。トビーアス、どうやら銃殺されるらしいぞ」

「そのようですね。立場が逆だったら、あなたも同じことをなさるでしょう」

「そうだな」

太陽が沈むまでの間、彼は黙りこくっていた。三人はけっきょく牢の中で一夜を明かすことになった。ベルナルは牢内をゆっくり歩きまわっていた。彼は立ち上がったが、すぐに腰をおろして地面に線を引きはじめた。外の通路では石油ランプに火がつけられ、牢番の伍長が何か食べているような音が聞こえてきた。冷たい風が砂漠から吹き寄せてきた。

彼はふたたび立ち上がると、扉のそばに行った。粗削りしただけの松の厚板の扉には、目の高さのところに小窓が開いていた。向こうでは伍長がトウモロコシの葉を巻いたタバコを吸っているのだろう、白い煙が立ちのぼっていた。彼は錆ついた鉄格子の前に立って拳を握りしめると、牢番の平べったい顔をじっと見つめた。牢番のかぶっているズックの軍帽の下から髪の毛がはみ出し、それが髯の生えていない角ばった頬のあたりまで垂れていた。囚人は牢番と目を合わそうとしてじっとそちらを見つめていたが、気配を感じたのか牢番が振り返って、空いたほうの手で何か用かねというようなジェスチャーをした。仕事柄習慣になっているのだろう、牢番はすばやくもう一方の手でカービン銃を摑んだ。

「処刑は明日行うようにとの命令は出ているのかね?」

伍長は黙りこくったまま、切れ長の黄色っぽい目で彼をじっと見つめていた。

「おれはこのあたりの人間じゃないんだが、あんたはどこの生まれだね?」

「山の向こうだ」と伍長が答えた。

「どんなところだね?」

「どこが?」

「処刑場さ。そこから見えるかい?」

彼は火を貸してくれというジェスチャーをした。

「何が見えるんだね?」

その時彼はふと、ベラクルスにある荒れ果てた農場を抜け出し、山を越えて逃げたあの夜以来ひたすら前ばかり見て生きてきたことに気づいた。あれ以来、一度も後ろを振り返らなかった。あれ以来、自分の力だけを頼りに生きてゆこうと努力してきた……。そして、今……思わず、「どういうところだね？」、「そこから何が見えるね？」と尋ねたが、ふと追慕の念に駆られて生い茂るシダやゆるやかな流れの川、小屋の上の鐘状花、糊のきいたスカート、マルメロの香りのする柔らかな髪の毛を思い出し、それをごまかそうとしたのだ……。

「あんたたちは裏の中庭に連れて行かれるはずだよ」と伍長が説明した。「そこから見えるものといえば、そうだな、高い壁くらいのもんだ。大勢の人間が銃殺されたんで、壁はあばたのように穴だらけになっている……」

「山は、山は見えないかね？」

「山？　さあ、どうかな……」

「あんたは銃殺された人間を大勢見てきたんだろう……」

「まあね……」

「処刑される側の人間よりも、処刑する側の人間のほうが事情に詳しいと思ってね……」

「あんたは一度も処刑に立ち合ったことがないのかね？」

（『むろんあるとも。しかし、銃殺刑に処せられる人間がどんなことを考えるだろうとか、自分が処刑されることになるとは夢にも思わなかった。だから、おれはお前にそんなことを尋ねる資格はないんだよ。そうだろう？　お前もやはりおれと同じように人を殺してきた。だから、殺される側の人間の考えていることなどわかりはしないし、人にそれを語って聞かせることもできないのだ。あそこに戻ることができたら、銃声を聞き、胸と顔に弾を受けた時の思いがどういうものか語って聞かせることができたら。その真実を語って聞かせることができたら、おれたちはもう金輪際人を殺したりはしなくなるだろう。さもなければ、死ぬことを屁とも思わなくなるだろう……。死ぬのは恐ろしい……だが、しょせん人間はこの世に生まれてやがては死んでゆく……。お前やおれにいったい何がわかるというのだ？』)

「大尉、その星形勲章はもういらないんじゃないのかね。よかったらくれないか？」

伍長が格子の間から手を差し入れるのを見て、彼はくるりと背を向けた。伍長はその様子を見て、くつくつ笑った。

ヤキ族の男がインディオの言葉で何かつぶやきはじめたので、彼は足を引きずりながら固い石の枕のそばに近寄った。インディオの熱っぽい額に手を置き、その言葉にじっと耳を傾けた。耳ざわりのいいリズミカルな声が牢内に響いた。

「なんて言ってるんだい？」

「いろんなことだ。政府が彼らから先祖伝来の土地を取り上げて、アメリカ人に与えたので、自分たちの土地を守ろうとして戦ったが、連邦軍がやってきて彼らの手を切り落とし、山へ追いやった。ヤキ族の首長たちは絶壁へ連れてゆかれ、重しをつけてそこから海に投げ落とされたといったことだ」

ヤキ族の男は両目を閉じたまましゃべり続けていた。

「残ったおれたちは数珠つなぎにされて、シナロアからユカタン半島まで無理やり歩かされた」

「ユカタン半島にたどり着くまでに、女、子供、老人がバタバタ死んでいった。リュウゼツランの農場にたどり着いた者たちは奴隷として売り飛ばされ、夫婦者は別れわかれになった。女たちは自分たちの言葉を忘れて、もっと多くの労働者を産み落とすようにと中国人と寝るように強制された……」

「わしは故郷に戻った。戦争がはじまったと聞いたので、わしは兄弟とともに危害を加えた連中と戦うために故郷に戻った」

ヤキ族の男は小さな笑い声を立てた。彼は用を足したくなったので、立ち上がると、カーキ色のズボンの前ボタンをはずした。彼は牢の片隅に行くと、埃っぽい床の上で用を足した。その時ふと、どんなに勇敢な兵隊でも死ぬ時は必ずズボンの前を濡らすことを思い出して、いやな気持ちになった。ベルナルは腕組みをしたまま、格子越しに暗く冷たい夜の月を眺めていた。町のほうからトンテンカン、トンテンカンというハンマーの音が途切れることなく聞こえ、また壁の向こうから意味不明の話し声が聞こえてきた。彼はチュニックの埃をはらうと、若い大学卒の男のそばに近寄った。

「タバコはあるかね?」

「ああ……たしかあったと思うよ……。この辺にあったはずなんだが……」

「ヤキ族の男にやってくれ」

「さっき勧めたんだが、どうもぼくのは吸いたくないらしいんだ」

「あの男のはもう残っていないのかい?」

「そうみたいだな」

「牢番に言ってカードを借りてみるか」

「いや、いらない、とてもカードなんかする気にはなれないよ……」

「眠いのかい?」

「いや、べつに」

「たしかにそうだ。眠らなくたっていいんだ」

「いつか自分は後悔するかもしれないって考えたことはないかい?」

「何だって?」

「つまり、その前に眠っていたら……」

「つまらん冗談を言うな」

「そうだな。いっそ昔のことでも思い出したほうがいいかもしれない。思い出というのはいいものだって言うからね」

「べつに思い出すことなんてありはしないさ」

「たしかにそうだが、ヤキ族の男はいいよな。余計なおしゃべりをしなくても、いくらでも思い出すことがあるんだからな」

「たしかに……いや、あんたの言うことがよくわからんな」

「つまり、ヤキ族の男には思い出すことが沢山あっていいってことなんだ」

「思い出といっても、あの男の場合はおれたちとはまた違った意味をもっているかもしれないぜ」

「シナロアからユカタン半島まで徒歩で行ったって言ってたな。さっきの話だけど」

「ああ」

「……」

「レヒーナ」

「何だって？」

「いや、人の名前を口にしてみただけだ」

「きみはいくつだい？」

「もうすぐ二十六だ。あんたは？」

「二十九歳になるけど、これといった思い出はないんだ。急に人生が大きく変化して、戦争に巻き込まれてしまったんだ」

「幼い頃のことを思い出すっていうが、どういう時に思い出すんだろうな？」

「そう言えばそうだ。なかなか思い出せないものだね……」

「おい、いまおれたちがしゃべっている間に……」

「どうかしたのかい？」

「ある人の名前を何度か口にしてみたんだが、何も感じないんだ。なんというか、まるで見知らぬ人間の名前みたいな感じがするんだよ」

「そろそろ夜明けだね」

「気にするな、そんなこと」

「背中がひどく汗ばんでいるんだ」

「タバコをくれないか。おい、どうした？」

「いや、すまん。はい、これ。ひょっとすると何も感じないのかもしれないな」

「みんなそう言っているよ」

「誰が？」

「処刑を行う連中さ」

「気になるのかい、クルス？」

「まあね……」

「どうして考えないんだい、つまり……」

「考えるって？　おれが死んだところで、この世の中は何ひとつ変わりゃしないってことかい？」

「いや、そうじゃない。先のことでなく、過去のことだよ。革命で大勢の人間が死んでいったろう……」

「そういうことか。そりゃ考えるさ。ブーレ、アパリシオ、ゴメス、ティブルシオ・アマリーリャ大尉、いろんな人間のことが頭に浮かぶな……」

「きみが思い出すといってもせいぜい二十人くらいのものだろう。だけど、死んでいったのは彼らだけじゃない。みんなどんな名前だったんだろうな。今度の革命だけじゃなくてすべての革命や戦争で大勢人が死んだろう、ベッドで大往生を遂げた者もいる、彼らはみんなどんな名前だったんだろう？　その名前を覚えている人間なんていないだろうな」

「すまんが、マッチを貸してくれ」

「ああ、そうだったな、気がつかなかった」

「やっと月が出た」

「月を見たいのかい？　何ならぼくの肩に乗っかればいい……」

「いや、そこまですることはない」

「時計を没収されてよかったよ」

「そうだな」

「なまじ時計があったら、かえって時間が気になるからな」

「そうだな」

「夜がかえって長く感じられただろうな……」

「ここは小便臭いな」

「ヤキ族の男を見るといい、よく眠っている。ここにいる三人は少しもおびえていないけど、たいしたものだよ」

「今日一日だけじゃなく、明日もここにいることになるかもしれんな」

「どうかな。だしぬけに入ってきて、連行されるんじゃないのかな」

「ここの連中はそういうことはやらんよ。楽しんでいるのさ。処刑は夜明けと相場が決まっている。だから、おれたちをじらして楽しんでいるんだ」

「衝動に駆られて何かやるってことはないだろうか？」

「ビリャならやりかねないが、サガルはちがうよ」

「クルス……ばかばかしいと思わないかい？」

「何が？」

「革命の統領というのが何人もいて、そのうちの誰ひとりとして信用できる者がいない、それなのにぼくたちはその中のひとりの手にかかって殺されるんだよ」

な?」

「三人一緒に処刑されるのか、それともひとりずつ引き出されるのか、どちらだろう

「三人まとめてやるほうが楽なんじゃないのかな。きみは軍人だからその辺のところは詳しいだろう」

「何かいい手がないものかな?」

「面白い話があるんだ。それを聞いたら、笑い死にするかもしれないよ」

「というと?」

「ここから出られないとわかっているから話せるんだけど、じつを言うとカランサはぼくが捕らえられるだろうと見越したうえでこちらに派遣したんだ。もしぼくが殺されたら、悪いのは相手だということになるからね。裏切り者として生かしておくよりも英雄として死なせたほうが得策だと考えたんだ」

「あんたが裏切り者だって?」

「それは見方によるんだけどね。きみはこれまで上からの命令に従ってひたすら戦場を駆けめぐってきたから、指導者を疑うなんてことはなかっただろう?」

「言われてみればたしかにそうだな。とにかく戦争に勝つことしか考えちゃいないからな。あんたはオブレゴンとカランサの下で働いているんだろう?」

「まさかサパタやビリャの味方をするわけにはゆかないからね。だけど、ぼくは誰も信

じちゃいないんだ」

「どういうことだね？」

「これはドラマなんだよ。そしてその主役は革命の指導者というわけさ。革命がはじまったばかりの頃を覚えているかい？　遠い昔のように思えるけど、ついこの前のことだ……。あの頃は誰も指導者のことなんか気にしてはいなかった。革命はすべての民衆のために起こったんだけど、それがいつの間にか統領を生み出してしまった……」

「すると、おれたちが統領に忠誠を誓っているのは間違いだというのか？　それが革命というものなら、統領に忠誠を誓ってどこが悪いんだ」

「そうじゃない。ヤキ族の男のことを考えてみるといい。あの男は自分たちの土地を奪い返そうとして革命に身を投じたけれども、今ではオブレゴン将軍の部下になってビリャ将軍を相手に戦っている。以前はこうじゃなかった。派閥争いなんて考えもしなかったからね。革命の波が押し寄せた町や村では、農民の借金は棒引きにされ、高利貸しは財産を没収、政治犯は釈放、以前のボスは放逐といった改革がなされたというのに、現状はどうだ。民衆を解放しようと考えていた人々は姿を消して、生き残ったのは揉み手擦り足で統領に取り入ろうとする三百代言ばかりだ」

「いずれ民衆が解放される時代が来るさ」

「いや、無理だよ。革命は戦場において形作られる、これはたしかに真実だ。けれども、革命というのはいったん腐敗しはじめると、戦場でいくら勝利を収めても、もうどうにもならないんだ。むろんその責めはすべての人間が負うべきものだがね。欲深い人間、野心家、凡庸な連中、こうした連中によって革命は分断され、指導されてきたが、それをぼくたちは手を拱いて見ていたんだ。ラディカルで妥協を一切許さない真の革命を目ざしたのは文字も満足に読めない、血を見るのが好きな人間たちだった。一方、教養のある連中は悲しいことに自分の利益を守ることに狂奔して、革命を中途半端な形で終わらせようとしている。要するに、あの連中はドン・ポルフィリオ〔ポルフィリオ・ディアスのこと、一八三〇～一九一五。インディオと白人の混血で、七期にわたり大統領職に就いて独裁制を敷いた〕時代のエリートと同じで、私腹を肥やして優雅な暮らしをしたいと思っているだけなんだ。メキシコのドラマは主役が入れ替わるだけのことで、いつも同じなんだ。ぼく自身はこれまでずっと、クロポトキンやバクーニン、それにプレハーノフ老人の本を読みあさってきたけど、少年時代から本は好きで、議論ばかりしてきた。そうこうするうちに革命が勃発して、カランサの率いる軍に身を投じた。その理由というのが自分で言うのもなんだけどばかばかしい話でね、高潔な人物は彼しかいないと思い込んでいたんだよ。見た目にも恐ろしい感じがしなくて、温厚そうだろう。まるで女みたいな話さ。髪を短く刈った兵隊やビリャ、サパタといった連中がおっかないんだ……。『いま生きているような人間が、この先もずっと生まれ変わって生き続けるようなら、自分のような人間はしょせん無用の長物でしかないだろう……』まさしくそのとおりなんだ」

「いざ処刑ということになれば、案外腹が据わるもんだよ……」

「『自分の性格上、度しがたい欠点はそこにある。幻想的なもの、いまだ誰ひとり目にしたことのないような冒険、予測不可能な無限の地平を切り開くような企図、そうしたものを偏愛するきらいがある……』そう、まさにそれだ」

「牢に入る前にどうしてそのことを言わなかったんだ？」

「イトゥルベ、ルシオ・ブランコ、ブエルナといった連中は、指導者になろうなどという下心を抱いていなかったので、ぼくは一九一三年以後そういう軍人たちを摑まえては言い続けてきたんだ。カランサというのは人々の間に不和の種を蒔き、うまく漁夫の利を得ることのみに腐心してきた老人だけど、廉直な軍人たちはそこのところが見抜けなかった。凡庸な人間であるあの老人が、他人を押しのけて這い上がっていくにはそれしか手がなかったんだろうな。自分がその陰に隠れてしまうような人間を蹴落として、パブロ・ゴンサレスのような男を登用したのもその辺に理由があるんだ。革命勢力を分断して、派閥間の抗争にすりかえてしまった元凶はあのじいさんだよ」

「それでペラーレスに送り出されたってわけかね？」

「ぼくの使命はビリャ派の兵隊たちに降服しろと説得することなんだ。だけど、敗残兵というのは自暴自棄になっているから、敵方の人間が来れば、ただで帰すわけがないだろう。要するにぼくは、火中の栗を拾わされたってわけだ。あの老人は自分の手を汚すのがいやなものだから、敵にその仕事をさせようとしたんだ。いいかい、アルテミオ、革命の統領たちは民衆や革命のレヴェルよりもはるかに低い次元で動いているんだよ」

「じゃあ、どうしてビリャ派に寝返らないんだ?」

「寝返って新しい統領につくか、なるほど。だけど、その男がいつまで持つかが問題で、次々に乗り換えていったとしても、最後は今回みたいに牢の中で銃殺刑の命令が下るのを待つのが落ちじゃないのかな」

「それでも、今回は生き延びられるじゃないか……」

「そうじゃないんだよ、クルス……。むろんぼくだってできれば助かりたい、生きてプエブラの町に戻りたいよ。妻のルイサや息子のパンチョリン、ぼくを頼りにしている妹のカタリーナや父親のドン・ガマリエル老人の顔をできれば見たいさ。父は気位が高いうえに目が見えないので、ぼくがどうしてこんなところに放り込まれる羽目になったか、そのいきさつを説明してやりたいんだ。失敗するとわかっていても、この世の中にはやらなければならないことがある、そこが父には理解できないんだ。農場経営や闇でやっている高利貸し、そうしたものが作り上げている秩序が永遠に変わらないと思い込んでいるんだよ……。家族の者に会って、ぼくのことを伝えてくれる人間がいないかな。この牢に入れられた以上、おそらく生きては出られないだろう。これじゃあまるでぞっとするような椅子取りゲームと同じだよね。ぼくたちは犯罪者と小人に囲まれて生きているんだ。図体の大きい統領は、自分よりも小柄な小人をかわいがり、身体の小さい統領は自分がのし上がっていくうえで邪魔になるというので、大きな男を暗殺する。情けない話だけどこれが現実なんだ、アルテミオ。現在起こっていることはやむを得ないことだ、だからこそそれを腐敗させてはならないんだ。一九一三年に、全国民が決起して革命を起こし革命は必要だけど、その時に望んでいたのはこんなものでなかった。きみも早く覚悟を決めたほうがいい、サパタとビリャが排除されたら、残るのは二人だけだ。現在きみがその下で働いている二人だけど、いったいどちらにつくつもりだい?」

「おれはオブレゴン将軍の部下だよ」

「見上げた覚悟だね。するとあとはきみ自身がうまく生き残れるかどうかだ、うまく……」

「おい、おい、おれたちは間もなく銃殺されてあの世へ行くんだぞ」

それを聞いてベルナルは、宙に舞い上がろうとして足もとをすくわれたように、急に笑い出した。彼はもうひとりの囚人の肩を摑んでこう言った。

「ぼくはやはりどこまでも政治家なんだな、まったくいまいましい話だ。ひょっとすると、これは直観の働きかもしれないぞ。話は変わるけど、きみはどうしてビリャ派に寝返らないんだ?」

暗かったので顔ははっきり見えなかったが、それでもベルナルのすべてを知り尽くしたような顔や思い上がった態度、人を小馬鹿にしたような小さな目がありありと目に浮かんだ。彼らが死にもの狂いになって戦っている間も、武器をもたずにやくたいもないおしゃべりにうつつを抜かしている大学出の文官というのは、どいつもこいつも同じだ。彼はベルナルから乱暴に離れた。

「どうしたんだい？」とベルナルが笑いながら尋ねた。

彼はわけのわからない唸り声を上げると、火の消えたタバコにもう一度火をつけた。「やめよう、こんな話はもう沢山だ」口の中でつぶやくようにそう言った。「いいか、おれたちは間もなくあの世とやらへ行くんだぞ。そんな時に、頼んでもいないのに自分のことを嬉しそうにぺらぺらしゃべる人間というのが、おれにはどうも鼻持ちならないんだ。しばらく静かにしていてくれないか、学士さんよ。言いたいことがあったら、自分相手に好きなだけしゃべるんだな。死ぬ時になっても、まだ女々しいことを聞かされるのはごめんだ」

それを聞いてゴンサーロは乾いたかん高い声で言い返した。

「いいかい、ここにいる三人は死刑囚なんだ。それに、ヤキ族の男だって自分の人生を……」

つい気を許して告白めいたことをしゃべり、自分の心のうちまで明かしてしまったが、考えてみれば相手はそれに値しない男だった。そんな男の前で胸襟を開いてしゃべったことが悔まれた。

「あいつは男らしい一生を送ったんだから当然だ」

「じゃあ、きみはどうなんだ?」

「おれかい? おれはひたすら戦い続けてきただけだ。そのほかのことは何ひとつ覚えていないよ」

「女を愛したことはあるんだろう……」

彼は拳を握りしめた。

「……きみにだって両親はいたはずだ、子供までいるかどうか知らないがね。子供はいないのかい? ぼくにはいるんだよ、クルス。これでもぼくは男らしい人生を歩んできたつもりだ。ここを出て、自分の人生を生きたいんだ。きみはどうなんだ? 女を愛したいと思わないのかい? ……」

彼は暗闇の中で何も言わず低い唸り声を上げると、カシミアの服を着たベルナルの襟を摑んで壁に叩きつけた。大尉であり捕虜でもある彼の胸の中にいろいろな思いが去来していた。それをあの男は悲しげな声でもっともらしい理屈と女々しい考えを並べながら代弁していたのだ。自分が死んだら、どうなるんだとあの男は殴られながら繰り返していたが、それこそ彼の考えていることだった。ベルナルはまだしつこく繰り返していた。

「……三十にもならないで死ぬのはごめんだ……ぼくたちが死ねば、どうなるんだろう？　まだしたいことが山ほどあるんだ……」

背中にびっしょり汗をかいていた彼は、ベルナルに顔を近づけ、囁くように言った。

「……何ひとつ変わりはしない、それくらいのことはわかるだろう。おれたちが銃殺されたところで、相も変わらずお天道様は昇り、子供は生まれてくる。ちがうかね？　ええ、そうだろうが！」

二人の身体がぱっと離れたが、ベルナルはそのままずるずる床に倒れた。彼は決然とした足取りで扉のところまで行った。サガルに出まかせを並べ立てて、ヤキ族の男を助けてもらおう。ベルナルのことなど知ったことか。自分の始末は自分でつければいい。牢番の伍長が鼻歌をうたいながら彼を大佐のところへ案内した。一方彼は、それまで心の奥底に秘めていたのが今になって急に蘇ってきたあの甘く苦い思い出を、レヒーナを失った悲しみをひとり噛みしめていた。今頃は名もない町の、名もない墓地でウジ虫にむさぼり食われている彼女が、生きている人間である彼に思い出してもらうことで、死の世界から蘇ることができるの、と言っているような気がした。

「言っておくが、騙《だま》そうとしてもむだだぞ」とサガル大佐がいつもの笑みを含んだ声で言った。「偵察隊を二手に分けて派遣し、きみの話が本当かどうか確かめるつもりだ。嘘をついたり、きみが教えたのと逆方向から攻撃を仕掛けてくるようなことがあれば、気の毒だが、あの世に旅立ってもらう。名誉を守るのはいいが、そのために嘘をついたところで二、三時間命が延びるだけのことだから、よく考えるんだ」

サガルは脚を伸ばすと、靴下をはいた足の指を大きく動かした。すっかり型が崩れくたくたになった軍靴がテーブルの上に投げ出してあった。

「ヤキ族の男はどうなるんだ?」

「あの男は勘定外だ。夜が長くなっているから、なにも二人の囚人に夜明けの光を拝ませてやることもないだろう。パヤン伍長!……囚人たちをあの世に送ってやれ。牢から出して、裏の中庭まで連れてゆくんだ」

「ヤキ族の男は歩けないんですが、どうしますか?」と伍長が尋ねた。

「マリファナでも吸わせてやるんだな」とサガルが笑いながら言った。「そうだな、担架で運び出して、倒れないよう壁にもたせかけるんだ」

トビーアスとゴンサーロ・ベルナルは何を見ていたのだろう? 大尉はあの二人よりも背が高かったうえに、町役場の屋上にいてサガルの横に立っていたが、あの二人と同じように何も見ていなかった。下をのぞくと、ヤキ族の男は担架にのせられ、ベルナルはうなだれていた。二人は壁の前に立たされたが、その両脇には二台の石油ランプが置いてあった。

夜で、あたりは暗く、まだ曙光は見えず、山も暗闇の向こうに姿を隠していた。赤い閃光が闇を切り裂き、ベルナルはヤキ族の男の肩に触れようとするように手を伸ばした。トビーアスは担架で身体を隠すようにして壁にもたれていたが、ランプに照らされたその顔は銃弾を浴びて潰れていた。地面に倒れたゴンサーロ・ベルナルの足が石油ランプの光に照らし出されていて、そこから細い糸のように血が流れ出していた。

「二人の死体はあそこにある」とサガルが言った。

彼がそう言い終わったとたんに、遠くのほうで激しい銃声が聞こえ、つづいて鈍い大砲の音が響いたかと思うと、彼らのいる建物の角が吹き飛ばされた。周章狼狽しているビリャ派の兵隊たちの叫び声が彼らのいるところまで聞こえてきた。サガルは屋上から何かわめき散らしていた。

「敵だ！　見つかったんだ。カランサ派の兵隊だぞ！」

彼は大佐を殴り倒すと、渾身の力をこめて大佐のホルスターを握りしめた。その手に冷たい金属の感触が伝わってきた。彼はサガルの背中に拳銃を押しつけ、相手の首に右腕をまわすと、歯を嚙みしめ口から泡をふいている相手の喉首を締め上げて、身動きできないように押さえつけた。処刑の行われた中庭は混乱状態におちいっていたが、屋上からでもその様子が手にとるように見えた。兵隊たちは右往左往して、トビーアスとベルナルの遺体を踏みにじったり、石油ランプを押し倒したりしていた。ペラーレスの町のあちこちに砲弾が落ち、そのたびに人々は悲鳴を上げて逃げまどい、火の手が上がり、馬がいななてギャロップで駆け抜けた。次から次へとビリャ派の兵隊が中庭に飛び出してきたが、彼らは軍服の袖に手を通したり、慌ててズボンをはいたりしていた。倒れた石油ランプの光を受けて、兵隊たちの顔やベルトのバックル、金属製のボタンが金色に光っていた。次々に手が伸びて、ライフルと弾薬を摑んでいった。厩舎《きゅうしゃ》のかんぬきが大急ぎではずされると、馬がいななきながら中庭に飛び出してきた。兵隊たちはそれに飛び乗って、開け放してある中庭の門から飛び出していった。中には乗り遅れた者もいたが、その連中も馬のあとを追ってゆき、やがて中庭から人影が消えた。あとに残されたのはベルナルとヤキ族の男の遺体、それに倒れた石油ランプだけだった。叫び声が遠ざかっていったが、おそらく敵を迎え撃ちに行ったにちがいない。捕虜はサガルからぱっと離れた。大佐は両膝をついた格好のまま、咳き込みながら締め上げられていた首筋を撫でていたが、やがてかすれた声でわめいた。「わしがここにいるかぎり、降服してはならんぞ!」

砂漠の向こうの地平線上がかすかに白みはじめた。

銃砲の音がだしぬけに止んだ。町で敵を迎え撃つつもりだろう、ビリャ派の兵隊たちが町の通りを走りまわっていた。彼らの白い上着が青く染まっているように見えた。中庭からは何の物音も聞こえてこなかった。サガルは立ち上がると、軍服のボタンをはずし、ここを撃てというように胸を張った。大尉は手に拳銃をもって進み出た。

「さっきの話はまだ生きているぞ」と、彼は乾いた声で言った。

「よし、それなら下におりよう」そう言って、サガルは腕を下に降ろした。

部屋に入ると、サガルは引出しからコルトを取り出した。

二人は武器を手にもち、冷えびえとした通路を抜けて中庭に出た。中庭の真ん中あたりに線を引いた。大佐は片方の足でベルナルの頭を蹴とばした。大尉は石油ランプを起こした。

二人は両側に分かれてそれぞれ中庭の隅に立つと、そこからゆっくり歩き出した。

サガルが先に引金をひいたが、弾はヤキ族の男トビーアスの身体を貫いた。大佐は足を止めた。相手が銃を撃たずに自分のほうに向かってくるのを見て、その黒い目に希望の光が射した。この決闘は互いの名誉を称え合うことで終わるかもしれない。一秒、二秒、三秒、その間大佐は相手が自分の勇敢さに打たれ、二人はもはや銃の引金を引くことなく中庭の中央で抱き合うことになるかもしれない、という期待にしがみついていた。

二人は中庭の中央まで進み、そこで足を止めた。

大佐の顔に笑みがもどった。大尉は線が引いてあると思われる個所を踏み越えた。サガルは笑いながら、親しみのこもったジェスチャーをしたが、そのとたんに銃弾を二発腹に食らった。相手の男は、大佐が身体を二つに折り曲げ、足もとに倒れてゆくのをじっと見守っていた。そのあと、汗にまみれた大佐の頭の上で手にもった銃を放すと、そのままじっと立ち尽くしていた。

額にかかった縮れた前髪や鉤裂きのできた軍服、革のゲートルのちぎれた切れ端などが砂漠から吹き寄せる風に揺れていた。五日間カミソリをあてていなかったので無精髭がのびていたし、緑色の目は埃にまみれたまつげの奥に隠れて見えなかった。彼は死体の横たわっている中庭にひとり立ち尽くしていたが、彼こそまぎれもなく英雄だった。しかし、そこには証人となる人間はひとりもいなかった。中庭には人影ひとつ見えなかったが、彼の立っている後方では太鼓の音と激しい銃撃の音が響いていた。

彼は足もとに目を落とした。サガル大佐の死体の腕がゴンサーロの死体の頭のほうに伸びていた。ヤキ族の男は壁にもたれたまま死んでいたが、背中から流れた血が担架の帆布を赤く染めていた。彼は大佐のそばにひざまずいて、その目を閉じてやった。

彼は急いで立ち上がると、大きく息を吸い込んだ。その時、自分は生き延びた、自由の身になって新しい人生を歩むことができるのだ、そのことを心に刻み、感謝し、名づけなければならないのだと考えた。けれども、まわりには誰もいなかった。生き証人になる人間はいなかった。むろん仲間もいなかった。喉の奥から抑えようのない鈍い叫び声がこみ上げてきたが、その声は遠くの機関銃の音にかき消された。

「おれは自由だ、自由の身になったんだ!」

両手で自分の胃のあたりを摑んだ彼は、苦痛で顔を歪めた。

顔を起こすと、明け方死刑囚として目にするはずだった夜明けの光が見えた。その光に照らされて、遠くの山の稜線や白みはじめた空、中庭の日干しレンガを積んだ壁がぼんやり浮かび上がっていた。一方、姿の見えない小鳥の鳴き声やお腹を空かせている子供の金切り声、仕事をしているのだろう、いかにも場違いな感じのするハンマーの音までその死刑囚の耳に届いてきた。背後では砲声や銃撃の単調な音が休みなく続いていたが、それを越えて日々の変わりない営みの物音が執拗に響き渡っていた。戦闘のすさまじい轟音に負けずに生き続ける無名の人々の労働の音。戦争、死、勝利、すべてが終われば、またもとのように陽が昇り、沈んでゆくだろうと人々は信じている……。

今では人のなすがままで、自分で何かをしたいと思うこともできん。あそこに触れてみようと思って、手をへそから下へ伸ばしてみるが、肝心のものはぐにゃぐにゃだ。どうなっているんだ、医者の奴め、慌てて逃げて行きおった。ほかの医師を呼んでくると言っておったが、ひとりで責任をとるのが怖かったのじゃろう。それにしてもどうなっているんだ。あいつらの姿が見えるが、部屋に入ってきたんだな。マホガニーのドアが開き、ふたたび閉じられる。厚い絨緞が敷いてあるので、足音は聞こえん。窓は閉まっている。さきほどシャーッといったのは、灰色のカーテンを閉めた音だな。あいつらが入ってきたぞ。

「さあ、そばへ行って、顔をよく見てもらいなさい……ちゃんと名前を言うのよ……」

いい匂いがする。この子はなかなかいい香りがする。うむ、まだこの子の真っ赤な頬やきらきらした目、ためらいがちにベッドに近づいてくる若くて魅力的な姿は見分けられる。

「私……私、グローリアです……」

わしはその名を口の中でつぶやいてみる。どうせ誰もわしの言うことなど聞いてはおらんだろう。若々しい肉体を備えた自分の娘にそばへ行きなさいと言ったんだから、その点だけはテレーサに感謝しなくてはいかんな。この子が顔をしかめているところをはっきり見たいものだ。皮膚はぽろぽろ剝がれ、食べたものはもどす、おまけに出血までしているとなれば、身体から妙な臭いがするのも無理はないが、この子はきっとその臭いを感じとったのだろう。胸は落ちくぼみ、顎には灰色の無精鬚がのび、耳はロウ細工のようで、鼻からは鼻水がとめどなく流れる、唇と顎のあたりには乾いた唾液がこびりつき、何とか焦点を合わせようと目の玉を動かしているこんな姿を、あの子は見ているのだろう……。

あの子が向こうに連れて行かれる。

「かわいそうに、この子ったら……びっくりしたのね……」

「何だって?」

「何でもないわ、パパ。ゆっくり休んで」

あの子はパディーリャの息子と付き合っているという話だな。あの若造め、どんなふうにキスをしたり、甘い言葉を囁くんだろう。あの子はきっと首まで真っ赤になるにちがいない。人がよく出入りするな。わしの肩に触れて、首を振りながら励ましの言葉をかけているが、身体が悪くても耳だけは地獄耳でよく聞こえている。遠くで話をしたり、部屋の隅でひそひそしゃべっていてもみんな聞こえておる。まして、枕もとで何か言えば聞こえないはずがない。

「容態はかんばしくないのですか、パディーリャさん？」

「あまり良くないですね」

「すると、一大帝国を残して、旅立たれるかもしれないんですね」

「その可能性がありますね」

「長年、先頭に立って頑張ってこられたんですけどね」

「だから、あの方のあとを継ぐとなると、大変なんです」

「ここだけの話ですが、ドン・アルテミオのあととなると、やはりあなたが……」

「そうですね、あの方とずっと一緒に仕事をしてきましたからね……」

「すると、あなたの抜けた穴をどなたかが埋めるわけですね……」

「適任者は大勢いますよ」

「なるほど、大幅な人事異動があるということですね」

「そうですね。思いきって人事を刷新して、みなさんに責任ある地位についていただくことになるでしょう」

ああ、パディーリャか、こちらに来てくれ。テープレコーダーは持ってきただろうな？

「そして全責任はあなたがおとりになる……」

「ドン・アルテミオ……テープレコーダーをお持ちしました……」

『承知しました、社長』

『腹をくってやってくれ。今回は政府も断固たる態度でのぞむと言っているから、本気で組合の舵取りをやってくれ、頼んだぞ』

『わかりました、社長』

『聞いた話では、古狸どもも怠りなく準備しているらしい。警察のほうには、あんたは信頼のおける男だと伝えておいたのでな。何か食べんかね？』

『いえ、けっこうです。食事はさきほど済ませました』

『じゃあ急いでくれ、頼んだぞ。まず内務省に顔を出して、次にＣＴＭ〔メキシコ労働者連合〕をのぞくんだ……』

『了解しました。おまかせください』

『じゃあ、またな、カンパネーラ。目立たないよう気をつけるんだ、いいな。じゃあ、行こうか、パディーリャ』

うむ、終わったな。これで終わりだ。いや、待て、終わったかどうかわからんぞ。どうも思い出せん。少し前からあのテープレコーダーの声を聞いていなかったからな。聞くふりをしていただけだ。わしの身体に触れているのは誰だ？　そばにいるのは誰だ？　よせ、よすんだ、カタリーナ。そんなふうにわしの身体を撫でてもむだだ。わしは自問する。お前はいったい何を言いたいのだ？　これまでどうしても口にできなかったことが、ようやく口に出せるようになったというのか？　ああ、お前はわしを愛していたのか？　どうしてわれわれは口に出して言えなかったのだろう？　わしもお前を愛したことがあった。もう思い出せんがな。お前にやさしく撫でられると顔を見んわけにはゆかんが、どうして今頃になってそばに坐り、思い出をわしと分かち合おうとするのだ？　今、お前はわしを咎めるような目で見てはいないが、どうしてだ？　わしにはわからん。誇りだ。誇りがわしたちを救い、誇りがわしたちを殺したのだ。

「……あの女のことで私たちに恥をかかせたうえに、見せつけるように贅沢三昧の暮らしをさせながら、私たちには雀の涙ほどのお給料しかくれないのよ、あれじゃあ物乞い同然の暮らししかできないわ……」

あいつらにはわかっておらんのだ。わしはあいつらのために何もしてやらなかったが、要するに勘定に入っていなかったのだ。わしは自分のためにそうしただけで、あいつらのことなど念頭になかった。テレーサとヘラルドのことなど知りたくもない。勝手にするがいい。

「ヘラルド、どうしてもっといい地位に就けてほしいと言わなかったの？　その点では、あなたにも多少責任があるのよ……」

わしの知ったことじゃない。

「テレシータ、いいかげんにしないか。ぼくにはぼくの立場があるんだ。それに、今のところべつに不満があるわけじゃない」

「そんな弱気なことを言っているからだめなのよ……」

「父さんを静かに休ませてあげて」

「ママが肩を持つことはないわよ。あの人のせいでいちばん苦しんだのはママなのよ……」

わしは生き延びた。レヒーナ。お前は何という名前だったかな？　いや、ちがう。お前はレヒーナだ。名もない兵隊よ、お前は何という名前だったんだ？　ゴンサーロ。ゴンサーロ・ベルナル。ヤキ族の男。あのヤキ族の男はかわいそうなことをした。わしは生き延びた。あんたたちは死んでしまった。

「私だってひどい目に遭わされたわ。あれだけは忘れようとしても忘れられないわ。あの人は私の結婚式に顔も出さなかったのよ。実の娘の結婚式だというのに……」

結局あいつらにはわかっていなかったんだ。わしがあの二人を必要としていないということがな。わしは独力でここまで這い上がってきた。兵隊。ヤキ族の男。レヒーナ。ゴンサーロ。

「あの人は自分が愛していたものまで壊してしまったのよ、ママにはわかるでしょう」

「もうやめて、お願いだからそんな話はやめてちょうだい……」

遺言書だと？ 心配せんでいい。公証人の前で作成した正式のがちゃんとある。誰も抜けてはおらん。誰かを忘れたり、憎んだところで何の得にもならんだろうが。心の中でお前たちはひそかにわしに感謝していたのではないのか？ 最後の最後まで、たとえわしがからかおうとしていたとしても、自分たちのことを思ってくれていたんだと考えて、喜んでいたのではないのか？ いや、そうじゃない。愛しいカタリーナ、愛すべき娘、孫娘、娘婿、お前たちのことは忘れないよう冷たく血の通っていないわしが作成した公式文書に記憶されている。不思議な富をお前たちに分けてやる。あの人が巨万の富を得たのは、本人の努力と粘り強さ、責任感、それに個人的な資質の賜物だと、みんなの前で言うがいい。そうするがいい。余計な心配はするな。わしが富を手に入れたのは、自分でも気づかずに戦いの中で危険をおかしたからだが、そんなことは忘れていい。わしがそうしたことを理解し、言葉にしようとしなかったのは、何ひとつ期待せずに自らを犠牲にした人間だけがその持つ意味を知り、理解することができるからなのだ。犠牲とはそういうものだ、そうだろうが？ 無と引換えにすべてを与えることだ。もしそうでなければ、無と引換えにすべてを与えるというのをわしたちは何と呼べばいいのだ？ しかし、あの者たちはわしにすべてを与えようとしなかった。彼女はわしにすべてを与えようとした。わしはそれをこの手で摑まなかった。どう摑んでいいかわからなかったのだ。彼女は何という名前だったかな？

『オーケー。写真ハヨク写ッテイマスネ。トコロデ、大使館ニイル友人ガ今度ノキューバノ事件ト昔ノメキシコ革命トヲ比較シテ講演ヲスルコトニナッテイマス。ドウシテアナタハ、社説ヲ使ッテ世論ヲ盛リ上ゲヨウトシナイノデスカ……？』

『いや、それはやるつもりでいる。二万ペソぐらいでいいかね？』

『ジュウブンダト思イマス。ホカニナニカ考エガアリマセンカ？』

『ひとつ頼んでおきたいことがある。メキシコ革命というのはジェファーソンに鼓吹された中産階級が指導的な立場にたって行った、合法的、平和的かつ秩序立った革命なんだが、キューバのほうは私有財産と人権を踏みにじる無政府的で血腥《ちなまぐさ》い暴動でしかない、その辺のところを際立たせるような形で講演してもらいたい。とかく民衆というのは忘れっぽいから、国民の喜びそうなことを言ってもらいたいのだ』

『ワカリマシタ。ソレデハ、ミスター・クルス、失礼シマス……』

さまざまな記号や言葉、刺激がわしの疲れきった耳に爆弾でも落ちたように響きおる。ひどく疲れたが、手の指も思うように動かせん今の状態では、合図しようにもどうにもならん。テープレコーダーを止めてくれ。もううんざりだ。あんな器械などどうでもいい、うんざりだ……。

「父とその御子の名において……」

「あの朝、わしはわくわくしながらあれが来るのを待っていた。二人して馬で川を渡ったんだ」

「どうしてあの子を私から奪い取ったの？」

わしは彼らに無意味な死を、レヒーナ、ヤキ族の男といった死んだ人間の名前を遺贈してやろう……。そうだ、ヤキ族の男の名前を思い出したぞ、トビーアスだ、みんなはあの男をトビーアスと呼んでいた……ゴンサーロ・ベルナル。名もない兵隊。それに彼女と？別の女。

「窓を開けてくれ」

「いいえ、いけません、風邪でもひいたら大ごとです」

ラウラ。どうして、どうしてこんなことになってしまったんだ？　どうしてだ？

お前は生き延びるだろう、時間と運動が刻々とお前の運命を切り取ってゆくにもかかわらず、ふたたびシーツに触って自分が生き延びたことを知るだろう、麻痺と放縦の間に生命線がある。冒険。お前はそのほうが安全だと考えて、けっして動こうとしないだろう。危険、偶然、不確実性から身を守るためにじっと動かない自分を想像するだろう。お前が動かなくても時間が止まることはない。時間を考え出し、計測しているのはお前だが、時間はそんなお前と関わりなく流れ、お前が動かずにいることを無視し、お前を消滅へと追いやる。時間を止めることはできないだろう。冒険者よ、お前は時間の速度で自分の速度を計測するだろう、

生き延びるために、地上により長くとどまるという幻想を生み出すために、お前が考え出す時間。つまり、夢の文字盤に交互に現われては消える光と闇を感じとることでお前の頭脳が作り出す時間なのだ。その時間はまた、凝集した黒い雲の塊、雷の予兆、そのあとに続く雷鳴、激しく降りしきる雨、必ず現われる虹におびやかされている心地よいあれらのイメージによって、また森にいる動物たちの周期的な咆哮《ほうこう》を聞くことによって、時間の記号ともいえる戦闘時の咆哮、喪の時の咆哮、祝祭の時の咆哮を上げることによって、そして最終的に時間を言葉にし、時間の話をし、ある宇宙の存在しない時間を考えることによってお前の頭脳が作り出すだろう時間なのだ。その宇宙はいかなる時間も知らない。というのも、始まりはなかったし、終わりもないはずだからだ。すなわちその時間は始まりを持たず、終わりを持つこともないだろう。それにお前もまた理性の保存物といえる無限という尺度を作り出すだろうということを知らないのだから、

お前は存在しない時間を作り出し、計測するだろう、

お前は知り、理解し、判断し、計算し、想像し、予見し、最終的にそれは自分の頭脳が考え出したもの以外の何ものでもないと考えるだろう、お前は敵の暴力を抑えるためには

自分の暴力を抑制しなければならないということを学ぶだろう、お前は二本の木を擦り合わせて火を熾《おこ》すことを学ぶだろう、なぜならお前を特別扱いすることなく、他の獣とお前の肉を区別せずに襲ってくる野獣を追い払うために洞窟の入口に向かって松明《たいまつ》を投げる必要があるからだ、そしてお前は千の寺院を建設し、千の法律を記録し、千巻の書物を書き、千の神々を崇め、千の絵を描き、千の機械を作り、千の国々を支配し、千の原子を破壊し、そのあとふたたび洞窟の入口に火のついた松明を投げなければならないだろう、

脳の神経、受けた情報を前から後へ送りつける機能を備えた密度の高い組織を発達させてものを考えるようになったので、お前はそうしたことすべてができるようになるだろう、いちばん強いからではなく、徐々に冷えてゆく世界の、不可解な偶然の働きによってお前は生き延びるだろう、その世界で生き延びることができるのは、環境の変化に応じて体温が調節できる生物、前頭部の神経を集中的に活用して、危険を予知し、食べ物を探し、自分の運動を整合させ、起源になる生物に満ちあふれた豊饒な大洋の中を、方向を定めて泳ぐことのできる生物だけだろう。海底にはお前の姉妹である死に絶えた無数の生物の種の残滓が残っているだろう。何百万というお前の姉妹たちは収縮性のある五本の指のあるヒトデとともに浮かび上がってこなかった。お前はアメーバや爬虫類、鳥と交配して浮上し、水中から飛び出した、鳥たちは新しい絶壁から飛び下り深淵で砕けながらも、失敗を通して学ぶだろう。爬虫類はすでに空を飛んでおり、大地は冷えてゆく、お前は羽に守られて

いるおかげで飛行していても体温が保たれている鳥とともに生き延びるだろう。冷血動物である爬虫類が眠り、冬眠し、ついには死んでいく中で、お前は固い大地にがっしり蹄を立てて馬のように汗をかくだろう、お前は恒温を保ちつつ新しい木々に登るだろう、そこから降りると脳細胞は明らかにそれまでと違ったものになり、生命の機能は自動的に働き、水素、糖分、カルシウム、水、酸素は一定量に保たれるだろう、五感にもたらされる直接的な刺激や生きてゆくうえでの必要性を越えて自由にものを考えるようになるだろう、

木から降りる時、お前の脳細胞の数は百億を超え、頭の中には電槽があり、可塑性を備えていて姿形を変えられるようになっている。そんなお前は、探査し、好奇心を満足させ、目標を設定し、最小の努力でそれを達成し、種々の困難を回避し、未来を予見し、学習し、忘却し、思い出し、さまざまな思いつきを結び合わせ、ものの形を認識し、目先の必要性に迫られていない部分を分類し、物理的環境がもたらす牽引と反発の作用から自らの意思を解き放ち、望ましい条件を求め、現実を考える際はこっそり最大を求め、一方で欲求不満を生み出すような単調さを回避しようとする、

共同生活が必要とするものに慣れ、それに合わせて自らを作り上げてゆく、

ついで願望である、自分の願望とその対象とがひとつになるように願う、願望が実現され、願望と願望されたものとが分離することなくひとつになることを夢想する、

お前は自分自身を認識する、

お前は他の人間を認識し、他の人間に自分を認識させる、そしてお前は、自分の願望を実現するにあたっては、他の人間が障害になることに気がつく、つまり、他人はひとり残らず敵なのだということに気がつくのだ、

お前は選ぶだろう、生き延びるために選ぶだろう、無数の鏡の中から一枚を選ぶだろう、たった一枚のその鏡は他の鏡を黒い影で覆い隠し、もはや取り消すことのできない形でお前を映し出すだろう、他の鏡が選び取ることのできる無数の道をもう一度映し出す前に、それらをすべて殺害するだろう、

お前は心を決めて、道のひとつを選び取り、他の道をすべて犠牲にするだろう。選択する時、お前は自分を犠牲にするだろう、お前は自分がなり得たかもしれない他のすべての人間でなくなるだろう。お前は他の人間たちが、自分が選んだ時に切り捨てた人生を他の人たち——他者——が生き抜いてくれればいいと思うだろう。その時、つまり何かを選び取るか、捨てるかした時、お前は自由と同じものである自身の願望ではなく、自分の利己心、恐怖、思い上がりがお前にひとつの迷宮を指し示すことになったのだ。

その日、お前は愛を恐れるだろう、

しかし、それを取り戻すことはできるだろう、お前は目を閉じてひと息つくだろう、けれども見ること、願望することはやめないだろう、なぜならそうすることで望みのものが手に入るからだ、

記憶とは満たされた願望である

今日、お前の人生とお前の運命はひとつになっている。

一九三四年八月十二日

彼はマッチを一本取り出し、箱の紙やすりのついている側にこすりつけて火をつけ、炎をじっと見つめたあとタバコに火をつけた。目を閉じて煙を吸い込んだ。両脚を伸ばしてビロード張りの安楽椅子にもたれかかると、空いたほうの手でビロードを撫でた。背後のテーブルの上のクリスタルの花瓶に活けてある菊の香りが鼻をくすぐった。これもやはり後方に置いてある蓄音機からゆるやかな調べの曲が聞こえてきた。

「もう少しで支度できるわ」

彼は空いたほうの手を伸ばすと、手さぐりで右側のクルミ材の小さなテーブルの上の名曲アルバムを探した。厚紙のアルバムが手に触れたので引き寄せてみると、Deutschen Grammophon Gesellschaft〔ドイツ・グラモフォン〕という文字が読み取れた。チェロの荘重なアンサンブルが響き、いったん弱くなったかと思うとふたたび強まって、バイオリンのリフレインを圧倒してやがて二曲目のコーラスが終わった。彼はネクタイを直したが、指で触れるとかすかな音を立てる絹のネクタイをそのまましばらくいじっていた。

「何か作ろうかい？」

そう言って彼は色とりどりのボトルとグラスの並んでいる、コマのついた低いテーブルのそばに行った。そこからスコッチのボトルとずっしりと重いボヘミア・ガラスのグラスをひとつ選び、指二本分のウイスキーを注ぐと、氷を入れ、水を少し加えた。

「同じものでいいわ」

彼はもう一度同じ手順で水割りを作り、両手にひとつずつグラスを持って、それをカチンと合わせ、ウイスキーと水がよく混ざり合うよう手の中でくるくる回したあと寝室のドアに近づいた。

「あと一分待って」

「ぼくのために選んだのかい？」

「そうよ、覚えてる？」

「ああ」

「悪いわね、待たせて」

彼は安楽椅子にもどった。ふたたび名曲アルバムを手にとると、それを膝の上に置いた。ゲオルク・フリードリッヒ・ヘンデル作品集。二人は暖房のききすぎているホールでたまたま隣り合わせに坐った。その日はコンサートが二回行われたが、その時に彼が友人とスペイン語でしゃべりながら、どうもこのホールは暖房がききすぎているようだなと話しているのを彼女は横で聞いていた。彼が、プログラムを見せていただけないでしょうかと英語で話しかけると、彼女はにこやかに笑いながら、ええ、いいですわ、とスペイン語で答えた。そして二人は顔を見合わせてにっこり笑った。コンチェルティ・グロッシ。作品《オプス》6。

彼らは翌月その町を訪れることになっていたので、キャプシーヌ大通りに近いコーマルタン街のカフェで会う約束をした。それから数年後にふたたびそのあたりを訪れたが、その時はもういなかった。その店にもう一度入って、同じものを注文したかったのだが、店のあった場所を正確に覚えていなかった。そこはイタリア大理石の椅子と木製の赤っぽい色をした長いカウンターのある店で、内部は赤とセピア色の装飾が施してあった。路上にテーブルを並べていなかったが、ドアがなく外から自由に出入りできる造りになっていた。彼らはその店でクレームドマント〔甘いミントのアルコール飲料〕と水を飲んだが、彼は同じものをお代わりした。彼女は、九月がいちばんいい季節なの、とりわけ九月の終わりから十月はじめにかけてがすてきよ、その頃になるとバカンスも終わり、暖かい日が続くの、と言った。彼は勘定を済ませた。彼女は笑いながら大きく息を吸い込むと、彼の腕をとった。パレ・ロワイヤルの中庭を通り、鳩が歩きまわっている枯葉を踏みしめながら回廊と中庭を通り抜け、そのレストランに入った。店には小さなテーブルとビロード張りの椅子が並び、壁には絵の描いてある鏡や古い絵がかかっており、金、青、セピア色のニスも時代がかったしぶい色に変わっていた。

「お待ちどおさま」

彼が肩越しに振り返ると、彼女は耳たぶにイヤリングをつけ、蜜色の柔らかな髪を手で撫でつけながら寝室から出てきた。水割りの入ったグラスを渡すと、彼女は鼻に皺を寄せて一口飲んだ。赤い色の安楽椅子にかけると、右脚を上にして脚を組み、グラスを目の高さまで持ち上げた。彼も同じようにグラスを上にあげると、笑いかけた。彼女は黒い衣装の襟についた埃をはらった。バイオリンの伴奏をともなったクラヴサンが、音程を下げながら中心になるリフレインを奏でていた。それを聴きながら彼はふと、前進するのではなく、高みから下降してゆくイメージを思い浮かべた。曲はそれとわからないほどゆるやかに下降してゆき、やがて大地に触れると、重々しく鋭いバイオリンの音とともに歓喜の対位法に変わった。クラヴサンは翼であり、それに乗ってゆっくり下降して大地に下り立ったが、音楽はいま地上で楽しく踊っている。二人の目が合った。

「ラウラ……」

彼女が唇に人差し指を押し当てたので、そのまま曲に耳を傾けた。彼女はグラスを両手で包むようにして持ち、椅子にかけていた。彼は立ち上がると、天球儀を回転させ、星座のあるあたりに銀で描かれている図形をよく見ようと、時々それを止めた。そこにはカラス、楯、猟犬、魚、祭壇、ケンタウルスの絵が描いてあった。レコードが空転しているのに気づいて、彼は蓄音機のそばに行くと、針を持ち上げてアームレストに載せた。

「アパートはきみにぴったりの素敵なところになったね」

「ええ、でもおかしいのよ、持ち物がどうしても入りきらないの」

「いいじゃないか」

「おかげでここに収まりきらないものをしまうのに、倉庫を借りる羽目になったわ」

「きみさえよければ……」

「お心遣いはうれしいけど」と彼女は笑いながら言った。「大きな家に住むつもりなら、あの人と暮らしていたわ」

「もっと音楽を聴く、それとも出かけるかい？」

「そうね、まずこのお酒を空にして、それから出かけましょう」

二人がその絵の前で足を止めた時に、彼女がこう言った。この絵が大好きなので、いつもここに来るの。停車中の汽車、もくもくと立ちのぼる青い煙、背景の青と黄土色のペンキを塗った大きな家、ぼやけている人影、くもったガラスを嵌めこんである鉄製のぞっとするようなサン・ラザール終着駅の屋根、モネの描いたこの絵がとても好きなの。ひとつひとつ細かく見てゆくと、どこと言っていいところはないんだけど、全体として見るとたまらなくいいの。あの町が好きなのはそのせいよ。彼はそれを聞いて、なるほど、それもひとつの考え方だねと答えた。彼女は笑いながら彼の手を愛撫し、そうね、あなたの言うとおりだわ、理屈なんてどうでもいいの、とにかく私はあの町が好きなのよ、すべてが気に入っているから、そこにいるだけで幸せな気持ちになれるの、と言った。それから数年後に彼は、当時ジュ・ド・ポーム美術館に収められていたその絵をふたたび目にすることになったが、その時に臨時に雇われたガイドがこれは立派な作品です、この三十年のあいだに値段が四倍にもはね上がって、数千ドルの値がついているんですから、すばらしいものですよ、と説明した。

彼はラウラのそばに行くとその後ろに立ち、肘掛け椅子の背もたれを撫でたあと、彼女の肩に触れた。彼女は首を傾けて男の手に頬をすり寄せた。溜息を洩らし、笑いながら顔を起こすと、ウイスキーを一口飲んだ。目を閉じ、首を後ろにそらし、口に含んだウイスキーを舌の上でころがしたあと飲み込んだ。

「来年もきっとここに戻ってこられるわね、そう思わない？」

「ああ、戻ってこられるさ」

「二人であちこち散歩したでしょう、あの時のことは今でもよく覚えているわ」

「ぼくだって覚えているさ、きみがヴィレッジに一度も行ったことがないって言うから、連れていってやったろう？」

「そうだったわね、来年もきっと戻ってこられるわね？」

「あの町には活気があるんだ。そうそう、きみは川が海に注ぎ込むあたりの匂いを知らないって言ったろう、覚えてるかい？　どこかそういうところがないかしらって言うから、二人でハドソン河まで歩いて、目を閉じてそこの匂いを嗅いだよね」

彼はラウラの手をとると、その指に口づけした。その時、電話のベルが鳴ったので、彼は受話器を取り上げ、耳に押し当てた。『もしもし……もしもし……ラウラなの？』と繰り返す声が聞こえてきた。

彼は黒い通話口を手で押さえると、ラウラのほうに差し出した。彼女はそれを見て、グラスをサイドテーブルの上に置いて電話のほうに歩み寄った。

「もしもし」

「ラウラね。カタリーナよ」

「あら、どうしたの、元気？」

「お邪魔じゃないかしら？」

「出かけるところだったの」

「ごめんなさい。でも、時間をとらせないから、いいでしょう？」

「どうしたの？」

「かまわない？」

「ええ、いいわよ」

「もっと早く言うべきだったんだけど、つい言いそびれて」

「そう？」

「ええ。あなたのところにあるソファーね、あれを譲っていただきたいの。いま新しい家の飾りつけをしているところなんだけど、その時にふと思いついたのよ。あなたのところに錦織のソファーがあるでしょう、覚えてる？　先日、玄関ホールの飾りつけにと思ってゴブラン織の壁かけを買ったんだけど、それがあなたのところのソファーとよく合いそうな感じがするの、ゴブラン織にぴったりの家具といえば、錦織のあのソファーしかないのよ……」

「さあ、どうかしら。刺繍が少しごてごてしすぎているみたいだけど」

「そんなことはないわ。私の買ったゴブラン織は全体に暗い色合いなんだけど、ソファーは明るい色でしょう、だからとてもいいコントラストになると思うの」

「でも、あのソファーはもうこのアパートに運び込んでしまったのよ」

「そんな意地の悪いことを言わないで。あなたのところには家具がありあまるほどあるんでしょう。ほら、この前も入りきらないから、半分以上倉庫に入れてあるって言ってたじゃない。そう言ってたでしょう？」

「ええ、言ったわ。でも、家具はもう並べてしまったのよ、だから……」

「ともかく、よく考えてみて。こちらにはいつ来られる？」

「いつでもいいわ」

「だめよ、そういうあいまいな返事は。そちらで日を決めてくれなきゃ。二人で一緒にお茶をしながらゆっくりお話ししましょうよ」

「金曜日はどう？」

「金曜日はだめなの。木曜日は都合が悪い？」

「いいわ、じゃあ木曜日にしましょう」

「くどいようだけど、あのソファーがないと玄関ホールが生きてこないの、どうしても欲しいのよ。あれがなければ、いっそ玄関ホールなんてないほうがいいくらい。アパートなら、部屋の飾りつけは簡単でしょう？」

「それじゃ、木曜日にね」

「そうそう、道でおたくのご主人にお会いしたわよ。丁寧に挨拶してくださったわ。どうして離婚したりしたの、罪深いことよ、ラウラ。とってもすてきな方じゃない。あなたがいなくて困っておられる様子だったわ。ねえ、どうして、どうして別れたの、ラウラ？」

「もう済んだことなのよ」

「それじゃ木曜日にね。二人っきりで思う存分おしゃべりしましょう」

「それじゃ、木曜日にね、カタリーナ」

「じゃあね」

彼はダンスをしないかと彼女を誘った。二人は鉢植えのヤシが並んでいるホテル・プラサの廊下を通ってダンス場に向かった。彼が腕をまわすと、彼女は男の長い指を撫で、暖かい掌に触れたあと、相手の肩に顔をうずめた。そのあと、顔を起こして、彼がよくやるように相手の顔を穴のあくほど見つめた。彼の緑色の目と彼女の灰色の目が見つめ合っていた。オーケストラがゆるやかなブルースを演奏しているのに合わせて、二人は他に誰もいないホールで互いに目を見つめ合ったまま踊っていた。指をからませ、相手の腰に腕をまわし、ゆっくりと回転していた。彼女のバチストのスカート、そのスカートが……。

彼女は受話器をおろすと、彼の顔を見つめたまま何か言うのを待っていた。刺繡を施したソファーのほうに歩いてゆくと、もう一度彼のほうを見た。

「明かりをつけてくれない？　横にスイッチがあるわ。ありがとう」

「妻はまだ何も知らないんだ」

ラウラはソファーから離れると、彼のほうを見て言った。

「だめね、これじゃ明るすぎるわ。照明がどうもうまく行かないの。大きな家とちがってこういうところは照明の加減がむずかしいわ……」

彼女は急に疲れが出たように感じてソファーに腰をおろすと、横のテーブルに置いてあった革装丁の小さな本を手にとり、それをパラパラと繰った。顔にかかっていた金髪を後ろに掻き上げ、本を明かりの下にもってゆき、眉をあげ、口もとに諦めたような表情を浮かべて小さな声で読みはじめた。その個所を読み終えると、本を閉じてこう言った。「カルデロン・デ・ラ・バルカなの」そう説明したあと、男のほうを見つめたまま今読んだ個所を暗誦した。

「いつの日か喜びが訪れてこないだろうか？　甘くやさしく、かぐわしい香りを嗅ぐことがないのなら、神よ、なぜあなたは花をお創りになったのですか……」

彼女はソファーに横たわると、両手で顔を覆い、自分はもちろん、人にも聞かれたくないというように、発音こそ正確だったが、疲れきったような声でこう繰り返した。「……耳がものを聞くことがないのなら……目がものを見ることがないのなら……」その時、男の手が彼女の喉もとと美しい真珠のネックレスをつけている胸のあたりを撫でているのが感じられた。

「ぼくはこれまで一度もきみに無理強いしたことはなかったはずだよ……」

「ええ、あなたには関わりないことなの。今にはじまったことじゃないのよ」

「どうしてあんなことになったんだい？」

「もとはと言えば、私の自惚れが強すぎるのよ……こんな扱いを受けるなんて許せない……私はものじゃなくて人間なの、だから当然それらしい扱いを受ける権利があると思うの……」

「ぼくに対してはどうなんだい？」

「わからない、わからないの。でも、私はもう三十五歳なのよ、新しい人生を歩み出そうとすれば、誰かに救いの手を差し延べてもらわないと……。あの夜もこんな話をしたわね、覚えてる？」

「ニューヨークでだろう」

「ええ、あの時にもっと早く知り合っていればよかったのにって話し合ったわね」

「……それに、ドアというのは開ける時よりも閉める時のほうが危険だという話もしたね……だけど、今はぼくがどういう人間かわかっているだろう」

「あなたはいつだって何も言わないし、何も求めないでしょう」

「当然だよ。どうしてそんな言い方をするんだい？」

「わからない……」

「何か尋ねると、きまってわからないと答えるけど、ぼくが丁寧に説明すれば、きっとわかってくれるはずだよ……」

「そうかもしれないわね」

「愛しているよ、きみもぼくを愛しているって言ったよね。きみは要するに理解したくないんだ……タバコをくれないか」

彼は上着のポケットからマッチ箱を取り出すと、火をつけた。彼女はタバコを取り出したが、唇に紙が貼りついていたので、舌で濡らして指で剝がすと、それを丸めて棄て、彼が火をつけるのを待っていた。彼はそんな彼女をじっと見つめていた。

「また一から何か勉強してみようと思っているのよ。十五歳の時に絵を習ったんだけど、もう忘れてしまったの」

「出かけないのかい?」

彼女は靴を脱ぐと、クッションの上に頭をもたせかけ、天井に向かって煙の輪を吹きはじめた。

「もうよしましょう」

「スコッチをもう一杯どう?」

「そうね、いただこうかしら」

彼はテーブルから空のグラスを取り上げると、その縁についている口紅をじっと見つめた。クリスタルのグラスに氷がぶつかる音を聞き、背の低いテーブルのところに行くと、もう一度ウイスキーの分量をはかり、銀製のトングを使って氷をもうひとつ入れた……。

「水は入れないでね」

ほら、あそこに青いリボンのついた白い服——その白い服には影が落ちていた——を着た女の子がブランコの上に立っているでしょう、あの子がどこを、誰を、何を見ているのか知りたいと思ったことはなくて? 絵に描かれている世界は、じつを言うともっと大きくて広がりがあるし、色彩もはるかに豊かで実際にはもっといろいろなものが存在しているの。この絵が生まれてきたのはそうしたもののおかげなのよ。彼らは九月の陽光がふりそそいでいる街路に出た。リボリ通りのアーケードの下を笑いながらくぐり抜けたが、その時に彼女が、パリのヴォージュ広場ってとてもすてきなところよ、ぜひ一度行ってみるといわと言った。二人はタクシーに乗った。彼が膝の上で地図を広げると、彼の腕に抱きつくようにしていた彼女が頬をすり寄せるように顔を近づけ、赤や青の線を指でなぞりながら、リシャール・ルノワール、ルドリュ＝ロラン、フィユ・デュ・カルヴェールといった地名をあきもせず繰り返しながら、すてきな名前だわとつぶやいた。

彼女にグラスを渡すと、ふたたび天球儀のところにもどってそれをくるくる回しながら、狼座《ループス》、コップ座《クラテル》、射手座《サギタリウス》、南の魚座《ピスキス》、時計座《ホロロギウム》、アルゴ船座《アルゴ・ナウィス》、天秤座《リブラ》、蛇座《セルペンス》といった文字を読みはじめた。軽く指を置いて、遠くの冷やかな星々に触れながら天球儀を回した。

「何をしているの？」

「天球儀を見ているんだ」

「あら、そうなの」

彼はひざまずくと、彼女の髪に口づけした。彼女はうなずきながらにっこり笑った。

「あなたの奥様がこのソファーを欲しがっておられるの」

「さっき聞いたよ」

「どうしたらいいかしら、気前よくあげたほうがいいと思う？」

「好きにすればいいよ」

「それとも、取り合わないでおこうかしら？　忘れたふりをしてもいいわね。やはり、取り合わないことにするわ。気前よくあげてもいいんだけど、そういうのって、時には面白くも何ともない手ひどい侮辱になることだってあるでしょう」

「さあ、どうかな」

「音楽をかけてくれない」

「何がいい？」

「同じのにして。さっきのでいいわ」

彼は四つの面の数字を読み取ると、それを順に並べて、ボタンを押した。すると、レコード盤が鹿革のターンテーブルの上に乾いた音を立てて落ちた。ロウと熱くなった真空管、それに磨き上げた木材の匂いが鼻をついた。ふたたびクラヴサンの翼が舞い上がり、それがやがて歓喜に向かってゆるやかに下降しはじめる。クラヴサンの空気の圧力が弱まり、音が小さくなったあと、それはバイオリンとともに固い大地、巨人の背中に支えられた大地に下り立った。

「ボリュームはこれでいいかい？」

「もう少し大きくして。アルテミオ……」

「何だい？」

「もう我慢できない。どちらかを選んでくれない？」

「辛抱するんだ、ラウラ。わかってくれよ……」

「わかるって、何を？」

「無理に言わせないでくれ」

「何のこと？　私が怖いの？」

「今のままだと満足できないのかい？　何か不満があるの？」

「さあ、どうかしら。不満じゃないのかもしれないわね。だめ、ボリュームは下げないで。音楽を聴きながら話を聞いてほしいの」

「これまでぼくはきみを欺いたり、無理強いしたことはないはずだよ」

「私があなたを変えたんじゃない。そんなことじゃないの。あなたにはその気がないのね」

「ぼくはそんなきみが好きなんだ、それは今も変わっていないよ」

「最初の日みたいに？」

「そう、そうだよ」

「でも、知り合ってからかなり時間が経つわ。あなたは私がどういう人間だかもうわかっているでしょう？」

「ラウラ、頼むからわかってくれよ。でないと、厄介なことになるかもしれないし……」

「外聞が悪いってわけ、それとも世間体が気になるの？　いま何とかやり過ごすことができれば、この先も心配ないと思っているんでしょう」

「外の空気を吸ったほうがいいんじゃないかな」

「もういいのよ。外出はよすわ。ボリュームをもっと上げて」

バイオリンの音がガラスをぴりぴり震わせた。歓喜にまで高まった音楽が弱まってゆく。明るく輝く目の奥で作り笑いをしている彼女の歓喜。彼は椅子の上に置いてある帽子を取り上げた。アパートのドアのところまで行き、ノブに手をかけたところでいったん立ちどまり、後ろを振り返った。ラウラは彼に背を向け、両腕でクッションを抱えるようにしてうずくまっていた。彼は外に出た。そっとドアを閉めた。

ふたたび目が覚めたが、今回は思わず悲鳴を上げた。誰かが刃渡りの長い氷のような短刀を胃のあたりにずぶりと突き立てたのだ。こんなふうに自分で自分の命を断つようなばかなまねができるはずはないのだから、誰かほかの人間がわしの腹に鋼鉄の刃を突き立てたにちがいない。わしは両腕を伸ばして起き上がろうともがくが、手が、人の腕が伸びてきてわしの身体を押さえつけ、おとなしくしてください、安静にしていなくてはいけないんですと言う、一本の指が慌ててダイヤルを回すが、間違えたのか、もう一度やり直す、また間違える、ようやく電話が通じて、医者を呼び出すと、先生、患者が苦しんで起き上がろうとします、すぐに診ていただけないでしょうかと言う、彼ら――彼ら？　いったい彼らとは誰なんだ？――がわしの身体の自由を奪っておるんだ、腹のあたりが締めつけられるように苦しい、それがまるで蛇のように這いのぼってくる、胸のあたりからさらに喉もとまでこみ上げてきて、とうとう口の中が苦い味のする粥状の液体でいっぱいになる、何を食べたか忘れてしまったが、ともかく消化されたものがこみ上げてきたので、洗面器を探すが、見つからないのでそのままもどしてしまう、おかげで絨緞がひどく臭うどろどろした液体で汚れる、吐き気はおさまらず、胸のあたりが妙にいがらっぽい、口の中は苦い味がし、喉のあたりがまるでくすぐられてでもいるようにかゆい、嘔吐感はまだおさまらない、寝室の絨緞の上にもどした吐瀉物《としゃぶつ》には血がまじっている、鏡を見るまでもなく顔は土気色になり、唇は生色を失っているはずだ、心臓の鼓動が激しくなるが、手首の脈搏は消えている、へそのあたり、かつてそこから一度だけ生命を得ていたへそのあたりに短刀を突き立てられたのだ、手で触ると腹部はたしかにまだ身体につながっているが、もはや自分の一部だとは思えない、腹の中をぐるぐる回っているガスのせいで、腹が膨張してぱんぱんに張っている、いくらいきんでもガスが出ない、そのガスが喉もとまでこみ上げてくるが、そのあとまた腸のある腹部に下がってゆく、どうしてもガスが出ない、下からは出ないが口からは臭い息が出る、ようやく横を向くが、すぐそばでは誰かが慌てて絨緞を拭いている、石けん水の匂いとひどく臭う吐瀉物を拭きとっている濡れたぞうきんの臭いがする、わしは起き上がろうとする、部屋の中を歩きまわればこの痛みがおさまり、消えるはずだ、

「窓を開けてくれ」

「あの人は自分が愛していたものまで壊してしまったのよ、ママは知っているでしょう?」

「やめて、お願いだからその話はやめて!」

「ロレンソを死なせたのはあの人よ、そうでしょう?……」

「お黙り、テレーサ! それ以上何もしゃべるんじゃありません。お前は私を傷つけているのよ」

勝手にしろ、かまわんさ、わしの知ったことじゃない。そうだろう、ロレンソ? 面と向かって言えないことをこそこそしゃべっているが、何の話をしているかこちらは先刻承知だ。すべてわしがそうするように仕向けたのだ。何とでも好きに言うがいい。この機会を利用したければするがいい。司祭がわしの瞼、耳、唇、足、手、両脚の間のペニスの近くに終油を塗っているが、その間あいつらは彫像でも見るようにわしを眺めておる。テープレコーダーのコンセントを差し込んでくれ、パディーリャ。

「二人して川を渡った……」

彼女、テレーサがわしを押さえつけておる、だがその目は恐怖におびえ、口紅が剝げ、歪んだ口もとにはおびえたような表情が浮かんでいる、それにカタリーナの両腕はこれまで一度も口に出したことのない、そしてわしがそうすることを禁じていた言葉の耐えがたい重みでだらりと垂れ下がっておる、みんなはわしを仰向けに寝かす、だめだ、苦しくて我慢できん、痛みがひどくて身体がエビのように曲がってしまう、手の先で足の指に触ってみなくては、足はまだついているんだろうな、今になって気がついたのだが、腸はわしが生まれて以来ずっと休みなくひそかに働き続けていたのだ、その感覚がなくなってはじめて腸が動いていたことに気づいたのだ、これまで片時も休まず蠕動《ぜんどう》運動をつづけてきた腸の動きが止まってしまい、今は何も感じない、感覚がなくなった、氷のように冷たくなった感覚のない足先に触れてみようとして手を伸ばし、ふと自分の爪が目に入る、生命のない青黒い爪、ああ、なんてことだ、この色は消えんだろう、青い皮膚、死んだ血の流れているぞっとするような色の皮膚、いやだ、いやだ、わしが欲しいのはこんなものじゃない、空の青さ、思い出の青さ、川を渡る馬の青さ、艶やかな馬の青さ、海の青さ、花の青さ、みずみずしい青さ、そうしたものが欲しい、それなのに……ああ、なんてことだ、仰向けに寝るしかないだろう、というのも行くべきところもなければ、身体の動かし方も忘れ、この腕と感覚のなくなった脚をどちらに向けて伸ばせばいいのか、視線をどこに向ければいいのかさえわからんのだからな、行くべきところがないのだから起きても仕方がない、へそのあたりが痛む、腹が、脇腹が痛む、直腸が痛む、身体を掻きむしり、両脚を開いていきんでみるが、だめだ、今はもう何の匂いもしない、テレーサの泣き声が聞こえ、背中をさすってくれているカタリーナの手の動きが感じられる。

わからん、どうして今頃になってわしのそばに腰をかけ、咎めるでもなくわしを見つめながらこの思い出を分かち合おうとするのだ、どうしてなのだ？　ああ、わしにそれがわかれば。わしたちにそれがわかれば。大きく見開いた目の奥におそらくもう一枚薄い膜があるにちがいない、それを引き裂いてものを見よう。人は他人の視線や愛撫を受けると、その分だけ自分自身の肉体から脱け出すことができるものだ。お前は今わしの身体に触っている。お前はわしの手を撫でている。わしの手は感覚を失っているが、お前の手を感じることはできる。彼女はわしに触っている。カタリーナはわしの手を撫でている。これが愛情というものなのだろう。そうだろうか？　わしにはわからん。これは愛情だろうか？　これはわしがやさしい素振りを見せると、あれはすげない態度をとるし、あれがやさしくしてくれると、わしは冷淡に突き放してしまう、いつも同じ繰り返しで、そうした暮らしにも慣れてしまった。心の中の思いはひとつなのだが、それが真ん中で二つに分かれているのだろう。あれは今わしの身体に触っている。わしと一緒に、あのこと、あのことだけを思い出し、理解しようとしている。

「どうして？」

「二人して馬で川を渡った……」

わしは生き延びた。レヒーナ。お前は何という名前だった？　ちがう。お前はレヒーナだ。名もない兵士よ、お前は何という名前だったのだ？　わしは生き延びた。あんたたちは死んでしまった。わしは生き延びた。

「顔がよく見えるように……もっとそばに行きなさい……自分の名前を言うのよ……」

けれども、テレーサのすすり泣く声が聞こえ、背中を撫でてくれているカタリーナの手が感じられる。軋《きし》み音を立てて慌ただしく近づいてくる足音がし、男がわしの胃を触診し、脈をとり、乱暴に瞼を押し開けると、ペンライトをつけたり消したりして目の奥を照らし、ふたたび胃を触診し、肛門に指を突っ込み、口にアルコールの匂いのする熱い体温計を押し込む。まわりが急に静かになり、今やってきた男の声がトンネルの奥でしゃべっているように遠く聞こえる。

「今のところは何とも言えないが、絞扼《こうやく》性ヘルニアか腹膜炎の可能性が考えられる。あるいは腎疝痛《じんせんつう》の可能性も考えられるが、もしそうだとすれば、モルヒネを二センチグラム注射しなければならないが、注射は危険なので、ほかの医師の意見を聞く必要があるだろう」

苦痛はある一線を越えるともはや苦痛でなくなる、やがて苦痛が気にならなくなり、それが常態になってしまう。苦痛よ、わしはもうお前に慣れてしまったので、お前が消えてしまえば寂しくてやりきれないだろう、ああ、苦痛よ……。

「ドン・アルテミオ、何かおっしゃってください。お願いです、何かひとことおっしゃってください」

「……彼女のことを思い出せん、もう思い出せんのだ、彼女のことを忘れるはずがないのに……」

「患者がしゃべると、脈が完全に止まってしまいます」

「お願いです、医師《せんせい》、注射をしてやってください、苦しまなくて済むように……」

「それは危険です。別の医師の診断を仰ぐ必要があります」

「……あの子のことを忘れたりするものか……」

「どうか安静にしてください。もう口をきかないで。そう、そうです。最後に小用をされたのはいつですか？」

「今朝です……いいえ、二時間前です。自分では気づいていなかったようですわ」

「取ってありますか？」

「いいえ……棄ててしまいました」

「それでは尿器をあてがって取っておいてください。尿の検査をしますから」

「わしはあそこにいなかったのだから、思い出そうにも思い出しようがない」

またしてもあの冷たい器具を差し込みおったな。金属性の尿器の口に、萎えたペニスがのせられる。いずれこうしたことにも慣れてしまうだろう。これは発作だ。わしくらいの年齢になると、発作が起こっても不思議ではない。発作なら死ぬことはあるまい。いずれ、おさまるだろう。間もなくおさまるはずだ。だが、もう時間がない。どうしてみんなはわしにあのことを思い出させてくれんのだ？　そうだ、この肉体がまだ若々しかった頃、かつてこの肉体は若々しかった、若々しかった……。ああ、この肉体は苦痛の中で死んでゆく、しかし頭脳は光で満ちている。分離する、肉体と頭脳が分離することはわかっている。なぜなら、わしはいまその顔を思い出すのだから。

「悔悟するのです」

わしには息子がひとりいる。顔を覚えているのだから、あれはわしが作ったのだ。どこからあの顔を思い出したのだろう、あの顔を忘れないためにも、どこから思い出したのか考えなくては、ああ、神様、どこから、どこから、どこから思い出したのか教えてください。

お前は記憶の奥底から叫ぶだろう、お前は言葉の鞭で馬を駆り立てようとするかのように頭を低くさげると、馬の耳もとに顔を近づけるだろう。湯気を立てている馬の荒々しい息づかい、その汗、張りつめた筋肉、緊張のあまりガラスのように空ろになった目を感じるだろう——きっとお前の息子も同じことを感じているだろう。声が馬の蹄《ひづめ》の音にかき消されるので、息子は大声でこう言うだろう。『父さんは一度だってこの牝馬に勝ったことがないじゃないか！』『誰に馬の乗り方を教わったんだ、言ってみろ、坊主！』『いくら頑張ったってこの牝馬には勝てっこないよ』『やってみなくちゃわからんさ』『これまでのようにわしに何もかも打ち明けるんだぞ、ロレンソ……いままでと同じようにな。母さんに言ったからって、なにも恥ずかしがることはない、いや、わしがそばにいたところでうろたえることはないんだ。わしはお前のいちばんの友達、おそらくたったひとりの友達だろう……』彼女はあの朝、春のあの朝、ベッドに横になったままその話を繰り返すだろう、息子がまだ小さかった頃から言おう、言おうと思っていたことを繰り返すだろう。私はお父さんのもとからお前を引き取り、自分で面倒をみようと考えて乳母も雇わず、下の妹も六歳になるとすぐにカトリック系の学校の寄宿舎に入れた。そうすれば、いつもロレンソと一緒にいられるし、あなたはあなたでのびのび好きに仕事ができるだろうと考えたのよ。馬を全力疾走させると、涙がこぼれる。両脚で馬の胴をしっかりはさみつけ、たてがみの上に身体を倒して踏ん張るが、牝馬はお前の馬より三馬身先を走っているだろう。お前は急に疲れを感じて上体を起こすと、手綱を使って馬の速度を落とすだろう。馬の蹄の音は金剛インコや傾斜地から聞こえてくる牛馬の鳴き声にかき消されるが、軽やかな足取りで走る牝馬に乗った少年を見ていると、心を洗われたような気持ちになるだろう。ロレンソの乗った馬を見失わないよう、お前は目を細めるだろう。その馬は道を逸れて、鬱蒼《うっそう》と生い茂る木々のあいだを抜けて川のほうに向かってゆくだろう。むずかしい選択に頭を悩ませたり、どれにするかで迷ったりしなくてもいいような環境に置いてやらなくてはいけないわ、とカタリーナはひとりごちるだろう。彼女はお前のことを考えるだろう。自分ではそのつもりはなかったんでしょうけど、結婚当初に私を構いつけてくれなかったから、こんなことになってしまったのよ、ドン・ガマリエルから土地を奪い、まだ幼かったあの子を別世界のように薄暗い私の寝室に追いやった時に、この人は私と違う世界、労働と力の支配するもうひとつの世界の住人なんだとわかったの。小声でお祈りをとなえ、しおらしく良妻賢母ぶっている彼女、その彼女がほほえみでとらえがたい排除と包摂の法則に従って作り上げた自然な傾きを見せる異常な世界。ロレンソの馬はだく足で道を逸れ、茂みを抜けて川へ向かう。少年は手をあげて、太陽がのぞきはじめた東のほうを、川によって海から区切られている沼沢地のほうを指さすだろう。お前は噎せかえるような朝もやに顔を包まれ、快い影が頭上に落ちるのを感じて目を閉じるだろう。朝露に濡れた鞍に腰をかけ、馬の歩みにまかせて揺られてゆくだろう。閉じた瞼の奥では、太陽と影のおぼろげな形が目に見えない波のように揺れ、その中に若々しく逞しいロレンソの青い影がくっきり浮かび上がるだろう。その朝も、いつもと同じように期待と喜びにあふれて目覚めたことだろう。『母さんはどんな仕打ちをされてもじっと耐えてきたのよ』とカタリーナはそばにいる子供に向かって繰り言を並べるだろう。『ここまで耐えてこられたのも、お前がいたからなの……』お前は息子の何かに驚いたような、もの問いたげな目を愛するだろう。その目を見て言うだろう。『いつかお前に何もかも話してあげるわ……』十二歳の時からロレンソをコクーヤに連れてきたが、やはり間違いではなかった、これでよかったのだ、とお前は繰り返すだろう。この土地を買って、そこに農場を作り、まだ年は若かったが農場主として収穫に責任をもつようにさせたが、それもこれもすべてこの子のためを思ってしたことだ。ここなら馬に乗ったり、狩りをしたり、泳いだり、魚釣りをしたりと、思う存分野外生活を楽しむことができるはずだ。お前は遠くから馬に乗った息子の姿を眺めるだろう。痩せてはいるが頑健で、色が浅黒く、高く突き出した頬骨の奥で緑色の目が輝いているところは自分の若い頃にそっくりだ、とお前はひとりごちるだろう。お前は川岸の饐《す》えたような泥の臭いを吸い込むだろう。『いつかお前に何もかも話してあげます……お前のお父さんわね、ロレンソ、お父さんは……』お前は風に揺れている沼沢地の草むらのところまで行くと、馬から降りるだろう。解き放たれた馬は、首をうなだれ、水を飲むと濡れた舌で互いの身体を舐め合うだろう。そのあと、二頭の馬は水辺の背の高い草をかき分け、たてがみをふり乱し、水を撥ねかしながら催眠術にでもかけられたようにゆるゆると駆けまわるが、その身体は陽射しと水の照り返しを受けて金色に輝くだろう。ロレンソがお前の肩に手を置くだろう。『お前のお父さんはね、ロレンソ……ロレンソ、お前は私たちの主である神様をほんとうに愛しているかい？　私が教えてあげたことをすべて信じているかい？　教会がこの地上における神の肉体であり、聖職者が主の使徒であることを知っているかい？……お前は信じているかい？……』ロレンソはお前の肩に手を置くだろう。

お前たちは顔を見合わせてにっこり笑うだろう。お前がロレンソの首に手をまわすと、ロレンソはふざけてお前の腹を殴るまねをするだろう。お前は笑いながら息子の髪の毛を乱してやるだろう。遊び半分ではあるが、全身の力をこめ、息をはずませて激しく揉み合ったあと、お前たちはへとへとになって草の上に倒れると、息の詰まるほど笑い転げるだろう……。『どうしてこんなばかなことを尋ねるのかしら、母さんにはこんなことを言う資格なんてありはしないのにね……。私にはわからないんだよ、聖人様や……真の殉教者の中で……人は神の許しを得られると思うかい？……ああ、どうしてこんなことを訊くんだろうね……』お前たちと同じように遊び疲れた馬がもどってくるだろう。お前たちは手綱をとって、海に、自由な海に向かって張り出している砂州に沿って歩いてゆくだろう。ロレンソとアルテミオは開かれた海に向かって歩いてゆくだろう。ロレンソは海に向かって軽やかに駆け出してゆくと、腰のあたりまで海に入るが、熱帯特有の緑色の波が彼のズボンを濡らすだろう。獲物を狙ってカモメが低く飛んでいる海は、くたびれた舌を思わせるその波で砂浜を舐めている。お前は衝動的に手で海の水をすくうと、口に近づけるだろう。海の水は苦いビールの味がし、メロン、トゲバンレイシ、グアバ、マルメロ、イチゴの匂いがする。砂浜では漁師たちが重い網を引いているだろう。お前たちはそばに行って彼らと一緒にカキの殻を割り、カニやエビを食べるだろう。ひとり待っているカタリーナは目を閉じて眠ろうとするだろう、十五歳になって以来二年間会っていない息子の帰りを彼女は待っているだろう。ロレンソはピンク色のエビの甲羅を割り、スライスしたレモンをまわしてくれた漁師に礼を言ったあと、お前にこう尋ねるだろう。父さんは海の向こうに何があるか考えたことがある？　陸地というのはたいていどこでも同じだけど、海は陸と全然ちがうだろう？　それを聞いてお前は、そういえば海には島があるからなと答えるだろう。ロレンソは、海だといろんなことが起こるだろう、だからそこで生きてゆくためには人間はもっと身体が大きくて、完全な存在になる必要があると思うんだ。お前は砂浜に寝そべり、漁師のつまびくベラクルス地方独特のギターの音に耳を傾けながら、息子に話してやりたいと思うだろう。以前、そう、四十年も昔になるかな、その時にここで何かが壊れたんだ、そして何かがはじまった、いや、もっと新しい何かが結局ははじまらなかったのだ。朝もやに包まれた夜明けの太陽、あるいは真昼の焼けつくように暑い太陽の下の黒い道やこの海のそばで、そうだ、あの時も海はこんなふうに緑色のとろりとした穏かな海だったが、自分にはひとつの夢があった、現実的なものではなかったが、まぎれもなく真実の夢だった……。お前が不安になり、ロレンソを連れてコクーヤに戻ってきたのはそのせい――真の夢の可能性が失われたせい――ではなかった。それよりももっと伝えがたい、ひとりでは考えることも難かしいあることのせいだった。お前は目を閉じ、口の中に残っている魚介類の味を確かめ、茫洋と広がる午後の中に消えてゆくベラクルス地方の音楽を聴きながら、そうひとりごちるだろう。息子にそのことを伝えてやりたいと思うが、思いきって言い出すことができないだろう。雲が出て、急にあたりが暗くなる。その空の下でロレンソが海のほうを向いて両手を広げるのを感じるだろう。『十日ほどすると船が出るんだけど、もう切符は買ってあるんだ』雨が降りはじめる。ロレンソは物乞いでもするように掌を広げて雨滴を受けとめる。『あの革命の時は、父さんも家を飛び出して行ったんだから、きっと反対はしないよね。何を信じていいかぼくにはわからないんだ。父さんはぼくをここに連れてきて、いろんなことを教えてくれたけど、ぼくにしてみれば、父さんの若い頃を代わりに生きてきたような気がするんだよ、わかるだろう?』『ああ』『いま、あちらじゃ戦争が起こっている、残されたたったひとつの戦場なんだ。ぼくはそこへ行こうと思っている……』ううーっ、苦しい、まるで錐《きり》でえぐられるようだ。起き上がって駆け出したい、歩き、働き、叫び声を上げ、人に命令を下してこの痛みを忘れたい、お前はそう思うだろう。けれども、そうさせてはもらえないだろう、腕を摑まれ、おとなしくするよう無理やり押さえつけられるだろう、もっといろんなことを思い出すよう無理に寝かしつけられるだろう、お前はそれをいやがるだろう、そうしたいと思う、いや、いやがる。お前は自分のものであった日々を夢見ただろう、ほかのどの日よりも自分のものであった一日のことを知りたいとは思わない、なぜならそれは誰かがお前の代わりに生きる一日、お前が誰かの名前で思い出すことのできる唯一の日だからだ。短い、恐怖の一日、白いポプラの一日、アルテミオ、お前の一日もまた……お前の人生もまた……ああ……。

一九三九年二月三日

彼はライフル銃を手にもって建物の屋上にいたが、その時ふと、二人で沼沢地へ狩りに行った時のことを思い出した。しかし、手もとの錆ついたライフルではとても猟などできないだろう。屋上から、主教館のファサードが見えるが、残っているのは建物の正面だけで、その後方の床も屋根も破壊されてなくなっていた。ファサードの向こうに爆弾が落ちて壊され、古い家具が瓦礫の下に埋まっていた。下の通りをウイングカラーをつけた男と黒い服を着た二人の女が一列に並んで歩いていた。両手に大きな包みをかかえた彼らは目を細めて、ファサードの下を不安そうに歩いていた。その姿を見ただけで、すぐに敵方の人間だとわかった。

「おい、通りの反対側の歩道を歩くんだ」

屋上から彼は大声でそう言った。男が顔を起こしたが、強い陽射しに眼鏡の奥の目を射られた。ファサードが今にも崩れ落ちそうで危険だから、通りの反対側を通るように身振りで伝えた。彼らはそれを見て通りを横切った。遠くのほうでファシストの砲兵隊の一斉射撃の音が響いていた――砲弾が空中を通過する時はヒューッと鋭い音を立てるが、山奥に落ちるとドーンという鈍い音が返ってきた。そのあと彼は砂袋の上に腰をおろした。そばにミゲルがいたが、彼は機関銃のそばから片時も離れようとしなかった。屋上から見下ろすと、通りには人影ひとつ見えなかった。街路には大きな穴があき、電信柱が折れ、電線が絡み合っていた——斉射の音が間断なく響き渡り、時々ライフルを射つパン、パンという音が聞こえた。屋上の敷石は冷たく乾ききっていた。通りの建物の中で、まともな格好で建っているのは、古い主教館のファサードだけだった。

「機関銃の弾薬帯はもう一本しか残っていないな」彼がそう言うと、ミゲルが答えた。

「夕方まで待とう、そうしたら……」

二人は壁にもたれて、タバコに火をつけた。ミゲルは襟を立てると、そこに赤毛の鬚の生えている顎をうずめた。遠くの山を見ると、雪がかなり低いところまで積もっていたが、まわりには明るい陽光がふりそそいでいた。朝方には山がくっきりと浮かび上がり、間近に迫ってくるように思えるが、午後になるとどんどん後方に退いてゆくような感じがした。今ではもう、山の斜面につけられた道や松の木が見分けられなくなっていた。あたりが黄昏に包まれると、山は遠くなり、暗紫色にかすむ凝塊に姿を変える。

その日の午後、ミゲルは目を細めて太陽を見たあと、彼にこう言った。

「これで大砲やライフルの音が聞こえなかったら、戦争をしているようには思えないな。こういう冬の一日というのはじつに気持ちのいいもんだ。見ろよ、あんなに低いところまで雪が積もっているぞ」

彼は、目尻から髯におおわれた頬のあたりに刻み込まれているミゲルの白く深い皺を見つめたが、その皺は顔の上に降り積もった雪を思わせた。これまで皺を通してミゲルの喜び、勇気、怒り、沈着といったものを読み取ってきたので、いつまでもあの皺を忘れることはないだろうな、と考えた。ふたたび退却するまでに何度か勝利を収めたこともあったが、時には敗北につぐ敗北を余儀なくされたこともあった。けれども、勝つにせよ負けるにせよ、ミゲルの顔に刻まれた皺を見ただけで、次に取るべき行動はすぐに決まった。彼はミゲルの顔を通して多くのことを学んできたが、ただひとつ彼の泣いた顔だけはまだ見たことがなかった。

床の上でタバコの火を揉み消すと、細かな火の粉が散った。どうして戦争に勝てないんだろうな、と彼が尋ねると、ミゲルは国境のある山のほうを指さして言った。

「おれたちの機関銃があの山を越えられないからさ」

ミゲルもタバコを揉み消すと、歌をうたいはじめた。

四人の将軍　四人の将軍
四人の将軍が　決起したんだ
おっかさん……

彼も砂袋にもたれてその続きをうたった。

　クリスマスまでには　おっかさん
　あの四人は吊るされる　吊るされるだろう……

　彼らは暇つぶしによく歌をうたった。見張り中に異常がなければ、今みたいに気を紛らすために歌をうたった。声をそろえて歌おうと呼びかける必要はなかった。今では人前で大声を上げて歌っても恥ずかしくなかった。わけもなく笑い転げたり、ふざけて取っ組み合いをしたりするのと変わりなかった。そう言えば、以前コクーヤの近くにある浜で漁師たちと一緒に歌をうたったことがあった。しかし、今の彼らはともすれば滅入りそうになる気持ちを奮い立たせようとして歌をうたっていた。歌に出てくる四人の将軍は絞首刑にされなかった。それどころか、逆に自分たちのほうが国境に近い山間の村に追い詰められて逃げ場を失っていたのだから、なんとも皮肉な話だった。

　午後の四時だというのに陽が沈みはじめていた。彼は台尻に黄色いペンキの塗ってある赤錆びた銃を撫で、軍帽をかぶった。ミゲルにならって彼もマフラーを首に巻いた。二、三日前から、心の中で言おうと思っていることがあった。彼の軍靴は擦り減っていたが、何とか履けなくはなかった。それにひきかえ、ミゲルが履いているのはぼろぼろになった古いサンダルで、その上からボロ布を巻きつけ、紐で縛っていた。彼は一日交替で軍靴を使うことにしようとミゲルに言いたかったのだが、どうしても言い出せなかった。ミゲルの皺が余計な心配をしなくていいと語りかけているように思えたのだ。建物の屋上で凍てつくような寒い夜を過ごしたせいで、身体が芯から冷えきっていたので、手に息を吹きかけた。その時、通りの向こう端から味方の共和派の兵隊が走ってくるのが見えた。それを見た時、一瞬爆弾で大きくえぐられた通りの穴から湧き出してきたのではないかと思った。その兵隊は両腕を大きく振りまわしていたが、突然うつぶせに倒れた。その後から、数人のこれも同じ共和派の兵隊が爆弾で破壊された敷石を踏みしめながら、軍靴の音を響かせて駆けてきた。さきほどまで遠くに聞こえていた砲声が急に間近に迫ってきた。兵隊のひとりが通りから大声で叫んだ。

「おーい、銃だ、銃をくれ！」

「走れ、走るんだ！」と先頭をきって走っていた男が大声で言った。「ぐずぐずしていると、狙い射ちされるぞ！」

彼らが通り過ぎると、屋上にいた二人は兵隊たちが駆けてきたほうに機関銃を向けた。敵兵はおそらく近くまで来ているにちがいない。

「敵さんが近くまで来ているようだね」と彼はミゲルに話しかけた。

「メキシコ人の若いの、しっかり狙って射つんだぞ！」ミゲルはそう言うと、残されたたった一本の弾薬帯を摑んだ。

しかし、別の機関銃が先に火を吹いた。二、三ブロック離れた、人目につかないところに据えられていたファシストの機関銃が、敵兵が逃げてくるのをじっと待ち受けていたのだ。機関銃が乱射され、共和派の兵隊がバタバタ倒れた。隊長はすばやく地面に身を伏せると、叫んだ。

「伏せろ、伏せるんだ！　あれだけ教えたのにまだわからんのか！」

彼は機関銃の向きを変えると、敵の機関銃のあるほうに狙いをつけた。太陽はすでに山の向こうに沈んでいた。機関銃で掃射すると、震動で身体がふるえた。ミゲルがぽつりと言った。

「肝っ玉だけではどうにもならん。金髪のモーロ人どものほうが装備ははるかに上だ」

その時、頭上から飛行機の爆音が聞こえてきた。

「イタリア空軍機《カプロニ》が来たな」

二人は肩を並べて戦ったが、そのうちあたりが暗くなって何も見えなくなった。ミゲルが腕を伸ばして彼の肩に触れた。イタリアの航空部隊が、その日二度目の爆撃にやってきたのだ。

「イタリア空軍機が戻ってきやがった。行こう、ロレンソ」

「行くって、どこへ？　あれっ、機関銃を置いてゆくの？」

「弾がなきゃ、屑鉄と同じだ」

敵の機関銃も鳴りをひそめていた。下の通りを数人の女性が通りかかった。暗くてよく見えなかったが、高い声を張り上げて歌をうたっていたので、そうとわかったのだ。

リステルとカンペシーノ
ガランとモデスト
カルロス司令官
彼らがいれば怖いものはない……

時々爆弾が炸裂する間隙をぬって、歌声が途切れることなく続いていた。爆弾よりも逞しいその歌声はなんとも奇妙な感じがした。『それはいかにも兵隊らしい声ではなく、恋する女たちの歌声だったんだよ、父さん。彼女たちは共和派の兵隊を自分の恋人のように考えてうたっていたんだ。屋上にいたミゲルとぼくは機関銃を棄てて逃げようとした時に手が触れたんだけど、その時二人とも同じことを考えているってわかったんだ。つまり、彼女たちはぼくたち、すなわち愛するミゲルとロレンソのために歌をうたってくれていたんだ……』

その時、主教館のファサードが轟音とともに崩れ落ちたので、彼らは慌てて床に身を伏せた。二人は身体じゅう埃まみれになった。その時彼はふと、マドリッドに着いた頃のことを思い出した。当時マドリッドでは明け方の二時、三時頃までカフェは大勢の人でにぎわい、戦争の話で沸きかえっていた。大いに士気があがり、この分では間違いなく戦いに勝てるだろうと誰もが信じていた。マドリッドはおそらくまだ抵抗を続けているだろうが、爆撃を受けてマドリッド女性の頭は白髪のように真っ白になっているだろうな、と彼は考えた……。彼らは階段のところまで這っていった。ミゲルは武器を持っていなかった。彼は赤錆びたライフル銃を手から離さなかった。ライフルは五人にひとりの割でしか支給されないとわかっていたので、持ってゆくことにしたのだ。

彼らは螺旋階段を下りていった。

『どこかの部屋で小さい子供が泣いているような気がした。しかし、はっきりしたことはわからない。ひょっとするとあれは空襲警報だったのかもしれないな』

けれども彼には、置き去りにされた子供が泣いているとしか思えなかった。二人は真っ暗な中を手さぐりで下りて行ったが、あまり暗かったので、通りに出た時は昼の世界に迷い込んだような錯覚にとらえられた。ミゲルが、『やつらを通すな《ノー・パサラン》』と言うと、女性たちが『やつらを通すな《ノー・パサラン》！』と答え返してきた。あたりが暗かったので、どちらに向かって進めばいいのか見当がつかなかった。それに気づいたのか、女性のひとりが彼らのほうに駆け寄ってきて、こう言った。

『そちらは危険ですから、私たちと一緒に来てください』

夜の闇に目が慣れてくるにつれて、歩道にうつぶせになっている人影が見えた。倒壊したファサードが通りを分断し、敵の機関銃から身を守るのに格好の遮蔽物になっていた。彼は埃っぽい空気を吸い込んだが、その時そばに伏せている女性たちの汗の匂いが鼻をくすぐった。顔を見ようと目をこらしてみたが、ベレー帽と毛糸の帽子しか見えなかった。その時、横に伏せていた若い女の子が顔を上げた。その女の子の栗色の髪の毛は、倒壊した建物の石灰で真っ白になっていた。

「私、ドローレスっていうの」

「ぼくはロレンソ、こちらはミゲルだ」

「ミゲルです」

「部隊とはぐれてしまったの」

「第四部隊だったの」

「どうやってここから脱出する?」

「迂回して橋を渡らなくてはいけないだろうな」

「このあたりの地理に詳しいの?」

「ミゲルがいるから、心配はいらないよ」

「だいじょうぶ、まかせてくれ」

「あなたはどこの出身なの？」

「メキシコ人なんだ」

「じゃあ、言葉の心配はないわね」

飛行機が飛び去ったので、彼らは立ち上がった。ベレー帽のヌーリと毛糸の帽子をかぶったマリーアが自己紹介したので、彼らもそれに倣った。ドローレスはジャケットにズボンをはいていたが、あとの二人はオーバーオールを着て、背中にナップザックを背負っていた。彼らは高い建物の壁に沿って進んだ。そこの真っ暗なバルコニーの窓は真夏のように開け放してあった。ひっきりなしに銃声が聞こえてきたが、どの辺で銃撃戦が行われているのか見当もつかなかった。時々割れたガラスを踏みつけた。先頭に立って歩いていたミゲルが、電線に注意するように言った。通りの角で犬が吠えたので、ミゲルが石をひろって投げつけた。バルコニーを見ると、頭にスカーフを巻きつけた老人がロッキングチェアに坐っていた。下を通っている彼らには目もくれなかったが、あの老人はいったい何をしていたのだろう？　誰かの帰りを、あるいは日の出でも待っているのだろうか？　老人は彼らのほうを見ようとしなかった。

彼は大きく息を吸い込んだ。町をあとにしてしばらくゆくと、すっかり葉の落ちたポプラの生えている野原に出た。その年は、秋になっても誰ひとり落葉をかき集めなかったので、湿気で黒ずんだ枯葉が足の下で音を立てた。ミゲルの足に巻きつけてあるボロ切れを見て、彼は自分の軍靴を使うようにと言いかけたが、細く強靭な脚でずんずん歩いてゆくミゲルを見ていると、言い出せなかった。ミゲルは軍靴など必要としていなかったので、こちらからそんなことを申し出ても、うんとは言わないだろう。向こうでは暗い山の斜面が彼らを待ち受けていた。今はまだいいが、あそこを登る時はきっと軍靴が要るはずだ。目の前に橋が現われた。その下を水深のありそうな濁流がごうごうと音を立てて流れていた。彼らは川をのぞき込んだ。

「凍っていると思ってたんだけどな」彼は腹立たしそうに言った。

「スペインの川はどこも流れが速いから、凍結しないいんだ」とミゲルがつぶやくように言った。

「どうして凍ってないといけないの?」とドローレスが彼に尋ねた。

「凍結していれば、橋を渡らなくても済むだろう」

「どうしてなの?」と今度はマリーアが尋ねた。三人の若い娘はまるで子供のように目を丸くして不思議そうな表情を浮かべていた。

「橋というのはたいてい爆破されているんだ」とミゲルが代わりに答えた。

一行はそこを動こうとせず、足もとを流れる白濁した川の流れをじっと見つめていた。しばらくするとミゲルが顔を上げ、山のほうを見て言った。

「この橋を渡ってあの山にとりつけば国境まで行けるが、こいつが渡れんとなると、ことによると銃殺だな……」

「そんな!」とマリーアが泣きべそをかきながら言った。二人の男はマリーアが疲れきって、ガラスのように空ろな目をしているのに気がついた。

「万事休すだ!」ミゲルはそう叫ぶと、拳を握りしめて、枯葉の上にライフル銃が落ちていないだろうかというように、手であちこち探った。「前門の虎、後門の狼とはこのことだ。飛行機もなければ、大砲もない、まったくの空手空拳《くうしゅくうけん》だ!」

彼はその場に立ち尽くしたまま、ミゲルの顔をじっと見つめていた。その時ドローレスが、ドローレスの熱い手が、それまで腋の下に入れていた彼女の五本の指が若い彼の手を摑んだ。彼は理解した。振り向くと、はじめて彼女の目を見た。目をしばたたいてよく見ると、彼女の目は熱帯の海岸から見る海と同じ緑色をしていた。化粧っ気はなく髪は乱れ、寒さで頰は真っ赤になっていて、厚い唇はかさかさに乾いていた。あとの三人はそんな二人に気づいていなかった。彼女と彼は手をつなぎ、先に立って橋を渡りはじめた。彼のほうは一瞬ためらったが、彼女はそのままどんどん進んだ。握りしめていた彼女の手から温もりが、ここ数カ月間感じたことのない暖かい温もりが伝わってきた。

『……カタルーニャとピレネー山脈のほうにじりじり後退していったんだけど、あれはその数カ月間で感じた唯一の温もりだった……』

二人の足の下を川がごうごうと流れ、橋板が軋み音を立てた。ミゲルと若い女の子たちが向こう岸から何か叫んでいたが、二人には何も聞こえなかった。橋は果てしなく続くように思われた。渡っているのは、激流の逆巻く川でなく大海に架けられた橋のような気がした。

『ぼくの心臓の鼓動が速くなったんだ。彼女はぼくの脈が速くなったのに気づいて、ぼくの手を引き寄せると、力強く鼓動している自分の心臓の上に押し当てた……』

二人は何も恐れず、肩を並べて先へ進んだ。橋がぐっと短くなったように感じられた。

その時、それまで見えなかったものが突然対岸に姿を現わした。そこに、葉を落とした白く美しいニレの大木がそびえていたのだ。雪は積もっていなかったが、樹氷がついてきらきら輝いていた。その木を目にしたとたんに、肩にかついだライフル銃と両脚、それに橋板を踏みしめている足が急に鉛のように重く感じられた。向こう岸では、ニレの大木が白く輝きながら彼らを待っていた。彼はドローレスの指を握りしめた。凍てついた風が顔に吹きつけて、彼らは思わず目をつむった。

『目を閉じたあと、ひょっとしてその間にあのニレの木が消えてなくなっているんじゃないかと思って、おそるおそる目を開けてみたんだよ、父さん……』

その時、彼らは自分たちの足の下に大地があるのを感じたが、そのまま後ろを振り返らずに、ニレの木に向かって走り出した。ミゲルと二人の女の子が叫び声を上げ、橋の上を駆けてきたが、その声も足音も耳に入らなかった。彼らは真っ白に凍りついた剝出しの木に駆け寄ると、両腕で木の幹を抱きしめ、はげしく揺さぶった。二人の頭上に、真珠のような氷の粒がばらばら落ちてきた。木を抱きしめている二人の手と手が触れた。ドローレスと彼はぱっと木から離れると、抱擁し合った。彼は彼女の額を、彼女は彼の首筋をやさしく愛撫した。彼女は自分の潤んだ緑色の目と半ば開いた口を見せようとするように、身体を少し離し、そのあと青年の胸に顔をうずめた。仲間の者たちがそばに来る前に、顔を起こすと、彼に唇を与えた。遅れてやってきた三人は彼らのように木を抱きしめなかった……。

『ローラ、きみはなんて暖かいんだ。きみはほんとうに暖かいね、愛しているよ、ローラ』

彼らは山頂に雪が積もっている山間で野営した。ミゲルと若者は薪を探してきて、焚き火をした。彼はローラのそばに腰をおろすと、ふたたび彼女の手を取った。マリーアはナップザックから潰れた容器を取り出し、そこに雪を詰めて火にかけ、山羊の乳で作ったチーズを取り出した。つづいてヌーリが笑いながら胸もとから皺だらけになったリプトンのティーバッグを取り出したが、みんなはそこに描かれている英国人のヨットマンの顔がおかしいといって笑い転げた。

ヌーリは、バルセロナが陥落するまでは、タバコや紅茶、コンデンスミルクの包みがアメリカから送られてきたという話をした。ヌーリは丸々と太っていて底抜けに明るく、戦争がはじまるまでは紡績工場で働いていた。マリーアはマドリッドにある学生寮に入って勉強していたが、プリモ・デ・リベラ〔ミゲル、一八七〇～一九三〇。スペインの軍人。一九二三～三〇年まで独裁制を敷いた〕政権に反対するデモに参加した時のことや、ロルカ〔フェデリコ・ガルシア＝ロルカ、一八九八～一九三六。スペインの詩人、劇作家。内乱勃発後に殺害された〕の新作戯曲が上演されると、それを見ていつも涙を流したという話をした。

『ぼくはいま、膝の上に紙を置いてこの手紙を書いているんだけど、彼女たちの話を聞きながら、自分がどれほど深くこのスペインを愛しているか伝えたくて仕方がないんだ。初めてトレドを訪れた時の話はどうだろう？　以前、エル・グレコの絵を見たことがあるんだけど、あれ以来タホ川の両側に広がっているトレドは、今にも稲妻が光り雷鳴がとどろきそうなどんよりした緑色の雲に覆われているような印象を受けていたんだ。どう言えばいいか、あの町は自分自身に挑みかかっているような感じがしていたんだよ。ところが、実際に訪れてみると、あふれんばかりの陽光がさんさんとふりそそいでいて、びっくりした。陽光と静寂の町、それがあそこだった。エル・グレコの描いている世界はスペインそのものだ――ぼくはみんなにそう言おうと思っている。エル・グレコの描くタホ川のように、狭くて深い峡谷がスペインをまっぷたつに切り裂いている、これがぼくの見たスペインなんだよ、父さん。この話をみんなにしてみようと思うんだ……』

　彼がそのことを話すと、今度はミゲルが、アセンシオ大佐の率いる旅団に加わるようになった経緯《いきさつ》や、苦労して戦い方を学んだことを語って聞かせた。ミゲルはさらに続けて、人民軍の兵隊はたしかに勇敢だが、それだけでは戦いに勝てない。その前に、いかにして戦うかを学ばなければならないのだが、それにはまず生き延びることを考えなければいけない、生き延びてはじめて次の戦いに備えることができるんだからな。それにはそれなりのやり方があるんだが、新しい志願兵というのはその辺のところを呑み込んでくれない。それにまた、敵から身を守るすべを覚えたら、次は攻撃法を身につけなければならないのだが、ここまではまだほんのイロハだ。次にもっともむずかしいいかにして勝利をかち取るかを学ばなければならない、つまり、自分自身に対して、習慣や安逸な生活に対して勝利しなければならないのだ。ミゲルはさらに、アナキストと武器商人を俎上にのせて、アナキストはしょせん敗北主義者でしかなく、武器商人は、フランコ〔フランシスコ、一八九二～一九七五。スペインの軍人。スペイン内乱後独裁者として長年君臨した〕に武器を売りとばしておきながら、共和国に対しては必ず武器を回しますからと二枚舌を使う守銭奴だと罵った。何よりも情けないのは、世界中の労働者が武装蜂起して、われわれを助けようとしないことだ。スペインにおける敗北は、そのまま全世界の労働者の敗北につながるというのに、いったいどうしたことだ、この思いはしかし、墓場まで抱えていかなくてはいけないだろうなとミゲルは結んだ。そのあとタバコを二つに折ると、一方をドローレスの横に坐っていた彼に渡した。二人は火をつけてタバコを吸ったが、彼はすぐにそのタバコを彼女にまわしてやった。

遠くで激しい爆撃の音が聞こえた。彼らが野営しているところから、黄色い閃光と扇形に広がる土埃が夜の闇の中に浮かび上がるのが見えた。「フィゲラスだ」とミゲルが言った。「爆撃を受けているのはフィゲラスだ」

彼らはその町のほうを振り返ってみた。彼の横にはローラが坐っていた。みんなが遠くで爆弾が炸裂し、土埃が上がっているのに気を取られているのに気づいて、ローラは彼にだけ聞こえるように小声でそっと話しかけた。私、今年で二十二になるの。それを聞いて、自分より三つ年上だとわかったので、彼はサバを読んで、ぼくはこの前、満二十四歳になったんだと答えた。私はアルバセーテ出身で、婚約者のあとを追って戦いに加わったの。二人とも化学を専攻していたんだけど、戦争がはじまったのであの人のあとについて行ったの。だけど、あの人はオビエドでムーア人に銃殺されてしまったわ。ぼくはメキシコの生まれなんだ。海に近い暖かい土地で暮らしていたんだけど、あそこにはいろいろな果物があってね。彼女が熱帯の果実のことを教えてと言ったので、説明してやると、聞いたこともないようなおかしな名前ねと言って笑い転げ、マメイだとかグアバだなんて、まるで毒薬や小鳥の名前みたいだわ、と言った。ぼくは馬が好きなんだ、だからスペインに着くとすぐ騎兵隊に入隊したんだけど、今ではもう失くなってしまったんだ、と説明した。その話を聞いて彼女は、私はまだ馬に乗ったことがないのと言った。馬はいいよ、明け方馬に乗って浜辺を走ると、大気はヨードの味がするんだ。風雨と寒気をもたらす北風《ノルテ》がおさまりはじめた頃がとりわけいいな。細かな雨が降りしきっている中を馬で走ると、水面に泡ができるんだけど、それが雨に打たれて次々に消えてゆく。そんな中を、胸をはだけて馬を走らせると、唇が自然と塩からくなってね。すてきだわ、その唇はまだ塩の味がするんじゃない、そう言って彼に口づけをした。ほかの三人は焚き火のそばで眠っていた。火が消えかかったので、立ち上がって火をかき立てたが、唇にはまだローラの口づけの味が残っていた。三人は暖を取るために抱き合ったままぐっすり眠っていた。彼はローラのそばに戻った。彼女は子羊の皮で裏打ちしたジャケットの前を開いた。彼はドリルの服を着ている彼女の背中に腕をまわして、手を組み合わせた。彼女はそんな彼の背中をジャケットで覆ってやった。彼女は耳もとで、ひょっとすると別れわかれになるかもしれないから、その時のために会う場所を決めておいたほうがいいんじゃないかしらと囁いた。だったら、シベーレスの近くにぼくの知っているカフェがあるから、マドリッドが解放されたらそこで落ち合うことにしようと答えた。同じ会うのなら、メキシコのほうがいいわ。それじゃあ、ベラクルス港の広場がいい、あそこのアーケードの下にパロキアというカフェがあるんだ。そこでコーヒーを飲んで、カニを食べよう。

それを聞いて彼女はほほえみを浮かべた。彼も笑いながら、きみの髪の毛を乱して、キスしたいんだけど、いいかいと尋ねると、彼女が顔を前に突き出したので、彼は帽子を脱がせ、髪の毛を乱した。そのあと、ドリルの服の下に両手を差し入れ、背中を愛撫し、ブラジャーをしていない乳房をまさぐった。彼はもう何も考えていなかったが、彼女も同じだった。彼女は何も考えず思い浮かんだことを囁きかけた。うれしいわ、好きよ、私のことを忘れないでね、抱いて……。

彼らは這うようにして山道を登ってゆく。登り坂は険しかったが、ミゲルが苦しそうな表情を浮かべていたのは坂がきつかったせいではない。みんなの顔を針のように突き刺す冷気が、その歯でミゲルの足に噛みついていたのだ。ドローレスは恋人の腕にもたれかかっている。彼は横目で彼女の様子を心配そうに眺めるが、目が合うとにっこり笑う。彼は嵐が襲ってこないよう祈っている――その点は誰もが同じだった。ライフル銃を持っているのは彼だけだが、弾は二発しか残っていない。ミゲルは、もう大丈夫だ、心配しなくていい、そう言ってみんなを励ます。

『ぼくは何も恐れていない。この山を越えれば国境だから、今夜にもフランス領に入って、屋根の下のベッドで眠れると思う。ぼくは今、父さんのことを思い出しているんだ。父さんはぼくみたいな息子をもって恥ずかしいとは思っていないだろう。若ければ、父さんだってきっとぼくと同じことをしたよね。昔は銃をもって戦ったこともあるんだろう。今も戦い続けている人間がひとりでもいるってことは、いいことだよね。父さんだって、喜んでくれていると思うんだ。間もなく戦いも終わりだ。あの国境を越えたら、ぼくはもう国際義勇軍の兵隊でなくなる。そうしたら、また別の新しいことがはじまる。ぼくはここで多くのことを学んだ、だから今度の経験は一生忘れないと思う。とても単純なことなんだ。帰国したらすべてを話すよ。今は言葉が思い浮かばないんだ』

彼はシャツの内ポケットに入っている手紙を指でそっと押さえた。寒さが厳しくて口を開くこともできなかった。息をあえがせて山道を登った。固く食いしばった歯の間から白い息が洩れた。彼らはのろのろ歩いていた。避難民の列は見渡すかぎりどこまでも続いていた。彼らの前を、農夫たちがフランス領まで運び出すつもりなのだろう、小麦と腸詰を満載した荷車を押していた。女たちはマットレスや毛布を背負い、男たちは絵や椅子、洗面器や鏡を持っていた。彼らはフランスで畑仕事をするのだと言っていた。避難民はのろのろ山道を登っていた。その中には子供もいたし、乳呑み児もまじっていた。山道はからからに乾燥し、石がごろごろしているうえにあちこちに灌木が生えていたので進むのは難渋をきわめた。人々は背中を丸めてのろのろと登っていた。ドローレスの拳が脇腹に押し当てられているのを感じて、彼は彼女を守り、助けてやらなくてはと考えた。昨夜よりもいっそう彼女がいとおしく感じられた。明日になればもっといとおしく思えるだろう。その思いは彼女も同じだった。けれども、それを口に出して言う必要はなかった。二人は一緒によく笑ったし、ほかにいくらでも話すことがあった。

ドローレスが急に彼のそばを離れて、マリーアのほうに駆け寄った。義勇軍の女兵士だった彼女は、額に手を当てたまま岩にもたれかかっていた。何でもないわ、少し疲れただけよ、と彼女が言った。寒さで手がかじかみ、顔が真っ赤になった避難民や重い荷車がひっきりなしに通りかかるので、彼らは邪魔にならないよう道の片側に身を寄せた。マリーアは、少し気分が悪いの、ともう一度言った。ローラが彼女の腕をとってやり、一行は先に進んだ。だしぬけに近くでエンジンの音が聞こえたので、人々は足を止めた。機影は見えなかった。人々は上を見上げたが、乳白色のくもった空には何も見えなかった。鉤十字のマークがついた黒い翼をまっさきに見つけたのはミゲルだった。彼はとっさに叫んだ。

『伏せろ！　うつぶせになるんだ！』

避難民はひとり残らず岩の間や荷車の下にうつぶせに身を伏せた。ただひとりを除いて。二発しか弾の残っていないライフル銃をもった若者を除いて。くそ！　いまいましいオンボロ銃め、いくら引金を引いても弾が出ないじゃないか、そう言いながら彼は突っ立っていた。人々の頭上を爆音とともに黒い影が通り過ぎてゆく。機関銃が火を吹き、銃弾が地面を叩き、岩を砕く……。

『伏せろ、伏せるんだ、ロレンソ！』

伏せろ、ロレンソ、伏せるんだ、そのボロ靴を乾いた地面に投げろ、ライフル銃を棄てるんだ、メキシコ人のロレンソ。腹の中が大洋にでもなったように、胃がひどくむかつく、お前の顔は地面に押しつけられ、緑色の目がうつろに見開かれている、昼と夜の間の夢ともうつつともつかない状態、彼女が悲鳴を上げる、お前は、ああ、これで赤毛の鬚を生やした白い皺のミゲルに靴を使ってもらえるなと考える、間もなくドローレスがお前の上で泣き崩れる、初めて涙を見せたミゲルが、もう手遅れだ、先を急ごう、山の向こうには新しい生活が待っている、新しい生活と自由、そうだ、これが彼の書いた言葉だった、彼らは血に染まったシャツから手紙を取り出した、彼女はそれを両手ではさむようにして持つと、暖かいわ、と言った。雪がきっとこの人の遺体を埋めてくれるわ、そうつぶやいて、ドローレス、お前は彼の上に身を投げ出してもう一度口づけした。彼は彼女が自分の血に触れる前に、お前を海に連れてゆき、馬に乗せてやろう、その緑色の目の中でお前と一緒に眠ろう、と考えた……美しい緑色……忘れないで……。

唇が白くなったように感じられ、耐えきれなくなって身体がエビのように折れ曲がる、ベッドカバーが耐えがたいほど重く感じられ、のたうちまわった挙句うつぶせになって粘液や胆汁を吐き出すという惨めな有様だが、こんなていたらくでなかったら、自分に向かって真実を語るところだ。息子が生きていた頃のことを思い返し、あれが永遠に生き続けているかのように夢想してみたとてどうなるものでもない、そうひとりごちるところだ。もしこんな有様でなければもっと大きな何かが、わしがまだ一度も口に出したことのない願望が、このわしを駆り立ててあれを戦地に追いやるように仕向けたのだと考えるところだ――わからん、わしにはわからん――いや、わかっているぞ、わしがこの手で断ち切った人生の糸の両端を見つけ出し、それをつなぎ合わせようとしてあれはわしの人生を生きたのだ、わしが断念したもうひとつの運命を、わしの人生の第二部をあれが代わりに生きてくれたのだ、そして裏でそう仕向けたのはこのわしだ、そうひとりごちるところだ。わしの枕もとに腰をかけている彼女がこう尋ねる。

「どうしてあんなことになったの？　どうしてなの？　私はあのような子供に育てたおぼえはありませんわ。あの子をどうして私から奪い取ったの？」

「この人は、あんなに可愛がっていた自分の息子を死に追いやったんじゃないの？　ママと私のもとからお兄さんを引き離して、おかしくしてしまったのよ。そうでしょう？」

「テレーサ、いくら言ってもお父さんには聞こえないわ……」

「聞こえないふりをしているだけよ。目を閉じて、聞こえないふりをしているのよ」

「お黙り！」

「ママこそ黙るといいわ」

わしにはわからん。しかし、さきほど部屋に入ってきた連中の姿は見える。マホガニーのドアが開いてすぐに閉じられる。厚い絨緞を敷いてあるので、足音は聞こえん。窓を閉めたな。シャーッという音がしたが、あれは灰色のカーテンを閉めた音だ。連中が部屋に入ってきた。

「私……私、グローリアです……」

わしによく似た男の手が真新しい札束と銀行券を摑む。耳ざわりのいい快い音だ。冷房装置にバー、電話、腰に当てるクッションに足のせ台までついている特別仕様の豪華な車の軽やかなエンジン音。なあ、司祭さん、天上でも事情は似たようなものじゃないのかね？

「向こうに、生まれ故郷に帰りたいんだ……」

「どうしてあんなことになったの？　どうしてなの？　私はあのような子供に育てたおぼえはありませんわ。あの子をどうして私から奪い取ったんです？」

それに、道端に打ちすてられた死体とその死体を包み込む氷や太陽よりも、大きく見開いたまま鳥についばまれる二つの目よりももっと辛く苦しいものがあるということに気づいてはおらんのだ。カタリーナはわしのこめかみを綿でこすっていた手を休めると、向こうに行くが、泣いているのだろうか？　手を上げてあれの身体に触れようとするが、とたんに腕から胸、胸から腹にかけて突き刺すような激痛が走る。遺体は道に打ちすてられ、氷と太陽がそれを包み込む、その死体の大きく見開かれ閉じられることのない二つの目を鳥がついばむ、しかしそれよりももっと悲惨なことがある。こらえようのないこの嘔吐感、排泄したいと思っているのに便の出ない状態、いくらいきんでも、ふくれ上がった腹の中をガスがぐるぐる回るだけだ、この摑みどころのない苦痛を止めることはできんのだ。手首を押さえても脈を感じとれず、両脚の感覚が麻痺している。おそらく血管が破裂し、血が体内にどんどん流れ出しているのだろう、わしにはそれがわかっている。なのに、あの連中は気づいておらんのだ。いくら言っても、あいつらに理解させることはできん。わしの唇と股間から血が流れているのに、あいつらは気づいておらん。連中は信じようとせん。体温が低い、異常に低いぞ、とか、これは虚脱、虚脱ですと言ってみたり、浮腫、体液による浮腫が見られますと言うばかりだ。その一方で、わしの身体を押さえつけ、触診し、大理石がどうのこうのと言っておる、そうだ、腹部にスミレ色の大理石があると言っておるのを聞いたぞ、もっとも腹と言われてもこの目で見ることもできんし、感覚もなくなっているが。遺体が道に打ちすてられ、氷と太陽がそれを包み込む、その死体の永遠に見開かれた二つの目を鳥がついばむ、それよりももっと悲惨なことがある。あれのことが思い出せん、あれの映っている写真や寝室に残された遺品、書込みのしてある本などを通してやっと思い出せるだけだ。それにしてもあれの汗はどんな匂いがするのだろう？　あれの肌の色と同じ色など存在せん、あれの姿をこの目で見、そこにいると感じられなければ、あれのことを考えることなどできん、

あの朝、息子は馬に乗っていた、

それは覚えている、外国の切手を貼った手紙をわしは受け取った

だが、あれのことを考えるとなると

そうだ、わしはああした名前を夢見、空想し、見つけ出した、あれらの歌を思い出した、

ありがたいことだ、しかし、知ることなどできん。わしにはわからん、どのような戦いだったのか、死ぬ前に誰と話をしたのか、死ぬまであれと一緒だった男と女が何という名前だったのか、あの子が何を言い、何を考えたのか、どんな服装をしていたのか、あの日何を食べたのか、わしには何ひとつわからん。さまざまな風景を思い浮かべ、町々を、名前を想像してみるが、今となってはそれすら思い出せん。ミゲルだったか、それともホセ、フェデリコ、いや、ルイスだったかな？　コンスエロだったか、ドローレス、それともマリーア、エスペランサ、メルセデス、ヌーリ、グアダルーペ、エステバン、マヌエル、アウロラだろうか？　地名もいろいろあるが、グアダラーマだったかピレネーだったか、それともフィゲラス、トレド、テルエル、エブロ、ゲルニカ、グアダラハラだったろうか？道に打ちすてられた遺体、それを氷と太陽が包み込む、永遠に見開かれた目を鳥がついばむ……。

わしが歩んだかもしれない人生を教えてくれたお前に、感謝しなければならん、わしの代わりにあの日を生きたお前に、感謝しなければならん、

もっと辛く苦しいこともあるのだ、

そうだろうが？　そういうものが存在するのだ。それがわしの経験したことだ、それが神であるということだ、そうだろう？　神であるとは、人に恐れられ憎まれること、何でもいい、そういうことが神ということだ、そうだろが？　わしがどのようにしてそうした

ものすべてを救済しているかを言うんだ、司祭さん。わしはあんたに儀式をやらせてやっているだろう、わしは自分の胸を叩き、至聖所まで膝を使って歩き、酢を飲み、茨の冠を頭にいただいている。わしがどのようにしてそうしたものすべてを救っているかを言うんだ、なぜなら聖霊《エスピリトゥ》が……

「御子と聖霊《エスピリトゥ・サント》の名において、アーメン……」

もっと辛く苦しいことがあるのだ。

「いや、この患者の場合は軟性腫瘍の可能性があります。ええ、それはそうですが、転移、もしくは内臓の部分的なヘルニアが……」

「もう一度繰り返すが、これは腸捻転だ。腸が捻転したために激痛が起こり、そこから閉塞が……」

「でしたら、急いで手術をしないと……」

「壊疽《えそ》が進行している可能性もあります。それを取り除かないと……」

「チアノーゼの症候がはっきり現われている……」

「顔貌から……」

「体温低下……」

「脂肪腫……」

うるさい！……静かにしろ！

「窓を開けてくれ」

身体を動かすことができん、どちらを見ればいいのか、どこに向かって進めばいいのか見当もつかん。体温が少しも感じられん、脚のほうから冷気が這いのぼり、また下にさがってゆくのが感じられるが、他の個所、わしがまだ見たことのない身体の内部には冷たさも暖かさも感じられん……。

「かわいそうに……ショックを受けたのね……」

……うるさい……人に言われなくとも、自分がどんな姿をしているかはわかっておる……爪は黒ずみ、肌は青黒くなっているはずだ……黙れ……。

「虫垂炎だろうか?」

「手術の必要がありますね」

「いや、それは危険だ」

「くどいようだが、腎疝痛だ。モルヒネを二センチグラム投与すれば、おさまる」

「それは危険です」

「出血は見られません」

ありがたいことだ。わしはペラーレスで死んでいてもおかしくはなかった。あの兵隊と一緒に死んでいたかもしれん。あの剝出しの部屋で、太った男と向かい合った時に死んでいてもおかしくなかった。わしが生き延びて、お前が死んだ。ありがたいことだ。

「患者を押さえて。洗面器だ」

「見て、これが死なのよ。ほら、見て、お兄さんもこんなふうにして死んでいったのよ」

「患者を押さえて！　洗面器だ」

彼を押さえるんだ。逃げ出すぞ。押さえるんだ。彼がもどす。それまでは臭いしかしなかったものをもどす。もう寝返りをうつこともできない。仰向けになったままもどす。糞をもどす。唇と顎をつたってそれがしたたり落ちる。排泄物だ。彼女たちが悲鳴を上げる。彼女たちが悲鳴を上げる。その悲鳴はわしには聞こえんが、キャーッと叫んでいるはずだ、何もない。そんなことは起こっていない。そういうことにならないよう悲鳴を上げなければならないのだ。わしを押さえつけ、締めつける。もうだめだ。消えてゆく。無一物で、裸のまま消えてゆく。自分の所有した物を何ひとつ持たずに。押さえつけるんだ。消えてゆく。


お前は外国切手の上に、捕虜収容所の消印が押してあるその手紙を読むだろう。ミゲルというサインのあるその手紙の中には、走り書きした手紙がもう一通入っており、ロレンソの署名が読み取れるだろう。お前はその手紙を受け取り、読むだろう。『ぼくは恐れていない……。ぼくは父さんのことを思い出す……。……恥ずかしいと思ったりはしないよね。

……多くのことを学んだここでの生活はいつまでも忘れないと思うんだよ、父さん。帰国したら何もかも話すつもりでいる』お前はその手紙を読んで、ふたたび選び取るだろう、別の人生を選び取るだろう、

お前は息子をカタリーナに委ねることを選ぶだろう、息子をあの土地へ行かせ、進むべき道を自分で選び取るようなことはさせないだろう、ひょっとすると自分のものであったかもしれない死につながるあの運命へと息子を押しやったりしないだろう、自分がなし得なかったことをさせて、自分の失われた人生を救い上げるよう無理強いしたりしないだろう、岩だらけの狭い道で今回はお前が死に、彼女が救われるようなことを許さないだろう、

お前は選び取るだろう、つまり、神の配剤のようにそこにあった茂みに逃げ込んできた傷ついた兵隊を抱擁し、その兵隊を寝かせると、砂漠の陽射しに焼かれた小さな泉から汲んできた水で、機関銃に打ち砕かれた腕を洗ってやり、包帯をまき、身体を寄せ合いじっと身を潜めて待つだろう、発見され、捕らえられ、名前も覚えていない日干しレンガとサボテンしかない埃っぽい町で銃殺されるのを待つだろう、裸にされた二人の男、あの兵隊とお前の二人は、処刑され、すでに銃殺された兵隊たちの埋葬されている墓碑ひとつない共同墓地に埋められる、お前は二十四歳で生涯を閉じ、以後広い道を歩むことも、迷路をさまようことも、選択することもないだろう、助けてやった名もない兵隊と手を握り合って死体になるだろう、死体になるだろう、

お前はラウラに言うだろう、そのとおりだ、と

お前は藍色のペンキを塗った剝出しの部屋で、太った男に向かって言うだろう、いやだ、と

お前はベルナルとトビーアスとともに牢に残り、彼らと運命をともにするだろう、自分の行動を正当化したいがために、仲間の死をサガルの血で贖《あがな》ったのだと考えようとして、血で汚《けが》されたあの中庭に足を向けたりしないだろう

お前はプエブラの町に住むガマリエル老人を訪れないだろう

リリアがその夜戻ってきた時、お前は彼女を抱きしめないだろう、これからはけっしてほかの女を所有しないと考えるだろう

その夜、お前は沈黙を破ってカタリーナに話しかけ、自分を許してほしいと言うだろう、自分の代わりに死んで行った人間がいると打ち明けるだろう、罪深い自分のような人間を許してくれと頼むだろう、自分を憎んだりせず、そういう人間として受け入れてくれと頼むだろう

お前はルネーロとともに農場に残るだろう、けっしてそこを出て行かないだろう

お前は、セバスティアン先生——じつに立派な先生だった——のそばを離れないだろう、北部の革命に加わったりしないだろう、

お前は小作人になるだろう

お前は鍛冶屋になるだろう
お前は革命に加わらなかった他の人々とともにとどまるだろう
お前は現在のアルテミオ・クルスにならないだろう、七十一歳まで生きはしないだろう、体重七十九キロ、身長一八二センチにならないだろう、入れ歯をしないだろう、黒タバコを吸わないだろう、イタリア製の絹のワイシャツを身に着けないだろう、カフスボタンを収集しないだろう、ネクタイをニューヨークから取り寄せたりしないだろう、三つボタンの紺の背広を着ないだろう、アイルランド製のカシミアを愛用しないだろう、ジン・アンド・トニックを飲まないだろう、ボルボやコディアック、ランブラーのワゴン車を持たないだろう、ルノワールのあの絵を思い出したり、愛したりしないだろう、落としタマゴとブラックウェルのマーマレードを塗ったトーストで朝食を取らないだろう、自分が社主をしている新聞社の新聞を毎朝読まないだろう、夜に時々ライフやパリ・マッチをパラパラ繰ったりしないだろう、まだその時でもないのにお前の生命を奪い取り、さきほどまでなら笑いながら思い浮かべることができたのに、今となっては許しがたいように思われる事柄、それを呼び起こす呪文、合唱、憎しみのこもった言葉を耳もとで聞くことはないだろう。
深き処より御身に叫び奉る《デ・プロフンディス・クラマウィ》
深き処より御身に叫び奉る《デ・プロフンディス・クラマウィ》

私の顔を見、私の言う言葉を聞くのだ、私を死の眠りにつかせてはならない／なぜならお前が彼を食らうその日こそ、まさしくお前の死ぬ日なのだから／他人の死を喜んではならない、人は皆死すべき定めにあることを思い起こすがいい／死と地獄は火の池に投げ入れられ、これは二番目の死になったのだ／私が恐れているもの、私を戦慄させるものが近づいてきて、私を所有する／富を得て満ち足りているものは、お前のことを思い出して苦々しい思いを抱くだろう／お前のために死の門はすでに開かれているだろうか？／男は女ゆえに初めて罪を犯し、女ゆえにすべての男は死ぬ／お前はもう闇の世界に通じる門を見たか？／困窮せる者、力尽きし者に対するお前の裁きは間違っていない／その時彼らはいかなる結果を得ただろうか？　あれらの者たちは自分たちの終末が死であり／肉に飢えることがすなわち死であることを知って、今になって自らを恥じている、

神の、生命の言葉、死の宣告、
主よ、深き処より御身に叫び奉る《デ・プロフンディス・クラマウィ・ドミネ》
われらはすべて　神に召されている《オムネス・エオデム・コギムル・オムニウム・ウエルサトウル・ウルナ》
ものみななべて　いつ降りかかるかもしれぬ《クアエ・クアシ・サクスム・タンタルム・センペル・インペンデット》
タンタロスの岩のごとき死に向かって突き進み《キド・キスケ・ウィテット・ヌンクアム》
それを避けうるものはいない《ホミニ・サティス・カウトゥム》
地上に生きる人の定めは不定で《エスト・イン・ホラス》

死が闇の中より首をもたげる《モルス・タネム・インクルスム・プロトラヘト》
われらは死すべく生まれ　生誕の時より《インデ・カプト・ナスケンテス・モリムル》
終末におびやかされている《フィニスケ・アブ・オリギネ・ペンデット》
時はふたたびもと来た道を引き返し《アトケ・イン・セ・スア・ペル・ウェスティギア・ウォルウィトル・アンヌス》
過ぎこし人生がお前のあとを追う《オムニア・テ・ウィタ・ペルフンクタ・ケントゥル》

合唱、墓、声、火葬、意識を喪失した世界の中で、お前はそれらの儀式、儀礼、日没を思い浮かべるだろう、埋葬、火葬、塗油、大地ではなく大気が死体を腐敗させるようにお前の遺体は高い塔の上に曝される、死んだ奴隷とともに墓地に閉じこめられる、金で雇った泣き女が泣く、もっとも高価な品やお前の伴侶、黒い宝石とともに埋葬される、ロウソク、通夜、

主よ、永遠の安息をわれらに与え給え《レキエム・アエテルナム・ドナ・エイス・ドミネ》
主よ、深き処より御身に叫び奉る《デ・プロフンディス・クラマウィ・ドミネ》

地面に腰をおろして膝を曲げ、装丁された小型本を手にもったラウラの声がこうしたことを語っていた……彼女の声は言う、われわれに生命をもたらすものも含めて一切は死すべき定めにある……彼女の声は言う、死、苦しみ、無知を癒すことができない以上、幸せになりたければそうしたことを考えないことだ……彼女の声は言う、恐ろしいのは突然襲ってくる死だけ、だからこそ権力者は告解師を自分の家に住まわせている……彼女の声は

言う、男らしい男になるのです、危険の中でなく、危険のないところで死ぬのを恐れよ……彼女の声は言う、前もって死について考えることは、前もって自由について考えることにほかならない……彼女の声は言う、冷やかな死よ、お前は足音もなくひっそり忍び寄ってくる……彼女の声は言う、日々を削り取ってゆく時間はお前を容赦しないだろう……彼女の声は言う、固く結ばれた結び目を断ち切ってほしいと……彼女の声は言う、私の家のドアには二重になった厚い金属の板がはってないだろうか？……彼女の声は言う、私は自分自身の生を望んでいるだけなのに、何千もの死が生まれてくるだろう……彼女の声は言う、神が死を望まれる時に、人は生きようとする……彼女の声は言う、何のために財宝や家臣、奴隷が必要なのか？……

何のために？　何のために？　聖歌を詠唱し、歌をうたい、泣くがいい、彼らは触れないだろう、華やかなレリーフ、贅を尽くした寄木細工、金と石膏のモールディング、動物の骨とべっ甲をあしらった整理ダンス、飾り座金《ざがね》とノッカー、鉄製の窓の飾り桟と装飾用のパネルをはめた櫃《ひつ》と鉄製の鍵穴、香りのよいアヤカウィテの木で作ったベンチ、聖歌隊席、バロック風の司教冠と僧衣、湾曲した背もたれ、ロクロ細工を施した横木、多彩色の大きな仮面、ブロンズの飾り鋲《びょう》、型押しをした皮革、鉤爪が玉を摑んでいる湾曲した脚、銀糸で縫いとりをした上祭服、ダマスク織の布を張った肘掛け椅子、ビロード張りのソファー、僧院の食堂のテーブル、円筒形と取っ手のついた壺、柱脚式の小テーブル、リンネルのカーテンと天蓋のついたベッド、筋目模様の入った支柱、楯型飾りと房飾り、メリノ織のカーペット、鉄製の鍵、ひび割れの見える油絵、絹とカシミア、羊毛とタフタ織、クリスタル食器とシャンデリア、手描きの模様の入った食器類、見るからに暑くるしい梁、彼らはそうしたものに触れないだろう、そうしたものはお前の所有物だろう、

お前は手を伸ばすだろう、

ありふれた一日、それが例外的な一日になるだろう、三年前、四年前、お前は何も思い出さないだろう、記憶の糸をたぐり寄せることで思い出すだろう、いや、そうではない、思い出そうと努力してやっと思い出す最初のことが、特別な一日、儀式の一日、赤い印をつけてほかの日から区別された一日なので、お前は思い出すだろう、ひとつながりの名前、人物、言葉、行為、それらが湧き上がってきて、地表を押し上げるのがその日なのだ――お前はその時にそう考えるだろう――、お前が新しい年を祝う夜がその日になるだろう、関節炎にかかった指が苦労して鉄製の手すりを摑むだろう、もう一方の手をガウンのポケットに深く突っ込んで足取りも重く階段を下りてゆくだろう、

お前は手を伸ばすだろう

一九五五年十二月三十一日

彼は苦労して鉄製の手すりを摑んだ。もう一方の手をガウンのポケットに深く突っ込むと、グアダルーペ、サポパン、レメディオスといったメキシコの聖女の像が飾ってある壁龕《へきがん》には目もくれず、重い足取りで階段を下りはじめた。ステンドグラスを通して射し込む西陽が、聖女たちの着けている厚手の衣装や銀の帆のように大きく張ったスカートを金色に彩り、磨き上げた梁を赤く染め、さらに彼の顔半分を照らし出していた。彼はすでにズボン、ワイシャツ、蝶ネクタイを着けていた。上から赤いガウンを羽織っているその姿は年老いくたびれきった手品師を思わせた。今夜も例の集まりか、あれでも昔はけっこう楽しかったんだがな、と彼は考えた。ココアカンにある宏壮な邸宅で催される聖シルベストレのパーティは、年々華やかなものになっていたが、いつもの顔触れやそこでやりとりされる決まりきった言葉を思い浮かべると、気が滅入ってきた。

火山岩の床の上で空ろな足音が響いた。彼は少しきつい感じのする黒いエナメルの上履きをはいていたが、それが重くて足もとがふらついた。上履きのヒールが不安定だったせいで、背の高い身体が左右に揺れていた。厚い胸の両側に垂れている筋張った手には太い血管が浮き出していた。羊毛の分厚い絨緞を踏みしめながら、白壁の廊下を進んだ。時々、古びた鏡やコロニアル風の家具に取り付けてあるガラスに映る自分の姿を眺めたり、指で飾り座金やノッカー、鉄製の窓の飾り桟や装飾用のパネルをはめた櫃と鉄製の鍵穴、香りのよいアヤカウィテの木で作ったベンチ、華やかなレリーフなどに触れてみた。召使いが大広間の扉を開いた。老人は最後にもう一度鏡の前で立ちどまると、蝶ネクタイを直し、禿げ上がった額のまわりに生えている残り少ない灰色の縮れ毛を掌で押さえた。奥歯を噛みしめて入れ歯を固定させると、大広間に入った。そこはふだん絨緞を敷きつめてあるのだが、その日はダンスパーティが催されることになっていたのでそれを取り除き、西洋杉の床板を鏡のように磨き上げてあった。その向こうにはレンガ造りのテラスと芝生の庭が広がり、広間には聖セバスティアン、聖ルシーア、聖ヘロニモ、聖ミゲルといった植民地時代の聖人の絵がかかっていた。

広間の奥には五十の明かりがついているシャンデリアが天井から下がっており、その下に緑色のダマスク織の布を張った肘掛け椅子が置いてあった。そのまわりにカメラマンが集まっていて、彼が来るのを待っていた。暖炉の上の時計が七時を打った。寒い日が続いていたので、カメラマンたちは皮張りの床几《しょうぎ》を暖炉のそばに近づけていた。彼は黙って会釈すると、肘掛け椅子に腰をおろし、糊のきいた胸飾りとピケのカフスを直した。別の召使いが、口がピンク色で悲しそうな目をした灰色のマスティフ犬を二頭連れてきて、犬をつないである革紐を彼に渡した。ブロンズの飾り鋲を打った犬の首輪がシャンデリアの光を受けて青黒く光っていた。彼は顔を起こすと、もう一度奥歯を噛みしめた。フラッシュがたかれると、彼の灰色の頭部が白く光った。カメラマンから注文がでると、そのつど何度も髪を撫でつけ、頬から首筋にかけて垂れ下がっているたるんだ肉を指で押さえた。引き締まった個所といえば高く張った頬骨だけだったが、目尻から頬にかけては、日ごとに深くなってゆく皺が一面に広がっていた。その皺とたるんだ肉のせいで、緑色の目に浮かぶ表情が読み取れず、端から見ると、楽しんでいるのか怒っているのかよくわからなかった。

その時、一頭の犬がだしぬけに吠え、紐を振り切って逃げ出そうとした。犬に引きずられて彼は椅子から腰を浮かしたが、その時の緊張に硬ばった顔をカメラに収めたものがいた。フラッシュをたいたカメラマンは、みんなから睨みつけられたので、慌てて黒い感光板を引き抜くと、黙って別のカメラマンに渡した。

彼らが部屋を出てゆくと、震える手を伸ばして、田舎風の造りのテーブルに置いてある銀製のシガレットケースからフィルターつきのタバコを一本抜き出した。やっとのことでライターでタバコに火をつけたあと、上からワニスをかけてある聖徒列伝の古い油絵をひとつずつ眺めては小さくうなずいた。部屋の照明が反射して、絵の中心部はよく見えなかったが、周辺の黄色い色調や赤みがかった影の部分がぼんやり浮き上がって見えた。彼はダマスク織を撫でながら、フィルターつきのタバコを吸っていた。召使いが足音を立てずにそっと近づいてくると、何かお召し上がりになりますかと尋ねた。彼はうなずいて、辛口のドライマティーニを作ってくれと頼んだ。召使いが彫刻をしてある杉板の扉を開くと、内側に取り付けた鏡と色とりどりのラベルを貼った酒瓶の並んでいる棚が現われた。シャルトルーズ、ペパーミント、アクアヴィット、ヴェルモット、クールヴォアジェ、ロングジョン、カルバドス、アルマニャック、ベヘロフカ、ペルノーといった、オパールを思わせるエメラルドグリーン、赤、透明で澄んだ色の美しい酒が入っている瓶や厚手のカットガラスや薄手の上品なグラスが所狭しと並んでいるのが見えた。彼はグラスを受け取った。そのあと、晩餐会に出すワインの銘柄を三つばかり挙げて、それを下の酒蔵から持ってくるように言いつけた。彼は両脚を伸ばすと、この屋敷を改造する時に、住みやすい家にするためにいろいろ苦心したことを思い返した。カタリーナは大金持ちの住むラス・ローマス地区にある、どこといって特徴のない宏壮なマンションで暮らせばいいのだ。わしはあそこよりも、二百年前に建てられた砂岩と火山岩の古い壁のあるこの屋敷が気に入っている。ここの壁を眺めていると、どういうわけか古い昔のことが思い出されたり、心の奥深くに大切にしまいこんである大地のイメージが蘇ってくるのだ。彼はその屋敷に、何かの代替物でしかないにしても、魔法の杖をひと振りして生み出されたような一種独特な魅力が備わっていることに気づいていた。木材、石、鉄格子、モールディング、僧院の食堂テーブル、家具、窓の飾り桟、寄木細工、ロクロ細工の椅子、そうしたものを眺めていると、郷愁をさそうかすかな香りとともに若い頃のさまざまな情景や雰囲気、記憶に残っている触覚などがまざまざと蘇ってきた。

リリアはしきりにこぼしているが、いくら言ってもあれには理解できんだろう。天井の時代がかった古い梁、錆のついた格子窓、暖炉の上に置いてある金の装飾に銀糸で縁取りをした上祭服の豪奢な手ざわり、プエブラ・タイルを貼った輝くばかりに美しい清潔な台所、ダイニングルームに並んでいる大司教の椅子、そうしたものを見ても、あれは何も感じんだろう。彼にとってはこうしたものを所有していること自体が、巨万の富を持ち、この上ない充実感を味わうのと同様、裕福さ、快感、贅沢を実感することにほかならなかった。そうなのだ、これこそが申し分のない快楽、完全に自分だけの快楽だった……。年に一度、彼の屋敷で聖シルベストレの有名なパーティが開かれるが、その日だけは招待された人々もその喜びにあずかることができた……。その時は喜びが倍加された、というのも招かれた客たちはそこが彼の本当の家であり、今頃ラス・ローマスにある邸宅では妻のカタリーナがほかの人たちやテレーサ、ヘラルドと一緒にさみしく夕食をとっているにちがいないと考えたからだった……。彼はリリアを紹介すると、食器、カーテン、壁紙、一切が青一色で統一されているダイニングルームの扉を開いた……そこではワインがふんだんにふるまわれ、大皿には珍奇な肉やピンク色の魚の切身、香りよい魚介類が山のように盛られ、珍しい薬味の草や手作りのデザートが……。

せっかくくつろいでいるところを、彼は邪魔されたくなかった。床の上にリリアの引きずるような足音が響いた。マニキュアを塗っていない彼女の手がサロンのドアをノックした。クリームをべったり塗りつけた顔。彼女は今夜のパーティにピンク色のドレスを着ていいかどうか尋ねに来た。昨年は、ドレスのことでばかにされたうえに叱られたので、同じ失敗を繰り返したくなかったのだ。あら、もうお酒を飲んでいるわ。どうして私に勧めてくれないの？　彼女はいつまでたっても心を許そうとしない彼の態度に、腹を立てはじめていた。ホームバーには鍵がかかっているし、召使いは尊大な態度で酒蔵に入ってはいけませんと言う、こんな生活はもううんざり。あなたは何もわかっていないのね。こんなことなら、いっそ醜いおばあさんになって屋敷から追い出されても、自分の好きに生きてゆくほうがいいわ。でも、出て行くといっても、誰も止めてくれないでしょうね。そうなるとお金や贅沢な暮らし、このお屋敷、何もかも失くなってしまう。だけど、お金があって、贅沢な暮らしができたところで、楽しいことがないなんてつまらないわ。お酒を飲めない生活なんて、もう沢山！　ああ、お酒が飲みたい。もちろん私は彼を愛しているわ。そのことは口が酸っぱくなるくらい言ってきた。女って、愛してさえもらえればどんなことにでも慣れてしまうものなのよ。相手が若い男性だろうが、父親のような年齢のおじいちゃんだろうが、そんなことは関係ないの。私は彼にやさしく接してきた、それだけでいいの……。一緒に暮らすようになってもう八年近くになるけど、大喧嘩をしたり、きつく叱られたことは一度もなかった……。でも、何ひとつ好きにさせてもらえなかった……一度気晴らしをすれば気分がすっきりするでしょうね……。ええ、そうでしょうとも、どうせ私は冗談ひとつわからないバカな女です。でも、これでも多少わきまえはあるわ。……

誰だっていつかは死んでいくのよ……。目尻に皺が出てきたわね……。この身体だって……。だけど、彼にしても私との暮らしに慣れきっている、そうでしょう? 彼くらいの年齢になると、一からやり直すとなると大ごとなのよ。いくらお金があるからといっても……新しい相手を見つけるとなると、時間もかかるし、そうおいそれと見つかるものではないから、苦労するはずよ……どうせまともな女の子なんて見つかりはしないわ……何のかんのと言い逃れして引き延ばしにかかる……煮えきらない態度で……撥ねつけるかと思うと、擦り寄り、誘いをかけてあだな期待を抱かせる、そういう手練手管に長けているの……それに相手が年寄りだと、頭からのんでかかるし……あの手の女たちに比べれば、私のほうがどれだけましだか……愚痴をこぼしたりはしない、ええ、もちろんよ。新年のパーティにはお客様が大勢お見えになるから、一日中そのお相手をしなきゃいけないけど、あなたのためだと思って、いやな顔ひとつせずご機嫌取りをしているのよ……私はあなたを愛している、これは誓って本当よ、一緒に暮らすことに慣れてしまったのね、きっと……だけど退屈だわ……親しいお友達でもできて、時々……そうね、週に一度くらいでいい、その人たちと一緒にお酒が飲めたら、どんなにすてきかしら、それくらいのことはさせてもらってもいいはずよ……。

彼は椅子にかけたまま身動きしなかった。いつもなら彼女にぐずぐず愚痴をこぼさせたりしないのだが……彼にしては珍しく身体がだるく、脱力感に襲われたようになって……

硬ばった手にマティーニのグラスをもち……椅子にかけたまま……日ごとに下品になってゆく彼女の繰り言を聞いていた……まだ女としての魅力はあるが……近頃はどうも鼻持ちならんようになってきおった……。こちらが主導権をとってうまく抑えなければならんが……。わしももう年だ……若い頃の余力にすがってはいるが……ひょっとすると、わしのほうがリリアに見棄てられるかもしれん……そう考えると、心臓のあたりが苦しくなる……。恐れてはいかん、そういう気持ちを振り払わなくてはいかん……。だが、次の相手はもう見つからんだろうな……この年でひとりになるのか……。彼は指、前腕部、肘をゆっくり動かしたが、その時灰皿が絨緞の上に落ちた。吸口が唾液で濡れて黄色くなった吸殻や白や灰色、黒色のタバコの灰が散乱した。彼は喘ぎながら前にかがんだ。

「かがまないほうがいいですわ。今すぐ、セラフィンを呼びますから」

「うむ、そうしてくれ」

おそらく……。あれの話にうんざりしたのだろう。しかし、それにしては吐き気も不快感もある……。あれこれ想像すると、疑念は湧いてくるものだ……。なんとなく彼女がいとおしくなってそちらを振り返ってみた……。

彼女はドアのところから、嫌悪感と愛情の入りまじった表情を浮かべて……彼を見つめていた……。金髪に染めた灰色がかった髪、浅黒い肌……。あれももう後もどりはできんだろう……わしのもとを去ったところで、新しい相手は見つかるまい……年齢も性格もまったくちがってはいるが、今のところわしたちは対等だ……。大喧嘩をしてもはじまらん……。それにしても疲れた。疲れているだけだ……。意思と運命が一切を決める……それだけのことだ……。わしに残されたものといえば、そばにある事物、それに知り合いの思い出や名前だけだ……。彼はふたたびダマスク織を撫でた……。床の上のタバコの吸殻と灰はいやな臭いがした。そして、顔にクリームを塗ったリリアが立っていた。

彼女はドアのところにいて、彼はダマスク織の布を張った肘掛け椅子に坐っていた。

彼女は溜息をつくと、部屋履きをパタパタいわせて部屋にもどっていった。彼はぼんやり椅子に腰をかけていたが、いつの間にかあたりが暗くなっていた。庭に通じるガラス張りのドアに目をやると、自分の姿がそこにはっきり映っていたのでびっくりした。上着とハンカチ、それに香水の入った小瓶をもって召使いが入ってきた。老人は立ち上がって上着の袖に手を通し、受け取ったハンカチを広げて、そこに香水を落とさせた。ハンカチを胸のポケットにしまうと、目の前にいる召使いの目をじっと見つめた。召使いはその視線に耐えきれずにうつむいた。気にすることはない。この男がどう思おうがかまうことはない。

「セラフィン、急いでタバコの吸殻を……」

彼は肘掛け椅子の肘に手をかけてゆっくり立ち上がった。四歩ばかり歩いて暖炉のそばに行くと、トレド製の鉄の器具を撫でた。その時、暖炉の熱気が手と顔に伝わってきた。

廊下のほうから感嘆と讃辞の入りまじった人の話し声が聞こえてきたので、彼はそちらに向かって歩き出した。セラフィンがようやくタバコの吸殻を片づけた。

彼は暖炉の火をかき立てるように言いつけた。召使いが鉄製の器具を操作すると、煙抜きを通って炎が大きく燃え上がった。レグルス家の人たちが部屋に入ってきたのに気づいて、ダイニングルームに通じるドアから、盆を持った別の召使いが入ってきた。ロベルト・レグルスは盆からグラスをひとつ取った。ベティーナと彼女の夫セバーリョスの若いカップルは手を握り合ってサロンの中を歩きながら、年代ものの絵や金と石膏のモールディング、華やかなレリーフ、バロック風の司教冠と僧衣、ロクロ細工を施した横木、多彩色の大きな仮面、そうしたものをさも感心したように眺めていた。彼がドアに背を向けたとたんに、グラスが床に落ちて割れ鐘のような音を立て、リリアがふざけたような調子でわめき立てている声が聞こえてきた。老人と招待客が振り返ると、ドアのノブに手をかけて、サロンをのぞき込んでいる化粧の剝げた女の顔が目に入った。「あーら、いらっしゃい。新年明けましておめでとうございます……。心配しなくていいのよ、おじいちゃん。一時間もすれば醒めるわ……飲んだなんてわかりゃしないから……今年は楽しくやりたいの……好きなことをしてこの一年を過ごそう、そう心に決めたのよ……」

彼はおぼつかない足取りで彼女のほうに向かって行ったが、その間彼女はわめき立てていた。「一日中テレビのお守りをするのはもう沢山よ……おじいちゃん」

老人が一歩進むごとに、リリアの声がかん高くなった。「西部劇にはもううんざり……パン、パン、パン鉄砲を射つだけ……アリゾナの保安官に……インディアンの野営地……パン、パン銃声が鳴り響く、それだけなのよ……コマーシャルの文句が夢の中にまで出てくるわ……ペプシを飲もう……ああ、もううんざりよ、おじいちゃん……安心と豊かな暮らしを保証する生命保険は……」

関節炎にかかった老人の手が化粧の剝げた女の顔を殴りつけると、染めた前髪が下に落ちて彼女の目を隠した。彼女はびっくりして一瞬息を吞んだ。そのあと、くるりと背を向けると、殴られた頰を撫でながらのろのろ部屋にもどっていった。彼はレグルス家の人たちとハイメ・セバーリョスのそばに行くと、傲然と顔を上げて招待客を一人ひとりじっと見つめた。レグルスはウイスキーを飲むふりをして、グラスの後ろに顔を隠した。ベティーナは笑みを浮かべると、火をつけてくださらないというようにタバコを手にもって老人のそばに近寄った。

「そこの櫃はどこで手に入れられたんですの?」

老人がすっと後ろにさがると、召使いのセラフィンが若い女の顔の前でマッチの火をつけた。彼女は老人から目を離すと、くるりと背を向けた。廊下の奥から、リリアに先導されるようにして、襟巻を巻いた楽団員たちが寒さに震えながらやってきた。ハイメ・セバーリョスはフラメンコ・ダンサーのように指をパチパチ鳴らし、踵を使ってくるりと回転した。

イルカをかたどった脚のついているテーブルの上には、青銅の燭台が並び、そのまわりにさまざまな料理が所狭しと置いてあった。ベーコンと古いワインで味つけしたソースのかかっているヤマウズラ、タラゴナ産のカラシの葉で包んであるメルルーサ、オレンジの皮で覆われた野鴨、魚のはらこをあしらった鯉、オリーブ油の香りがするどろりとしたカタルーニャ風のブリナーダ、マコン・ワインで煮込んだコッコーヴァン、アーティチョークのピューレを詰めた鳩、氷塊の上の大きな皿に並んでいるヤツメウナギ、薄切りのレモンやキノコ、トマトをあしらってある串に刺したピンク色のイセエビ、バイヨンヌ産のハム、こってりしたソースとアルマニャックを振りかけたビーフステーキ、豚のパテを詰めたガチョウの首、栗のペースト、クルミをつけて揚げたリンゴの皮、タマネギとオレンジの入ったソース、ニンニクとピスタチオの入ったソース、アーモンドとカタツムリの入ったソース。ケレタロの修道院で作られた多彩色の装飾を施したドアには、豊饒の角と丸々としたお尻を見せている天使の姿が彫刻してあった。そのドアが開かれたとたんに、老人の目の奥で何かがきらりと光った。彼は自分の手でドアをいっぱいに開いた。召使いがドレスデン製の皿から百人の招待客に料理を配って歩くと、ブルーの食器にナイフやフォークが当たってカチャカチャ音を立てたが、彼はその様子を見ながらかすれて乾いた笑い声を上げた。召使いがグラスに酒を注いでまわった。庭には葉の落ちた頼りなげな西洋スモモや桜の木が植わり、副王領時代の宮殿や修道院から運び込まれたライオンや天使、僧侶の磨きあげた石像が黒い影になって浮かび上がっていた。庭に面したガラス窓にはカーテンがかかっていたが、彼はそれを開けるように言いつけた。とたんに遠くの葉の落ちた木立ちの中央に仕掛けられた花火が大きな城を浮かび上がらせた。白い火花が文字を描き出し、そこを黄色のラセン状の縁取りをした赤い扇形の火花が飛びまわっていた。夜の闇を切り裂いて煌めく火花。花火の王侯貴族が夜の暗闇を背景に大きな金のメダルを光らせて姿を現わし、火の車が夜の暗い天体に向かって全速で駆けのぼっていった。彼は口を閉じたままくつくつ笑っていた。大皿の料理がなくなると、次から次へと鳥肉や魚介類、血のしたたる牛肉が盛り上げられた。司教冠と僧衣の飾ってある、豪華な彫刻と象眼細工を施した聖歌隊席に重々しく腰をおろした老人のまわりでは、剝出しの腕が振りまわされていた。彼は女性の招待客の香水の匂いを嗅いだり、襟もとが大きく切れこんでいるナイトドレスの丸いふくらみや毛を剃り落とした腋の下、宝石のイヤリングをつけている耳たぶ、白いうなじ、細くくびれた腰、身体を包んでいるタフタ織や絹、金のラメの衣装などを眺めていた。彼はラヴェンダーやタバコの煙、口紅、マスカラ、女物の靴、こぼれたコニャック、こなれの悪い料理を食べた人の吐く息、マニキュアの匂いなどを嗅いだ。彼はグラスを高くかかげて椅子から立ち上がった。すかさず召使いが彼の手に、犬をつないである革紐を握らせた。今夜はその犬たちが彼に付き従うことになっていた。招待客は大声で新年の祝辞をのべたあと、手にもったグラスを床に叩きつけて砕いた。みんなは互いに抱擁し合い、握手した。彼らが立ち上がったのは、時のこの祝祭を、この葬儀を、ありとあらゆる出来事の騒々しい再生を祝うためだった。楽団が《ラス・ゴロンドリーナス》を演奏しはじめた。ありとあらゆる出来事、循環する死んだ言葉と事物の再生を祝うべく立ち上がった。男女百人の招待客は一切の質問をやめ、生き延びることができたことを祝いつつ（中には涙を浮かべている者もいた）、今この時こそ、花火のはじける音と激しく打ち鳴らされる鐘の音によって意図的に引き延ばされた今この時こそ真の時間なのだと語り合った。リリアが許しを乞うように彼の首のあたりをそっと撫でた。おそらく彼は知っていたのだろう。多くのこと、とりわけささいな欲望は実現しないほうがいい、そうすれば余計な手間暇かけずに、ここぞという時に申し分のない大きな喜びが得られるのだということを。その意味で、あれはわしに感謝しなければならんのだ、と彼はつぶやいた。サロンでは、バイオリンが《ザ・プア・ピープル・オブ・パリス》を演奏しはじめた。彼女はいつものように無愛想な顔で彼の腕をとったが、彼は白髪頭を横にふると、犬を先に立てて肘掛け椅子のほうに向かった。その夜はそこに腰をかけて、何組ものペアが踊っているのを眺めるつもりだった……取りつくろった顔、愛らしい顔、ずる賢い顔、意地の悪い顔、間抜け面、知的な顔、さまざまな顔を眺めながら彼らの、そして彼自身のたどってきた運命について考えるのは楽しいことだ……彼と同様自由な人間たちが、皓々《こうこう》と輝くシャンデリアに照らされたロウ引きの床の上で軽やかにステップを踏んでいる、彼らの顔、彼らの肉体……彼の地位と安全を保証している……その姿がぼやけるとともに追憶が消えてゆく……彼らのおかげで自由と権力という自分が勝ち取った力をこれまで以上に味わい楽しむことができるのだ……彼はひとりぼっちではなかった……目の前で踊っている人間たちが彼に付き従っていた……腹のあたりがぽかぽか暖かくて、満ち足りた気持ちになれた……権勢を誇る老人、白髪で、関節炎に悩まされているでっぷり太った老人の親衛隊がカーニヴァルを楽しんでいた……しゃがれた笑い声が執拗につづき、小さな緑色の目にそれが映し出されていた……彼の紋章と同様真新しい紋章……中にはそれよりも新しい紋章も混ざっている……くるくる回転していた……彼はそこにいる人間たちのことを知っている……実業家……ビジネスマン……盗人……社交界に出入りする若い連中……投機家……大臣……代議士……新聞記者……奥様……婚約者……売春宿の女主人……愛人……彼の前を踊りながら通り過ぎてゆく人々の、切れぎれの言葉がくるくる回転していた……。

「ええ、いいわ……」「あとで行こう……」「……でも、パパが……」「……愛してるよ……」「……時間はあるの……?」「その話は聞いたよ……」「……時間はたっぷりあるさ……」「それなら……」「……そう……」「……できれば……」「どこに?……」「……教えて……」「……二度ともどらない……」「……気に入って?……」「……うむ、むずかしいな……」「それがどこかへ行ってしまったの……」「きれいだよ……」「……おいしい……」

「ぽしゃってしまってね……」「……たいした男だ……」「……うーむ……」

うーむ……人の目、口や肩の動きを見ただけで心の中まで見通すことができた……口に出さなくても彼らが何を考えているかお見通しだと伝えることができた……彼らが何者なのか伝えることができた……彼らの本当の名前を思い出させてやることもできた……偽装倒産……平価切下げの情報漏洩……商品投機……銀行の投機……新しい大土地所有……大々的なルポルタージュ……公共事業の水増し契約……政治家の取り巻き……父親の財産の蕩尽……国の省庁を食い物にする連中……偽名、アルトゥーロ・カプデヴィーラ、ファン・フェリペ・コウト、セバスティアン・イバルグエン、ビセンテ・カスタニェーダ、ペドロ・カソー、ヘナーロ・アリアガ、ハイメ・セバーリョス、ペピート・イバルグエン、ロベルト・レグルス……。そしてバイオリンの演奏に合わせてスカートが、燕尾服の裾が舞っていた……。彼らはそうしたことを話さないだろう……旅行や恋愛、家や車、バカンスやパーティ、宝石や召使い、病気や聖職者のことなどを話題にするだろう……。しかし彼らはそこにいる……最高権力者の宮廷に伺候している……新聞を使えば、この連中を破滅させることも、喜ばせてやることもできる……リリアの存在を認めさせることもできる……そっとつぶやくだけでこの連中を踊らせ、食事をとらせ、酒を飲ませることができる……そばに来ればそれと感じられる……。

「ここに飾ってあるすばらしい大天使の絵を、この人に見せたかったものですから無理やり連れてまいりましたのよ……」

「いつもこの人に言ってるんですの、あなたにドン・アルテミオのような鑑識眼があればって……」

「このご好意にどうお応えしていいものやら、ほんとうに恐縮しております」

「出席させていただいて、あなたがどうしてよそのパーティにお出にならないかよくわかりましたよ」

「ほんとうにすばらしいですわ、何と申し上げていいかわからないくらいです、ドン・アルテミオ。ワインといい、すばらしい詰めものをした鴨といい、ほんとに感心いたしました」

……顔をそむけて、知らんふりをすることだ……ひそひそ話している言葉に耳を傾けているだけでいいのだ……彼ははっきり話そうとしなかった……まわりに集まった人々のざわめきをひとり楽しんでいた……感触、香り、味、イメージ……。くすくす笑いながら、わしのことをコヨアカンのミイラだと囁き合っておるのだろうが、何とでも言うがいい……陰で笑いながらリリアの悪口を言っておるのだろう……。彼らはしかし、彼の目の前で踊っている……。

彼はだしぬけに手をあげて、楽団の指揮者に合図を送った。音楽が途中で終わり、ダンスをしていた人たちは足をとめた。ギターの伴奏をともなった東洋風の音楽が鳴り響くと、人垣の間に通路ができて、そこを通って半裸姿の女性が腕と腰をくねらせながらサロンの中央に進み出たが、その女性に気づいて、招待客の間から楽しそうな歓声が上がった。ダンサーは太鼓の音に合わせて腰をくねらせながらフロアの上にひざまずいた。身体にオリーブ油をたっぷり塗り、オレンジ色の口紅をさし、瞼を白く、眉を青く塗っていた。ダンサーは立ち上がると、まわりの人垣に添って丸く回りながら踊っていたが、腰の動きがますます激しくなっていた。イバルグエン老人に目をつけると、老人の腕をとってフロアの中央に引っ張り出し、彼をそこに坐らせてヴィシュヌ神のような格好に腕を組ませ、そのまわりを回りながら踊った。老人もダンサーのように身体をくねらせようとしたが、それを見て人々は声をたてて笑った。彼女は次にカプデヴィーラのそばへ行き、上着を脱がせると、イバルグエンのまわりで踊るように言った。ダマスク織の布を張った肘掛け椅子に深くかけた主人は、その様子を見て声を立てて笑い、犬をつないである革紐を撫でた。ダンサーはコウトの背中に飛び乗っておんぶしてもらうと、他の女性にもそうするように言った。パーティの出席者は笑い転げていた。勇敢な女性が顔を真っ赤にし、汗を浮かべて男性の背中に馬のりになったが、そのせいでセットした髪の毛が崩れ、ドレスの裾が膝上までまくれ上がって皺が寄った。ダンサーは両脚を大きく開き、二人の老人はそばで踊っていたが、そのまわりを今にも卒中で倒れそうな年寄りが取り囲んでいた。若い招待客の中にはかん高い笑い声を上げながら、もっと踊れというように脚を伸ばして年寄り連中を蹴とばす者もいた。

彼は顔を起こした。まるで重しをつけて水に沈められたあと、ようやく浮かび上がってきたような苦しそうな表情を浮かべていた。髪を振り乱し、腕をくねらせている人々の頭上には梁が剝出しになっている明るい天井や白壁、十七世紀の油絵、彫刻された天使が……昔はヘロニモ会の修道院だったこの屋敷の屋根裏や床下には——黒い口、とがった鼻の——巨大なネズミが棲みついていて、人目につかないところを好き放題に走りまわっていたが、彼は耳ざとくその足音を聞きつけた。ネズミどもは時々サロンの片隅にチョロチョロ現われることもあった。浮かれ騒いでいる招待客の頭上、あるいは足の下の暗闇には何千匹ものネズミが……人間の不意を襲おうとして……おそらく……その機会をうかがっているにちがいない……発熱と頭痛……不快感と悪寒《おかん》……鼠蹊《そけい》部と腋の下に出来る痛みを伴う腫瘍……皮膚に出来る黒斑……吐血、そうしたものをまき散らそうとしていた……彼がもう一度手を挙げて合図すれば……召使いは鉄のかんぬきで出口を……避難口を閉めるだろう……円筒形と取っ手のついた壺が並び……柱脚式の小テーブルと……リンネルのカーテンと天蓋のついたベッドがあり……鉄製の鍵がつき……窓の飾り桟と聖歌隊席があり……厚い金属の板を張ったドアに守られ……僧侶やライオンの像のあるこの屋敷の避難口を閉めるだろう……そうなれば招待客はもう逃げ出すことはできない……船を棄てて逃げるわけには行かなくなるのだ……身体に酢を振りかけ……香木をくゆらせ……タチジャコウソウのロザリオを首にかけ……うるさく飛びまわる緑色の蠅をけだるそうに追い払わなければならない……彼はもっと踊れ、飲んで騒いで生きるんだと命じた……。浮かれ騒いでいる人々の中にリリアはいないかと思って探した。彼女はサロンの片隅で口もとに無邪気なほほえみを浮かべ、踊っている人たちゃ取り澄ましている女性客に背を向けてひとり黙って酒を飲んでいた……何人かの男が用を足すために部屋から出て行こうとして……前ボタンに手を当て……女性客の中には化粧を直すために部屋から出て行こうとする者もいた……そろそろパーティ用のバッグの口を開きはじめたな……彼は硬ばった顔に笑みを浮かべた……その笑みが喜びと大盤振舞いをいっそうあおり立てた。彼は声を立てずに笑った……トイレに行った招待客のことを思い浮かべた……一階にある二つの便器の前に一列に並んでいる招待客全員、その一人ひとりを……彼らは極上の酒を飲んだせいではちきれそうになった膀胱をかかえて用を足している……彼らの腹の中には、味にうるさい料理人が材料を厳選し、丸二日かけ、心をこめて作った料理が詰めこまれていた……いずれにしても、鴨とイセエビ、種々のピューレとソースが、結局どうなったかということに関心をはらう者はいなかった……そうなのだ、今夜のもっとも大きな楽しみは……。

誰もが疲れきっていた。ダンサーは踊りをやめていたが、彼女に注意をはらう者はいなかった。人々はふたたびおしゃべりをしたり、シャンパンを頼んだり、ふかふかしたソファーに腰をおろしていた。中にはズボンの前ボタンを留めたり、パーティ用のバッグにコンパクトをしまいながらサロンにもどってくる者もいた。パーティは終わりかけていた。予測したとおりのささやかな酒宴……プログラムで予定したとおりの盛り上がり……そして人々のしゃべり方はメキシコ高原特有の古典的な本音を出さない話し方……静かな、歌うような話し方にもどっていた……毎日の心配事がふたたび蘇ってきた……さきほどは、ほんの束の間ではあったが高揚した瞬間を迎えた、それに復讐するかのように……。

「……だめなんだ、コーチゾンを飲むと発疹が出来るんだ……」

「……マルティネス神父が指導している精神的実践がどういうものか知らないだろう……」

「……彼女を見ろよ、誰に吹き込まれたんだろうな。うわさでは……」

「……ぼくが彼女をあおらざるを得なかったんだ……」

「……いつもくたびれきって帰宅するから、ルイスがすることといったら……」

「……だめよ、ハイメ、あの人はそういうことが嫌いなの……」

「……高慢ちきな女になってね……」

「……しばらくテレビを見て……」

「……近頃の女中さんはほんとに手に負えませんわね……」

「……二十年ばかり前は恋人同士だったんだ……」

「……インディオの連中に誰が票を入れるって言うんだね?」

「……それに奥さんはいつもひとりで家にいて、一度も……」

「……高度の政治的配慮を必要とする問題だよ。われわれが受け取った……」

「……立憲革命党《ブリ》が指名を続けていて、すでに……」

「……閣議で大統領閣下の命令……」

「……だからぼくは思いきって……」

「……ラウラ、たしかラウラという名前のはずだ……」

「……われわれが何人か手を組んでやる……」

「……今度所得税《インカム・タックス》の話が出たら……」

「……三千万人ののらくら者のために……」

「……わしはすぐに銀行預金をスイスの銀行に移して……」

「……共産主義者の考えることと言えば……」

「……だめよ、ハイメ、今はそっとしておいたほうがいいわ……」

「……濡れ手に粟の大もうけになるはずだ……」

「……棍棒でガツンと食らわせて……」

「……一億投資して……」

「……ダリは最高ですわ……」

「……そしてわれわれは二年以内にそれを回収するんだ……」

「……ぼくの画廊の代理人が送ってきたんだ……」

「……あるいは、もっと少なく……」

「……ニューヨークでは……」

「……フランスで長年暮らしておられたんですけど、失意のうちに……噂によりますとね……」

「……私たち女性だけで集まって……」

「……とりわけパリは光の都とも言われています……」

「……自分たち女性だけで楽しむには……」

「……よかったら、明日アカプルコへ行こう……」

「……お笑いぐささ。スイス製の車輪は……」

「……アメリカ大使に呼びつけられて、警告されたんだ……」

「……百億ドルをめぐって大騒ぎしている……」

「……ラウラ、ラウラ・リヴィエールだ。彼女は向こうで再婚したんだ……」

「……小型飛行機で……」

「……われわれラテンアメリカの人間は向こうに預金している……」

「……どの国だって、いつ経済的に破綻するかわからないよ……」

「……むろん、エクセルシオル紙でその記事は読んだよ……」

「……ほんとうにダンスがお上手ですわね……」

「……何といってもローマは永遠の都です……」

「……でも、あの人、文無しなんですよ……」

「……身を粉にして働いて、やっと今の身上を築き上げたんだ……」

「……あら、でしたら！　タマゴでくるんだトウモロコシパンを一度お試しになれば……」

「……今の政府は盗っ人の集まりだ、その政府にどうして税金を払わなきゃいかんのだ……」

「……みなさんはあの方のことをミイラ、ココアカンのミイラだと言っていますわ……」

「……ねえ、あなた、すてきな婦人服の仕立屋さんが……」

「……農業振興のための助成金だって？……」

「……ゴルフをやると、パットの時に決まってミスをするんだ……」

「……お気の毒ね、カタリーナは……」

「……そうかい、すると旱魃《かんばつ》と寒波をコントロールできる人間がいるんだな？……」

「……何も頭を抱えることはないさ。アメリカの投資がなければ……」

「……噂ですと、彼女は昔熱愛していたようなんですけど……」

「……マドリッドは最高です、セビーリャも魅力的ですし……」

「……われわれはいつまでたっても穴から抜け出せないだろう……」

「……しかし、メキシコは……」

「……慣習にはかなわなかったんだろうな……」

「……一家の主婦ですもの、そうでなければ……」

「……一ペソにつき四十センターボ回収するとして……」

「……向こうは資金とノウハウをわれわれに提供する……」

「……貸付けの前からそれを……」

「……それなのにわれわれはまだ不平を並べているんだ……」

「……二十年前のことだけど……」

「……そのとおりだ。ボス連中、節操のない指導者、何でもいいそういった手合いが……」

「……全体を白と金で装飾してもらったんですけど、素敵でしたわ……」

「……しかし心ある政治家は現実を変えようとしない……」

「……大統領閣下に目をかけていただいて……」

「……それじゃだめだ、目をかけてもらったことをうまく生かして仕事をするんだ……」

「……ファン・フェリペと取引して、確実に……」

「……数えきれないほど慈善事業をしておられるんですけど、ご自分の口からそのことをおっしゃらないんです……」

「……わしが言ったのはそれだけだ。なのにどうして……?」

「……みなさん人様のおかげを被っておられるんですのよ、そうではありません……?」

「……あの人と別れたところで何の得にもならないでしょう……」

「……はっきりそうおっしゃったんですの。お気の毒なカタリーナ……」

「……彼は値引きしたんだが、一万ドル以下の場合は……」

「……ラウラ、たしかラウラという名前だ。大変な美人だったよ……」

「……でも、どうすればいいんでしょうね、女って弱い者ですもの……」

彼のまわりでは、ダンスと話し声が波のように寄せては返していた。老人のそばには、屈託のない笑顔を浮かべている若い男が片方の手でシャンパンのグラスを揺らし、もう一方の手で肘掛け椅子につかまってしゃがみこんでいた……その若い男が少し離れたほうがいいでしょうかと尋ねると、老人が振り向きもせずに「あんたは今夜一度もわしのそばに来なかったな、セバーリョス君……」と言った……老人はみんなが浮かれ騒いでいるサロンの中央をじっと見つめていた……不文律……招待客は大急ぎで家と食事を誉める以外はみだりに当主に近づいてはならない……恭《うやうや》しく……一定の距離を保たなければならない……もてなしを受けたものは精一杯楽しむことでそのお返しをしなければならない……舞台と客席……知らなかったのだ……年若いセバーリョスは明らかに知らなかった……「ご存じないでしょうが、ぼくはあなたを敬愛しています……」……彼は上着のポケットに手を突っ込むと、くしゃくしゃになったタバコの箱を取り出して……ゆっくり火をつけたが……まだ若い男のほうを見ようとはしなかった……あなたのようにさも人を見下したように見つめることができるのは国王くらいのものですよ、と若い男が言った……彼が、このパーティは今回が初めてかね、と尋ねると……若い男は、ええ、そうです、と答えた……「岳父からお聞きになっているはずだが……」「ええ、聞いております……」「それなら……」「……規則といってもぼくに相談もなく決定されたものですからね……」彼はもの憂げにフロアを見つめたまま……何も言わなかった……タバコの煙が渦をまいていた……彼がハイメのほうを振り向くと、ハイメはまばたきひとつせずじっと見返したが……その目にはいたずらっぽい表情が浮かんでいた……老人と……若い男の……口と顎の動き……彼は若い頃の自分を見るような気がして……うろたえた……「どうしたんだね、セバーリョス君……」この男は何を犠牲にしたんだろう……「おっしゃっていることがよくわからないんですが……」わしの言うことがわからん、わしの言うことがわからんと言いおった……彼は鼻で笑った……「われわれが自分を欺いた時に受けた傷のことだよ」……いったい誰と話していると思っているんだ？ わしがいい気になっているとでも思っているのか？ ハイメが灰皿を近づけた……ああ、あの朝われわれは馬で川を渡った。「……一種の自己正当化だろうか……」……観察されることなく観察していた……「あんたの岳父や付き合いのあるほかの人たちはおそらく……」……その朝、彼らは川を渡った……「……われわれは苦労して富を勝ち取ったわけですから、恥じることはないと思います……」「……褒賞というわけかね……」海まで一緒に行くかどうか彼に尋ねた……「わしがここにいる連中の上に立って……支配しているのはなぜかわかるかね？……」ハイメが灰皿をそばに近づけた。彼は短くなったタバコであるジェスチャーをした……上半身裸のまま浅瀬から出てきた……「こちらが呼んだわけではない、あんたのほうから近づいてきたんだ……」ハイメは目を細めて、グラスに入った酒を飲んだ……「自分の夢を失くしたのだろうか？……」『ああ、神様、私はこのようなことに値しない女です』彼女はそう繰り返しながら、鏡を取り上げて、あの子が帰ってきたらこんな私を見ることになるのねとつぶやいた……「かわいそうなカタリーナ！……」「わしはわけもなくいい気になっているわけではない、だから……」……彼らは陸地の蜃気楼を見に、そうだ、あれは蜃気楼だ！……「このパーティをどう思うかね？……」……お祭り男《バシロン》、よう、やるじゃないか《ケリコ》、お祭り男《バシロン》、チヤ、チヤ、チヤ……バナナの匂いがする、コクーヤだ……「べつにどうということはありませんね……」彼は馬に拍車をくれると、後ろを振り返ってにっこり笑った……「……わしの絵、わしのワイン、わしの家具、何もかもがあんたたちと同様わしの所有物なのだ……」「そんなふうに思っておられるんですか？……」……お前は彼と今いる場所を通して自分の若かりし頃を思い出した……「権力はそれ自体価値あるものだ。わしにはそれがよくわかっている。それを手に入れるためにどんなことでもやらなくてはいかん……何がなんでも権力を手に入れなければならんのだ……」お前はあの土地に愛着をおぼえていたが、自分の考えを息子に押しつけるのはよくないと考えて何も言わなかった……「……わしをはじめ、あんたの岳父や今そこで踊っている連中がやってきたように……」あの朝、わしはわくわくしながらあれが来るのを待っていた……「……あんたも頑張らなくてはいかん、むろんその気があるとしての話だが……」「あなたと一緒に仕事をさせてください、ドン・アルテミオ、あなたが経営しておられる会社のどこかで……」若者が手をあげて、陽が昇ってくる東のほう、沼沢地のほうを指さした……「こういうところでそういう話はせんものだ……」……馬はたてがみを振り乱し、水を撥ねかしながら鬱蒼と生い茂る草むらの間をゆっくり駆け抜けた……「……あんたの岳父がわしを呼んで、それとなくうちの娘婿は……」二人は顔を見合わせて、にっこり笑った……「ぼくには別の理想があるんです……」自由な海、開かれた海へロレンソは駆け出し、腰のあたりで波が砕けているあたりへ軽やかに……「あんたはあるがままの事態を受け入れることで、現実主義者になったんだな……」「ええ、そのとおりです。つまり、あなたと同じなのです、ドン・アルテミオ……」海の向こうに何があるのか一度も考えたことはないかと尋ねた、陸はどこも同じだけど、海はちがうと思うんだ……「わしと同じだと？……」あれは、海には島があると言った……「……革命の時は何度も修羅場をくぐり抜け、あやうく銃殺されそうになったこともおありだそうですね……」海は苦いビールの味がし、メロンやマルメロ、イチゴの香りがした……「あなたと同じです、たしかそう言ったな？……」「いや……ぼくは何も……」「船は十日以内に出港することになっているんだ。切符はもう手に入れたし……」「言ってみれば、あんたは宴が終わったあとにやってきたんだ、だから大急ぎで残り物をあさるより仕方あるまい……」「父さんがぼくだったら、きっと同じことをしたでしょう……」「あの時の栄光があるから四十年間人の上に立って……」「そうですね……」「……あんたはどうなんだ？　そうしたものを遺産として受け継ぐことができる、そう思っているのかね……？」「あそこに前線があるんだ、残された最後のものだと思うけど……」「おっしゃるとおりですね……」「……じゃあ、わしたちの権力は？……」「ぼくは向こうに行こうと思っているんだ……」「どうすべきかを教えてくださったのはあなた方ですよ……」「ばかな！　あんたは遅れてやってきたんだ。わしが言っておるのは……」あの朝、わしはわくわくしながらあれが来るのを待っていた……「ほかの連中は何とかしてあんたを騙そうとするだろう。わしはその手にかからなかった。だから、ここにこうしていられるのだ……」彼らは馬で川を渡った……「……さっさと向こうに行って……たらふく腹に詰めこむがいい……まもなくお開きになるぞ……」海まで一緒に行くかどうか尋ねた……「べつにいいんです……」まるで海を見張ってでもいるようにカモメが低く飛んでいた……「わしはいずれ死ぬだろうが、その時のことを考えると、ひとりで笑えてきてな……」海は舌のような波でけだるそうに海岸を舐めていた……「……死ぬ時のことを考えると、おかしくなるんじゃよ……」腰のあたりで波が砕けている息子のほうへ……「……無限の世界を生き生きとしたまま保つというのは……」老人はセバーリョスの耳もとに顔を近づけた……海は苦いビールの味がする……「ひとつ言っておきたいことがある……」海はメロンとグアバの匂いがする……彼は若い男のグラスを指ではじいた……漁師たちが浜で網を引いていた……「……真の権力はつねに反逆から生まれてくるものじゃ……」「信じるかって？　わからないよ。父さんがぼくをここに連れてきて、そうしたことを教えてくれたから……」「それにあんた……あんた方は……」雲が低く垂れこめている空の下で、広々とした海に顔を向けて十本の指を広げ……「……あんた方は必要なものを手に入れてはおらん……」

彼はふたたびサロンのほうに向き直った。

「それでしたら」とハイメがつぶやくように言った。「近々お会いできないでしょうか……」

「パディーリャと相談してくれ。それじゃあ、おやすみ」

サロンの時計が三時を打った。老人は溜息をついて、手にもった革紐をピシリと鳴らすと、それまでうとうとまどろんでいた犬が耳をピンと立てて起き上がった。彼が肘掛け椅子につかまって大儀そうに立ち上がると、それを見て楽団が演奏をやめた。

いていた。

招待客が謝辞をのべたり、お辞儀している中をゆっくり進んだが、リリアが彼の前を歩

「手を取りましょうか……」

そう言って彼女は彼の硬ばった腕をとった。彼は顔を上げ(ラウラ、ラウラ)、一方彼女はうつむきもの思いにふけった様子で招待客の間を進んだ。華やかなレリーフ、贅を尽くした寄木細工、金と石膏のモールディング、動物の骨とべっ甲をあしらった整理ダンス、飾り座金とノッカー、鉄製の窓の飾り桟と装飾用のパネルをはめた櫃と鉄製の鍵穴、香りのよいアヤカウィテの木で作ったベンチ、聖歌隊席、バロック風の司教冠と僧衣、湾曲した背もたれ、ロクロ細工を施した横木、多彩色の大きな仮面、ブロンズの飾り鋲、型押しした皮革、鉤爪が玉を摑んでいる湾曲した脚、銀糸で縫いとりをした上祭服、ダマスク織の布を張った肘掛け椅子、ビロード張りのソファー、円筒形と取っ手のついた壺、柱脚式の小テーブル、メリノ織のカーペット、クリスタルガラスのシャンデリアの下のひび割れの見える油絵、見るからに暑くるしい梁、そうしたものに取り囲まれて彼らは階段のところまで進んだ。その時、彼はリリアの手を撫でた。彼女は彼をしっかり支えられるよう少し前かがみになって肘をとり、階段を上っていった。彼女がほほえみながらこう尋ねた。

「お疲れになりませんでした?」

彼は首を横に振ると、もう一度彼女の手を撫でた。

目が覚めた……ふたたび……しかし今度は……そうだ……この車の中、霊柩車の中だ……いや……わからん……音もなく走っている……まだ意識が完全に回復してはおらんのだ……いくら目を開けようとしても、事物や人を……見分けることができん……目の前で白く輝いているタマゴがぐるぐる回っている……乳白色の壁がわしを世界から隔てている……手で触れられるものや人の話し声からわしを……わしはひとりぼっちで……死ぬ……ひとりぼっちで……いや、ちがう、発作だ……わしくらいの年になると誰でも発作に襲われる……まだ死なんぞ、みんなとおさらばするのは……こんなことを言いたくはないが……尋ねてみたいのだ……つい口から出てしまう……頑張れば……そうだ……サイレンの音が重なり合って聞こえてくる……救急車だな……サイレンとわしの喉から出る……喉が締めつけられるようだ……そこを伝って唾液が流れて……底なしの井戸に……誰もいない……遺言書？……心配しなくていい……公証人の前で起草した正式の書類を用意してある……誰ひとり忘れてはおらん……みんなのことを忘れたり、憎んだりするものか……死ぬ間際まで自分たちをからかっていたんだと考えて、大喜びするだろう……お笑いぐさ、悪い冗談……いや、そうじゃない……事務的な処理をするように、冷静にお前たちのことを思い出しているのだ……わしが今のような財を築き上げたのは、人も認めているように、自分の努力……執念……責任感……個人的な資質のおかげだが、その財産をすべてお前たちに分けてやるというのだ……お前たちも頑張るのだ……安心するがいい……わしは数々の危機をのりこえてこれだけの富を手に入れた、が、お前たちはそんなことを考えなくてもいい……無と引換えにすべてをくれてやる……そうだろうが？……一切と引換えにすべてを与えることを何と言ったかな……まあ、何とでも言うがいい……お前たちは帰ってきたが、自分が敗者だということに気づいていなかった……そうなのだ、そう考えてわしは笑みを浮かべる……わしは自分をあざ笑う、お前たちをあざ笑う……わしは自分の人生をあざ笑っているのだ……これだけがわしに許された特権なのだ……今こそその特権を生かす時だ……生きているあいだは、自分自身をあざ笑うことはできなかった……が、今はできる……わしの特権か……お前たちには遺言を残してやる……レヒーナ……トビーアス……パエス……ゴンサーロ……サガル……ラウラ、ラウラ……ロレンソ、これら死んだ人間たちの名前をお前たちに遺贈してやる……そうすればひとりぼっちの……わしのことを忘れたりはせんだろう……わしはそのことを考えたり、自問することができる……そうとも知らずに……というのもこうした最後の考えは……それはわかっている……わしは考え、包み隠す……そうした考えは自分の意思と関わりなく、口をついて出てくる……まるで頭が、頭が……勝手に問いかけ……しかも答えが質問する前に浮かんでくる……質問と解答……この両者はじつを言うと同じものなのだ……生きるということはもうひとつの別れだ……あの混血の男と一緒に川のそばの小屋の近くで……わしたちがカタリーナとちゃんと話し合っていれば……牢屋で迎えたあの朝……海を越えるんじゃない、島などありはせん、あれは作り話だ、わしが嘘をついたのだ……エステバンだったか？……セバスティアンだったかな？……思い出せん……先生はいろいろなことを教えてくれた……思い出せん……わしは先生を見捨てて北へ向かった……ああ、そうだ……そう……そう、人生はまた違ったものになっていただろう……しかし、それだけが……違う……死に瀕しているこの男の人生ではない……いや、死にかけてはおらん……あいつらに言ってやる、違う、違う、そうじゃない……単なる発作だ……年寄りによくある発作だ……そう、回復する……いや、そうでなく別人にもどるんだ……違う人間にだ……だが、別の人間でもある……ああ、情けない……死でも生でもない……情けない話だが……人間の生きている土地で……隠れて生き……人知れず死んでゆく……最終期限……くだらん……ああ、神よ……これが最後の取引になるかもしれん……わしの肩を押さえているのは誰だ？……神を信じる……うん、なかなかいい投資だぞ、これは……起き上がろうとしているわけではない、なのに無理やり押さえつけようとするのは誰だ……可能性を信じてもいないのに、生き続けることができると考えるのはばかげている……神、神、神……どんな言葉でも、口の中で千回も唱えていれば、そのうち意味のない、うつろな……シラブルの……数珠になってしまう……神、神……唇がからからに乾いている……神、神……どうかあとに残された人たちが照らし出されますように……時々……このわしのことを思い出してくれ……わしにまつわる思い出が……消え失せてしまわないようにしてくれ……わしは考える……しかし彼らの姿がよく見えん……見えないのだ……喪に服した男女……黒いタマゴのような……わしの目が砕ける……彼らが死なずに生き延びて……日々の仕事に……怠惰な生活に……策謀に立ちかえってゆく姿が見える……あの連中は……あわれな死人のことを思い出したりはしないだろう……その死人の耳にシャベルで濡れた墓土を掘り返す……音が聞こえる……顔の上を音もなく……うれしそうに……飢えたウジ虫が……這いまわる……わしの喉から……失われた声が海の音のように洩れる……生き返りたい……生き返りたい……生き続けたい……ともうひとつの声が……死が……その声を断ち切った生を生きたいと願っている……いや、そうじゃない……もう一度最初からやり直したい……生き返りたい……もう一度生まれたい……生き返りたい……もう一度決断を下したい……生き返りたい……ふたたび選び取りたいと願っている……いや、ちがう……こめかみが氷のように冷たい……爪が……真っ青になり……胃が……腫れ上がっている……通じがないせいで……ひどい吐き気がする……死ぬまで理性を失うんじゃない……だめ、だめだ……無力な……ババアどもめ……これまでありとあらゆるもの……裕福さを物語る一切のものを所有しながら……おつむのほうはいたってお粗末な……不感症のババアども……せめてあいつらに……これらのものが……

何の役に立ち……どう使えばいいかわかっていたら……無理な話だ……わしはすべてを所有した……おい、聞いているのか？……すべてを……金で買えるものはもちろん……金で手に入らないものまで所有した……わしはレヒーナを所有した……聞いているのか？……わしはレヒーナを愛した……あれはレヒーナという名前だった……それにあれもわしを愛してくれた……文無しだったこのわしをな……わしのあとに付き従い……命を与えてくれた……あの下のあたりで……レヒーナ、レヒーナ……わしは今もお前を愛している……そばにいなくてもいいほど愛している……今日、わしはお前を深く愛している……お前はわしのこの胸を……熱い……満足感でみたしてくれる……名も覚えていない古い香水の香りが……わしの身体を包んでくれる、レヒーナ……以前、わしはお前のことを思い出した……思い出すことができた……レヒーナ、お前とわしを……ちろちろ燃える火のように……両手で囲って……今も心の奥に大切にしまってある……その火はお前が贈り物としてわしにくれた……わしにくれたものだ……いやわしが奪ったのかもしれん……いや、わしがやったものだ……ああ、黒い瞳、芳しい香りのする浅黒い肌の肉体、黒い唇、触れることも、名づけることも、繰り返すこともできない暗黒の愛、レヒーナ、お前の手……お前の手がわしの首に巻きつく……お前との出会い……かつて存在したものすべてを忘れて……お前と二人きりになって……ああ、レヒーナ……何も考えず……ひとことも口をきかず……時を超越した豊饒さを物語る黒い太腿の間で……ああ、ふたたび帰ることのないわしの誇り……お前を愛したという誇り……答えの返ってこない挑戦……この世界はわしたちに何を語りうるというのだ……レヒーナ……それ以上何を付け加えることがあるだろう……狂気に駆られて……愛し合うわしたちに……理性は何を語り得ただろう……何を？……鳩、カーネーション、夕顔、泡、クローバー、鍵、櫃、星、幻影、肉体、お前をどう名づければいいのだ……愛……どうすればお前をもう一度……息づかいが聞こえるほど近くに引き寄せることができるだろう……どんなふうにお前の頰を……愛撫すればいいのだろう……どんなふうにお前の耳たぶに……キスをすればいいのだろう……お前の両脚の間に顔をうずめて……どんなふうに息をすればいいのだろう……どう形容すればいいのだ……お前の目……どんなふうに触れればいいのだ……お前の味……二人だけの……孤独な世界の中に……入るために……自分の孤独を……どうかなぐり棄てればいいのだろう……お前を愛している……と繰り返し言うにはどうすればいいのだろう……お前にまつわる思い出を蘇らせて……お前がふたたび戻ってくるようにするには……どうすればいいのだろう……レヒーナ、レヒーナ……また激痛が襲ってきた、レヒーナ、意識がもどってきた……鎮痛剤のおかげで半睡状態にあったが、薬がきれて意識がもどってきたのだ……目が覚めてきた……腹の中心あたりが……痛むんだ、レヒーナ、手を握ってくれ、わしを見棄てないでくれ、目が覚めた時にそばにいてほしいのだ、愛しいラウラ、わしの崇拝する女、わしを救済してくれる思い出、パーケイル織のわしのスカート、レヒーナ、二度ともどってこない愛しい女、つんと上を向いたかわいい鼻、レヒーナ、うーむ、腹が痛む、痛む、レヒーナ、痛みがまたぶり返してきた、レヒーナ、もう一度わしが生き延びられるようにそばに来てくれ、レヒーナ、もう一度自分の人生をわしのものと取り換えてくれ、レヒーナ、わしが生き延びられるよう代わりに死んでくれ、レヒーナ。兵隊。レヒーナ。わしを抱いてくれ。ロレンソ。リリア。ラウラ。カタリーナ。わしを抱きしめてくれ。もうだめだ、こめかみのあたりが氷のようになっている……頭、お前は死ぬんじゃないぞ……理性……それを見つけ出したい……愛している……大地を……祖国を……わしはお前を愛した……わしはもどりたかったのだ……非理性の理性……これまでたどってきた人生を高見から振り返ってみても、何も見えん……何も見えないのなら……なぜ死ぬのだ……なぜ苦しみながら死ぬのだ……なぜ生き続けることができないのだ……なぜ人間は……無の生から無の死へと移っていくのだ……消える……あえぎながら消えてゆく……サイレンの遠吠えが……猟犬……救急車が停まる……疲れて……これ以上ないほど疲れて……大地だ……またしても目の中に光が入ってくる……またしても別の声が……

「サビーネス博士が執刀されます」

理性？　理性？

担架がレールの上をすべって救急車の外に運び出される。理性？　誰が生きるんだ？　誰が？

お前はもうこれ以上疲れることはないだろう、これ以上疲れることは。おそらく、馬や徒歩、あるいは古い列車に乗ってあちこち旅をしてきたからだろう。この国はどこまで行っても果てしがない。お前は自分の国のことを覚えているか？　お前はこの国がひとつでないことを思い出すだろう。名前はひとつだが、千もの国が集まっているのがこの国だ。お前はそのことを知るだろう。お前はそうしたものを持ち歩くだろう。赤い砂漠、トゥーナサボテンとリュウゼツランの生えている荒地、ノパールサボテンの世界、溶岩と凍った火口の続く地域、金色のドームと銃眼の開けられている石造りの城壁、石灰と切石の都市、火山岩の町、日干しレンガの家が建ち並ぶ田舎町、カヤ葺きの小屋の建っている村落、黒い泥の小道、乾燥した土地につけられた街道、海辺、人々から忘れ去られた木々の鬱蒼と生い茂る海岸、小麦とトウモロコシをもたらす心地よい盆地、北部の牧草地、バヒーオの沼沢地、痩せた木が高くそびえる森林、干し草を積み上げた木の枝、雪をいただいた高峰、アスファルト舗装した平地、マラリアと娼家で知られる港町、石灰分をふくんだリュウゼツランの鱗茎、水の涸れた川、急流、金と銀の鉱山、文盲のインディオ、コラ族の言語、ヤキ族の言語、ウィチョル族の言語、ピマ族の言語、セリ族の言語、チョンタル族の言語、テペウアーナ族の言語、ウアステカ族の言語、トトナカ族の言語、ナウア族の言語、マヤ族の言語、横笛と太鼓、集団で踊る舞踊、ギターとビウエラ〔ギターに似た古い楽器〕、羽根飾り、ミチョアカンのほっそりした骸骨、トラスカラのずんぐりした体型、シナロアの澄んだ目、チアパスの白い歯、ウィピル、ベラクルス地方の飾り櫛、ミステカ族の組紐、ツォツィル族のベルト、サンタ・マリーアのショール、プエブラの寄木細工、ハリスコのガラス細工、オアハカの硬玉、蛇の廃墟、黒い頭の廃墟、大鼻の廃墟、祭壇とその装飾、さまざまな色彩と浮彫り、トナンツィントラやトラコチャグアーヤの異端信仰、テオティワカン、パパントラ、トゥーラ、ウシュマルといった古い名、それらのものをお前は心に刻みつけている、ひとりではとても支えきれないほど重い敷石のように、それらのものがお前の上にのしかかる、それはお前の首に縛りつけられているので、その重圧から逃れることはできないだろう、その重みが腹にきてこんなことになったのだ……それがお前のウイルス、寄生虫、アメーバだ……

お前の大地

内戦であちこち駆けめぐったおかげで、二度目の陸の発見があった、とお前は考えるだろう、道路、ダム、レール、電信柱の立っている道を絶望感にひたりながらのろのろ歩いてゆく、そのお前に挑みかかる拳のように立ちはだかる山々や断崖に一歩踏み込んだとたんにそんなふうに感じるだろう、人間との共存はもちろん、征服をも拒む大自然は、厳しい孤独の中に生き続けることを願い、人間には利用できるわずかばかりの盆地、少しばかりの川岸をもたらすだけである。自然は人を寄せつけない切り立った山頂や平坦な砂漠、密林、見棄てられた海岸、そうしたものの支配者として君臨している。その傲岸不遜な力に魅了されて人間はそれをまじまじと見つめることしかできないだろう、人を寄せつけない自然が人間に背を向けているとすれば、人間は人間で、熱気に包まれた豊饒さの中で腐敗しつつ、人の知らない富で沸き立っている忘れ去られた広大な海に背を向けているのだ。

お前はその大地を遺産として受けつぐだろう。

ソノーラ州とチワワ州でお前が知ったいくつもの顔、ある日諦めきって眠っているのを見たのに、次の日には怒りを剝出しにし、理由もなければ猶予も置かずほかの男たちによって別れさせられた男たちとの抱擁へと、その戦いへと飛びこんでいき、おれはここにいる、お前とお前、それにお前とも、またすべての手とすべての顔とともにいるんだという言葉に身を投げ出すのをお前は目にしたが、もはやそうした人たちの顔を見ることはないだろう。愛、それ自身の中で涸渇してゆく共同の愛。お前は自分に向かってそう言うだろう。というのも、お前はその愛を経験したのに、その時は何もわかっていなかったのだ。死ぬ時にお前はそれを受け入れ、権力を手にしていた時期に理解しないまま毎日それを恐れていたのだと率直に言うだろう。そうした愛の出会いがふたたび爆発するのを恐れるだろう。間もなく死ぬ運命にある今はそれを恐れない、なぜならそれを目にすることはないだろうから。しかし、ほかの人間にはそうしたことを恐れるのだと言うだろう。わしは見せかけの穏やかさをお前たちに遺すが、それを恐れるのだ。偽りの和解、魅惑的なおしゃべり、正当化された贅言を恐れるのだ。実態のわからないこうした不正を恐れるのだ。

彼らはお前の遺言状を受け入れるだろう、彼らのために獲得してやった誰恥じることのない社会的地位を受け入れるだろう、貧しい家庭の子だったアルテミオ・クルスのおかげで、人から敬われるようになったと言って彼らは感謝するだろう、黒人の住む掘建小屋で一生を送らずに済んだと言って感謝するだろう、命がけの大博打をうってくれたおかげで、このような暮らしができるのだと考えて感謝するだろう、これまでは何事によらずお前に認めてもらわなければならなかったが、もうそんなことをしなくてもよくなるだろう、そうなれば彼らはお前を立派な人間と認めるだろう、彼らはもはや戦闘やお前のような地方ボスを引き合いに出して、革命の名における略奪行為や、革命を拡大することで自身が肥え太ることを正当化できないだろう。そう考えてお前は愕然とするだろう、では、彼らはどのようにして自己を正当化すればいいのだろう？　どのような障壁を築いて身を守ればいいのだ？　彼らはそんなことを考えないだろう、お前が残してやる遺産を使い果たすまで気楽に生きてゆくだろう、お前が地下一メートルのところに埋められて待っているあいだ、ふたたび大勢の人間が死体となったお前の顔を踏みにじるのを待っているあいだ、彼らはお前に感謝し、その死を悼む――むろん人前でそういう態度をとって見せるだけだが、お前はそれ以上のことは望まないだろう――ふりをするだろう、お前はその時に言う

だろう

「彼らはもどってきた。自分を敗者と認めていなかった」

　そして笑みを浮かべるだろう、お前は彼らをばかにするだろう、自分自身をばかにするだろう、それはお前の特権だ、お前は郷愁に駆られるだろうが、過去を美しく彩る郷愁を振り払うだろう、

　犬死した人間たちの死を、死者たちの名前を遺産として残してやるだろう、お前の名が生き続けるようにと死んでいったすべての人間の名を、お前にすべてを奪われた人々の名を、お前の名を残すために忘れられていったすべての人間の名をあとに残してやるだろう、お前はこの国を遺してやるだろう、自分の新聞を、ほのめかしを、阿諛《あゆ》追従《ついしょう》を、下劣な人間のまやかしの議論で眠りこまされた良心を遺してやるだろう、抵当を遺してやるだろう、消えた階級を、卑小な権力を、神聖化された愚かしさを、けちな野心を、ふざけた協定を、腐り果てた美辞麗句を、制度的な臆病さを、低俗なエゴイズムを遺してやるだろう、

　盗っ人顔負けの労組幹部を、言いなりになる労働組合を、新しい大土地所有制を、アメリカ合衆国の投資を、投獄された労働者を、独占企業と大新聞を、農業労働者を、殺し屋とスパイを、海外預金を、しゃれ者の金融業者を、従順な国会議員を、お追従屋の大臣を、高級な分譲地を、記念日と祝典を、ノミとウジの湧いたトルティーリャを、字の読めないインディオを、失業中の労働者を、木を伐採したあとのはげ山を、アクアラングと株券で

身を固めた太った男を、爪を武器にするしかない痩せた男たちを遺してやるだろう。彼らはそれぞれのメキシコを持てばいい、お前が遺したメキシコを持てばいいのだ、

お前は、柔和で何事にも無関心なさまざまな顔を遺産として受け継ぐだろう、その言動はすべて今日一日に限られていて、明日がない、それらの顔も〈明日〉という言葉を口にはするが、それは明日のことなど少しも気にかけていないからだ、お前はそうならず、未来になるだろう、お前は明日のことを考えながら今日自らを燃焼させるだろう、それらの顔は今日だけを生きているがゆえに、知らぬうちに明日を迎えるだろう、

お前の国民

お前の死、獣のように自分の死を予見するお前は自分の死を歌にうたい、それを口にし、それを絵に描き、死ぬ前に自分の死を思い出す、

お前の大地、

そこにもどるまでお前は死なないだろう、

山裾にあるその村は人口がわずか三百人で、岩山が大地にどっしり根をおろしている山際から、近くの海まで流れている川に沿って延びるなだらかな斜面に家が点在している、あたりには樹木が鬱蒼と生い茂り、その陰に家の屋根がちらほら見える、タミアウアからコアツァコアルコスにかけて延びている半月形の海岸線——インディオの住む高原の台座であり、境界でもある霧に包まれた山脈に飲み込まれた海岸線——は、魅惑的な波の打ち

寄せる小島に分かれた熱帯の多島海とひとつになるべく、海の白い顔をむなしく飲み込もうとしているだろう、永遠に変わることのない、乾燥しきったもの悲しい高原の中に閉じこめられた石と埃の土地メキシコ、そこから延びてきたもの憂げな手を思わせる半月形をしたベラクルス地方の海岸には、金の糸でアンティーリャス諸島や大西洋、さらにその向こうの地中海と結びついた別の歴史が秘められているだろう、地中海から打ち寄せる波は東シエラマドレ山脈の支脈によって防ぎ止められるだろう、火山が連なり、何かの記章を思わせるリュウゼツランの静かな影がそびえるこの地方でひとつの世界が死ぬだろう、果てしなくうねる波にのってボスポラスの母胎とエーゲ海の乳房からは官能的な波頭が、シラクサとチュニジアからはブドウとイルカのはねかえす水が、アンダルシアとジブラルタルの入口からは悲しみに暮れる低い呻き声が、ハイチとジャマイカからは宮廷人の服とかつらをつけた黒人のお辞儀が、キューバからは少しばかりのダンスと太鼓、それにカポックと海賊と征服者のカーニヴァルが送りつけられてくるが、そうした世界はそこで息絶えるだろう、黒い大地が大きな波を飲み込んでしまうのだ、鉄製のバルコニーとコーヒー店の玄関で、はるか彼方から打ち寄せてくる波が静まるだろう、田舎風の柱廊玄関の白い柱と肉体と声の官能的な調べの中で、打ち寄せる波しぶきは息絶えるだろう、ここに辺境があるだろう。やがて鷲と火打ち石の陰気な台座が作られるだろう、誰にも打ち壊せない境界。最初に町を建設したために疲労困憊してしまい、その後禁じられた台座を登っていく時に知らぬうちに征服されてしまったエストレマドゥーラとカスティーリャ出身の男たち、台座は結局のところ彼らが外観を破壊し、形を変えることを許しただけのことだった、結局彼らは、土埃でできた像の積年の空腹を、金、基礎部分、あの場所を汚したすべての征服者たちの顔を飲み込んでしまった、あらゆるものを盲目的に吸い上げる湖の犠牲になったにすぎないのだ、西インド諸島を荒らしまわった海賊たちは、苦々しげに笑いながらインディオの住む山の頂上から貨幣を投げ落とし、ベルガンティン船にそれを満載したし、僧侶たちは壊すことのできる石に刻まれてはいるが、元来大気中に住んでいて、感情を表にあらわすことのない神々に新しい扮装をさせるべくパソ・デ・ラ・マリンチェ峠を越えていった、熱帯の農園に連れてこられた黒人たちは、縮れ毛のその種族を無毛の恥部を差し出した勇敢なインディオの女たちによって精気を吸いとられてしまった、スペイン帝国のガレオン船から降り立った貴公子たちはトウゴマが茂り、果実が実っている穏やかな風景にまどわされてレースとラヴェンダー香水の詰まったトランクをかかえ、銃弾の痕が残っている城壁に囲まれた台地に向かって旅立った、三角帽子をかぶり肩章をつけた権力者たちは高地の静まりかえった薄明の中で、寡黙と声のない嘲笑、冷淡さを前にして苛立たしい敗北感を味わうことになった、彼らは結局あの境界を越えることはできなかったのだ、

お前は、家を出て大地を発見するその少年に、生地《せいち》を捨てて自分の運命を見出す少年になるだろう、今日、死がお前を喜ばせようとして出生と運命を同列に並べ、その両者のあ

いだに、自由と呼ばれる糸を張る、

一九〇三年一月十八日

インディオと黒人の混血ルネーロが『酔っぱらいめ！　酔っぱらいめ！』とつぶやくのを聞いて彼は目を覚ました。その時、鶏が(喪服を着けたような鶏たちは半ば野生化していた。半世紀以上前のことだが、当時この農場の闘鶏場は地方きっての大地主の闘鶏場と肩を並べるほど立派なもので、自慢のひとつだったが、今では打ちすてられたままになっていた)いっせいに夜明けの早い熱帯の朝を告げた。荒れ果てた古い屋敷の赤い敷石のテラスでその日もひとり酒盛りをしていたペドリート氏の祝宴の夜は、鶏の鳴き声とともに終わりを告げた。酔った歌声がシュロ葺きの掘建小屋まで聞こえてきたが、小屋の中ではルネーロがすでに起き出していて、どこかからくすねてきた小さな壺から水をすくって剝出しになっている床の上に撒いていた。アヒルと花の絵が描いてある小さな壺はラック塗りで、かつては美しく輝いていたが、今は見るかげもなく傷んでいた。ルネーロは急いでコンロに火をおこすと、前日の残りものである小さく切った魚の料理をあたため直した。彼は目を細めて果物籠に手を突っ込むと、豊饒さの姉である腐敗におかされて虫がわく前に急いで食べてしまおうと、外皮の黒くなった果物を摑んだ。そのあと、ブリキ鍋から立ちのぼる湯気で少年は目を覚ましたが、その時に酔っ払いの痰がからんだような歌声が終わり、千鳥足で遠ざかってゆく足音が聞こえ、やがてドアがバタンと閉まった。その音は、酔った男が迎える寝苦しい長い朝の前ぶれとも言えるものだった。マホガニーのベッド、天蓋はついているもののシーツも何もない染みだらけの剝出しのクッションの上にうつぶせに倒れ込むと、蚊帳《かや》を抱きしめて眠ったが、酒がきれてしまったせいでペドリート氏はすっかり気落ちしていた。短い女物の下着の裾から毛の生えはじめた恥部がのぞいているのもかまわず、少年が火のそばに近づいた。ルネーロはその少年の頭を撫でながら昔のことを思い出した。あの頃は土地も広く、小作人の小屋はお屋敷から遠く離れたところに建っていた。お屋敷では太った料理女やほうきで掃除をしたり、ワイシャツの糊づけをする若い混血の女たちが大勢立ち働いていた。一方、タバコ農場では真っ黒に日焼けした男たちが働いていたが、女たちと話すことができないので、お屋敷内のことは何ひとつ知らなかった。その広い農場も今ではすっかり小さくなっていた。金貸しや亡くなった先の主人の政敵の手で地所が次々に削りとられてゆき、今では窓ガラスが一枚も残っていないお屋敷とルネーロの小屋が残っているだけだった。お屋敷の奥にある青い部屋では、祖母が逼《ひっ》塞《そく》して暮らしていた。痩せぎすの女中バラコアが今も祖母の世話をしていたが、その女中は、大勢の召使いが忙しく立ち働いていた昔のことを思い出しては、溜息ばかりついていた。ルネーロと少年の二人は掘建小屋に住んでおり、小作人として働いていた。

混血の男は平らに均した床の上に腰をおろすと、料理を二つに分け、半分を素焼きの鍋に入れ、残りをブリキの皿の上に残した。少年にマンゴーを差し出すと、自分はバナナの皮をむき、二人は黙々とそれを食べた。小さな灰の山の火が消えると、小屋のたったひとつの出入口――すなわちドアと窓と腹をすかした犬の入口を兼ねていて、しかもそこには赤蟻の侵入を防ぐために石灰が撒いてあった――から、夕顔の香りが漂ってきた。この花は、二、三年前にルネーロが黄褐色の日干しレンガの壁を隠すと同時に、管状の花が夜に香しい匂いを放つようにと植えたものだった。二人は黙ったまま食事をした。混血の男と少年は顔を見合わせて笑ったり、口にこそ出さなかったが、一緒に暮らせることを内心嬉しく思っていた。彼らがそこにいたのはしゃべったり、笑ったりするためではなかった。一緒に眠り、食事をし、夜明けとともに熱帯の湿気に包まれて小屋を出て、みんなが暮らしてゆけるように二人で働くこと、それが彼らの生活のすべてだった。収穫があると、それをインディオの女のバラコアに渡す、彼女は土曜日ごとにそれで祖母の食べ物とペドリート氏の酒を買うことにしていた。外の熱気が伝わらないようミズガヤを編んで作った、取っ手のついている籠に入った青い大きな瓶は、見るからに美しかった。瓶は胴がふくれ、そこに細く短い首がついていた。ペドリート氏はお屋敷の戸口に飲んだあとの空瓶を放り出していた。ルネーロは毎月のように、山裾にある近くの村まで天秤棒をかついで行った。その棒は農場で水を運ぶのに使っていたのだが、ロバが死んでからはルネーロがそこに酒瓶をくくりつけて肩にかついで行き来するようになった。人口三百人のその村は、岩山が大地にどっしり根をおろしている山際から、近くの海まで流れている川沿いのなだらかな傾斜地にあったが、木々が鬱蒼と生い茂っていたので、屋根がちらほら見えるだけだった。

少年は小屋をあとにすると、灰色の柔らかいマンゴーの木の幹のまわりに生えているシダに覆われた小道を駆け抜けた。頭上に赤い花と黄色い果実の実っているぬかるんだ斜面を下ってゆくと川岸に出た——そのあたりで川幅が広くなり、流れも強くなっていた——が、そこにルネーロが山刀を使ってまわりの木々を切り開いて作った空地があった。そこで今日一日の仕事がはじまるのだ。混血の男は長い腕をつかってデニムのズボンを弛めた。そのズボンは流行遅れのセイラー・ルックの名残りをとどめていて、裾が広くなっていた。少年は、錆びついた鉄製の輪にぶらさげて一晩中干してあった青い半ズボンを取り上げた。ルネーロがそばにやってきた。切り落とし広げられたマングローブの樹皮が水につかって口を開けていた。ルネーロは泥水の中で一瞬足を止めた。川は海に向かって大きく開け、シダやバナナの木をやさしく愛撫していた。まぶしく輝く空がどこまでも平坦に広がっていたので、茂みの中に入ると、空が灌木よりも低いところにあるように思われた。二人は手際よく仕事にかかった。ルネーロがヤスリで樹皮を削っていたが、力を入れるたびに太く逞しい腕の筋肉が躍動した。少年はぼろぼろになった安定の悪い床几《しょうぎ》を引き寄せて、木の心棒で支えられている鉄の輪の中にそれを置いた。鉄の輪には十個の穴があいており、それぞれの穴からロウソクの芯が垂れていた。少年は鉄の輪を回すと、かがみこんで鍋の下の枯木に火をつけた。溶けた天人花からむっとするような匂いが立ちのぼってきた。鉄の輪を回転させると、少年はその穴にロウを流しこんだ。

「間もなく聖母マリア様の清めの祝日だな」ルネーロは口に釘を三本くわえたままそう言った。

「いつなの？」

陽射しの下で火がチロチロ燃えていたが、少年の緑色の目はその光を受けて明るく輝いた。

「二日、二日だよ、クルス君。その日になればロウソクがもっと沢山売れるはずだ。このロウソクがいちばんいいことはみんなよく知っている。だから、近くの村だけでなく、この地方全体の人たちも買ってくれるはずだよ」

「そういえば、去年もそうだったね」

時々熱いロウがこぼれた。少年の太腿には丸い形の傷跡がいくつもできていた。

「その日になると、マーモットは日陰に隠れるんだ」

「どうしてそんなことを知っているの？」

「よその土地の人間に聞いたんだよ」

ルネーロは立ちどまると、ハンマーを摑んだ。そのあと黒い額に皺を寄せてこう言った。

「クルス君、もう自分でカヌーを作れると思うかい？」

少年の顔に白い笑みが広がった。川と濡れたシダの緑色の反射光を受けて、骨ばった少年の顔が青ざめて見えた。川の水で濡らした髪の毛は広い額と黒い首筋のところで貼りついたようになっていた。陽射しを受けているところは鉛色だが、毛根に近いところは黒い色をしていた。少年の細い腕と引き締まった胸のあたりは青い果実のような色に染まっていた。少年はいつも岸辺に泥が溜まり、底に水草が繁っている川で白い歯を見せて楽しそうに泳いでいた。

「うん、いつもどうするか見ているからね」

穏やかだが、探るような目つきのルネーロは、伏目がちの目をさらに深く伏せると、つぶやくように言った。

「もしルネーロがいなくなれば、自分で何でもできるかい？」

少年は鉄の輪を回していた手を休めた。

「ルネーロはどこかへ行っちゃうの？」

「ここを出て行かなければならないんだ」

やはり黙っているべきだった、と混血の男は思った。おれは自分の運命がどういうものかを知ったうえで受け入れている、自分がそうしたことを知っていて受け入れることと、ほかの男たちがそれを拒む、あるいは受け入れることとの間にはさまざまな理由と記憶の目もくらむような深い溝がある。というのも、おれは郷愁と放浪がどういうものかを経験上知っているからだ。やはり、黙って姿を消すべきだった。それはともかく、昨日ぴっちりしたフロックコートをまとい汗みずくになった男が自分を探しに来たが、その時少年が首を傾《かし》げ、いぶかしそうにその男をじっと見つめていたのを思い出した。

「いいか、ロウソクは村へ持っていって売るんだ、それに聖母マリア様の清めの日には、いつもより多いめにロウソクを作るのを忘れないようにな。空になった酒瓶は毎月村まで運んで、買ってきた酒の入った瓶はペドリート様の家の戸口に置いておくんだ……三カ月に一度、出来たカヌーを川下まで運んで売り捌くこと……そうそう、それに稼いだ金の一部は自分のためにとっておいて、残りはすべてバラコアに渡すんだ、魚はここで獲ればいい……」

川のそばの小さな空地では、錆びた鉄の輪の軋り音も混血の男がふるう眠気をさそうハンマーの音も聞こえなかった。緑に包まれたその一画では、砂糖きびの絞りかすや夜の嵐で押し倒された木の幹、川上の平地に生えている草などを押し流してゆく流れの速い川音が響いていた。黒と黄の色鮮やかな蝶が海に向かってひらひら飛び去っていった。少年は両腕をだらりと下げると、目を伏せている混血の男に尋ねた。

「行っちゃうの？」

「お前は知らないだろうが、このあたりは昔、山裾まで全部この農場のものだったんだ。

それが失くなってしまったんだよ。ご主人のおじいさんにあたる人が亡くなられたあと、アタナシオ様が手ひどい裏切り行為に遭われて、このあたり一帯は耕作もされず放置されたままになった。というか、人手に渡ってしまったんだ。わしひとりがここに残って、十四年間平穏に暮らしてきた。しかし、それも今日でおしまいで、わしも出て行かなければならなくなったんだよ」

ルネーロは話をどう続けていいかわからなくなって、口をつぐんだ。川岸の銀色に輝く波をぼんやり眺めていたが、手のほうが勝手に動き出して仕事をはじめていた。十三年前にこの子を預った時は、川に流して蝶々に育ててもらおう、そうしたらお伽噺《ときばなし》に出てくる昔の王様のように、やがて強く逞しい男に成長して戻ってくるだろうと考えた。しかし、主人のアタナシオが死んだために事情が一変した、揉めごとや諍《いさか》いが嫌いなペドリート様や祖母なら何も言わないだろうと考えて、彼はその子を引き取って育てることにした。祖母はレースのカーテンがかかり、嵐の日には今にも消えそうになるロウソクのついた青い部屋に閉じこもっていた。頭のおかしくなりはじめた彼女は自分の部屋からほんの少し離れたところで、ひとりの少年が成長していることに気づいていないはずだった。アタナシオ様はいい時にお亡くなりになった。あの方が生きておられたらきっとこの子を殺すようにおっしゃっただろう。ルネーロがこの子を救ったのだ。最後に残ったタバコ農場も人手に渡り、彼らに残されたものといえば川沿いのこの地所と茂み、それにひび割れた空鍋のような古いお屋敷だけになった。小作人はひとり残らず新しい主人の所有するほかの農場に振り分けられ、山のほうから新たに連れて来られた小作人が新しい畑を耕やしはじめた。ほかの村や農場からも大勢の男たちが駆り出された。その様子を見てルネーロは、木々の生い茂る廃墟のようなところで子供と一緒に暮らしていれば、誰にも見つからないだろうと考えた。彼は川と今にも倒壊しそうなお屋敷との間にある、作物の実らない猫の額ほどの狭い土地に隠れ住んだが、一方でお屋敷に住む人たちの生活を見て行かなければならなかったので、知恵を絞った末、ロウソクとカヌーを作ることを思いついた。十四年間は人目につかず何とかやってこられたが、藁の山に落ちた針を一本残らず見つけ出さずにはおかないほど貪欲な地主の目をごまかしきることはできなかった。昨日の午後、黒のフロックコートを着込み、額に玉のような汗を浮かべてやってきた男、あれが新しい地主の代理人だった。男はルネーロに、タバコ農場で腕のいい小作人を必要としているので、明日――つまり、今日だが――さっそく南にある主人の農場へ行くようにと言った。ルネーロはこの十四年間、酔っ払いの主人と頭のおかしい老婆の面倒を見てきたが、今日からはそれもできなくなるのだ。彼はそうしたことを残らず話してやりたかったのだが、相手がまだ子供なので説明してもわからないような気がして何も言わなかった。川のそばで働き、昼食の前に水浴びを楽しむというのが少年の日課だった。海岸まで足を伸ばすと、漁師たちが生きたザリガニやカニをくれた。近くにはインディオの村があったが、そこへ行っても誰も話しかけてこなかった。混血の男は、ここでへたに糸をたぐり寄せて昔話をするのはよくない、そんなことをすればこの子の出生が明らかになって、何もかもぶち壊しになり、この子を失うことになるだろうと考えた。わしはこの子を愛しているんだ——ヤスリで削り落とした樹皮のそばに立って、腕の長い混血の男はそうつぶやいた——、妹のイサベル・クルスが棒で追われてここを出てゆき、この子を託されて以来ずっと愛してきた。ルネーロは子供を引き取ると、メンチャーカ家の牧場に残っていた年老いた雌山羊の乳で育てた。彼は少年時代に、ベラクルスに住んでいたフランス人の家でボーイとして働いていたが、その時に覚えた文字を泥の上に描いてあの子に教えてやった。水泳、果物の見分け方、食べ方、山刀の使い方、ロウソクの作り方、あるいは少年時代に聞き覚えた歌を教えてやったのも彼だった。この歌は、キューバに内乱が起こり、サンティアゴ・デ・クーバから主人の一家とともにベラクルスに移り住んだ奴隷だった父から、ルネーロが教えてもらったものだった。彼は少年にそうしたことを教えたかったのだ。そのうえで自分がいなくなれば生きてゆけないほど自分を愛してくれていたら、彼としては何も言うことはなかった。少年には——ペドリート様やインディオの女バラコア、祖母といった——この世界に棲みついている亡霊のような人間たちが、ナイフのように鋭く削げた顔で迫ってきて、ルネーロと自分を引き離そうとしているように思われた。ルネーロとの共同生活の中での邪魔者、異分子はあの連中なんだ、少年は漠然とそんなふうに理解していた。

「間もなくロウソクが足りなくなると思うが、そうなると司祭さんが怒り出すぞ」とルネーロが言った。

その時奇妙な突風が吹いてロウソクの芯が揺れ、おびえた金剛インコが正午の鳴き声を上げた。

ルネーロは立ち上がって網が仕掛けてある川の中ほどまで進んだ。混血の男は水にもぐると、片方の腕に網をひっかけて上がってきた。それを見て少年は、半ズボンを脱いで水の中に飛び込んだ。いつもとちがって身体のすみずみまでひんやりした水が感じられた。水の中で目を開けると、上層の澄みきった水が泥深い緑色の川底の上を波うちながら流れてゆくのが見えた。少年は流れに身をまかせて、矢のように押し流されていった——後方の陸の上には、十三年間一度も足を踏みいれたことのないお屋敷があった。そこには、遠くからちらっと見かけたことのある酔っ払いの主人と名前しか知らない女が住んでいた。少年が水面から顔を出した。ルネーロは魚を油で揚げ、山刀でパパイヤを切っていた。

時刻は正午を過ぎていて、陽は西に少し傾き、頭上に鬱蒼と生い茂る熱帯植物の間から、強い木洩れ陽が射していた。風が止まり、木々の枝は動くのをやめ、川の流れまでが静止しているように思われた。少年はぽつんと立っているシュロの木の下に素っ裸のまま寝そべったが、とたんにむっとするような熱気に包まれた。太陽が西に傾くにつれて、シュロの木と葉の影が長くなりはじめた。陽射しが傾くにつれて、少年の全身は毛穴のひとつひとつまで照らし出された。最初は剝出しの台に載せた足が、ついで大きく開いている両脚、眠っている恥部、脂肪のついていない腹部、水泳で鍛えた引き締まった胸、長い首、そして角ばった顎と次々に陽射しに照らし出されていった。深く切れこんでいる口の両隅に影ができていたが、その部分はまるでアーチ型の支柱のように突き出した頰骨を支えているように思われた。今は深く安らかな眠りについているので閉じられていたが、ふだんはその頰骨の上に明るい色の目が輝いていた。少年が眠っているそばでは、ルネーロがうつぶせになって黒い鍋を指で太鼓のように叩いていたが、その動きがだんだんリズミカルになっていった。一見だらしなく寝そべっているように見えたが、そのじつ彼は腕に全神経を集中させてリズムをとっていたのだ。午後はいつもそうだが、ルネーロは記憶に残っているリズムを思い出しながら、調子をとったものだった。少年時代に覚えた、自分が経験したことのない生活をうたった歌を小さな声でうたいはじめた。カポックの樹のそばにいる彼の先祖は鈴のついた帽子をかぶり、酒で腕を清めていた。その男は頭に白い布を巻き、椅子に腰をかけていた。列席者はひとり残らずトウモロコシと苦いオレンジの汁に黒砂糖をまぜた飲み物を飲み干し、子供たちに向かって夜にはけっして口笛を吹くんじゃないと教えた。

トー……

イエイエーの娘は……
よその旦那に……気がある……
トー、イエイエーの娘は
よその旦那に気がある……
トーラ、イエイエーの娘は気がある。

彼はリズムに乗ってきた。湿った地面の上に両腕を伸ばして腹這いになり、掌でリズムをとっていたが、そのせいで身体が泥にまみれていた。その姿勢のまま大きく口を開けて笑うと、つづけて『よその旦那に気がある……』とうたった。縮れた毛に覆われた丸い頭の上に午後の強い陽射しが照りつけていたので、額や脇腹、それに太腿が汗で光っていた。寝そべったまま歌をうたっている彼の声は、だんだん小さくなり、深みを増していった。歌声が聞き取りにくくなればなるほど、思い入れがいっそう強くなってゆくように感じられた。まるで大地と交わってでもいるようにぴったり身体を寄り添わせていた。『トー、イエイエーの娘は……』その顔は笑み崩れ、昨日の午後にやってきた黒のフロックコートの男のことを忘れているようだった。今日の午後にそこを出て行かなければならないのに、ルネーロはすべてを忘れて歌をうたい、寝ころんだまま踊っていたが、その時にふと墓場が思い浮かんだ。フランス人の墓が浮かび、ついで火災にあった牢獄のようなお屋敷で人から忘れられて暮らしている女たちのことを思い出した。

少年は陽射しの下でうとうとしながら、背後にあるシダの茂みや農場の夢を見ていた。マクシミリアン〔一八三二～六七。ナポレオン三世とメキシコの保守派に押されてメキシコ皇帝（在位六四～六七）の座に就くが、のちに自由派によって銃殺された〕が銃殺された後、自由派の軍隊は帝国派の軍隊と最終決戦をするために進撃し、その際にあの農場に立ち寄った。かつて農場主の一家がフランスの陸軍元帥に寝室を提供し、保守派の兵隊のために酒蔵を開いたと知って、自由派の軍人たちは農場に火を放った。その火事がもとで今なお屋敷の外壁には黒く焼け焦げた跡が残っていた。ナポレオン三世の軍隊はコクーヤの農場で糧食を補給し、缶詰やフリホール豆、タバコを詰めた袋をロバの背に積んでゲリラ兵を掃討するために山岳地帯に向かった。ファアレス〔ベニート・ファアレス、一八〇六～七二。先住民の出身で、羊飼いから努力の末大統領職に就く（在位五七～七二年）が、在任中に病死する〕に率いられたメキシコ人は山岳地帯に立てこもって、平地のフランス軍のキャンプやベラクルス州の都市の要塞を脅かしていた。農場の近くに野営したフランス兵は、ビウエラやハープをかき鳴らしながら《バラフーは戦場に旅立ったが……私を連れて行こうとしなかった》とうたっている一群の男女を見つけ、インディオや混血の女と戯れて夜の無聊《ぶりょう》を慰めたが、それがもとであのあたりには赤毛や明るい目の色の混血の子供が大勢生まれた。本当ならデュボス、あるいはガルニエと呼ばれるはずの子供たちにはガルドゥーニョとかアルバレスという名がつけられた。噎せかえるように暑いあの午後も、老婆ルディビニアはいつものようにロウソク――二本は白く塗った平天井から吊るされ、もう一本は支柱のついているベッド脇の隅に立ててあった——のともっている寝室に閉じこもっていた。黄色いレースのカーテンがかかっているその部屋では、インディオの女バラコアが老婆を団扇であおいでいた。バラコアというのは本名ではなかった。彼女は農場の中にある黒人たちの掘建小屋で暮らしているうちに、いつしかそう呼ばれるようになったのだが、鷲のように鋭い横顔や三つ編みにしている油気のない髪にはおよそそぐわない名前だった。老婆のルディビニアは目を大きく見開いて呪わしい歌を口ずさんでいた。歌詞はおぼろげにしか覚えていなかったが、ファン・ネポムセーノ・アルモンテ〔一八〇三～六九。保守派の軍人で、マクシミリアンに仕えたが、のちにフランスに亡命する〕将軍を愚弄した歌だったので、口ずさんでいるだけで楽しかったのだろう。将軍は、亡き夫イレネオ・メンチャーカの名親で、家族ぐるみで親しくしていた。しかし、サンタ・アナ〔一七九四～一八七六。メキシコの軍人、大統領。長期にわたって大統領をつとめ、テキサス独立問題でアメリカ・メキシコ戦争に敗れて国土を半減させた〕の宮廷に伺候したこともある夫、メキシコの救世主にしてメンチャーカ家の——生活と農場の——偉大なる庇護者であるイレネオ・メンチャーカが国外追放から帰国し、下船したあと罹病していた赤痢もようやく癒えようとした時に、将軍はそれまでの親交を反古《ほご》にして彼をフランス人の手に売り渡し、メンチャーカはふたたび船上の人となった。極悪非道のサン・ファン・デ・ネポムセーノ。ルディビニアは、モレーロス司祭が手をつけたあばた面の大勢の女のひとりが生んだファン・ネポムセーノ・アルモンテの黒い顔を思い出して、歯の抜けおちた口をすぼめた。その時ふと、サンタ・アナ将軍を屈辱的な死に追いやったファアレス一派の作ったいまいましい歌の卑猥な一節を思い出した。《……盗賊どもがお前の女房をひっさらい、ズロースを脱がせた、さあ、どうする……》その一節を思い出してルディビニアは声を立てて笑うと、シュロの団扇でもっと強くあおぐようインディオの女に合図した。寝室は白い石灰を塗っていかにも涼しそうに見せかけてあったが、じつのところうす汚れていたうえに熱帯特有の饐《す》えたような匂いがこもっていた。湿気でできた壁の大きな染みを見て、少女時代に暮らしていた土地の気候やその頃のことを思い出して、老婆の心は少し和んだ。イレネオ・メンチャーカ中尉と結婚してからは、アントニオ・ロペス・デ・サンタ・アナ将軍に自らの生活と運命を託し、やがてその報償として山と海に囲まれた、川沿いの黒々とした肥沃な土地の広がる広大な地所をもらった。《あちらフランスでは、グイリー、グイリー、グアラー、ベニート・ファレスが死に、おかげで自由も死んでしまった》という歌詞を思い出して、老婆は不快そうに顔をしかめたが、おかげで青い血管が網目のように走っている厚化粧した顔が皺だらけになった。ルディビニアは震える手でバラコアに向こうへ行くように合図すると、ぼろぼろになったレースのカフスがついている黒い袖に包まれた腕を振りまわした。その部屋にあるのはレースとクリスタルだけではなかった。玉を掴んでいる鉤爪状の脚のついた、彫刻のあるポプラ材のテーブルには、重い大理石の天板がのせてあり、その上にはガラスの鐘がついた時計が並んでいた。タイル張の床にはミズガヤの揺り椅子が置いてあり、その上には二度と着けることのないクリノリンの衣装が投げ出してあった。柱脚式の小テーブル、ブロンズの飾り鋲、鉄製の窓の飾り桟と装飾用のパネルをはめた櫃と鉄製の鍵穴、ワニスをかけてある見知らぬ人物を描いた楕円形の肖像画(長く伸ばしたもみ上げの男やべっ甲の櫛をつけた婦人たちはいずれも土着の白人で、緊張のせいか身体を硬ばらせ、背筋をピンと伸ばしていた)、諸聖人やアトーチャの幼児イエス・キリストの像がおさめられているブリキの枠(刺し縫いで作ったイエス像は表面の金箔がほとんど剝げ落ちており、あちこちに虫に食われたあとがあった)、筋目模様の入った支柱の上に天蓋がのっている、銀色の木の葉を彫刻してあるベッド、年老いた肉体が横たわっていたマットレスのくぼみ、閉めきった部屋のむっとするような匂い、染みがつき乱れたシーツ、マットレスの裂け目からのぞいている藁。

農場に火がつけられた時、さいわい火の手はあの部屋までおよばなかった。所有していた土地が次々に人手に渡ってゆき、息子が待伏せにあって命を落とし、黒人の小屋で赤ン坊が生まれたが、そうした出来事もあの部屋には伝えられなかった。けれども、彼女は独特の鋭い勘ですべてを察知していた。

「水の入った壺をもってきておくれ」

そう言ってバラコアを部屋から追い払うと、外の世界と絶縁したはずの老婆はカーテンを開き、目を細めて外の様子をうかがった。窓にかかったレースのカーテンの奥から、あの見慣れない子供が成長してゆく様子をこっそり見守っていたのだ。その子の緑色の目を見た時は、自分が若い肉体のうちに蘇ったような喜びをおぼえた。彼女の頭の中には一世紀におよぶ記憶が詰めこまれ、顔の皺には現われては消えていった大気と大地と太陽が刻みつけられていた。彼女は死なずに生き延びた。両手で太腿を押さえ、膝頭をじっと見つめたまま這うようにして窓際までのろのろ進んだ。白髪頭は両肩の間に埋まったように落ちこんでおり、時には肩が頭の上に出ることもあった。それでも彼女は死ななかった。若い頃は色白の美人だったが、老いさらばえた今でも乱れたベッドの上で何とかあの頃の立居振舞いを保とうと努めていた。かつてメキシコは若くて無秩序な国だったが、それだけにさまざまな可能性を秘めていた。スペインの高位聖職者やフランスの商人、スコットランドの技師、イギリスの債権セールスマン、相場師、スペインからの独立を目指す人間たち、彼らがメキシコ市を目指したが、そんな彼らを迎え入れてやったのが彼女だった。バロック風の大聖堂、金と銀の鉱山、彫刻を施した火山岩と石の宮殿、商人顔負けのあざとい聖職者、たえず行われる政治的カーニヴァル、永遠に返済できない借款を抱えた政府、外国人らしい人間を前にするとたんに弱腰になる税関吏。以上が栄光の時代のメキシコだった。小作人や盗賊、それにインディオを相手にしていれば、そのうち一人前になるだろうと考えたメンチャーカ夫妻は、長男のアタナシオに農場をまかせて、自分たちはいとやんごとなき殿下〔十九世紀前半のメキシコに君臨した独裁者サンタ・アナ（一七九四～一八七六）のこと〕の虚構の宮殿がある中央高原に向けて旅立った。軍鶏と闘鶏場に精通し、興に乗ればカサマタ綱領〔メキシコを共和国に転換する綱領〕、バラーダス遠征〔スペイン国王の命令で一八二九年軍人バラーダスがメキシコに攻め入ったが、敗北した事件を指す〕、アラモ、サン・ハシント〔この二つは一八三五年から三六年にかけて、テキサスの独立を目指すアメリカ人とメキシコ軍が戦火を交えた激戦地〕、パステーレス戦争〔一八三八年、フランスが行ったメキシコへの干渉戦争〕を種に昔話をして一晩中飲み明かすこともできる古い戦友メンチャーカ――今では大佐に昇進していた――がそばにいれば、サンタ・アナ将軍もどれだけ心強いかわからない。時には、侵攻してきたヤンキーの軍隊と戦って敗れた時のことが話題にのぼることもあったが、そんな時将軍は皮肉っぽい笑い声を上げ、木の義足で床をコツコツ叩きながら当時のことを思い返し、グラスを高くかかげると、空いたほうの手で幼い妻フロール・デ・メヒコの髪を愛撫したものだった。最初の妻がまだ臨終の床についているというのに、将軍はその若い女をベッドに引きずりこんだのだろうか？　そのあと苦難の日々が訪れた。将軍は自由派によって国外に追放され、メンチャーカ夫妻も自分たちの財産を守るために農場にもどった。義足をつけた闘鶏好きの暴君から拝領した何千ヘクタールもの土地は、もともとインディオの所有地だったが、それを無理やり強奪したのだ。おかげでインディオたちはその農場で小作人として働くか、山裾のほうに逃げて行かざるを得なくなった。そのあと、カリブ海の島々から賃金の安い黒人の労働者が連れてこられ、畑を耕やすようになった。さらに、担保物件だと言って周辺の小地主から土地を取り上げていった。山のように積み上げられたタバコの葉。バナナとマンゴーを満載した馬車。シエラマドレ山脈の山裾に広がる丘陵地で草を食《は》んでいる山羊の群れ。その広大な農場の中心に建てられた、赤い塔と馬の鳴き声の聞こえる厩舎のある平屋建てのお屋敷。馬車とランチに乗っての散策。そしてアタナシオ。緑色の目のアタナシオは白い服を着て、これもサンタ・アナの贈り物である白馬にまたがり、手に鞭をもって肥沃な土地を駆けまわって好き放題のことをした。若い百姓女をつかまえて欲望をみたすこともあれば、たびたび農場に入り込んでくるファレス派の兵隊たちを追い払うために、カリブ海から連れてきた黒人たちを率いて戦ったこともあった。《まず、メキシコ万歳、そしてわれらが国民万歳、くたばれ外国人の皇太子……》

帝国の命脈が尽きようとした時、国外追放からもどってきたサンタ・アナが新たに共和国宣言をすることになったという知らせがイレネオ・メンチャーカに伝えられた。老人は黒塗りの馬車を駆って、桟橋でボートが待ち受けているはずのベラクルス港へ向かった。その夜、ヴァージニア号の甲板からサンタ・アナとドイツ人の海賊たちがサン・ファン・デ・ウルーアの前で合図を送ったが、応え返す者はいなかった。港の警備にあたっていた帝国派の守備隊は、失脚した暴君が分厚い唇の間から悪態を洩らしながら三角旗のひるがえっている甲板の上を苛立たしげに歩きまわっているのを見てあざけり笑った。船の帆がふたたび風をはらんだ。二人の旧友は、アメリカ人の船長の部屋を借りうけて、トランプをして気をまぎらせた。船は熱帯の海をのろのろ進んでゆき、やがて靄《もや》に包まれた海岸線がぼんやりかすみはじめた。満艦飾《まんかんしょく》にかざり立てた船上から、独裁者は怒りに燃えた目でシサルの町の白いシルエットを睨みつけた。そのあとびっこの老人は旧友を従えて船室に下りてゆき、ユカタン地方の住民に対して共和国宣言を発布し、もう一度支配者の座に就くことを夢見た。マクシミリアンはケレタロで死刑を宣告された。したがって、愛国心に燃えた共和国の国民は、ふたたび王冠なき君主国の長として真のメキシコ人を首長に選ぶ権利を手にした。その後、あの二人の老人はシサルの司令官に逮捕され、カンペーチェに護送された。そこでこそ泥のように両手を鎖で縛られ、銃剣で突かれて市中を引きまわされたあと、地下牢に放りこまれた。老大佐メンチャーカは夏にそこの腐った水を飲んだために、身体が腫れ上がって死に、一方サンタ・アナは、北米の新聞の報道によると、トリエステの無邪気な皇太子〔マクシミリアンのこと〕と同じように処刑されたとのことだった。しかし、これは間違いだ。イレネオ・メンチャーカの遺体は海をのぞむ墓地に埋葬され、まわりにいる人間を一種の狂気に引き込む力を備えたサンタ・アナは、いつものように顔をしかめて新たな亡命に旅立っていった。ルディビニアはそう教えられた。

　あの噎せかえるように暑い午後、ルディビニアはそうしたことを教えてくれたのがアタナシオであったことを思い出した。それ以来彼女は、いちばん上等の服と食堂のシャンデリア、金属の板を張った櫃、ワニスをかけた絵を部屋に持ち込んで、そこから二度と出ようとしなかった。ロマンティックな考えに取り憑かれていた彼女は、間もなく自分も夫のあとを追うことになるだろうと考えて待つことにしたが、それから三十五年の歳月がむなしく過ぎ去った。最初の反乱が起こった年に生まれた彼女は今年で九十三歳になるが、ドローレスの司祭区で棒や石ころを手にした暴徒の群れがあばれ狂った日に、家中の戸にかんぬきをかけた中で母親が恐怖におののきながら彼女を生み落とした。夫が死んでからは、カレンダーとはまったく縁のない生活を送っていた。一九〇三年という年も、彼女にしてみれば、夫のあとを追って苦悩のあまりすぐに死ぬはずだった自分の運命を愚弄する年号としか思えなかった。一八六八年の農場の火災も、彼女にとっては存在しなかった。火の手が閉めきった部屋の前まで迫っているのを見て、息子たち――アタナシオのほかにもうひとり息子がいたが、彼女が愛していたのはアタナシオだけだった――が大声で、早く逃げるように言ったが、彼女はドアの前に椅子やテーブルを積み上げて防ごうとした。隙間から煙が入ってきて、息が苦しくなった。彼女は誰にも会おうとしなかった。ただ、食事を運んでもらったり、黒い服を繕ってもらう必要があったので、手もとにインディオの女をひとり残しておいた。彼女は何も知りたくなかったのだ。ひたすら過ぎ去った時代のことを思い返して生きていた。四方を壁に囲まれた部屋の中で暮らすうちに、理性を失いはじめたが、自分が寡婦であること、昔の出来事、それに混血の男のあとを追っていつも向こうのほうを走っているあの子供のことなど、肝心なことだけはよく覚えていた。

「水の入った壺をもってきておくれ」

戸口に現われたのはバラコアではなく、黄色い亡霊のような男だった。

ルディビニアは声にならない叫び声を上げると、ベッドの奥のほうに後ずさりした。恐怖のあまり落ちくぼんだ目を大きく見開いた。顔の化粧が果物の殻のようにひび割れた。男は戸口で立ちどまると、震える手を差し延べた。

「ペドロだよ……」

ルディビニアは男が何を言っているのか理解できなかった。身体が震えて口がきけなかった。ボロ屑のような黒い衣装に包まれた両腕を悪魔祓いでもするように振りまわし、相手を近づけまいとした。青ざめた亡霊のようなその男は、口をだらしなく開けたまま近づいてきた。

「おれ……ペドロ……ペドロだよ……」その男は吐瀉物《としゃぶつ》で汚れた髭のうすい口のまわりをさすりながら言った。「ペドロだよ……」

瞼が神経質そうにぴくぴく動いていた。老婆は身体が麻痺したように動かなかったし、汗臭いうえに安物の酒の匂いをぷんぷんさせている酔眼朦朧とした男の言っていることがまったく理解できなかった。「もう……何も残ってないんだ……何もかも……もうおしまいだよ……これでもう……」男はそこまで言って半泣きになった。「あの黒ン坊が連れて行かれるんだよ。でも、母さんにこんな話をしてもわかりっこないよな……」

「アタナシオ……」

「ちがう……おれはペドロだよ」酔った男は揺り椅子の上に身を投げ出すと、住みなれた家に戻ってでもきたように両脚を大きく開いた。「黒ン坊が連れて行かれるんだ……。

あいつがいるおかげで母さんとおれは……何とか食っていけたんだ……」

「あの男は混血で、黒人じゃないよ。混血の男と男の子が……」

禁じられたこの部屋で聞きなれない声が聞こえるが、声の主は実体がないはずだ、そう考えて老婆は亡霊のような男のほうを見ずに、その声に耳を傾けた。

「そう言えばあいつは混血だったな、それに男の子が……」

「男の子は時々向こうのほうを走っているよ。あの子を見ていると、どうしてだか嬉しくなってね」

「代理人がやってきて、連れてゆくと言ったんだけど……なにしろ突然の話なんで、びっくりしてね……あの黒ン坊がいなくなったら……どうやって暮らしてゆけばいいんだろう?」

「黒人のひとりや二人、どうってことないだろう。農場にゴマンといるじゃないか。大佐がいつも言っているように、黒人はよく働くうえに安くつくからね。そんなに人手が要るんなら、手当てを六レアルにしてやればいいんだよ」

二人は塩の像のように黙りこくっていたが、内心ではあの少年までいなくなれば、どうしていいかわからず途方に暮れていた。老婆は部屋に人を入れたくなかったのだが、仕方なくその男に顔を近づけた。埃を払って一張羅を着込み、立ち入り禁止の部屋にのこのこ入ってきたこの男はいったい何者だろう。熱帯の閉めきった部屋に放り込んであったせいで、ワイシャツの胸のあたりには苔のようなものが生え、老いさらばえ痩せ細ってはいるが腹だけがぽこんと突き出し、それが細身のズボンにうまく収まっていなかった。古い衣服にはお決まりの汗の臭い――それに、タバコとアルコールの臭い――が染みついていた。くたびれてはいるが、上等の衣服だとわかるはずなのに、透明な目の男はそんなことにまったく頓着していなかった。十五年以上もの間、人と付き合うこともなく暮らしてきた男の目には、悪意がみじんも感じとれなかった。ああ――乱れたベッドにちょこんと坐っていたルディビニアはあの声の主《ぬし》に顔があることに気がついて、溜息を洩らした――目の前にいるのは、母親をそのまま男にしたような感じのするアタナシオじゃない、目の前にいるのは母親にそっくりだけど、髭もあれば、玉もついている男だわ――と老婆はぼんやり考えた――でも、アタナシオのように母親に生き写しの男じゃない、だから私は息子の一方を愛し、もう一方を愛さなかったんだよ――彼女は溜息を洩らした。アタナシオは自分たちが生きるべく定められた土地に根をおろしていたけれど、もうひとりは自分たちの大義が敗れ去ってからも向こうの大邸宅に居坐り、分不相応な暮らしをしようとしていた――彼女はそう信じきっていた。すべてが自分たちのもので、何もかもうまく行っている時は堂々と大きな顔をして生きて行けばいいけれど――彼女はそれを疑わしく思っていたが――、すべてを失ってしまえば、自分たちの居場所は四方を壁に囲まれたこの部屋しかないんだよ。

母親と息子は蘇りの壁を間にはさんで互いに見つめ合った。

(「最初にこのあたりに住みついてすべてを所有していた土着の人間たちから、私たちは何もかも奪い取ったけど、今度はほかの連中が同じように私たちからすべてを取り上げてしまい、土地も名声もなくなってしまったと言いに来たのかい？　そんなことはわざわざ言いに来なくたって、夫を迎えた最初の夜からちゃんとわかっていたよ」

(「理由があるんだ。ひとりでいるのがいやだったんだよ」

(「お前が幼かった頃のことを思い出させてやりたいよ。若い母親というのは自分の子供を愛さなくてはいけない、だから私もあの頃はお前をかわいがっていた。だけど人間、年を取ると賢くなって、理由がないと人を愛さないとわかってきたんだ。血のつながりだけじゃだめでね。理由のない愛情で結ばれた血のつながり、それが人を愛するたったひとつの理由なんだよ」

(「おれも兄貴みたいに強い男になりたかった。だからそのまねをして、あの混血と子供には屋敷に一歩も足を踏み入れてはいかんと厳しく言いつけたんだ。アタナシオのようにね。だけど、あの頃は大勢の働き手がいたけれど、今残っているのは混血と子供だけで、おまけにその混血が出てゆくことになったんだ」)

(「ひとりぼっちになってさみしいものだから、戻ってきたんだね。私がさみしがっていると思っているんだろう、憐れみを乞うようなその目にちゃんと書いてあるよ。上の息子は人の同情を買おうとしなかったけど、お前は昔から弱虫のおバカさんだからね、そういうところは新妻だった頃の私にそっくりだよ。だけど、私はもう昔の私じゃない。今はちゃんとした自分の生活があってさみしいとは思わないし、老け込むこともないんだよ。お前はのんべんだらりと酒浸りの日を送るうちに頭に白いものが混ざりはじめて、何かをしようという気持ちもなくなり、自分の人生ももう終わりだと思いはじめたんだろうけど、そんなお前こそ老いぼれじじいだよ。今のお前は死人と変わらない。昔、私たちと一緒に首都に出ただろう、あの頃は自分たちに力があったので、それをいいことにお前は酒と女に溺れてもいいと思い込み、せっかく手に入れた力をより強固なものにし、それを鞭のように使わなければならないと考えなかった。何の苦労もせずに力を手に入れたものだから、私たちが首都を捨ててすべてを生み出す母のようなこの熱帯の土地に戻らざるを得なくなり、お前を支えてやれなくなってからも、何を勘違いしたのかお前は高地にあるあの首都に居坐っていられると思い込んでいたんだ。……匂うだろう。馬の汗や果実や火薬よりももっと強い匂いだよ……男と女が交わった時の匂いを立ちどまって嗅いだことがあるかい？　ここの土地は男女が愛し合ったあとのシーツのような匂いがするんだよ、お前にはわかりゃしないだろうけどさ……。そうとも、お前が生まれた時は、それはそれはかわいがってやったものだよ、お乳を飲ませ、おお、よし、よしとあやしてやってね。お父さんはべつにお前を作るつもりはなかった、ただ私を喜ばせようとしてしゃにむにむしゃぶりついてきたら、お前が生まれたんだよ。その時のことはよく覚えているけど、お前のことは忘れちまってさ……おや、外で何か聞こえるね……」

（「どうして何もしゃべってくれないんだい？　もういい……わかったよ……石仏みたいに黙ってるがいいさ。母さんがそばにいてこちらを見てくれているだけで救われるんだ。剝出しのベッドに寝ころがって、寝つけずに悶々としているよりはずっとましだ……」）

（「誰かを探しているのかい？　外にいるあの子はもう生きていないのかい？　お前は、私が外の世界の出来事を何ひとつ見ていないと思っているんだろう……。この身体の中にはもうひとつの私の肉体が、イレネオとアタナシオの生まれ変わり、メンチャーカ家の血を引く人間、彼らと同じ人間が生きているんだよ、お前は知らないだろうけど、私にはちゃんとわかっているんだ、ほら、外の物音を聞いてごらん……お前はもう探すのを諦めたけど、あの子は私の子供なんだよ……。そばに行かなくったって、あの子と血のつながりがあることくらいはすぐにわかるさ……」）

「ルネーロ」昼寝から目を覚ました少年は、混血の男がじっとり濡れた大地の上で疲れきって横になっているのを見て、声をかけた。「あのお屋敷に一度入ってみたいんだ」

この先、もしすべてが終われば、老婆ルディビニアは沈黙を破って、羽根を切り落とされたカラスのように外に出て、シダの生い茂る広い道に立って、草むらに視線をさまよわせたあと顔を上げて山脈のほうを見ながら大声でわめくだろう。長いあいだロウソクのともった部屋に閉じこもっていたせいで夜目はきかなくなっていたが、血液の流れていない無数の死んだ血管が走っている顔を打つ木の枝の奥に、人影が見えはしないかと思って目をこらし、そちらに両手を差し延べるだろう。さまざまな匂いが入りまじっている大地の匂いを嗅ぎ、しゃがれた声を張りあげてすでに忘れた名前や新しく覚えた名前を口にするだろう。心の底で何かが——歳月、記憶、彼女の人生そのものである過去が——、一世紀におよぶこれまでの過去の思い出のほかに、別の人生があるのだと語りかけているように思えた。自分と血のつながっている別の人間の人生を生き、その人間を愛することができるかもしれない、そんな気がした。けれども、イレネオとアタナシオは死んでしまったが、まだ死んでいない何かが残されていた。三十五年間一度もそこから外に出たことのない部屋の中でペドリートと鼻を突き合わせていると、その部屋が無数の思い出とまわりにあるさまざまな存在をひとつに結び合わせる中心のような気がした。ペドリートはまばらに鬚の生えている顎を撫でると、かん高い声でしゃべりはじめた。

「母さんは知らないだろうけど……」

そこまで言って老婆の目を見た息子は急に黙りこんだ。

(「何だい？　どうかしたのかい？　いつまでもいいことは続くものじゃない、不正な手段で手に入れた権力はしょせん一時的なものでしかなく、いずれほかの人間に滅ぼされる、そう言いたいのかい？　このあたりを支配するために敵と見れば銃殺するように命じたし、お前のお父さんも敵対する人間と見れば、舌や手を切り落とすように命令したものだよ。大勢の人間から土地を奪い取ってこのあたりの地主になったんだけど、ある日敵対していた連中が勝利者としてここを通りかかり、屋敷に火を放ち、私たちが力ずくで奪い取ったものを正当な所有物ではないといって一切合財取り上げてしまったんだよ。そんな中で、お前の兄さんは土地を没収されたり敗北を認めるのはいやだといって、危険を覚悟で奴隷たちを引き連れて男らしく戦い、混血の女やインディオの女を無理やり犯したものさ。それにひきかえお前ときたら、高原にある首都で手軽に口説ける女を相手にのうのうと暮らしていたんだからね。お前の兄さんはこの土地で相手かまわず大勢の女と交わったけど、その証しがひとつ残っているんだ。私たちの土地のあちこちで生まれたアタナシオ・メンチャーカの落とし胤《だね》のひとりがこの近くにいるはずなんだよ。黒人の小屋で——そうなんだよ、父親が逞しい男だったからこそ、あの子は貧民の小屋で生まれたんだ——その子が生まれたあの日、アタナシオは……」

ペドリートはルディビニアの目を見つめていたが、心の中までは読み取れなかった。老婆は憔悴した息子の顔から目を逸らすと、噎せかえるように暑い部屋の中で大理石の波を思わせるその視線をさまよわせた。身体にぴったり合った服を着た男はルディビニアが何も言わなくても、その考えが読み取れるような気がした。

(「おれだってあんたの息子なんだから、そんなに咎めないでくれ……。この身体の中を流れているのはアタナシオの血と同じなんだよ……どうしてあの夜に……？　連中はおれのところへやってきて、こう言ったんだ。『かつてサンタ・アナ将軍の軍隊に所属していたロバイナ軍曹が、あなた方の捜し求めておられるメンチャーカ大佐の遺体をカンペーチェの墓地で発見しました。港の守備隊から転属してきた兵隊がたまたまお父様の遺体を墓石もない場所に埋められるのを見て、軍曹に伝えたのですが、軍曹はその話を聞いて、司令部の目を盗んで夜間にメンチャーカ大佐の遺骨を盗み出したのです。今度ハリスコに行くことになったので、途中ここに立ち寄って、遺骨をお渡ししたいとのことです。町から二キロばかり離れた密林の中の空地に、以前反乱を起こしたインディオを吊るしていた支柱がありますが、そこであなた方ご兄弟をお待ちすると言っておられます』汚いやり口だよ。その伝言を信じたのはおれだけじゃない、兄貴だって少しも疑わず、感激して目に涙を浮かべていたくらいさ。なんであんな時におれはコクーヨへ行ったんだろうな。そうだ、メキシコ市で金欠病にかかりはじめていたんだ。おれがどんなに無心しても、アタナシオは気前よく金を送ってくれた。もっとも兄貴にしてみれば、メンチャーカ家の御曹子としてたったひとりでこの地方を支配し、あんたを守りたかったんだ。だから、おれを遠ざけておきたかったんだよ。馬に乗って指定された場所に行ったが、あの時は暑くて、赤い月が空にかかっていた。向こうに着くと、子供の頃から知っているロバイナ軍曹がペルシュロン種の馬にもたれておれたちを待っていたが、月明かりを受けて米粒のような歯と白い髭が光って見えたな。おれたちがまだ子供だった頃から、あの男は馬の調教がうまいとの評判で、いつもサンタ・アナ将軍の尻にくっついて回っていた。よく大ボラを吹いたけど、その時は自分がその中に出てくるみたいに大笑いしたものだよ。あの時は、馬の背中にうす汚い袋がくくりつけてあったけど、どうやらその中におやじの遺骨が入っていたらしい。アタナシオが抱擁すると、軍曹はいつになく上機嫌で笑っていたが、しまいには笑いすぎて息を詰まらせたくらいだ。と、だしぬけに茂みの中から白い服を着た四人の男がぬっと現われたんだけど、月明かりの中でまぶしいくらい白く輝いていた。『お目出たい奴らだ！』軍曹は笑いながら大声でそう叫んだ。『いいかげんに諦めればいいものを、未練がましく遺骨にこだわるから、こんなことになるんだ』急に表情を険しくすると、アタナシオのほうに進み出たんだけど、おれには誰も目を向けなかった、これは誓って本当だよ。おれはとっさに馬に飛び乗ると、腰に差した山刀を抜いて近づいてくる薄気味の悪い四人の男からできるだけ遠ざかろうとした。その時アタナシオが、落ち着いていたけど、かすれた声でこう叫んだんだ。『おい、もどってこい、その馬に大事なものが積んであるんだ！』銃の台尻が膝にぶつかっているのはわかっていたけど、後ろを振り向く余裕なんてなかった。四人の男がじりじり兄貴のほうに迫って行って、山刀で両脚を薙《な》ぎ払ったあと、月明かりの下でめった切りにしたんだよ。そのうち後ろのほうが静かになった。農場にもどって助けを呼んでもよかったんだけど、兄貴は殺されてしまったし、兄貴をやったのが新しいボスの手下だとわかったのでやめたんだ。このあたりを取り仕切ろうと考えていたあの男は、いつか兄貴を殺《や》ってしまおうと考えていたんだ。そうなった以上、あの男に楯つくわけにはゆかないだろう。だから、次の日にあの男がおれたちから土地を奪い取って柵を作った時も、見ぬふりをしていたんだ。小作人たちも、兄貴の下で働くよりはましだと考えたのか、何も言わず向こうの農場に移っていった。おれをおとなしくさせておこうと考えたんだろうな、連邦軍の小隊がやってきて、境界のところに一週間ばかり居坐って目を光らせていたから、こちらは動くに動けなかった。命まで取られなかったんだから、その点は連中に感謝しなければいけないだろうな。それから一カ月後に、あの男が建てた新居にポルフィリオ・ディアス〔一八三〇～一九一五。メキシコ大統領（在職一八七七～八〇年、八四～一九一一年）〕がやってきたけど、あの時は厳戒体制を敷いていたな。兄貴の遺体を引き渡されたのがその時なんだが、袋の中には牛の骨や大きな角のついた頭蓋骨まで一緒に入っていた。あの袋はたしか例の軍曹の馬の背に積んであったやつだ。家の鴨居に弾をこめたライフル銃を吊るしておいたけど、じつを言うとあれは亡くなった兄貴への手向《たむ》けのつもりだったんだ。逃げる時……膝に銃の台尻がぶつかっていたけど、まさか鞍の上に銃があるなんて思わなかったんだ。それにしてもよく走ったよ、母さん、馬で駆けに駆けたんだ……」

「あそこに入ってはいけないんだ」ルネーロはそう言って身体を起こしたが、心の中ではこの子と午後を過ごすのも今日で終わりだなと考えていた。彼は苦しみと恐怖に打ちひしがれていた。そろそろ五時半だから、間もなく代理人が姿を現わすはずだった。「密林の奥に逃げてみるかね」と昨日のあの男は言った。「むだだとは思うが、やってみたらどうだ。こっちには猟犬より鼻のきく人間がいる。連中はほかの奴が自分たちと違った人生を歩むのが許せないんで、逃亡したとわかれば草の根をわけてもそいつを捜し出すだろう」

いや、だめだ。ルネーロは海岸のほうに思いを馳せたが、恐怖と郷愁のせいで身も心も凍りついたようになっていた。ルネーロは立ち上がって、メキシコ湾に注いでいる流れの速い川をじっと見つめていたが、少年はそんな彼を見てなんて大きな身体だろうと思った。掌だけがピンク色であとは肉桂色の肌をしている三十三歳の混血の男は図抜けて背が高かった。ルネーロの目は海岸を見つめていた。瞼が白くなっているように見えた。黒人は年をとると瞼が白くなるが、彼の場合はそのせいではなく、別のより古い時代、過去の時代へのノスタルジーでそうなっていたのだ。河口には砂州があり、そのあたりの海は茶色く濁っていた。その向こうには、数多くの島が浮かぶ世界があり、そこを越えてさらに進めば、彼のような人間が密林の中に身をひそめている、心の安らぐ故郷の大陸があるはずだった。けれども、彼の後方には山脈がそびえ、インディオの住む台地が広がっていた。彼は後ろを振り返ってみる気になれなかった。大きく息を吸い込むと、自由と豊かさにみちあふれた世界が幻のように立ち現われてくるのではないだろうかというように、海をじっと見つめた。少年は思いきって混血の男のほうに駆け寄ると、その身体に抱きついたが、手はルネーロの腰のあたりまでしか届かなかった。

「行かないで、ルネーロ……」

「無理を言うんじゃない、クルス君。仕方がないんだ」

混血の男は困りきった様子で少年の髪の毛を撫でた。何かに感謝したいような幸せな気持ちになったが、悲しく辛い別れの時は容赦なく迫ってきた。少年が顔を起こした。

「向こうに行って、ルネーロは行けないって言ってくる……」

「行くって、お屋敷にかい?」

「うん」

「あの人たちはおれたちを愛してはいないんだよ、クルス君。中には入るんじゃない。おいで、仕事を続けよう。まだしばらくここにいるよ。ひょっとすると、ずっと居られるかもしれないさ」

ルネーロは目に入れても痛くないほどかわいい少年にこれ以上まつわりつかれたり、言葉を交すのが辛かったので、黄昏時の川に飛び込んだが、音高く流れる川はそんな彼をやさしく受け入れた。少年はふたたびロウソクを作りはじめた。ルネーロが流れに逆らって泳ぎながら溺れたまねをして足をバタつかせたり、矢のように水面に浮かび上がったり、水中でとんぼ返りをして口に棒をくわえてふたたび浮かび上がってくるのを見て、少年はほほえみを浮かべた。ルネーロは岸に上がると、頭を振って水を切り、ふざけたような叫び声を上げた。そのあと少年に背を向け、ヤスリで削り落とした樹皮の前に腰をおろすと、ハンマーと釘を手にもった。何も考えまいとするのだが、どうしてもあの考えが振り払えなかった。間もなく代理人がやってくるはずだ。太陽が樹冠の向こうに姿を隠そうとしていた。考えなければいけないとわかってはいたが、つとめて考えないようにした。幸せな気分にひたると、たちまち言いようのない悲しみがこみ上げてきて、彼の心をかき乱した。

「小屋からもっとヤスリをもってきてくれないか」ルネーロは少年にそう言ったが、その時ふとこれが最後の言葉になりそうだなと考えた。

何も持たず、ふだん着のままで行こう。間もなく陽が沈むが、そうなればフロックコートの代理人がわざわざ小屋まで行かなくてもいいように、小道の入口で待つことにしよう。

「そうともさ」とルディビニアが言った。「バラコアから何もかも聞いて知っているんだよ。私たちが暮らしてゆけるのもあの子と混血が働いているからなんだろう？　ちがうかい？　あの二人のおかげで何とか食べて行けるんだろう？　だから、どうしていいかわからなくなったんじゃないのかい？」

いつもひとりでぶつぶつ言う癖がついていたので、老婆の声はひどく聞き取りにくかった。まるで硫黄泉のような低くくぐもった声だった。

「……父さんや兄さんなら黙っちゃいないよ。混血とあの子が連れて行かれるとわかったら、手を拱いて見てはいない、きっと命がけで二人を守るだろうね……あいつらに踏みつけにされても、はい、はいと頭を下げているつもりかい……。ぐずぐずしてないで早くお行き、なんなら代わりに私が行ってやろうか？……あの子をここに連れてきとくれ……話したいことがあるんだよ……」

けれども、少年には二人の声だけでなく顔もはっきり見分けられなかった。レースのカーテン越しに人影がぼんやり見えるだけだった。その時、ルディビニアが苛立たしげな身振りでロウソクに火をつけるようペドリートに命じた。少年は窓のそばから離れると、爪立ってお屋敷の正面玄関のほうに向かった。そこの円柱は煤で黒ずみ、忘れ去られたテラスにはハンモックが吊るしてあったが、ペドリートがいつも寝ころんで、ひとりで祝宴を開いているのがそのハンモックだった。そこの鴨居の錆びついた鉤に銃がかけてあったが、それは一八八九年のあの夜、ペドリートの乗った馬の背に積んであったものだった。以来ペドリートは手入れを怠らずつねに油を差していたが、二度と使うことのないその銃が自分の臆病さを覆い隠す最後のよりどころだったのだ。

黄昏時の光を浴びて、白い鴨居のところにある二連銃が鴨居よりも白々と浮かび上がっていた。少年はその下を通って建物の中に踏み込んだ。以前客間だったところは、床が抜け、天井が落ちていた。緑がかった草が生え、灰の積もっている床を夕暮れ時の光が照らしていて、時々カエルの鳴き声が聞こえた。部屋の四隅には雨水が溜まり、その向こうにある中庭は茂みに覆われていた。突き当たりの人が住んでいる部屋のドアの隙間から光が洩れていた。その部屋の話し声がだんだん大きくなった。その向かい――台所だったところ――から、バラコアが不審げに顔をのぞかせたので、少年は慌てて客間の物陰に隠れた。テラスに出ると、崩れたレンガを利用して鴨居にかかっている銃を取りはずした。話し声がいっそう大きくなった。ひとりがかぼそい声で腹立たしげにわめき立てると、もうひとりのほうは口ごもりながらしきりに弁解していた。ついに背の高い人影が寝室から出てきた。フロックコートの裾が大きく揺れ、革の長靴が廊下の敷石を腹立たしげに踏みつけていた。少年はすぐ行動を起こした。人影がどちらに向かっているのかわかっていたので、少年はショットガンを抱きかかえるようにして、小屋に通じる小道を駆け抜けた。

ルネーロは、お屋敷からもあの小道からも遠く離れた、赤土が剝出しになっている街道に立って待っていた。もう七時なので、間もなくやってくるだろうと思って、あたりを見まわした。代理人の乗った馬が狂ったように土埃を舞い上げてやってくるはずだった。その時、背後でだしぬけに銃声が二発轟いた。一瞬、彼の身体は麻痺したようになり、頭の中がからっぽになって何も考えられなかった。

少年はあの男に見つかるのではないかとびくびくしながら、ショットガンを抱えたまま茂みの中に身をひそめた。やがて長靴をはいた足が、鉛色のズボンが、フロックコートの裾が目の前を通り過ぎた。やはりそうだ、昨日と同じフロックコートだ。顔のないあの男が小屋の中に入って、「ルネーロ！」と叫んだ。その苛立たしげな声を聞いて少年は、昨日ルネーロを探しにやってきたフロックコートの男から感じとれた人をおびやかすようなひどく苛立たしげな態度を思い出した。あいつは無理やりルネーロを連れて行こうとしているんだ。少年は声を立てなかったが、心の中ではショットガンと同じくらい重い怒りが渦巻いていた。生きるというのは絶え間なく流れる川のそばで仕事をし続けるということではない、敵もいれば、別離もある、それが人生なのだということを少年ははじめて悟った。小屋から鉛色のズボンとフロックコートが出てきたのを見て、上のほうに狙いをつけて二連銃の引金を引いた。

「クルス、なんてことをしたんだ！」顔が潰れ、胸飾りが血に染まり、突然の死に見舞われて薄笑いを浮かべているように見えるペドリートのそばに近寄ったルネーロが叫んだ。「クルス！」

少年は震えながら茂みの中から姿を現わしたが、火薬と血にまみれたその男の顔を見ても誰だかわからなかった。胸毛の生えていない青白い肌がのぞいて見えるぼろぼろのシャツを着た、飲んだくれの男が倒れていたが、少年はその男を遠くからちらっと見かけたことがあるだけだった。そこに倒れていたのは例の男でもなければ、パリッと洒落た身なりをしてメキシコ市から戻ってきた紳士でもなかった。ルネーロが昔会ったことのある男でもなければ、六十年ばかり前にルディビニア・メンチャーカにかわいがってもらっていたい男がそこに倒れていた。胸飾りを血に染め、うつけたような薄笑いを浮かべている表情のない男がそこに倒れていた。蟬の声だけが耳を打っていた。ルネーロと少年は茫然と立ち尽くしていた。混血の男は、主人は自分のせいで死んだと考えた。ルディビニアは目を開けると、人差し指に唾をつけて枕もとのロウソクの火を消した。そのあと、四つん這いになって窓際まで行った。外で何か起こったらしい。シャンデリアがチンチン音を立てた。永遠に。銃声が二発聞こえ、人の話し声のようなものが聞こえたかと思うと、急に静かになって虫の声が耳につきはじめた。蟬の声。台所にいたバラコアは火が消えているのもかまわず身体を丸く縮めていた。彼女はあの血腥い時代が戻ってきたのではないかと恐怖におののいていたのだ。ルディビニアも固まったようになっていたが、しんと静まりかえった部屋に閉じこもっていた彼女は弱々しいながらも怒りに駆られてじっとしていられなくなり、よろめきながら外に出た。火事のせいであちこちにできた隙間からその縮んだ姿をのぞかせていたが、どこか白くて皺だらけの幼虫を思わせた。彼女はこの十三年間自分のそばで成長してきた少年に触ることができるかもしれない、そう考えて両腕を伸ばした。これまでのように心の中でその成長ぶりを想像するのでなく、自分の手であの少年に触れ、その名を呼びたかったのだ。少年には姓も名前もなかった。母親がイサベル・クルスだからクルス・イサベルという名前だったので、混血の男は少年のことをクルスと呼んでいた。アタナシオの最初の子供を生み落とした彼女は、そのアタナシオに棒で追い出された。老婆は夜の世界があることを忘れていた。脚がひどく震えたが、最後の力を振り絞ってあの少年を抱きしめようと、両腕を広げ這うようにして前に進んだ。その時、狂ったように土埃を舞い上げて近づいてくる馬の蹄の音が聞こえた。目の前を背中の曲がったルディビニアが通り過ぎたので、馬はびっくりして棒立ちになり、ヒヒーンといなないた。鞍の上から代理人が怒声をあびせた。

「おい、ババア、子供と黒ン坊はどこへ逃げたんだ？ へたに隠し立てすると、犬と軍隊をつかって追い立てるが、それでもいいのか？」

ルディビニアは暗闇の中で震える手を振りまわしながら、悪態をついた。

「クソッタレ！」馬に乗っている男の顔は見えなかったが、それでも伸び上がるようにしてわめき立てた。「クソッタレ！」老婆は鼻息の荒い馬の顔のそばで拳を振り上げてわめいた。

鞭で背中をしたたかに打たれて、彼女は転倒した。馬はくるりと向きを変えると老婆を土埃の中に残して、農場と反対の方向に駆け出した。

その針がわしの前腕部の皮膚に突き刺されるのはわかっている。痛みを感じる前にわしは叫ぶ。痛みを感じるよりも先に、苦痛は脳に伝わり……ああ……感じるだろう痛みに備える……用心すれば、何が起こるかわかるだろう……痛みをいっそう強く感じる……なぜなら……気づくということは……弱気になること……犠牲者に変えられるということ……わしに相談もなく……わしの思いなど考慮しない力が……あると気がつくことだ……すでにもっと緩やかな……内臓の臓器の痛みが……反射神経の痛みを抑える……今はもう注射の……痛みは感じない……そうでなくいつもと同じ痛み……わかっているぞ……あいつらがわしの腹部に触れている……腫れ上がり……ぶよぶよになった……血の気のない腹部……用心して……そっと触っている……我慢できん……連中が触っている……石鹸で洗った手で……そのカミソリがわしの腹部と恥部の毛を剃っている……我慢できん……わしは叫ぶ……叫ばなければ我慢できん……両腕……両肩……を押さえられている……そっとしておいてくれと叫ぶ……静かに死なせてくれ……わしに触るんじゃない……触るな……わしに触ると承知せんぞ……わしの腹は傷ついた目のように……ふくれ……敏感になっている……腫れ上がったその胃……我慢できん……わしにはわからん……押さえつけられ……支えられ……腸の働きが止まっている……止まっているのはわかる……ガスが溜まって出んのだ……体内を流れているはずの体液が流れておらんのだ、麻痺し止まっているのだ……そのせいで腫れ上がっているのだ……それはわかっている……体温がない……わかっている……立ち上がって歩こうにも、どこに向かい、誰に助けを求め、指示を仰げばいいのかわからん……いくら……いきんでも……血がそこまで届かない……だめだ、血が流れてくれん……行くべきところまで届かんのだ、わかっている……口から……尻の穴から……流れ出してくれればいいのだが……だめだ、あいつらは何もわかっておらん……当て推量でやっているんだ……わしを触診している……早鐘のように打っているわしの心臓を触診し……脈搏のない手首の脈を取り……わしは身体を折り曲げる……二つ折りにする……わしの腋の下に手が差し込まれる、わしは眠る……わしは寝かされる……わしは身体を折り曲げる……わしは眠る……あいつらに言ってやる……眠る前に言っておかなければ……あいつらに言ってやる……しかし誰なんだ、あの連中は……『二人して馬で……川を渡ったんだ』……自分の口臭が……ひどく臭う……わしは寝かしつけられる……ドアが開く……窓が開けられる……わしは走る……突き倒される……空が見える……目の前を通り過ぎるぼやけた光が見える……わしは触る……匂いを嗅ぐ……見る……味わう……聞く……わしは運ばれてゆく……そばを……そばを通る……装飾を施した……廊下を通って……運ばれてゆく……そばを通りながらわしは見る、華やかなレリーフ――贅を尽くした寄木細工――金と石膏のモールディング――動物の骨とべっ甲をあしらった整理ダンス――飾り座金とノッカー――鉄製の窓の飾り桟と装飾用のパネルをはめた櫃と鉄製の鍵穴――香りのよいアヤカウィテの木で作ったベンチ――聖歌隊席――バロック風の司教冠と僧衣――湾曲した背もたれ――ロクロ細工を施した横木――多彩色の大きな仮面――ブロンズの飾り鋲――型押しをした皮革――玉を掴んでいる鉤爪状の脚――ダマスク織の布を張った肘掛け椅子――銀糸で縫いとりをした上祭服――ビロード張りのソファー――僧院の食堂テーブル――円筒と取っ手のついた壺――面取りしたカードテーブル――リンネルのカーテンと天蓋のついたベッド――筋目模様の入った支柱――楯型飾りと房飾り――メリノ織のカーペット――鉄製の鍵――ひび割れの見える油絵――絹とカシミア――羊毛とタフタ――クリスタル食器とシャンデリア――手描き模様の入った食器類――きれいに磨き上げた梁――彼らはそうしたものに触れ、匂いを嗅ぎ、味わい、眺め、匂いを嗅ぐことはない、何しろ自分のものではないのだからな……そうしたものに触れないだろう……瞼……瞼を開けなくてはいかん……窓を開けるんだ……わしは転がってゆく……大きな手……巨大な足……わしは眠る……見開いた瞼の前を通り過ぎる光……天上の光……星を開けるのだ……わしは知らん……。

お前はそこ、山脈のはじまる最初の峰にいるだろう、お前の背後には息の苦しくなる高い山々が峰を連ねているだろう……。お前の足もとには鬱蒼と生い茂る木々の枝に覆われた、夜鳥の鳴きかわす斜面が広がっており、その向こうに藍色の絨緞を思わせる夜の闇にすっぽり包まれた平原が広がっているだろう……。お前は最初の平らな岩場で足をとめるが、さきほどの出来事や心の中で永遠に続くと思っていた生活が終わりを告げたことが信じられず、茫然と立ち尽くしているだろう……。管状の花をつける植物がからみついた小屋に住み、川で水浴びをしたり魚釣りをし、天人花のロウでロウソクを作り、混血の男ルネーロと一緒に暮らしたこれまでの生活……。激しく揺れ動いているお前の心を前にして……その記憶の中に打ちこまれた一本のピン、そして未来の予見の中に打ちこまれたもう一本のピン……夜と山のこの新しい世界が自らを開くだろう。お前の目もまた新しく生まれ変わりはしたが、過去の記憶となったこれまでの生活の名残りをとどめている、少年の面影を残しているお前の目の中に、新しい世界の暗い光が射し込むだろう、今やお前は自分の力を越えた飼い馴らすことのできない世界の住人、広大な大地の住人なのだ……ある場所と出生がもたらす宿命から解き放たれて……これからは星明かりに照らされた山脈の向こうで待ち受けている未知の、新しい別の運命の奴隷になるだろう、岩場に腰をおろし、呼吸を整えながらお前は、目の前に広がる遮るもののない風景に自らを開くだろう、無数の星が煌めいている空がお前のもとに変わることのない永遠の光を送りつけてくるだろう……地球は地軸と支配者である太陽のまわりを一定の速度で回るだろう……地球と月は互いに向き合って自転軸を中心に回転し、重力場を共有して太陽のまわりを回るだろう……太陽の宮廷は白い銀河の帯の中を移動し、液状粉末のような外宇宙の集塊の前を通過するだろう、熱帯の夜の明るいドームのまわりで指を絡ませて永遠に続くダンスをし、宇宙の方向も境界もない中で対話する……瞬く光はお前を、平原を、山を変わることなく照らし続けるだろうが、それは星々の運動や地球、衛星、天体、銀河、星雲とは無関係だろう、摩擦も密着もない、そして世界の、岩の、そしてその夜はじめて驚嘆の声を上げたお前自身の組み合わせた手、それらすべての力を結び合わせ、寄せ集めるお前の柔軟な手の動きとも無関係だろう……お前は無数にある星のひとつをじっと見つめ、そのすべての光を、太陽の中でもっとも波長の大きい色のように目に見えないその冷たい光を集めようとするだろう……しかし、その光は肌で感じとれないだろう……お前は目を細めるが、昼と同様夜の闇の中でも、人間に見ることが許されていない世界の真の色を見分けることはできないだろう……刃物のように鋭く、断続的なリズムで目に飛び込んでくる白い光をお前はぼんやり見るだろう……あらゆる光源から届いてくる光が、宇宙自体の眠れる物体のところで湾曲しながらすさまじい速度で近づいてくるだろう……触知できるものの動的な集中を通して、光のアーチはひとつになり、分離し、そして束の間の永遠の中で全体の輪郭、枠組みを創り出すだろう……お前は光が届くのを感じる、そして同時に……山と平原のかすかな香りを身近に感じるだろう、天人花とパパイヤ、オシロイバナとベラドンナ、ドゥワーフ・パイナップルとニセゲッケイジュ、バニラとテコテウエ、野生のスミレとミモザ、トラフユリ……それらが引き潮にさらわれる氷山のようにゆらゆら揺れながら後方へ去ってゆく……最初に爆発的に出現したところからどんどん遠ざかってゆく……光がお前の目に向かって進んでくる、同時に空間のもっとも遠い縁辺に向かって去ってゆく……お前は自分が坐っている岩場をしっかり摑んで目を閉じるだろう……。すぐそばでふたたび蟬の声と道に迷った山羊の群れの鳴き声が聞こえるだろう……目を閉じたとたんに、一切が同時に前方、後方、地上のいたる方向に向かって進みはじめたように思えるだろう……その ハゲワシは飛翔する時も、ベラクルスの川の大きく湾曲した個所に引き寄せられ、やがて不動の大岩の上で翼を休めるだろう、そしてそのあと星の瞬く夜の闇を切り裂いて飛び立つだろう……お前は何も感じないだろう……一切が夜の闇の中で動かないように思えるだろう、ハゲワシでさえ夜の静寂を破りはしないだろう……宇宙の運行、回転、無限の振動、そうしたものを静かに休んでいるお前の目、足、首は感じないだろう……お前は眠っている大地を眺めるだろう……岩山と鉱脈、山塊、隙間なく耕された畑、川の流れ、人間と家屋、野獣と鳥、地中にある未知の火の層、それらは不可逆的で揺らぐことのない運動に逆らおうとするが、結局は抗しきれないだろう……ルネーロとロバがやってくるのを待ちながらお前は小石をもてあそぶだろう、斜面に投げ落とすと、その小石は束の間の命を得て、さまよう小さな太陽のように、光を反射する万華鏡のようにころころ勢いよく転がり落ちてゆくだろう……光に負けないほどの速い速度で落下してゆく小石は、たちまち山裾まで落ちて見えなくなるだろう、その間も光源である星から射す光は、知覚できないほどの速度で宇宙空間を突っ切ってゆくだろう……お前はいま小石が落下していった崖をぼんやり眺めるだろう……拳の上に顎をのせたお前の横顔が、夜の地平線を背景にくっきり浮かび上がるだろう……お前は風景の一部になるが、やがて山の向こうで待ち受けている不安にみちた人生を生きるためにそこから姿を消すだろう……これまでの人生は終わりを告げ、新しい人生がはじまるだろう……罪深い行いをしたからではなく、愛にみちた驚きを感じたがゆえに、純真無垢な状態は消滅するだろう……それまでお前はこんなに背が高くなったことはないだろう……お前はかつてなかったほど広々とした人生の岐路に立つだろう……川のそばの住み慣れた世界はまぎれもなく広大なこの世界の一部なのだろう……不安ではあったが、遠くの積雲やゆるやかに波打っている平原、その上に広がっている空を穏やかな気持ちで眺めても、自分が卑小な存在になったと感じないだろう……お前は気分がよくなるだろう……心穏やかに遠く離れて……大地はほんの数時間前に海から隆起して山脈と山脈がぶつかり合い、地質時代第三紀の力強い手で握られた羊皮紙のように皺が寄っている、しかしお前は生まれたばかりの大地に自分がいることを知らないだろう……お前は平原から垂直に屹立《きつりつ》している山の頂に立って背が高くなったと感じているだろう……お前は夜の中、太陽の光が当たらない角度にいると感じるだろう、時間の中……裸眼だと、遠くに仲良く並んでいるように見える星座があるが、あれらは計り知れない距離で隔てられているのだろうか?……お前の頭上を別の天体が巡っているが、その天体の時間は天体そのものと同じだろう、つまりはるか遠くの理解を越えた星の回転は、当てにならない計算によるとお前の年月の中の日々からは永遠にかけ離れたその瞬間に、たった一年の内のたった一日で終わるだろう……あの星座の今は、お前の今ではないだろう……ふたたび空を眺め、その光が自分とは無関係な、おそらくは死んだ時間の過去の光であって、星々の現在ではないことに思い当たるだろう……お前の目が見る光はお前の時間よりも何年も前、何世紀も前に旅をはじめた光の亡霊でしかないだろう、その星はまだ生きているのだろうか？……お前の目が見ているかぎりそれは生き続けるだろう……そして、お前が見ている間に、星がすでに死んでしまっていることに気がつくだろう、未来の夜、星の光はお前の目に届かなくなるだろうが、お前の目がその昔の光を眺め、自分の視線で洗礼を施してやったと思う時、星自体の今の中で本当の意味で誕生した光——まだ存在しているとしての話だが——はお前の目に届かなくなるだろう……お前の五感の中に生きているものは、その起源においてはすでに死んでいるのだ……光源となったものは消滅して灰になっているが、その光は別の時間の、夜の中にいる少年の目に向かって飛び続けるだろう……別の時間の……命と行動と思念に満たされるだろう時間、それは過去の最初の道標と未来の最後の道標とをつなぐ仮借ない時間の流れにはならないだろう……孤立した記憶の再構築の中、孤立した願望の高まりの中にのみ存在する時間、地上で生きる機会がなくなるとともに永遠に失われるはずの時間が、少年であると同時にすでに瀕死の老人になっているお前の中で具現されるだろう、そして今夜お前は神秘的な儀式を通して、切り立った岩山を這いのぼっていくちっぽけな虫けらと無限の宇宙を静かに巡る巨大な天体とをひとつに結び合わせるだろう……大地と蒼穹《そうきゅう》とお前が静まり返っている一分間、何も起こらないだろう……変化の川の中にすべてが存在し、動き、分離するが、その瞬間に川は警報の声を上げることなくすべてを溶解し、老化させ、腐敗させる……太陽は生きながら自らを焼き尽くし、鉄は溶けて細かな粉になり、方向を持たないエネルギーは空間の中に放散し、質量は放射エネルギーとなって徐々に消滅し、地球は死の冷気に包まれてゆく……そしてお前は、一緒に暮らし、時間を埋め、人生が死を迎えると同時に、それがさらに先へと進んでゆくような死の遊戯のステップと身振りをするために混血の男とロバがやってくるのを待つだろう、それは時間が時間をむさぼりくらい、生身の人間なら誰ひとり消滅に向かう流れを押しとどめることができない狂気のダンスのステップと身振りだろう……少年、大地、宇宙、いつかこの三つの光、熱、生命が失われるだろう……あるのは名前もそれを名づける人間もいない忘れ去られた全体的な統一だけだろう、つまり空間と時間、物質とエネルギーが融け合っているだろう……すべてのものが同じ名前を持つだろう……名前は何ひとつないだろう……まだそうではない……まだ人間が生まれてくる……ルネーロの『おーい』という声がまだお前の耳に聞こえてくるだろう……ついに今日から未知の冒険がはじまり、世界が開かれ、その世界の時間がもたらされるのだとわかって心臓の鼓動が速くなるだろう……お前は存在している……お前は山上に立っている……お前はルネーロの呼びかけに口笛で答える……お前は生きてゆく……お前は出会いの場と宇宙の秩序が存在する理由になるだろう……お前の人生は存在理由を手に入れるだろう……お前は具現された宇宙であり、いずれそうなるだろうし、かつてそうであった……銀河が光り輝き、太陽が燃え上がっているのはお前のためだろう……お前が愛し、生き、自分という人間になるようにと……秘密を見つけ、それを自分のものにすることができないままお前は死んでゆく、なぜならお前の目が永遠に閉じられた時にはじめてそれを所有することになるからだ……クルスよ、十三歳のお前はいま人生の岐路に立っている……緑色の目、細い腕、陽に焼かれて銅色になった髪……人から忘れ去られた混血の男の友人であるお前……お前は世界の名になるだろう……お前は『おーい』というルネーロの声を聞くだろう……お前は宇宙の果てしない無限の爽快感の存在をあやうくするだろう……お前は岩山を登ってくる蹄の音を聞くだろう……お前の内部で星と地球がぶつかるだろう……お前はルネーロの絶叫の向こうで鳴り響いた銃声を耳にするだろう……始まりも終わりもない時間旅行からもどってきたかのように、約束された愛と孤独、憎悪と努力、暴力とやさしさ、友情と幻滅、時間と忘却、無垢と驚愕がお前の頭上に落ちかかるだろう……お前はルネーロの絶叫もロバの蹄のこだまも聞こえない夜の静寂に耳を傾けるだろう……今夜、お前の心は人生に対して開かれた、その心の中で……

一八八九年四月九日

その収縮運動の中心で丸くなっている彼の頭は血で黒ずみ、身体はこの上もなく細い糸で母胎とつながっていた。ついにその子は新しい人生に向かって歩み出した。ルネーロはイサベル・クルスだかクルス・イサベルという名の妹の腕を押さえつけた。妹の大きく開いた両脚の間で起こっていることを見まいとして目をつむった。混血の男は顔を隠すようにして、『日を数えたかい?』と妹に尋ねた。妹は口を閉じ、歯を嚙みしめて声を出さないようにしてはいたが、心の中で叫び声を上げていたので返事をするどころではなかった。頭がのぞき、もう少しで生まれるように感じられた。そばにいたのはルネーロだけで、妹の肩をしっかり押さえつけていた。火にかけられた鍋では湯がしゅんしゅん沸き、ナイフと布も用意してあった。彼は彼女の両脚の間から生まれ出ようとしていた。だんだん激しくなる収縮運動によって今まさに生まれ出ようとしていた。ルネーロは仕方なく押さえていたクルス・イサベル、イサベル・クルスの肩を放すと、妹の大きく開いた両脚の間にひざまずき、黒い濡れた頭を、クルス・イサベル、イサベル・クルスの身体とへその緒でつながっているねばねばした小さな肉体を受けとめた。その肉体はようやく母胎から離れて、ルネーロの手に受けとめられた。女は呻き声を上げるのをやめ、大きく息をつくと、白いその掌で顔の汗を拭い、腕を伸ばして子供を探しはじめた。ルネーロはへその緒を切り、端を結ぶと、赤ン坊の身体と顔を洗い、そのあとやさしく撫で、キスをし、妹にその子を渡そうとしたが、イサベル・クルス、クルス・イサベルがふたたび身体を痙攣《けいれん》させ、苦しそうに呻きはじめた。その時、地面が剝出しの床に女が横たわっているシュロ葺きの小屋に近づいてくる長靴の音が聞こえてきた、長靴の音が近づいてきた、ルネーロは赤ン坊の足を摑んで逆さに吊るすと、泣き声を立てさせようと平手でその身体をぴしゃぴしゃ叩いた。その間も長靴の音が近づいてきた。泣いた、彼は泣き声を上げて生きはじめた……。

わしにはわからん……わからん……彼がわしで……お前が彼で……わしが三人の人間なのかどうか……お前がわしの中にいて、わしと一緒に死んでゆく……神様……あのお方……しゃべっていたのは……わしたち三人だ……わしは……彼はわしの中にいて、わしと一緒に死んでゆく……それだけのことだ……

もはやお前はどうなっているのか何もわからないだろう、今夜お前の心臓が開かれたこと、お前の心臓が開かれたことを知らないだろう……彼らが『メス、メス』という……わしはそれを聞いている、お前が知らない間に、お前が知るよりも前に、わしは知っている、わしの耳ははっきりそう言うのを聞いている……かつて彼であったわしは、お前になるだろう……クリスタルのグラスの底で、鏡の裏で、奥で、お前と彼の上で、下でわしは聞く……『メス』……お前は切り裂かれる……メスがばらばらに切り裂く……お前の腹壁を切り裂く……細く冷たいナイフが正確に動いて腹壁を切り分けてゆく……腹部に溜まったその体液を見つける……お前の腸骨窩《ちょうこつか》を切り分ける……彼らは炎症を起こして腫れ上がった腸の一部が、出血して固くなった腸間膜に癒着しているのを発見する……悪臭を放つ液体の中……その個所が壊疽《えそ》を起こして、円形の斑点になっているのを発見する……『梗塞』……『腸間膜梗塞』……と彼らは言う、繰り返す……『脈搏』……『体温』……『点穿孔』……食べる、かじる……血のまじった液体が切り開かれたお前の腹から流れ出す……彼らは言う、繰り返す……『手遅れだ』……『手遅れだ』……三人……その凝結が真っ黒な血の中から分離する、分離するだろう……流れ出し、やがて止まるだろう……止まった……お前の沈黙……お前の見開かれた目は……何も見ていない……氷のように冷たいお前の指には……触覚がない……青黒い色をしたお前の爪……こまかく震えている顎……アルテミオ・クルス……名前……『手遅れだ』……『心臓』……『マッサージ』……『手遅れだ』……お前には何もわからないだろう……お前はわしの中にいた、わしはお前と一緒に死ぬだろう……三人……わしたちは死ぬだろう……お前は……死ぬ……お前は死んだ……

わしは死ぬだろう

ハバナ、一九六〇年五月
メキシコ市、一九六一年十二月

解説

木村榮一

メキシコの作家カルロス・フエンテスは一九二八年十一月十一日、パナマ市に生まれた。父親が外交官だった関係で、一家はその後キト、モンテビデオ、リオ・デ・ジャネイロなどの南米の諸都市を転々とし、一九三四年にようやくワシントンＤＣに落ち着いた。学齢期に達していたフエンテスはその町にある小学校に通うが、早くもその頃からマーク・トウェインやジュール・ヴェルヌ、スティヴンスン、アレクサンドル・デュマ、チャールズ・ディケンズなどの小説を読みはじめ、退屈するとひとりで新聞を作って遊んでいたというから、読書だけでなく書くことにも早くから興味を抱いていたようである。ワシントン時代は毎年夏休みになるとメキシコ市に帰っていた。整然と秩序立ちすべてが機能的に働いている清潔なアメリカの都市を飛行機で飛び立ったあと、無秩序と混乱の支配する清潔とは言いがたいメキシコ市を目にするのは、子供心にも辛い体験だったらしい。しかし、二十年後にニューヨークを訪れたフエンテスが見い出したのは、無数の人でひしめき合っている都会、古び黒ずんだ工場、あるいは屑鉄、廃車、塵芥、瓦礫の山に悩む巨大な廃墟と化したアメリカの都市だった。機械文明が辿り着いたひとつの結末を目のあたりにして、あらゆる可能性が約束されていながら成就されずに放置され、古代文明の遺跡があちこちに残っているメキシコは、言ってみれば再生の可能性を秘めた始源の廃墟にほかならないと考え、少年時代に受けた心の傷が癒されたと語っている。

一九四一年、任地先の変わった両親とともにチリの首都サンティアゴ・デ・チレに行き、そこのザ・グレインジ学院に入学する。上級生にホセ・ドノソがいたことはよく知られているが、その頃は親しく付き合うこともなかった。それから約二十年後に、ある作家会議でドノソと再会する。学生時代のことを覚えていたのはフエンテスのほうで、しかもドノソが経済的に逼迫していると知ると、すぐさまアメリカの出版社にかけ合って彼の小説『戴冠式』の英訳を出すようにはからった。多くのラテンアメリカ諸国では、六〇年代に入ってもまだ十九世紀的なリアリズムを基調とする小説観が支配的であったために、ドノソは当時自分の内部にわだかまっている情念の世界をバロック的な言語によって描き出すための第一歩が踏み出せず行き詰まっていた。その彼にとって、フエンテスの『澄みわたる大地』*La región más transparente*（1958）（寺尾隆吉訳、水声社）や『アルテミオ・クルスの死』（本書）、『脱皮』*Cambio de piel*（1967）（内田吉彦訳、集英社）といった作品は、従来の狭隘な小説観やその美学を根底からくつがえすほど大胆で、しかも豊饒なものに思えた。古い小説観を捨てきれず苦悩していたドノソは、フエンテスの作品を読んで衝撃を受け、やがて傑作と評される『夜のみだらな鳥』(鼓直訳、水声社)を書き上げることになる。

フエンテスはチリ時代に創作をはじめ、雑誌に短篇小説や評論を発表した。また、未完に終わったが、友人と二人で小説を書きはじめたのもこの頃のことである。

一九四三年、転勤になった父とともにブエノスアイレスに移る。たまたま入学した学校が軍事教育一辺倒だったために、嫌気がさしたフエンテスは授業をずる休みして映画ばかり見ていたが、この時に生まれた映画への情熱が後年彼をその世界に近づけることになる。文学のほうではゴシック小説と推理小説の面白さを発見し、文字どおり憑かれたように読みふけった。ゴシック小説に対する愛着はその後もずっと続き、やがて作品に投影されることになる。周知のようにブエノスアイレスを中心とするラプラタ河流域では、十九世紀末からポー、ホフマン、スティヴンスン、スコットなどの幻想的な作品やゴシック小説が数多く翻訳されており、ちょっとしたブームを呼んでいた。アルゼンチンの作家フリオ・コルタサルは、少年時代にポーをはじめとする幻想文学やゴシック小説を読みふけり、その感化を受けて創作をはじめたと語っており、そのあたりにもラプラタ河幻想文学に与えた影響の大きさを推しはかることができる。そして、その地でフエンテスもまたゴシック小説の洗礼を受けたわけで、彼がメキシコ市に住んでいればおそらくこのようなことは起こり得なかっただろう。

ブエノスアイレス時代にフエンテスとコルタサルの出会いがあれば面白かったのだが、当時フエンテスはまだ十五歳の少年で、一方のコルタサルは二十九歳になっていたが、まだ作品らしいものは発表しておらず、地方の高等学校で教鞭をとりながら孤独な毎日を文学に沈湎することでやりすごしていた。ちなみにボルヘスは当時四十四歳で、すでにいくつかの詩集やエッセイ集をはじめ、やがて『伝奇集』に収められることになる短篇を雑誌に発表しており、ようやく文名があがりはじめていた。

ゴシック小説というのはおおむね地下道や墓、城塞、堀、妖怪の棲む森など中世的な舞台装置をほどこした世界に、幽霊や怪人が出没し、陰惨で血腥い事件が次々に起こるという設定になっている。H・ウォルポールの『オトラント城奇譚』からC・R・マチューリンの『放浪者メルモス』に至るゴシック小説の中には、今日のぼくたちから見ればたしかに荒唐無稽に思われる作品も少なくないが、ローズマリー・ジャクソンが「啓蒙時代のあいだ沈黙を守っていた不合理は、サドやゴヤ、怪奇小説といった幻想芸術の中で激しく噴き出してきたのである」(『幻想』)と語っているように、これらの小説の背後に近代の啓蒙思想と合理主義に対する鋭い批判がこめられていることを忘れてはならない。コルタサルとフエンテスが少年らしい好奇心に駆られて、不気味な闇に閉ざされた世界で波瀾万丈のストーリーが展開するゴシック小説にのめり込んでいったのは当然のことと言えるが、この二人が後年、独自の不気味な闇をたたえた作品を書く一方、欧米の合理主義やプラグマティズムを、あるいはユートピアを夢見て、ひたすら未来にのみ目を向けている直線的な時間観を痛烈に批判するようになるのは単なる偶然の一致ではなく、少年時代の読書が一面で深い影響をおよぼしていたからだろう。

一九四四年、一家は帰国し、フエンテスはメキシコ市のコレヒオ・メヒコ高校に入学する。卒業後、大学進学のためにコレヒオ・フランセス・モレーロス校に入学し、四九年までメキシコで暮らす。十六歳になってようやく祖国に帰ったフエンテスは、その時にメキシコの現代文学に対して目を開かれる。考えてみれば、いくら外国での生活が長いからといって、文学好きの少年カルロスが同時代の自国の文学に無知、無関心だったというのは奇妙に思われる。外国文学に目を向けていたことも原因のひとつと考えられるが、ホセ・ドノソが『ラテンアメリカ文学のブーム――一作家の履歴書』(内田吉彦訳、東海大学出版会)の中で語っているように、一九六〇年代に入ってもまだ、ある国の作家の作品を手に入れようと思えば、それぞれの国へ行かなければならなかった。その意味からすれば、フエンテスが帰国したのちにアルフォンソ・レイエス、ホセ・ゴロスティサ、サルバドル・ノボ、オクタビオ・パスといった詩人、作家の作品を読みはじめたというのも無理からぬことである。しかし、ラプラタ河幻想文学の例を見てもわかるように、欧米の文学に対しては案外開かれており、ラテンアメリカの主だった国では翻訳はもちろん、原書の入手もさほど困難ではなかった。当時すでにスペイン語はもちろん、ブラジル語、英語、フランス語までこなせたフエンテスは自国の文学に親しむ一方で、ドス・パソスやフォークナー、D・H・ロレンス、ハクスリー、プルースト、ジョイス、トーマス・マンなどの作品も読破していった。

この時期に、メキシコの学匠詩人アルフォンソ・レイエスに親しく接することができたのは、彼にとってこの上ない幸運だった。レイエスがブラジルで大使をつとめていた頃、フエンテスの父ラファエル・フエンテスがその部下として働いていた関係で、彼はフエンテスを自分の息子のように可愛がり、しょっちゅう家に招いては歓談を楽しんだ。アルゼンチン大使をつとめていた頃、ボルヘスがしばしば訪れて、教えを乞うたほどの博識家であるレイエスは多言語に通じ、その学識はギリシャ、ローマを中心とするヨーロッパの古典からスペインの古典はもちろん、近代、現代の文学にもわたり、加えて文学理論や言語学にも精通するという文字通り八宗兼学の大学者であり、同時に詩人、エッセイストとして数多くの著作を残している。十九巻にのぼる全集に収められたレイエスの厖大な著作は、ラテンアメリカ文学史の中で巨大な山塊のようにそびえているといっても誇張ではない。フエンテスがこのレイエスの謦咳に接した当時は、中南米において前人未踏の文学理論として知られる大著『文学大概《エル・デスリンデ》』を出版したばかりで、いちばん脂の乗りきった時期だった。ラテンアメリカ文学が地方性を脱し、世界的な視野のもとにとらえられるようになったのはレイエスのおかげであると言われるように、この文学理論の中にはギリシャ、ローマの古典からラテンアメリカの現代文学までが扱われており、その眩いばかりの博識は読む者を圧倒し、同時に心ゆくまで楽しませてくれる。カルロス・フエンテスの文学評論『イスパノアメリカの新しい小説』*La nueva novela hispanoamericana*（1969）をひもとくと、そこにもまた現代文学に関するとてつもなく博大な知識がちりばめられているが、それを読むと改めてレイエスの、そしてまたオクタビオ・パスの影響を感じさせられる。ジョージ・スタイナーはボルヘスに触れて、「現代にあっては博識そのものが幻想である」と書きつけたが、この言葉はそのままレイエスにも当てはまるだろう。フエンテスがレイエスから学びとったのは文学的な知識だけではなかった。国際的な視野を備えた知識人、文学者としてのあるべき姿をも教えられた。のちにフエンテスはレイエスに触れた一文の中で、「レイエスは偏狭で孤立したメキシコにむかって……世界はわれわれのものであり、行動と精神の可能性は、それがどれほど大胆に見えようが、何ひとつ禁じられてはいない。『未知なものだけが奇異に感じられるのだ』と語りかけた」と書いているが、この一文を彼自身の文業に照らし合わせてみれば、果敢に行動と精神の冒険を行うと同時に、小説の新たな可能性を開くべくつねに大胆な革新を行ってきたフエンテスは、このレイエスの言葉をもっともよく体現している作家と言えるだろう。この頃はレイエスの導きで清澄な知の世界で遊ぶ一方、市内の紅灯の巷に繰り出していったという。聖と俗の世界を往還していたわけだが、これが小説家フエンテスを作り上げる上でなによりの肥やしとなったことは言うまでもない。

メキシコ市で充実した五年間を過ごしたあと、外交官を目ざしていた彼は国際法を学ぶためにジュネーヴに赴き、そこの国際高等研究所でW・ラパールやW・レプケといった碩学のもとで勉強するが、小説家フエンテスにとっていちばんの収穫は、ヨーロッパでメキシコの詩人オクタビオ・パスに出会えたことだった。

パスは一九四五年から五一年までパリのメキシコ大使館に勤務しながら、アンドレ・ブルトンやバンジャマン・ペレと親しく付き合っていた。パスの言葉によると、彼がシュルレアリストとはじめて出会ったのは一九三七年のことで、それ以後シュルレアリスム運動とその教義に深くかかわってゆく。パスがシュルレアリスムに惹かれた背後に、当時のラテンアメリカの文学者、知識人が直面していた精神的な危機感があったことを見落としてはならない。ジーン・フランコは『ラテンアメリカの近代文化』(吉田秀太郎訳、新世界社)の中で、十九世紀前半に独立して以来、ラテンアメリカ諸国はつねにヨーロッパを美と叡知の象徴としてふり仰いできたが、第一次大戦と第二次大戦の惨劇によって輝ける女神像としてのヨーロッパは完全に崩れ去ったと語っている。独立後のラテンアメリカ諸国は、フランコの言うように、文学、芸術はもちろん、哲学、思想、法律、政治、さらには生活様式にいたるまであらゆる面でヨーロッパを範と仰ぎ、その追随に終始してきたが、第一次大戦で理想の女神像であったヨーロッパが大きく傾いた。あの大戦によってヨーロッパ自身も深く傷ついたが、それ以上にラテンアメリカ諸国の受けた衝撃は大きく、新大陸の知識人、文学者は第一次大戦によって、かつて理想像であったヨーロッパが大きく揺らぎはじめたのを目にし、不安に襲われた。そんな彼らにとって、既成のブルジョワ的な価値感を一掃して、新しい精神の冒険に乗り出そうと誘いかけるシュルレアリスム運動がどれほど魅惑的なものであったかは、セサル・バリェッホ、アレホ・カルペンティエル、パブロ・ネルーダ、セサル・モロなど数多くの詩人、作家があの運動に共鳴していったことでもわかる。パスは、ヨーロッパにおける唯一の宗教であるキリスト教はかつてのような影響力を失い、しかも政治をはじめ、科学、哲学、芸術のいずれもがその空白を埋めることができないでいる現状を憂いつつ、「シュルレアリスムは私にとって、中世におけるレプラのように、近代世界の聖なる病である」と規定した上で、「現代人は、自由と愛と詩が一点に収斂するような(宗教的なものでない)新しい聖なるものを見い出さなければならないだろう」と語っている。考えてみれば、ヨーロッパの近代は、宗教を喪失したあと進歩と理性を信仰の対象として選びとり、ひたすら未来に目を向けてそこにユートピアを建設しようとひた走ってきた。パスはそうした近代に対して、「文明の饗宴の席に百年遅れて列席した」(レイエス)新大陸の詩人として疑義をさしはさみ、ユートピアは未来に浮かぶ蜃気楼ではなく、いま、ここで獲得されるべきものであると説く。

このパスを通してフエンテスは今まで知らなかった新しい思想に触れるが、その一方で彼からギリシャ、ローマの文学や古典小説、さらにはラテンアメリカをはじめフランス、イギリスの詩にも目を配るように言われる。

一九五一年、メキシコに帰国したフエンテスはさっそくパスの忠告に従って読書をはじめるが、その一方でパスのメキシコ論『孤独の迷宮』(高山智博・熊谷明子訳、法政大学出版局)に触発されて、少年時代から心にかかっていたメキシコのアイデンティティについて思索をこらした。この年、メキシコ国立自治大学の法学部に入学したフエンテスは、外交官になるべく勉強する。卒業後は、同大学の文化広報局に勤務しながら創作を行う。当時、メキシコの作家ファン・ホセ・アレオラが若い作家の作品を出版する目的で出版社を作った。その話を聞いたフエンテスは「熱に浮かされたように」短篇集を書き上げて発表するが、それが『仮面の日々』*Los días enmascarados* (1954)である。外交官になる準備をしながら、一方で文学活動を行っていたフエンテスは、五六年に友人のエマヌエル・カルバーリョとともに雑誌《メキシコ文学》を創刊する。この雑誌を通して彼は世界の文学を視野に入れつつ、一方でメキシコの現実に密着して作品を書いている作家とヨーロッパ文学を意識して創作を行っている作家との間に横たわっているギャップを埋めようと考えた。

一九五七年から外務省に勤めるが、翌五八年に最初の長篇小説『澄みわたる大地』を発表し、注目された。五九年に映画女優のリタ・マセードと結婚。この年に、四六年からメキシコに住んでいたスペイン人の映画監督ルイス・ブニュエルと知り合い、以後親交を結ぶようになる。五九年、キューバ革命が成功したというニュースを聞いて、フエンテスは早速ハバナに駆けつけ、以後カストロ政権のために論陣を張る。しかし、革命的な社会理念は表現の革命的形式とともに発展してゆくものであって、大衆にのみ受け入れられるようなものであってはならない、また表現の自由はいかなる場合も抑圧されてはならないと考える彼は、やがてキューバの文化政策に失望し、バルガス＝リョサや他の作家とともにキューバに背を向けるようになった。

ここに紹介した『アルテミオ・クルスの死』が出たのは一九六二年のことだが、その頃からラテンアメリカ諸国で文学作品、とりわけ小説の話題作、問題作が次々に出版されて、世界中の読者の注目を集めるようになる。すでに四〇年代から五〇年代にかけて、アルゼンチンのホルヘ・ルイス・ボルヘスやキューバのアレホ・カルペンティエル、グアテマラのミゲル・アンヘル・アストゥリアスなどがすぐれた作品を発表して注目を集めていたが、加えて六〇年代以降、才能に恵まれた若手作家たちが次々に新作を出版して、出版業界はかつてないほどの活況を呈し、のちにこの時期はラテンアメリカ文学の《ブーム》と呼ばれるようになったことはよく知られている。その口火を切ったのが『アルテミオ・クルスの死』で、同じ年にカルペンティエルも『光の世紀』(杉浦勉訳、水声社)を出版している。あとを追うようにして一九六三年には、アルゼンチンのフリオ・コルタサルが『石蹴り遊び』(土岐恒二訳、集英社)を、ペルーのマリオ・バルガス＝リョサが『都会と犬ども』(杉山晃訳、新潮社)を、といったような斬新な手法を駆使しながら小説の面白さ、楽しさを満喫させる作品を発表している。この豊饒多産な《ブーム》の時代を象徴するもっとも著名な作品がガブリエル・ガルシア＝マルケス(コロンビア)の『百年の孤独』(鼓直訳、新潮社)であることは言うまでもない。《ブーム》の勢いはとどまるところを知らず、その後もホセ・ドノソの『夜のみだらな鳥』、ガルシア＝マルケスの『族長の秋』(鼓直訳、集英社)、フエンテスの『テラ・ノストラ』(本田誠二訳、水声社)、マヌエル・プイグ(アルゼンチン)の『蜘蛛女のキス』(野谷文昭訳、集英社)など次々に出版され、八〇年代に入ってもその勢いが衰えることはなかった。これほど長期にわたって数々のすぐれた小説が書き継がれたケースは世界文学を見渡してもきわめて稀である。そしてこの《ブーム》の牽引役を果たしたひとりがカルロス・フエンテスだった。

それまで機会があるごとにアメリカの中南米政策を批判し、キューバの革命政権擁護のために論陣を張ってきたフエンテスはこの年、アメリカのある放送局に招かれて討論会に出席しようとしたところ、アメリカ政府はビザの発行を拒んだ。翌年、『アルテミオ・クルスの死』の英訳が出版され、記念パーティが開かれることになった。この時もアメリカ政府が彼の入国を拒み、その後ようやく条件付きで入国が許可されるという事件があった。フエンテスはそのあとヨーロッパに向かうが、十八日間の船旅のあいだ船室に閉じこもってバルザック全集を読みふけったと言われる。ソビエト、ポーランド、チェコスロヴァキア、オーストリア、ユーゴスラヴィア、トルコ、ギリシャ、イギリスと巡り歩いたあとパリに着いた彼は、ある店に飛び込んで、そこの女主人にバルザックが使用していた杖があるかどうか尋ねた。主人が誇らしげに杖を取り出すと、その杖をまるで玉笏でも扱うようにうやうやしく撫でまわしたと言われるが、フエンテスにとってバルザックこそはセルバンテスと並んでもっとも敬愛する作家であった。この時の旅行で彼はフリオ・コルタサル、マリオ・バルガス゠リョサと知り合った。

一九六四年、短篇集『盲人たちの歌』*Cantar de ciegos*（1964）を出版。六六年からはパリに住んで執筆に専念する。フエンテスは若い頃から、旅行、あるいは映画の制作などの仕事がない時は、一日四、五時間部屋にこもってタイプを打ち続けているが、いつも右の人差し指一本で打つためにその指が太く丈夫になっていたとのことである。六七年には、長篇小説『脱皮』*Cambio de piel*（内田吉彦訳、集英社）と中篇小説『聖域』*Zona sagrada*（木村榮一訳、国書刊行会）を出版した。『脱皮』はスペインの重要な文学賞であるビブリオテカ・ブレーベ賞を受賞するが、内容が猥雑であるという理由でスペインでは発禁になった。この年、彼はコルタサルとガルシア゠マルケスの三人でチェコスロヴァキアを訪れる。その後、ソビエト軍がチェコスロヴァキアに侵攻したというニュースに接し、彼はソビエト政府を痛烈に批判する。また、この年にメキシコでオリンピック開催に反対する学生デモを政府の軍隊が弾圧し、多くの死傷者を出すという事件があり、パスをはじめメキシコの知識人、文学者とともに彼はメキシコ政府批判を行った。こうした言動のために、もともと彼を危険人物とみなしていたアメリカばかりでなく、ソビエト政府やメキシコ政府からも睨まれるようになった。しかし当のフエンテスは自らをマルキストであると規定しながらも、大国の強引なやり口や弾圧、個人の自由や表現の自由を抑圧する体制は左右を問わず、私は憎むとはっきり言い切っており、その点にも筋の一本通った剛直な姿勢がうかがえる。

一九六九年、ヨーロッパから帰国したフエンテスは評論『イスパノアメリカの新しい小説』と中篇小説『誕生日』*Cumpleaños*（1969）（八重樫克彦・八重樫由貴子訳、作品社）を出版する。この年、小説『聖域』を映画化しようという話がもち上がるが、ディアス・オルダス大統領の命令で中止になった。七〇年、自作の戯曲『片目は王』*El tuerto es rey* がウィーンとアヴィニョンで上演されることになり、ふたたびヨーロッパに向かう。この作品ともうひとつの戯曲『すべての猫は褐色』*Todos los gatos son pardos*（1970）がヨーロッパ各地で舞台にかけられ、成功をおさめた。また、それまでに発表した文学的エッセイをまとめた『ドアのふたつある家』*Casa con dos puertas* を出版したのもこの年のことである。

一九七三年、シルビア・レムスと再婚して、パリに住む。この年、フアン・ルルフォの短篇を映画化したり、アメリカに招かれてセルバンテスに関する講演を行うが、この時の講演をもとにして書かれたのが『セルバンテスまたは読みの批判』*Cervantes o la crítica de la lectura* (1976)（牛島信明訳、水声社）である。一九七五年には、メキシコのフランス大使に任命される。この年に、一九六五年頃から『ルネサンス』というタイトルで手がけていた大作をついに完成させ、『テラ・ノストラ』*Terra Nostra* (1975)（本田誠二訳、水声社）と題して出版したが、七七年にはこの作品によって中南米でもっとも重要な文学賞として知られる、五年に一度だけ授与されるロムロ＝ガリェーゴス賞を受けた。一九七七年、かつてメキシコ・オリンピックの年に学生デモを徹底的に弾圧した当時の大統領ディアス・オルダスがスペイン大使になったと知り、彼はフランス大使を辞職する。翌七八年には、メキシコの石油をめぐるイスラエルとアラブ、さらにそこにアメリカとソビエトがからむ異色のスパイ小説『ヒドラの頭』*La cabeza de la hidra* を、ついで八〇年には中篇小説『遠い家族』*Una familia lejana*（堀内研二訳、現代企画室）、八一年には短篇集『焼けた水』*Agua quemada* を出版している。

ここでメキシコの歴史を少しふり返ってみると、一九一〇年にはじまる革命の動乱とその後の混迷がようやく収まりかけた一九三〇年代から五〇年代にかけて、メキシコでは自国のアイデンティティを探究しようという気運が高まり、アルフォンソ・レイエス、サムエル・ラモス、レオポルド・セア、オクタビオ・パスといった詩人や思想家がそれぞれ独自の視点からメキシコを論じた著作を発表してゆく。フエンテスが両親とともに帰国した一九四四年といえば、ちょうどその議論がさかんに戦わされていた時期にあたる。外国生活が長かったためにメキシコ人としての根を失ってはいたが、反面祖国を距離をおいて眺めるという利点に恵まれていたフエンテスは、自分にとって祖国は「急激に近づいてくるかと思うと、たちまち遠ざかってゆくひとつの事実であり、祖国に対する反撥は愛情に劣らず強かった」と述懐している。愛憎相半ばする感情にせめがれつつ自国のアイデンティティを探ろうとした彼の姿には、自分の根を何としても見つけ出すのだという思いに駆られた少年のひたむきな姿勢が感じとれる。根を、アイデンティティを求めて問いかけることが当時のフエンテスにとって唯ひとつなしうることだったが、その問いはしかし、次々に新たな問いを生み出していった。フエンテスはいくつになっても、自分に対して、あるいは人に対して少年のように執拗に問いかけてゆくが、それは彼の評論やエッセイだけでなく、小説、戯曲においてもはっきりうかがえる。パスが彼を〈問いかけの作家〉と呼んだ理由もまさしくそこにある。

メキシコのアイデンティティ探求というテーマは、彼の初期の作品において顕著に現われており、それはやがてより広い視野のもとで展開させられることになる。

彼の処女作『仮面の日々』の中に収められている「チャック・モール」はフエンテスの作品の中でももっともすぐれた短篇のひとつに数えられているが、その中に次のような一節がある。

「……ぼくがメキシコ人でなければ、おそらくキリスト教を崇めたりしないだろうな、それに……いや、これは自明のことだよ。スペイン人がやってきて、十字架にかけられ、脇腹を槍で突かれて血まみれになって死んでいった神を崇めろと言うんだぜ。生贄《いけにえ》になって供儀にされた神だよ。それが君の儀式や君の生活にこの上もなく近い感情だとしたら、ごく自然に受け入れるだろう。……逆に、メキシコが仏教徒かイスラム教徒に征服されたと仮定してみろよ。この国のインディオたちが消化不良で死んだ人間を崇めたりすると思うかい？　しかし、自分のために大勢の人が犠牲になり、しかも自分の心臓をえぐり出すがいいという神となれば、話は別だよ。この神が相手ではウイツィロポチトリ〔アステカ文明の主神で、太陽神を指す〕も万事休す、勝ち目はないね。キリスト教を供儀と典礼という熱情的で血腥い側面から眺めれば、これはインディオたちの宗教が装いを変えてそのまま自然に延長されたものだと考えられるだろう。だから、慈悲だの、愛だの、右の頬を打たれれば、左の頬を差し出せといったものがまったく無視されるんだ。メキシコでは万事、この調子だよ。人を信じようとすれば、その人間を殺さなければならないというわけさ。」

　主人公の友人のこの言葉はいささか唐突に作品の中に挿入されているが、これが一種の伏線となってマヤ文明の雨の神チャック・モールのよみがえりが語られる。ぼくは友人のフィリベルトがアカプルコで溺死したと聞いて、遺体を引きとりに行くが、そこで友人の残した手稿を発見する。それによると、彼が泥棒市で買いこんだマヤ文明の石像チャック・モールが自宅の地下室で生命を得てよみがえり、彼を苦しめるようになったという。その手稿を読み終えて、メキシコ市にある友人の家に遺体を運び入れようとドアに鍵を差しこむと、中からドアが開く。ガウンを着け、首にマフラーを巻きつけた黄色い顔のインディオが出てきて、狼狽しているぼくにむかって遺体を地下室に運ぶように頼むところでこの短篇は終わっている。

発見された手稿、地下室、異教の神といった典型的なゴシック小説の趣向が凝らされているが、それはともかくこの作品を通してフエンテスは、チャック・モールに象徴される新大陸の古代文明、すなわちスペイン人の手で滅亡させられたかに見えるマヤ、アステカの文明が死に絶えたのではなく、いまは眠っているだけなのだと語りかけている。その石の建築物、石像、石化したようなインディオたち、彼らは時至れば必ずマヤ族の神チャック・モールのようによみがえってくるだろう。また、新大陸にもち込まれたキリスト教も完全に勝利を収めたわけではない。先の引用に見られるように、血と生贄と礼拝という共通点があったからこそ、あるいは『イスパノアメリカの征服』(染田秀藤訳、白水社)の中でマリアンヌ・マン＝ロが指摘しているように、復活を予言して海に消えたアステカ族の神ケッツァルコアトルと聖トマスが同一視されたがゆえに、キリスト教はインディオたちの間に広まったのである。「チャック・モール」の末尾が語っているように、マヤ、アステカの文明はいまも地下水脈として生き続けているにちがいない。この短篇の衝撃と不気味な余韻はまさしくその一点にかかっているといっても過言ではない。

ここに描かれている異神チャック・モールは、次の長篇小説『澄みわたる大地』(ちなみにこのタイトルは、古代アステカ帝国の首都テノチティトランを指している)の中でアステカ族の末裔で、正体不明の人物イスカ・シエンフエゴスとして登場してくる。作者が「メキシコの現在の概括」、「一都市の伝記」と語っている、メキシコ市の全体像をパノラミックに描き出そうとしたこの作品をひと言で要約することはむずかしい。かつてバルザックは百三十七篇の小説を通してフランスの一時代の全体像を描き出そうという途方もない計画を立てた。このバルザックを敬愛してやまないフエンテスもまた、心中ひそかに連作小説を通して現代のメキシコ市を描こうと考え、その一作目にあたるこの小説で、現代のメキシコ市の全体像を浮かび上がらせようとしたのである。貧農の子供として生まれたが、メキシコ革命後の混乱に乗じて財をなし、アルテミオ・クルスのように経済界の大立者になるが、やがて事業に失敗して地方に去ってゆくフェデリコ・ロブレスを縦糸に、そこにタクシーの運転手、失業者、貧民、娼婦といった下層の人々から有閑人、芸術家、成金、貴族、裕福な亡命者など上流階級を形作っている人々を含む八十人近い人間の生を横糸として織り上げたこの作品は、さまざまな相貌をみせる混沌とした多様なメキシコ社会を描き出している。ここには革命後のメキシコに生きるさまざまな階層の人物たちの、多種多様で波乱に富んだ人生、彼らのものの考え方、生き様が次から次へと息もつかさず繰り出されてくるが、この作品を書くにあたってフエンテスは、おそらくどこかでバルザックを意識していたにちがいない。ただ、ここでバルザックの描くパリを思い浮かべてみると、フエンテスの描くメキシコ市とはあまりにも大きな開きのあることに思い当たる。バルザックの筆になるパリはどれほどの喧騒と活気、熱気と混乱に満ちていても、その背後に揺るぎない秩序がどっしり控えていることは容易に感じ取れる。辻邦生が『小説への序章』で「バルザックの世界観、宇宙観の根底にはジョフロワ・サン・チレールの生物進化に触発された、あらゆる多様な現象も、唯一的な同一の根源から発展したものとする有機体単一説が横たわっていた」と語っているように、彼の描く世界は細部に至るまでみごとに秩序立てられているのである。

それにひきかえ、フエンテスがこの作品で描き出しているメキシコ市は混沌と言うほかはない。つまり人種的に見るとスペイン人の末裔、ヨーロッパ系の白人、インディオと白人の混血、黒人とインディオの混血、先住民であるさまざまな部族のインディオたち、カリブ海から連れてこられたか逃亡してきた黒人などさまざまな人種の人たちが共存し、町の外観に目をやると近代的な高層建築のそばに植民地時代の古色蒼然とした歴史的な建造物や教会が建ち並び、高級住宅地のそばにスラム街があるといった具合である。また、かつてはアステカ帝国の首都でテノチティトランと呼ばれていたこの町の、地下を含むいたるところに古代文明の遺跡が残されている。フエンテスの見立てでは、それらの古代遺跡は死せる遺跡ではなく、ただ眠っているだけなのだ。だからよく目を凝らして見ると、混沌とした地表の奥から古代文明の影がゆらめき現われてくる。その蜃気楼のようなとらえがたいおぼろげな実体を肉化して生み出されたのが、中心人物のひとりで、アステカ族の末裔イスカ・シエンフエゴスである。

メキシコの根をさぐってゆけば、ついには古代文明に辿り着くが、それ以後の歴史をふり返ってみると、エルナン・コルテスのメキシコ征服とそれに続く植民地時代、十九世紀前半の独立戦争、メキシコ革命と、いくつか大きな節目のあったことがわかる。周知のように、現代メキシコの出発点は一九一〇年にはじまる革命であり、メキシコ国民を構成しているのは白人とインディオ、そしてその両者の混血である。フエンテスがメキシコ革命で成り上がった混血の男フェデリコ・ロブレスを中心人物のひとりに設定した理由はまさしくそこにある。また、イスカを登場させることによって、現代メキシコの背後、あるいは地下に古代文明が眠り、それが今なお命を失うことなく存在していることを暗示している。パスが指摘しているとおり、上流階級の邸宅から貧しい人々の住む家までどこでも自由に出入りし、異様な力で人の心や考えを読みとるイスカこそ小説の「隠れた中心」であり、ヨーロッパ的な目でみれば混沌でしかないものを一個の秩序に変容させてしまう存在である。この人物によって、『澄みわたる大地』は拡散して解体するのを免れて、ロマネスクな世界となり得ているといっても過言ではない。

また、この作品では随所で登場人物がメキシコ論を戦わせるが、これはパスの『孤独の迷宮』以降に書かれたもっともすぐれたメキシコ論のひとつに数えられるだろう。

この作品につづく小説『アルテミオ・クルスの死』では視点が一転して、革命後に成り上がったブルジョワに焦点が合わされ、その人物の生きた時代と社会が描き出されている。

ここで作品の歴史的背景を少しふり返ってみよう。メキシコの独立運動は、一八一〇年にミゲル・イダルゴ神父が宗主国スペインの政策に反撥して、インディオとともに立ち上がった〈ドローレス村の叫び〉に始まるが、この運動が実を結んでメキシコが独立を獲得するのは十一年後の一八二一年のことである。独立後も混乱がつづき、加えて一八三三年からはアラモの砦の戦いで名を駆せたサンタ・アナ将軍が数度にわたって政権を握り独裁政治を行う一方、アメリカを相手に何回か戦って敗れたためにスペイン系アメリカ諸国で最大といわれた領土の大半を失った。カリフォルニアからマイアミにかけて現在でもスペイン語の地名が数多く残っているのはそのせいである。さらに一八六四年には、帝国主義的野望に燃えたナポレオン三世が、保守派と自由派が対立しているメキシコ国内の混乱につけ込んで干渉し、オーストリアのハプスブルク家のマクシミリアン大公をメキシコ皇帝に任命した。これが引金になってメキシコ国内は内戦状態に陥り、三年後の一八六七年に自由派が勝利を収めて皇帝を銃殺刑に処し、ようやく内乱がおさまった。

その後インディオ出身のベニート・フアレスが大統領の座について数々の改革を手がけ

るが、志半ばにして病に倒れ、やがて独裁者のポルフィリオ・ディアスが権力を手中におさめる。一八七六年に始まったディアスの独裁制は三十五年間にわたってつづく。作中でアルテミオ・クルスが生まれることになる一八八九年といえば、ちょうどディアスの独裁時代にあたる。しかし、長期間つづいたディアスの独裁制も、一九一〇年にはじまったパンチョ・ビリャやパスクアル・オロスコ、ベヌスティアーノ・カランサ、あるいはエミリアーノ・サパタなどの反乱によって大きく揺らぎはじめ、一九一一年にディアスはパリに亡命する。その後も、革命の統領や指導者の間で政策上の相違や権力をめぐる争いがもとで内乱がつづくが、一九一七年に憲法が制定されてようやく安定の兆しを見せはじめた。その後、革命の指導者のひとりカランサが大統領の座につき、一九二〇年には作中でアルテミオがその指揮下で戦ったことのあるアルバロ・オブレゴンが大統領に就任する。アルテミオがカタリーナ・ベルナルと結婚し、自分の足場を築きあげるのはこの頃のことである。メキシコでは大統領が変わると、それとともにすべてが一新され、その時に身の処し方を誤まれば悲惨な結果を招くことになる。その意味では、大統領がオブレゴンからプルタルコ・エリアス・カリェスに変わった一九二四年というのはアルテミオにとってまさに正念場だったが、彼はそれを自らの度胸と才覚で乗り切り、以後カリェスの繰り人形でしかない大統領のもとで事業を発展させてゆく。

一九三四年に大統領になったラサロ・カルデナスはカリェス体制を一新し、大胆な農地解放をはじめ数々の新しい政策を打ち出してゆく。カルデナスはまた、一九三六年にはじまったスペイン内乱に際して、いち早く人民戦線内閣支持を表明し、スペインからの亡命者を受け入れたが、その時に亡命してきた学者、文学者、知識人によってメキシコの文化水準が上がったことはよく知られている。小説では、アルテミオがこのスペイン内乱において最愛の息子を失うことになる。

カルデナスによって産業化の基礎が築かれたメキシコは、第二次大戦後の四〇年代から五〇年代にかけてめざましい経済発展を遂げ、近代化が進められてゆくが、その背後にアメリカが大きな影を落としていることは言うまでもない。

以上に触れたような激動の時代を生き抜き、革命後経済界の大立者にまでのし上がったのがアルテミオ・クルスである。小説の技法は時代に応じて変化してゆくものだと考えるフエンテスは、アルテミオ・クルスの生涯を描くにあたっても実験的な手法を使いこなしているが、とりわけ注目されるのが一人称と二人称の使用である。

近代のブルジョワがそうであるように、アルテミオ・クルスもまた一歩、いや半歩でもいい少しでも上に這いのぼろうと過去をふり棄て、ひたすら未来を目ざして生き続けた。そしてついに巨万の富と権力を手にするが、死の床に横たわった彼にとってそうしたものはもはや無用の長物でしかない。現在の彼をとり囲んでいるのは遺産を狙っている家族、野心に燃えた事業の後継者、それに医師団であり、これまでそこにすべてを託してきた未来が死の影によって奪いとられた彼に残されたものといえば、過去の追憶だけである。作品の冒頭を飾り、作中でもくり返し現われてくる一人称現在形による内的独白は、未来への扉を閉ざされ、たったひとりで死に直面せざるを得なくなったこの人物の悲劇をあざやかに浮かびあがらせてゆく。作者はこの内的独白を巧みに用いることによってアルテミオの栄光と悲惨を劇的な形で描き出しているが、そこにはまた、ひたすら未来のみを見つめ、未来のうちに自らの夢の実現を、ユートピアの現出を夢想し、現在と過去をふりすてて生きる人間の生き方に対する痛烈な批判がこめられていることを見落としてはならない。

ついで二人称に目を向けてみよう。二人称といえば、フランスの作家ビュトールの『心変わり』（清水徹訳、岩波文庫）を思い浮かべる人がいるかもしれないが、これは同日の談ではない。フエンテスは一人称に現在形を、三人称に過去形を、そして二人称には未来形を中心とする時制を用いている。一人称、三人称はともかく、この二人称が難物で、たいていの場合「お前」がアルテミオ・クルスを指すことはわかるが、ではその語り手は誰なのかと考え出すと、ハタと行き詰まってしまう。語り手をアルテミオの分身、あるいは超自我のようなものだとも考えられなくはない。しかし、それにしてはこの語り手はあまりにも多くのことを、アルテミオが知りうるはずのないことまで知っているので、納得のゆかない個所が出てくる。フエンテスはおそらく中間的な二人称に、多分に曖昧さをはらむ未来形を中心とする時制を当てはめることによって、未知のつぶやきを作品の中に織りこもうとしたにちがいない。『澄みわたる大地』の末尾近くで、人の心の奥底まで見通し、ありとあらゆることを知悉しているイスカ・シエンフエゴスは、その肉体を失ってつぶやき声に変わってしまう。チャック・モールが前面に出ていたのに対して、イスカは傍観者、隠れた中心として後方に退き、ついにはつぶやき声に変わってしまうが、『アルテミオ・クルスの死』においては、この二人に相当する人物が完全に背後に隠れてしまっている。この小説には古代文明のよみがえりともいうべき人物は登場してこない。彼らは後景へと押しやられてしまった。しかしそのことによって今度は姿なき語り手、二人称の語り手となってよみがえっているのではないかと考えられる。彼らの存在が消え失せたのでないことは、この作品を一読すればわかるはずである。それどころか、作品の中心となって、作品世界に生命を吹き込み、アルテミオをただの成り上がり者で終わらせることなく、英雄、あるいは神話的な人物を彷彿させるところまで高めている。批評家の中にはこの『アルテミオ・クルスの死』をフエンテスのもっともすぐれた小説として推す人も少なくない。ぼくもそれには同感で、人物の造形、技法、とりわけ人称と時制のみごとな処理、カルペンティエルを凌ぐのではないかと思われる時間の扱い方など、どれをとっても申し分のない出来である。作品世界もまたアルテミオという中心を得てどっしり安定し、そこから作品世界の時間空間が大きく伸び広がってゆく。その意味でこの作品は、フエンテスの、というよりもラテンアメリカ文学の傑作のひとつに数えられるだろう。

フエンテスの友人フェルナンド・ベニテスは、『澄みわたる大地』と『アルテミオ・クルスの死』、それに『脱皮』の三作はメキシコのアイデンティティを追求した小説三部作とみなすことができるだろうと語っている。それはそうだが、同時に『脱皮』でフエンテスが作品世界を大きく広げたことも見落としてはならない。この作品については面白いエピソードが伝わっている。スペインの文学賞をとったあと発禁になるというトラブルのあったこの作品を、フエンテスの父親が読み出したのだが、読み終えたあと急に怒り出して、「結局、何がなんだか訳がわからんではないか」と言って、息子の顔に本を投げつけたと言うのである。そう言えば、迷路のように入り組んだこの小説を、いずれ全体がはっきり見渡せるようになるはずだと考えて苦心して読み終えてみたが、けっきょく訳がわからなかったというのでは、フエンテスの父親ならずとも怒りたくなるだろう。作者自身も『脱皮』については、「この小説を理解する唯一の方法は、その絶対的な虚構性を受け入れるかどうかにかかっている。……つまり、作品全体が虚構であって、現実の反映といったものはまったく目ざしていないのです」とのべ、また作中の語り手についても「語り手はほんとうにタクシーを運転していた男なんだろうか、それとも、ハビエルがエリザベスでありうるような女性と出会った時のことを何度もくり返し聞かせる物語と同様、彼が作り出すもうひとつの物語なんだろうか？　ぼくが根源的な虚構性と言う理由もじつはそこにあるんです」と言うだけで、いっこうに要領を得ない。しかし、この作品が迷路のように入り組んでいるとすれば、必ずどこかにアリアドネの糸が隠されているにちがいない。そう考えてこの作品を見直してみると、混乱の原因となっているのがほかでもない作中に出てくる語り手だということがわかるはずである。その部分をはずして読めば、この小説ではメキシコ市から車でベラクルスに向かうメキシコ人とチェコスロヴァキア人とユダヤ人からなる二組の男女の愛の物語であり、彼らを通して現代のメキシコが、古代文明が、ギリシャやプラハでの美しい愛が、さらにはユダヤ人の悲惨な過去の歴史と現在が、ウィリアム・スタイロンの『ソフィーの選択』(ちなみに、フエンテスはスタイロンと親交がある)を彷彿させるナチスの暴虐とユダヤ人収容所のことが語られていることに気づく。つまり、この作品はメキシコを舞台にしながら、同時に世界のさまざまな地理的空間と歴史的過去を視野に収めているのである。

では、『脱皮』の登場人物のすべてを知り尽くし、彼らの運命までも支配する語り手とはいったい何者なのだろう。先のフエンテスの言葉はひとまずおくとして、ここでチャック・モールとイスカ・シエンフエゴスを、そして彼らがやがてつぶやき声に、二人称で語りかける語り手になったことを思い返してみると、この語り手が、地下水脈として生きている古代文明の生き残りであり、異端の司祭たち(六人の若者たちが僧《モンヘ》と名づけられているのはけっして偶然ではない)の助けを借りて、かつて神殿であったチョルーラのピラミッドで生贄の儀式を執り行う理由が明らかになるだろう。語り手である声の主は、人間を、世界を新たに生まれ変わらせるために神殿に生贄を捧げようとしているのである。語り手は、チャック・モールとイスカ・シエンフエゴスの血脈を引く人物、皮剝ぎの神シペ・トテックである。つまり、この作品でフエンテスはハビエル、エリザベス、フランツ、イサベルにまつわる物語を生―死―再生を象徴する儀式の中に封じこめようとして、第一部と第三部でチョルーラのピラミッドの場面を描き出している。

では、彼はなぜ『脱皮』の中で作品の構成を搔き乱すような形で二人称を用いているのかという疑問が生じてくる。ブルジョワ家庭に育った若者の内面の葛藤を描いた中篇小説『良心』*Las buenas conciencias*(1959)において、伝統的な手法を用いてみごとな作品を書けるだけの技倆を備えていることを証明したフエンテスが、この作品で物語を混乱させるような語り手を登場させたのは、おそらく古代文明の声を織り込むためだけでなく、ヨーロッパ的な意味における完成した小説を破壊し、徹底した虚構としての小説を書こうと意図したからではないだろうか。

コロンブスによって発見された新大陸は、まず最初ユートピアとして夢見られた。しかしそれが「歴史の具体的要請」(フエンテス)によって破壊され、ついに「ヨーロッパの私生児」(H・A・ムレーナ)となったことは歴史が物語っているとおりである。新大陸の人間として、彼は自らの父とも言えるヨーロッパの文学に多くを負いながらも、私生児として反乱を企てたのであり、その具体的な現われがチャック・モールであり、イスカであり、二人称の語り手にほかならない。『脱皮』の末尾に、フレデリック・ランバートという署名が見える。これがフリードリッヒ・ニーチェとバルザックの小説の主人公ルイ・ランベールのふたりをほのめかしているとすれば、フエンテスは永劫回帰説を唱えたニーチェとスウェーデンボルグの感化を受けた神秘主義者ルイ・ランベールという異端の思想家のうちに、自分と同じ考えを抱いた人間を見い出したからだとも読み取れるだろう。すなわち、ヨーロッパ近代の合理主義に決然と背を向けた人間を。

この作品においてフエンテスの視野は大きく広がり、世界をその中に収めることになる。ここに言う世界とはむろん、ヨーロッパと新大陸のことである。この両者を視野に入れることで彼は必然的に歴史に直面せざるを得なくなるが、ボルヘスの作品を愛読し、パスの著作から大きな影響を受けているフエンテスが歴史的時間を非ヨーロッパ的な、つまり非ユダヤ＝キリスト教的な視点からとらえようとしていると言っていいだろう。『脱皮』から八年後に出版された『テラ・ノストラ』において、以上にのべたような彼の考えがより明瞭な形で小説の中に投影されることになる。

世界の終末を思わせる物情騒然とした二〇世紀末のパリ、そこでサンドイッチマンをしているポーロ・フェボの夢とそのあとの目ざめで『テラ・ノストラ』の幕が切って落とされる。アパートを出ようとしたポーロは門番の老婆の呻き声を耳にして、部屋に入るが、老婆はなんと子供を生もうとしていた。彼の助けで生み落とされた子供には手足の指が六本あり、背中には赤い十字の印がついていた。その子供を取り上げる前に自分宛に妙な手紙が届いているのに気がつく。それを読み、手紙に指示されているとおり子供にヨハンネス・アグリッパという名前をつけてやったあと外に出た彼は、橋の上で見知らぬ女から声をかけられ、もつれ合っているうちにセーヌ河に転落する。

舞台はそこで一転して、新大陸発見前後のスペインに変わるが、以後その国の国王と皇太子フェリペ、彼らを取りまく無数の奇態な人物にまつわる挿話がとめどなく語りつがれてゆく。数多くの断章が時間的配列を無視して並べられている上に、文法上の人称がたえず変化するために、ストーリーは錯綜した展開を見せる。内容もまた凄惨で、酸鼻をきわめたものになっている。農民の結婚式の夜に花嫁をさらい、息子に凌辱しろと命じ、尻込みしている息子の前で行為におよぶ国王、猟犬による獣姦、ネズミに恥部を食い破られる王妃、黒魔術に魅せられたその王妃のホムンクルス作り、教会内での身の毛のよだつような瀆聖行為、先王の遺体を積んだ車にのって国内を巡る狂女フアナ、累々と横たわる死体など、十六世紀スペインの裏面史が語りつがれてゆく。

やがて国王となったフェリペの前に、六本指で背中に赤い十字の刻印のある三人の若者が現われて、物語はいっそう謎めいてゆく。

第二部では、三人の若者のひとりが国王フェリペに新大陸での奇怪な体験を語って聞かせるが、この第二部はマチューリンの『放浪者メルモス』の中の〈印度魔島奇譚〉よりもはるかに幻妖怪奇で、驚異と血の匂いにみちている。

新大陸の話を聞いた国王フェリペは恐れをなして、その話が広まらぬよう若者を地下牢に閉じこめろと命じるが、第三部はそこから始まる。王宮、修道院、大学、教会をかねた大修道院エル・エスコリアルを建設し、時の流れや空間的な広がりから遮断されたその世界の中で、神とともに生きて永遠を得たいと願っていたフェリペにとって、新しい世界の発見など認めるわけにはゆかなかったのだ。この第三部ではさらに、神学者や哲学者、文学者、異端教徒、夢想家など枚挙にいとまがないほど多くの人物が登場してきて、さまざまな事件を織り上げるが、その一方で作者はボルヘスやキューバの作家ホセ・レサマ・リマに劣らぬ博識ぶりを発揮して、宗教、哲学、思想について、あるいは異端の教義、数字のもつ魔術的な意味について蘊蓄を傾けている。フェリペはやがて病におかされて死ぬが、一九九九年によみがえる。そこで場面が一転し、ふたたび冒頭で語られた一九九九年十二月三十一日のパリが舞台になる。ポーロ・フェボは橋の上でセレスティーナと出会い、二人が交わるところでこの長大な小説の幕が下りる。

無数の断章が時間の流れを無視して並べられ、文法上の人称もたえず変化するためにストーリーを辿るのは困難だが、以上がおよその梗概である。「小説家は歴史が語らなかったこと、語り得なかったことを語るものである」とのべているように、フエンテスはこの『テラ・ノストラ』を書くにあたって厖大な歴史的文献を読みあさり、それをもとに想像の翼を思うさまはばたかせ、おぞましくも血腥い十六世紀スペインの裏面史を描き出している。彼はこの作品を、ほぼ同じ時期に書かれたアレホ・カルペンティエルの『方法再説』やガブリエル・ガルシア＝マルケスの『族長の秋』、アウグスト・ロア＝バストスの『至高の存在たる余』とともに独裁者を描いた小説であるという意味のことを言っている。たしかに、怒濤のように押し寄せる宗教改革の波にさからって、スペインをカトリック教を守る砦にしようとして、近代にむかってひた走ってゆく時代の流れに背を向けて生きた絶対君主フェリペのうちに、中南米の独裁者の祖型を見出すことは可能である。しかし、一方で世界の終焉を告げるかのような様相を呈している二〇世紀末のパリを舞台にさまざまな事件が起こるこの作品には、さらにべつのテーマが秘められている。

ゴシック小説を思わせる不気味な闇に包まれた世界でくり広げられる人間の醜行、愚行、あるいは悲惨、悲劇を物語ったあと、作品の末尾で作者はポーロにこう語りかける。

「……歴史は繰り返された、歴史は同じだった、その中軸は共同墓地であり、その根は狂気、その結果は犯罪、その救済は……いくつかの美しい建造物ととらえがたい言葉だった。歴史は同じだった。かつては悲劇であり、今は笑劇、最初は笑劇で、やがては悲劇となる……すべては終わった、一切は虚偽だったのだ、同じ犯罪が、同じ過ち、同じ狂気が繰り返された……」

歴史が反復だったとすれば、十六世紀スペインで行われた醜行、愚行、悲劇はスペインに限らず人類の歴史を通じて繰り返し行われてきたことになるが、それがこの末尾で、動詞の過去形を用いて語られている点に注目したい。つまり、一切は一九九九年十二月三十一日で終わりを告げるのである。したがって、この一節に続くポーロとセレスティーナの交合は、単なる男女の交わりを越えた、厳粛でしかも神聖な、儀礼的な死を通して新しい生によみがえるための神事にほかならない。ここでポーロ・フェボという名のフェボがスペイン語でギリシャ神話の太陽神ポイボスを意味し、セレスティーナは唇に蛇の刺青がしてあることからもわかるようにアステカ族の神で蛇のスカートを着けた、太陽神の母コアトリクエの分身であることに思い当たれば、彼らの愛の営みがすべての対立を融和させ、新大陸と旧大陸をひとつに結び合わせる行為を暗示していることに気がつくはずである。

また、ヨーロッパの近代が十六世紀から始まることを思い返せば、無数の巡礼、苦行僧がひしめき、セーヌ河が煮えたぎり、凱旋門が透き通るという世界の終末をほのめかすようなパリの描写が、じつはヨーロッパ近代の終末を暗示していることにも思い当たるだろう。アメリカの文化人類学者E・T・ホールはフエンテスがイリノイ州のノックス・カレッジで行った時間を論じた講義の一節をその著書『文化としての時間』(宇波彰訳、TBSブリタニカ)の中で引用しているので、以下に紹介しておこう。「時間の究極的な問題は、われわれがいっしょに生きるか、それともいっしょに死ぬかということである。……欧米の世界は、時間について継続的、線形的なイメージに親しんできた。……それは過去を非合理の墓として死に追いやり、未来を完全性への約束として賞賛した」。このまことに激烈な言葉を通してフエンテスが語ろうとしたのは、パスの言う神話的時間の回復にほかならない。パスはその点について次のように書いている。

「……神話の生起する時間的範囲は、あらゆる人間的行為がそうであるような、有限の、そして回復不能の昨日ではなく、多くの可能性を秘めた、現在化しうる過去だからである。神話は原型的時間の中で推移する。それだけにとどまらず、神話自体が、ふたたび具現されうる原型的時間である。……神話とは、現在において実現しうる未来であるところの過去である。われわれの日常的な概念では、時間とは未来に向かっている。しかし不可避的に過去の中に流れこんでゆく現在である。神話的秩序は名辞の位置を逆転してしまう――過去は現在の中に流れこむ未来である。」（『弓と竪琴』牛島信明訳、岩波文庫）

このパスの言葉を実現するには、過去と未来が収斂する現在を生きなければならない。それは永遠とはちがったものだろう、世界は歴史の中で生まれ変わるだろう……われわれは始源の黄金時代に戻ることはできない。歴史の終わる時にそれを見出すことはないだろう。黄金時代は歴史の内部にあり、それは未来と呼ばれている。だが、未来とは明日でなく、今日のことだ、未来は現在なのだ、未来は今なのだ、いや、未来などありはしない、未来とはわれわれであり、あなた方であり、私なのだ……」と語りかける理由もそこにある。つまり、フエンテスはこの作品を通して、ヨーロッパの近代を支配していた時間観を否定し、その上で世界の新しい再生を予告しているのである。ただ、小説としてみれば、これはないものねだりかも知れないが、『テラ・ノストラ』はあまりにも大きなテーマを扱っており、人物の造形、ロマネスクな世界の構築、手法と内容のめでたい結合などの点で物足りなさが残るのは否めない。

これまでの彼の創作活動をふり返ってみると、長篇小説と相前後する形で中篇小説を発表していることに思い当たる。『澄みわたる大地』の一年後に『良心』が、『アルテミオ・クルスの死』と同じ年に『アウラ』*Aura*（1962）が、『脱皮』と同年に『聖域』、そしてその二年後に『誕生日』が、『テラ・ノストラ』の三年後に『ヒドラの頭』、その二年後に『遠い家族』という具合である。このうち『ヒドラの頭』は長篇小説だが、これはスパイ小説である。また、伝統的な手法を用いて書かれた『良心』をのぞいて、他の作品ではいずれも手法的な工夫がこらされている。パスが完璧な小説と絶賛している『アウラ』と『遠い家族』はともにゴシック小説と呼んでも差しつかえのない不気味な世界を描き出したみごとな作品であり、『聖域』はホメロスの『オデュッセイア』に着想を得た、神話的性格を備えた作品で、ヨーロッパの神話とメキシコの古代神話を結びつけようと意図している点で『脱皮』と同列に並ぶものになっている。『誕生日』は人格の自己同一性を喪失した人物の悪夢にも似た世界が語られており、ボルヘスの影響がはっきりと見てとれるが、ぼくはこの作品を中篇小説の中でいちばん買っている。メキシコの石油をめぐるアラブとイスラエルのスパイ合戦を描いた『ヒドラの頭』は国際情勢に詳しいフエンテスならではの鋭い観察が随所に見られる、スリリングでまことに楽しい小説で、主人公が整形手術で顔を変えられて別人になるという趣向のうちに、仮面の国メキシコを暗示するなど心憎い工夫をこらしてあるのも興味深い。

『イスパノアメリカの新しい小説』と『ドアのふたつある家』はともに文学評論である。めくるめくばかりの博識がちりばめられたこの二作はまことに読みごたえのあるエッセイ集になっており、しかも随所にラテンアメリカの作家ならではの観察眼が光っている。前者は世界の現代文学を組上にのせた上で、スペイン系アメリカの文学を論じた刺激的なラテンアメリカ文学の入門書であり、後者はジェイン・オースティン、ハーマン・メルヴィル、シェイクスピア、ジャン・ジュネをはじめ新旧両大陸の文学者、芸術家をとり上げて論じた評論集だが、中でも「悲劇としての小説。ウィリアム・フォークナー」は出色の出来で、フォークナーを論じつつ近代小説論を展開させてゆく手並みは鮮やかというほかはない。フエンテスはこの中で、敗北を知らない楽天的なアメリカの文学の中にあって、南部の作家フォークナーは例外的に敗北の悲哀を、あるいは分離、疑惑、悲劇を知っている作家であり、それゆえラテンアメリカの人間は彼をごく身近な作家としてとらえているとのべているが、この一文はおそらくラテンアメリカの作家でなければ書けないものだろう。

カルロス・フエンテスが自らの師表となるべき小説家としてセルバンテス、バルザック、フォークナーの三人を念頭においていたことはよく知られている。つまり、彼は文字通り近代小説の王道を歩もうとしていたのだが、一方で強靭な歴史的意識、人間存在へのあくなき探究心を備えており、大胆に想像力を羽ばたかせ、恐れることなく実験的手法を駆使して二十世紀から二十一世紀にかけての小説の歴史に大きな足跡を残した。亡くなる直前まで倦むことなく創作活動を行っていた彼は、小説はもちろん、短篇や戯曲、文学的、政治的エッセイも数多く書いており、現代のラテンアメリカ文学をそのたぐいまれな才能とエネルギー、パワーで牽引しつづけてきた。彼の創作意欲は今世紀に入っても衰えを見せず、二〇一二年に亡くなるのだが、その直前まで執筆を行っており、そのすさまじいまでの創作意欲と作家魂には驚嘆させられる。

以下にここまでに紹介できなかった作品を挙げておく。

小説

Gringo viejo（1985）（邦訳『私が愛したグリンゴ』安藤哲行訳、集英社、一九九〇）

Cristóbal Nonato（1987）

Constancia y otras novelas para vírgenes（1989）

La campaña（1990）
El naranjo o los círculos（1993）
Diana o la cazadora solitaria（1994）
La frontera de cristal（1995）（『ガラスの国境』寺尾隆吉訳、水声社、二〇一五）
Los años con Laura Díaz（1999）
Los cinco soles de México（2000）
Instinto de Inés（2001）
La Silla de Águila（2003）
Inquieta compañía（2004）
Todas las familias felices（2006）
La voluntad y la fortuna（2008）

エッセイ

El espejo enterrado（1992）（『埋められた鏡』古賀林幸訳、中央公論社、一九九六）
Geografía de la novela（1993）
Nuevo tiempo mexicano（1994）

今回、岩波文庫に収められることになり改訳の機会が与えられたので、以前の翻訳に大幅に手を入れた。今回の翻訳の底本には、Carlos Fuentes, *La muerte de Artemio Cruz*: Penguin Random House Grupo Editorial S. A. U., 2016, Barcelona を用い、英訳 Carlos Fuentes, *The Death of Artemio Cruz*, translated by Alfred MacAdam: Farrar, Straus and Giroux, 2009 を適宜参照させていただいた。

また、『アルテミオ・クルスの死』を岩波文庫に入れるに際してご尽力いただいたばかりか、改訳に思いのほか時間がかかった訳稿に丁寧に目を通してくださった岩波文庫編集長の入谷芳孝氏には、この場を借りて心からお礼を申し上げておきます。

二〇一九年九月

〔編集付記〕

本書は、木村榮一訳『アルテミオ・クルスの死』(新潮社、一九八五年)を文庫化したものである。ただし、今回の岩波文庫化にあたっては、訳者による全面的な改訳が施されている。

(岩波文庫編集部)

アルテミオ・クルスの死《し》　フエンテス作

2019年11月15日　第1刷発行

訳　者　木村榮一《きむらえいいち》

発行者　岡本　厚

発行所　株式会社　岩波書店
〒101-8002 東京都千代田区一ツ橋 2-5-5
案内 03-5210-4000　営業部 03-5210-4111
文庫編集部 03-5210-4051
https://www.iwanami.co.jp/

印刷・理想社　カバー・精興社　製本・中永製本

ISBN 978-4-00-327942-7　Printed in Japan

読書子に寄す

——岩波文庫発刊に際して——

岩波茂雄

真理は万人によって求められることを自ら欲し、芸術は万人によって愛されることを自ら望む。かつては民を愚昧ならしめるために学芸が最も狭き堂宇に閉鎖されたことがあった。今や知識と美とを特権階級の独占より奪い返すことはつねに進取的なる民衆の切実なる要求である。岩波文庫はこの要求に応じそれに励まされて生まれた。それは生命ある不朽の書を少数者の書斎と研究室とより解放して街頭にくまなく立たしめ民衆に伍せしめるであろう。近時大量生産予約出版の流行を見る。その広告宣伝の狂態はしばらくおくも、後代にのこすと誇称する全集がその編集に万全の用意をなしたるか。千古の典籍の翻訳企図に敬虔の態度を欠かざりしか。さらに分売を許さず読者を繫縛して数十冊を強うるがごとき、はたしてその揚言する学芸解放のゆえんなりや。吾人は天下の名士の声に和してこれを推挙するに躊躇するものである。このときにあたって、岩波書店は自己の責務のいよいよ重大なるを思い、従来の方針の徹底を期するため、すでに十数年以前より志して来た計画を慎重審議この際断然実行することにした。吾人は範をかのレクラム文庫にとり、古今東西にわたって文芸・哲学・社会科学・自然科学等種類のいかんを問わず、いやしくも万人の必読すべき真に古典的価値ある書をきわめて簡易なる形式において逐次刊行し、あらゆる人間に須要なる生活向上の資料、生活批判の原理を提供せんと欲する。この文庫は予約出版の方法を排したるがゆえに、読者は自己の欲する時に自己の欲する書物を各個に自由に選択することができる。携帯に便にして価格の低きを最主とするがゆえに、外観を顧みざるも内容に至っては厳選最も力を尽くし、従来の岩波出版物の特色をますます発揮せしめようとする。この計画たるや世間の一時の投機的なるものと異なり、永遠の事業として吾人は微力を傾倒し、あらゆる犠牲を忍んで今後永久に継続発展せしめ、もって文庫の使命を遺憾なく果たさしめることを期する。芸術を愛し知識を求むる士の自ら進んでこの挙に参加し、希望と忠言とを寄せられることは吾人の熱望するところである。その性質上経済的には最も困難多きこの事業にあえて当たらんとする吾人の志を諒として、その達成のため世の読書子とのうるわしき共同を期待する。

昭和二年七月

《南北ヨーロッパ他文学》〔赤〕

ダンテ 新生 　山川丙三郎訳
抜目のない未亡人 　ゴルドーニ 平川祐弘訳
珈琲店・恋人たち 　ゴルドーニ 平川祐弘訳
夢のなかの夢 　タブッキ 和田忠彦訳
カヴァレリーア・ルスティカーナ 他十一篇 　G・ヴェルガ 河島英昭訳
ルネッサンス巷談集 　フランコ・サケッティ 杉浦明平訳
むずかしい愛 　カルヴィーノ 和田忠彦訳
カルヴィーノ アメリカ講義 —新たな千年紀のための六つのメモ 　米川良夫 和田忠彦訳
まっぷたつの子爵 　カルヴィーノ 河島英昭訳
魔法の庭・空を見上げる部族 他十四篇 　カルヴィーノ 和田忠彦訳
愛神の戯れ —牧歌劇『アミンタ』 　トルクァート・タッソ 鷲平京子訳
タッソ エルサレム解放 　A.ジュリアーニ編 鷲平京子訳
わが秘密 　ペトラルカ 近藤恒一訳
ペトラルカ 無知について 　近藤恒一訳
美しい夏 　パヴェーゼ 河島英昭訳
流刑 　パヴェーゼ 河島英昭訳

祭の夜 　パヴェーゼ 河島英昭訳
月と篝火 　パヴェーゼ 河島英昭訳
ウンベルト・エーコ 小説の森散策 　和田忠彦訳
バウドリーノ 全二冊 　ウンベルト・エーコ 堤康徳訳
タタール人の砂漠 　ブッツァーティ 脇功訳
七人の使者・神を見た犬 他十三篇 　ブッツァーティ 脇功訳
ラサリーリョ・デ・トルメスの生涯 　会田由訳
ドン・キホーテ 前篇 全三冊 　セルバンテス 牛島信明訳
ドン・キホーテ 後篇 全三冊 　セルバンテス 牛島信明訳
セルバンテス短篇集 　牛島信明編訳
恐ろしき媒 　ホセ・エチェガライ 永田寛定訳
作り上げた利害 　ベナベンテ 永田寛定訳
エスピノーサ スペイン民話集 　三原幸久編訳
エル・シードの歌 　長南実訳
娘たちの空返事 他一篇 　モラティン 佐竹謙一訳
プラテーロとわたし 　J.R.ヒメーネス 長南実訳
オルメードの騎士 　ロペ・デ・ベガ 長南実訳

父の死に寄せる詩 　ホルヘ・マンリーケ 佐竹謙一訳
サラマンカの学生 他六篇 　エスプロンセーダ 佐竹謙一訳
セビーリャの色事師と石の招客 他一篇 　ティルソ・デ・モリーナ 佐竹謙一訳
ティラン・ロ・ブラン 全四冊 　J.マルトゥレイ M.J.ダ・ガルバ 田澤耕訳
完訳アンデルセン童話集 全七冊 　大畑末吉訳
即興詩人 全二冊 　アンデルセン 大畑末吉訳
絵のない絵本 　アンデルセン 大畑末吉訳
ヴィクトリア 　クヌート・ハムスン 冨原眞弓訳
フィンランド叙事詩 カレワラ 全二冊 　リョンロット編 小泉保訳
イプセン 人形の家 　原千代海訳
イプセン ヘッダ・ガーブレル 　原千代海訳
令嬢ユリエ 　ストリントベルク 茅野蕭々訳
ポルトガリヤの皇帝さん 　ラーゲルレーヴ イシガオサム訳
アミエルの日記 全四冊 　河野与一訳
クオ・ワディス 全三冊 　シェンキェーヴィチ 木村彰一訳
おばあさん 　ニェムツォヴァー 栗栖継訳
山椒魚戦争 　カレル・チャペック 栗栖継訳

ロボット（R・U・R） チャペック 千野栄一訳
尼僧ヨアンナ イヴァシュキェヴィッチ 関口時正訳
牛乳屋テヴィエ ショレム・アレイヘム 西成彦訳
完訳 千一夜物語 全十三冊 豊島与志雄・渡辺一夫・佐藤正彰・岡部正孝訳
ルバイヤート オマル・ハイヤーム 小川亮作訳
ゴレスターン サァディー 沢英三訳
アブー・ヌワース アラブ飲酒詩選 塙治夫編訳
中世騎士物語 ブルフィンチ 野上弥生子訳
コルタサル短篇集 悪魔の涎・追い求める男 他八篇 木村榮一訳
遊戯の終わり コルタサル 木村榮一訳
秘密の武器 コルタサル 木村榮一訳
ペドロ・パラモ ファン・ルルフォ 杉山晃・増田義郎訳
燃える平原 ファン・ルルフォ 杉山晃訳
伝奇集 J・L・ボルヘス 鼓直訳
創造者 J・L・ボルヘス 鼓直訳
続審問 J・L・ボルヘス 中村健二訳
七つの夜 J・L・ボルヘス 野谷文昭訳

詩という仕事について J・L・ボルヘス 鼓直訳
汚辱の世界史 J・L・ボルヘス 中村健二訳
ブロディーの報告書 J・L・ボルヘス 鼓直訳
アレフ J・L・ボルヘス 鼓直訳
語るボルヘス ―書物・不死性・時間ほか J・L・ボルヘス 木村榮一訳
20世紀ラテンアメリカ短篇選 野谷文昭編訳
フエンテス短篇集 アウラ・純な魂 他四篇 木村榮一訳
グアテマラ伝説集 M・A・アストゥリアス 牛島信明訳
緑の家 全二冊 バルガス＝リョサ 木村榮一訳
密林の語り部 バルガス＝リョサ 西村英一郎訳
ラ・カテドラルでの対話 バルガス＝リョサ 旦敬介訳
弓と竪琴 オクタビオ・パス 牛島信明訳
失われた足跡 カルペンティエル 牛島信明訳
やし酒飲み エイモス・チュツオーラ 土屋哲訳
薬草まじない エイモス・チュツオーラ 土屋哲訳
ジャンプ 他十一篇 ナディン・ゴーディマ 柳沢由実子訳
マイケル・K J・M・クッツェー くぼたのぞみ訳

キリストはエボリで止まった カルロ・レーヴィ 竹山博英訳
クァジーモド全詩集 河島英昭訳
ウンガレッティ全詩集 河島英昭訳
冗談 ミラン・クンデラ 西永良成訳
小説の技法 ミラン・クンデラ 西永良成訳
世界イディッシュ短篇選 西成彦編訳

《アメリカ文学》〔赤〕

- ギリシア・ローマ神話 付インド・北欧神話　ブルフィンチ　野上弥生子訳
- 中世騎士物語　ブルフィンチ　野上弥生子訳
- フランクリン自伝　松本慎一　西川正身訳
- フランクリンの手紙　蕗沢忠枝編訳
- スケッチ・ブック 全二冊　アーヴィング　齊藤昇訳
- アルハンブラ物語 全二冊　アーヴィング　平沼孝之訳
- ウォルター・スコット邸訪問記　アーヴィング　齊藤昇訳
- ブレイスブリッジ邸　アーヴィング　齊藤昇訳
- 完訳 緋文字　ホーソーン　八木敏雄訳
- 哀詩 エヴァンジェリン　ロングフェロー　斎藤悦子訳
- 黒猫・モルグ街の殺人事件 他五篇　ポオ　中野好夫訳
- 対訳 ポー詩集 ―アメリカ詩人選(1)　加島祥造編
- ユリイカ　ポオ　八木敏雄訳
- ポオ評論集　八木敏雄編訳
- 森の生活(ウォールデン) 全二冊　ソロー　飯田実訳
- 市民の反抗 他五篇　H・D・ソロー　飯田実訳
- 白鯨 全三冊　メルヴィル　八木敏雄訳
- ビリー・バッド　メルヴィル　坂下昇訳
- 幽霊船 他一篇　ハーマン・メルヴィル　坂下昇訳
- 対訳 ホイットマン詩集 ―アメリカ詩人選(2)　木島始編
- 対訳 ディキンソン詩集 ―アメリカ詩人選(3)　亀井俊介編
- 不思議な少年　マーク・トウェイン　中野好夫訳
- 王子と乞食　マーク・トウェーン　村岡花子訳
- 人間とは何か　マーク・トウェイン　中野好夫訳
- ハックルベリー・フィンの冒険 全二冊　マーク・トウェイン　西田実訳
- いのちの半ばに　ビアス　西川正身訳
- 新編 悪魔の辞典　ビアス　西川正身編訳
- ビアス短篇集　大津栄一郎編訳
- ヘンリー・ジェイムズ短篇集　大津栄一郎編訳
- あしながおじさん　ジーン・ウェブスター　遠藤寿子訳
- 赤い武功章 他三篇　クレイン　西田実訳
- シカゴ詩集　サンドバーグ　安藤一郎訳
- 熊 他三篇　フォークナー　加島祥造訳
- 響きと怒り 全二冊　フォークナー　平石貴樹　新納卓也訳
- アブサロム、アブサロム! 全二冊　フォークナー　藤平育子訳
- 八月の光 全二冊　フォークナー　諏訪部浩一訳
- ブラック・ボーイ ―ある幼少期の記録 全二冊　リチャード・ライト　野崎孝訳
- オー・ヘンリー傑作選　大津栄一郎訳
- 小公子　バアネット　若松賤子訳
- 黒人のたましい　W・E・B・デュボイス　木島始　鮫島重俊　黄寅秀訳
- アメリカ名詩選　亀井俊介　川本皓嗣編
- 魔法の樽 他十二篇　マラマッド　阿部公彦訳
- 青白い炎　ナボコフ　富士川義之訳
- 風と共に去りぬ 全六冊　マーガレット・ミッチェル　荒このみ訳
- 対訳 フロスト詩集 ―アメリカ詩人選(4)　川本皓嗣編

《ドイツ文学》〔赤〕

- ニーベルンゲンの歌 全二冊 相良守峯訳
- 若きウェルテルの悩み ゲーテ 竹山道雄訳
- ヴィルヘルム・マイスターの修業時代 全三冊 ゲーテ 山崎章甫訳
- イタリア紀行 全三冊 ゲーテ 相良守峯訳
- ファウスト 全二冊 ゲーテ 相良守峯訳
- ゲーテとの対話 全三冊 エッカーマン 山下肇訳
- ヴィルヘルム・テル シラー 桜井政隆・桜井国隆訳
- スペインの太子 ドン・カルロス シルレル 佐藤通次訳
- 青い花 ノヴァーリス 青山隆夫訳
- 夜の讃歌・サイスの弟子たち 他一篇 ノヴァーリス 今泉文子訳
- 完訳 グリム童話集 全五冊 金田鬼一訳
- ホフマン短篇集 池内紀編訳
- 水妖記（ウンディーネ） フーケー 柴田治三郎訳
- O侯爵夫人 他六篇 クライスト 相良守峯訳
- 影をなくした男 シャミッソー 池内紀訳
- 流刑の神々・精霊物語 ハイネ 小沢俊夫訳
- 冬物語 —ドイツ ハイネ 井汲越次訳
- ユーディット 他一篇 ヘッベル 吹田順助訳
- 芸術と革命 他四篇 ワーグナー 北村義男訳
- ブリギッタ・森の泉 他一篇 シュティフター 宇多五郎・高安国世訳
- みずうみ 他四篇 シュトルム 関泰祐訳
- 聖ユルゲンにて・後見人カルステン 他一篇 シュトルム 国松孝二訳
- 村のロメオとユリア ケラー 草間平作訳
- 沈鐘 ハウプトマン 阿部六郎訳
- 地霊・パンドラの箱 ルル二部作 F・ヴェデキント 岩淵達治訳
- 春のめざめ F・ヴェデキント 酒寄進一訳
- 夢小説・闇への逃走 他一篇 シュニッツラー 池内紀・武村知子訳
- 花・死人に口なし 他七篇 シュニッツラー 番匠谷英一・山本有三訳
- リルケ詩集 高安国世訳
- ドゥイノの悲歌 リルケ 手塚富雄訳
- ブッデンブローク家の人びと 全三冊 トーマス・マン 望月市恵訳
- トオマス・マン短篇集 実吉捷郎訳
- 魔の山 全二冊 トーマス・マン 関泰祐・望月市恵訳
- トニオ・クレエゲル トオマス・マン 実吉捷郎訳
- ヴェニスに死す トオマス・マン 実吉捷郎訳
- 車輪の下 ヘルマン・ヘッセ 実吉捷郎訳
- 漂泊の魂《クヌルプ》 ヘルマン・ヘッセ 相良守峯訳
- デミアン ヘルマン・ヘッセ 実吉捷郎訳
- シッダルタ ヘッセ 手塚富雄訳
- ルーマニア日記 カロッサ 高橋健二訳
- 美しき惑いの年 カロッサ 手塚富雄訳
- 若き日の変転 カロッサ 斎藤栄治訳
- 幼年時代 カロッサ 斎藤栄治訳
- 指導と信従 カロッサ 国松孝二訳
- ジョゼフ・フーシェ —ある政治的人間の肖像 シュテファン・ツワイク 高橋禎二・秋山英夫訳
- 変身・断食芸人 カフカ 山下肇・山下萬里訳
- 審判 カフカ 辻瑆訳
- カフカ短篇集 池内紀編訳
- カフカ寓話集 池内紀編訳
- 三文オペラ ブレヒト 岩淵達治訳

岩波文庫の最新刊

小泉三申著
明智光秀

織田信長に叛逆、たちまちに敗死に追込まれた悲劇の人・明智光秀を描いた明治史伝物の名作。橋川文三による「小泉三申論」を併載。(解説＝宗像和重)
〔緑二二三－一〕 本体五四〇円

セアラ・オーン・ジュエット作／河島弘美訳
とんがりモミの木の郷 他五篇

メイン州の静かな町を舞台に、人びとのささやかな日常と美しい自然が繊細な陰影をもって描かれる。アメリカ文学史上に名を残す傑作、初の邦訳。
〔赤三四四－一〕 本体九二〇円

ジョン・ロック著／加藤節訳
キリスト教の合理性

「啓示」宗教としてのキリスト教がもつ「理性」との適合性や両立可能性といった合‐理性的性格(「合理性」)を論じる、ロック晩年の重要作。一六九五年刊。
〔白七－九〕 本体一〇一〇円

フローベール作／中條屋進訳
サラムボー(上)

カルタゴの統領の娘にして女神に仕えるサラムボーと、反乱軍の指導者との許されぬ恋。前三世紀の傭兵叛乱に想を得た、豪奢で残忍な古代の夢。(全二冊)
〔赤五三八－一一〕 本体八四〇円

岡義武著
近代日本の政治家

伊藤博文、大隈重信、原敬、犬養毅、そして西園寺公望。五人の政治家の性格を踏まえて、その行動と役割を描いた伝記的エッセイの名著。(解説＝松浦正孝)
〔青N一二六－五〕 本体一〇七〇円

今月の重版再開

コンラッド作／土岐恒二訳
密偵

本体一〇七〇円
〔赤二四八－二〕

池内紀編訳
ウィーン世紀末文学選

本体九二〇円
〔赤四五四－一〕

袁枚著／青木正児訳註
随園食単

本体各八四〇円
〔青二六二－一〕

定価は表示価格に消費税が加算されます

2019.10

岩波文庫の最新刊

プルースト作／吉川一義訳
失われた時を求めて 14
見出された時Ⅱ

正確で読みやすい訳文、詳細な図版と訳注により信頼される吉川訳プルースト、約十年をかけて完結。全巻の人名・地名・作品名を網羅した索引付。（全14冊完結）〔赤N五一一-一四〕 本体一五〇〇円

フエンテス作／木村榮一訳
アルテミオ・クルスの死

メキシコ革命の動乱を生き抜き、無恥な辣腕で経済界の大立者に成り上がった男の栄光と悲惨。フエンテスの代表作にして現代ラテンアメリカ文学の最重要作。〔赤七九四-二〕 本体一二〇〇円

ヘルマン・バール著／西村雅樹編訳
世紀末ウィーン文化評論集

クリムトやマーラー、ホフマンスタール、シュニッツラーなど、世紀末ウィーンの文化・芸術を多方面にわたって批評したバール。その代表的な評論を精選。〔青五八三-一〕 本体一二〇〇円

小杉泰編訳
ムハンマドのことば
―ハディース―

イスラームの開祖は高弟たちに何を語ったか。預言者の肉声を伝える膨大な「ハディース」を精選。詳細な注とともに、預言者の人となりや信仰の根幹を知る。〔青八二四-一〕 本体一六二〇円

……今月の重版再開……

手塚富雄訳
ゲオルゲ詩集
本体六六〇円 〔赤四三一-一〕

八杉龍一編訳
ダーウィニズム論集
本体一〇一〇円 〔青九三八-一〕

イグナチオ・デ・ロヨラ著／門脇佳吉訳・解説
霊操
本体九〇〇円 〔青八二〇-一〕

大岡信、奥本大三郎、川村二郎、小池滋、沼野充義編
世界文学のすすめ
本体八〇〇円 〔別冊一二〕

三銃士 全二冊　デュマ　生島遼一訳
エトルリヤの壺 他五篇　メリメ　杉捷夫訳
カルメン　メリメ　杉捷夫訳
愛の妖精（プチット・ファデット）　ジョルジュ・サンド　宮崎嶺雄訳
ボオドレール 悪の華　鈴木信太郎訳
ボヴァリー夫人 全二冊　フローベール　伊吹武彦訳
感情教育 全二冊　フローベール　生島遼一訳
紋切型辞典　フローベール　小倉孝誠訳
風車小屋だより　ドーデー　桜田佐訳
月曜物語　ドーデー　桜田佐訳
サフォ パリ風俗　ドーデ　朝倉季雄訳
プチ・ショーズ —ある少年の物語　ドーデ　原千代海訳
神々は渇く　アナトール・フランス　大塚幸男訳
テレーズ・ラカン 全二冊　エミール・ゾラ　小林正訳
ジェルミナール 全三冊　エミール・ゾラ　安士正夫訳
獣人 全二冊　エミール・ゾラ　川口篤訳
制作 全二冊　エミール・ゾラ　清水正和訳

水車小屋攻撃 他七篇　エミール・ゾラ　朝比奈弘治訳
氷島の漁夫　ピエール・ロチ　吉氷清訳
マラルメ詩集　渡辺守章訳
脂肪のかたまり　モーパッサン　高山鉄男訳
女の一生　モーパッサン　杉捷夫訳
モーパッサン短篇選　高山鉄男編訳
地獄の季節　ランボオ　小林秀雄訳
にんじん　ルナアル　岸田国士訳
ぶどう畑のぶどう作り　ルナアル　岸田国士訳
博物誌　ルナール　辻昶訳
ジャン・クリストフ 全四冊　ロマン・ローラン　豊島与志雄訳
ベートーヴェンの生涯　ロマン・ロラン　片山敏彦訳
ミケランジェロの生涯　ロマン・ロラン　高田博厚訳
フランシス・ジャム詩集　手塚伸一訳
三人の乙女たち　フランシス・ジャム　手塚伸一訳
背徳者　アンドレ・ジイド　川口篤訳
続コンゴ紀行 —チャド湖より還る　アンドレ・ジイド　杉捷夫訳

レオナルド・ダ・ヴィンチの方法　ポール・ヴァレリー　山田九朗訳
精神の危機 他十五篇　ポール・ヴァレリー　恒川邦夫訳
若き日の手紙　フィリップ　外山楢夫訳
朝のコント　フィリップ　淀野隆三訳
海の沈黙・星への歩み　ヴェルコール　河野與一・加藤周一訳
地底旅行　ジュール・ヴェルヌ　朝比奈弘治訳
八十日間世界一周　ジュール・ヴェルヌ　鈴木啓二訳
海底二万里 全二冊　ジュール・ヴェルヌ　朝比奈美知子訳
プロヴァンスの少女（ミレイユ）　ミストラル　杉冨士雄訳
結婚十五の歓び　新倉俊一訳
パリの夜 —革命下の民衆　レチフ・ド・ラ・ブルトンヌ　植田祐次編訳
シェリ　コレット　工藤庸子訳
シェリの最後　コレット　工藤庸子訳
生きている過去　レニエ　窪田般彌訳
ノディエ幻想短篇集　ノディエ　篠田知和基編訳
フランス短篇傑作選　山田稔編訳
シュルレアリスム宣言・溶ける魚　アンドレ・ブルトン　巖谷國士訳

肝っ玉おっ母とその子どもたち　ブレヒト　岩淵達治訳
ドイツ炉辺ばなし集 ―カレンダーゲシヒテン　ヘーベル　木下康光編訳
憂愁夫人　ズーデルマン　相良守峯訳
悪童物語　ルウドキヒ・トオマ　実吉捷郎訳
大理石像・デュランデ城悲歌　アイヒェンドルフ　阿部謹也訳
ティル・オイレンシュピーゲルの愉快ないたずら　アイヒェンドルフ　関泰祐訳
改訳 愉しき放浪児　アイヒェンドルフ　関泰祐訳
ホフマンスタール詩集　川村二郎訳
陽気なヴッツ先生 他一篇　ジャン・パウル　岩田行一訳
インド紀行 全二冊　ボンゼルス　実吉捷郎訳
ドイツ名詩選　生野幸吉　檜山哲彦編
蝶の生活　シュナック　岡田朝雄訳
聖なる酔っぱらいの伝説 他四篇　ヨーゼフ・ロート　池内紀訳
ラデツキー行進曲 全二冊　ヨーゼフ・ロート　平田達治訳
人生処方詩集　エーリヒ・ケストナー　小松太郎訳
三十歳　インゲボルク・バッハマン　松永美穂訳
第七の十字架 全二冊　アンナ・ゼーガース　山下肇　新村浩訳

《フランス文学》〔赤〕

ロランの歌　有永弘人訳
ラブレー第一之書 ガルガンチュワ物語　渡辺一夫訳
ラブレー第二之書 パンタグリュエル物語　渡辺一夫訳
ラブレー第三之書 パンタグリュエル物語　渡辺一夫訳
ラブレー第四之書 パンタグリュエル物語　渡辺一夫訳
ラブレー第五之書 パンタグリュエル物語　渡辺一夫訳
ピエール・パトラン先生　渡辺一夫訳
日月両世界旅行記　シラノ・ド・ベルジュラック　赤木昭三訳
ロンサール詩集　ロンサール　井上究一郎訳
エセー 全六冊　モンテーニュ　原二郎訳
ラ・ロシュフコー箴言集　二宮フサ訳
ブリタニキュス ベレニス　ラシーヌ　渡辺守章訳
ドン・ジュアン ―石像の宴　モリエール　鈴木力衛訳
完訳 ペロー童話集　新倉朗子訳
偽りの告白　マリヴォー　鈴木力衛訳
贋の侍女・愛の勝利　マリヴォー　佐藤実枝　井村順一訳
カンディード 他五篇　ヴォルテール　植田祐次訳
哲学書簡　ヴォルテール　林達夫訳
孤独な散歩者の夢想　ルソー　今野一雄訳
フィガロの結婚　ボオマルシェエ　辰野隆訳
危険な関係 全二冊　ラクロ　伊吹武彦訳
美味礼讃 全二冊　ブリア-サヴァラン　関根秀雄　戸部松実訳
恋愛論 全二冊　スタンダール　杉本圭子訳
赤と黒 全二冊　スタンダール　桑原武夫　生島遼一訳
ヴァニナ・ヴァニニ 他四篇　スタンダール　生島遼一訳
ゴプセック・毬打つ猫の店　バルザック　芳川泰久訳
サラジーヌ 他三篇　バルザック　芳川泰久訳
艶笑滑稽譚 全三冊　バルザック　石井晴一訳
レ・ミゼラブル 全四冊　ユーゴー　豊島与志雄訳
死刑囚最後の日　ユーゴー　豊島与志雄訳
ライン河幻想紀行　ユーゴー　榊原晃三編訳
ノートル＝ダム・ド・パリ 全二冊　ユーゴー　辻昶　松下和則訳
モンテ・クリスト伯 全七冊　アレクサンドル・デュマ　山内義雄訳